W0201966

Melissa Hill

Un regalo per sempre

Traduzione di Roberta Zuppet e Aurelia Di Meo

Rizzoli

Proprietà letteraria riservata
© 2010 by Melissa Hill
© 2013 RCS Libri S.p.A., Milano

ISBN 978-88-17-06901-4

Titolo originale dell'opera:
THE TRUTH ABOUT YOU

Prima edizione: luglio 2013

Realizzazione editoriale: studio pym / Milano

Un regalo per sempre

Dedicato ai miei «ragazzi»
Kevin e Homer

Prologo

«A dire la verità, all'inizio pensavo che fossero le ciambelle» raccontò Ella, «oppure qualche altra consegna. Mi capita spesso di trovare il furgone dei rifornimenti di fronte alla caffetteria, la mattina presto.»

«Che ora era, esattamente?»

«Mmm, fammi pensare...» fece una pausa. «Di solito mi portano il latte intorno alle cinque, due ore buone prima dell'apertura, e le bottiglie erano appoggiate sulla sinistra. Lo scatolone, invece, era proprio davanti alla porta, sarebbe stato impossibile non vederlo.»

«Capisco.»

«Veramente, ero un po' seccata, volevo lamentarmi con quelli della panetteria... Non mi avevano detto che avrebbero effettuato la consegna durante l'orario di chiusura» continuò Ella con tono calmo. «Poi, mentre aprivo lo scatolone, ho sentito... ecco, una specie di lamento.»

«Di lamento?»

«Sì, molto debole, come di un animaletto. Allora ho pensato subito: Ci risiamo, un'altra povera creatura da aggiungere alla famiglia.»

«Hai creduto che ti avessero lasciato l'ennesimo randagio?»

«Esatto. Tutti qui a Lakeview sanno come sono fatta e che non riesco a dire di no.» Sorrise. «Poi mi sono detta: Be', se non altro ho già un nome pronto. Ho deciso che l'avrei chiamato Ciambella, gatto, cane o criceto che fosse.» Scosse la testa. «Ma quando mi sono chinata sullo scatolone e ho scoperto di cosa si trattava, mi è venuto un colpo.»

«Cos'hai fatto a quel punto?»

«Be', ho avvisato la polizia, ovviamente. Frank è arrivato nel giro di qualche minuto. La centrale è a un tiro di schioppo, ma ha preso ugualmente la macchina. E poi ho telefonato a Jim Kelly.»

«Il medico?»

«Sì. Ho chiamato anche un'ambulanza, per precauzione, anche se lo scatolone sembrava caldo, c'erano un mucchio di coperte. Meglio essere sicuri, ho pensato.»

«Sei stata molto lucida.»

«Non so» ribatté Ella, un po' nervosa. «A dire il vero, ero sotto shock! Mi sono rilassata un pochino solo quando l'ambulanza se n'è andata e il dottor Kelly ci ha detto che i parametri vitali erano buoni e che non c'erano segni di ipotermia. Probabilmente lo scatolone non era rimasto lì fuori a lungo, chi l'aveva lasciato doveva conoscere le mie abitudini.»

«Ma non è un'attenuante, giusto? Insomma, che razza di persona abbandonerebbe un neonato, in una mattinata così fredda, per giunta?»

«Già. Secondo Frank, forse la madre era nascosta nei paraggi, in attesa che io arrivassi. Sinceramente ero così confusa che non mi è venuto in mente di controllare.»

«È normale.»

«Frank ha concluso che di certo si trattava di un malinteso e che l'avrebbe chiarito in quattro e quattr'otto. "Ella" mi ha detto, "credo che lo scatolone sia stato lasciato apposta davanti al tuo locale perché, se in questa città c'è una persona che avrebbe saputo cosa fare, quella sei tu. Sei fantastica con i bambini, e poi non hai un debole per gli animali randagi?"» Scrollò la testa sempre più incredula. «Anche se ero d'accordo con lui, quella volta non si trattava di un vecchio cane sfortunato, ma di una povera creatura innocente. In più Lakeview è una cittadina, una piccola comunità dove le persone si aiutano a vicenda, non una metropoli anonima.»

«So cosa intendi.»

«Devo ammettere di non aver provato nemmeno un briciolo di compassione per la madre e, per quanto mi riguarda, non c'è nulla che giustifichi un gesto simile. Nessuna ragione al mondo. Ma» aggiunse con un profondo sospiro «è troppo facile giudicare senza conoscere tutta la storia.»

1

A Nina Hughes non era mai piaciuta Lakeview, ed era certa che nemmeno stavolta avrebbe cambiato idea. Avrebbe voluto che la madre, Cathy, avesse scelto un altro momento per girare il mondo con il nuovo marito, soprattutto perché non aveva mai avuto tanto bisogno di una spalla su cui piangere e di un posto dove stare. Dopo quello che era successo con Steve, non poteva rimanere a Galway e rischiare di incontrarlo per caso; era una piccola città, dopotutto. Doveva cambiare aria e andare da qualche parte a riordinare le idee. Ma non riusciva a credere di essersi ridotta a chiedere ospitalità proprio a suo padre.

Purtroppo non aveva avuto altra scelta. In circostanze normali, sarebbe tornata a Dublino e rimasta da Cathy finché non si fosse ripresa, ma lei e Tony erano partiti e avevano affittato la casa per sei mesi. Così aveva dovuto ripiegare su Patrick a Lakeview.

Solo per un breve periodo, giusto il tempo di decidere che cosa fare.

Gli aveva telefonato qualche giorno prima per chiedergli se poteva andare da lui, sentendosi una sciocca adolescente anziché una trentenne matura e sicura di sé.

«Okay, Nina» le aveva risposto Patrick nel suo consueto tono calmo e distaccato, e lei aveva concluso che non era cambiato per niente dall'ultima volta che si erano visti, circa otto anni prima. Quando era ragazzina, Cathy l'aveva costretta ad andare a trovarlo, anche se Nina pensava che a lui non importasse granché di vedere la sua unica figlia.

I suoi si erano separati quando era piccola, e lei non aveva mai capito come avessero potuto stare insieme, perché Patrick, taciturno e severo, era l'esatto contrario di Cathy, allegra e spumeggiante. Forse dipendeva soltanto dal fatto che erano cresciuti nella stessa cittadina.

Anche se la madre non l'aveva mai ammesso, Nina sospettava che il suo concepimento non fosse stato esattamente programmato e che si fosse trattato del più classico dei matrimoni riparatori. Nessun problema, però: ormai Cathy abitava a Dublino ed era felicissima con Tony, che per Nina era un padre più di quanto Patrick fosse mai stato. Da bambina aveva dovuto trascorrere diversi weekend a Lakeview, ma da quando aveva compiuto sedici anni ci aveva messo piede solo qualche volta. Se suo padre ci era rimasto male, non l'aveva dato a vedere e, in ogni caso, a lei non faceva né caldo né freddo. Non lo conosceva, non l'aveva mai conosciuto davvero, e ora si sarebbe trasferita da lui solo per cause di forza maggiore.

Si chiese se avesse ancora la mania di collezionare elettrodomestici e se continuasse a guadagnarsi da vivere aggiustandoli. Il ricordo più vivido che aveva di Lakeview era Patrick che smontava e riparava pazientemente radio, televisori e apparecchi di ogni tipo, blaterando in continuazione. Un tempo Nina trovava quel lavoro interessante, ora invece lo considerava da sfigati. All'epoca del divorzio suo padre aveva circa quarant'anni, avrebbe potuto trovarsi un'altra compagna. Chissà cosa aveva visto in lui Cathy.

«Patrick è un uomo gentile e generoso» ripeteva sua madre, decisa a non dire e a non tollerare nemmeno una parola cattiva contro l'ex marito, probabilmente perché si sentiva in colpa per averlo piantato in asso e avergli portato via la figlia. «Anche dopo la separazione non ti ha mai fatto mancare niente.»

Il che aveva del miracoloso, data l'indifferenza di Patrick nei suoi confronti. Per lui era sempre stata la ragazzina fastidiosa che arrivava di tanto in tanto a incasinare la sua casa immacolata e la sua vita abitudinaria, e «abitudinaria» era un eufemismo. Patrick si alzava alle sette in punto (anche nel weekend), andava a comprare il giornale e lo leggeva mangiando uova fritte e pancetta, accompagnate da pane tostato e da una tazza di tè (con due zollette di zucchero). Una volta, per fargli una sorpresa, Nina aveva preparato la colazione, ma aveva bruciato il pane e lui aveva perso il controllo. Non si era infuriato, ma aveva reagito con un gesto di stizza, che per una bambina di dieci anni risultava ancora più terrificante. Nina non ci aveva mai più provato.

Ora, mentre l'autobus si avvicinava a Lakeview, lei si domandò se fosse cambiato qualcosa. Be', sicuramente c'erano molte case nuove: più moderne, più pretenziose, di quelle che i cittadini che si trasferiscono in campagna costruiscono per dimostrare agli amici che se la stanno spassando, quando invece la maggior parte muore dalla voglia di tornare a Dublino. Camere da letto gigantesche, giardini enormi e piscine riscaldate non sarebbero mai riusciti a sconfiggere la noia della vita di provincia... Be', almeno secondo Nina.

No, Lakeview era una tappa temporanea, una sosta d'emergenza: presto sarebbe scappata a gambe levate.

Scese in Main Street, alla fermata nei pressi del lago, davanti a una caffetteria che era lì da secoli. Forse il locale era gestito ancora da Ella, la signora che raccattava animali randagi. Quella donna era sempre stata gentile con lei, perché intuiva che il più delle volte Nina era costretta a stare a Lakeview controvoglia, o magari la compativa perché Patrick non aveva mai molto tempo da dedicarle.

Si mise lo zaino in spalla e imboccò il vecchio ponte di pietra che conduceva alla casa di suo padre.

Al telefono gli aveva detto che sarebbe arrivata intorno alle sei. «All'ora di cena, dunque. Vuoi che ti prepari qualcosa?» aveva chiesto Patrick.

Lei aveva esitato. «Che c'è di buono?»

«Pancetta e cavolo» aveva risposto lui, e Nina aveva scosso la testa, incredula. Come poteva essersene dimenticata? Braciole di maiale il lunedì, bistecca il martedì e pancetta e cavolo il mercoledì... Patrick Hughes non si smentiva mai: cucinava gli stessi piatti negli stessi giorni, da sempre.

Per l'ennesima volta, Nina pensò di essersi cacciata in un bel guaio.

«Ciao, Nina» la salutò distrattamente quando lei arrivò poco dopo le sei. Si spostò per farla entrare.

«Ciao, papà. Come stai?» Non provò ad abbracciarlo o a dargli un bacio – tra loro non c'erano mai state effusioni di nessun tipo –, ma fu leggermente offesa dalla sua freddezza. Niente parole di benvenuto, niente affetto o trasporto.

Okay, forse era stata lei a non volerlo frequentare per tutto quel tempo, ma le bruciava che lui non avesse mai mosso un dito per vederla. Aveva anche sperato che notasse quanto fosse diversa dall'ultima volta: aveva perso più di sei chili e si era fatta crescere i capelli fin sotto le spalle. Se lui se ne accorse, fece finta di niente.

«Bene, grazie. Ti ho preparato la cena, ma ormai si sarà raffreddata» disse e Nina capì al volo il motivo della sua agitazione. Gli aveva detto che sarebbe arrivata intorno alle sei ed erano le sei e un quarto. Era in ritardo.

«L'autobus mi ha lasciata in centro. Credevo di fare più in fretta...» Ma perché si stava giustificando? Non aveva più dieci anni. E poi, perché tante storie per quindici minuti? «Spero che tu abbia mangiato. Non dovevi aspettarmi. Se la pancetta si è raffreddata, posso sempre riscaldarla nel microonde.» Era convinta che l'idea di aspettarla non gli fosse passata nemmeno per l'anticamera del cervello. Di solito, Patrick cenava davanti al telegiornale, e una visita della figlia che non vedeva da anni non avrebbe certo modificato le sue abitudini.

«Stavo guardando il telegiornale» confermò lui, e Nina sentì montare l'irritazione.

Lo seguì in salotto, che non era cambiato di una virgola, e posò lo zaino sul divano. Patrick le lanciò un'occhiata nervosa. «Ho preparato la tua vecchia camera.»

Nina capì che era un invito a portare lo zaino di sopra, anziché mettere a soqquadro quella bella stanza ordinata.

«Grazie. Disfo i bagagli dopo mangiato, se sei d'accordo. Sono un po' stanca.» Odiava sentirsi così a disagio.

«Va bene» replicò Patrick, sfuggente, come se gli avesse detto che non voleva lo zucchero nel tè. Nessuna offerta di aiuto né domande sul viaggio, solo la sua tipica indifferenza prima di tornare a sedersi sulla poltrona davanti alla tv.

Appena entrò in cucina (anche quella era rimasta identica) ricordò esattamente perché aveva smesso di andare a trovarlo. Quella sua freddezza era frustrante e piuttosto offensiva. Era nei guai, aveva il cuore spezzato e, come sempre, il padre se ne fregava.

Non avrebbe almeno potuto fingere di voler sapere il motivo della sua visita dopo tutto quel tempo? Era davvero così egoista? I suoi genitori erano diversi come il giorno e la notte: Nina era sicura che la madre, sempre tenera e affettuosa, sarebbe stata divorata dal rimorso all'idea di essere lontana in un momento così difficile. Ovviamente non si aspettava che Patrick la accogliesse a braccia aperte con una confezione di Kleenex in mano, ma che le chiedesse almeno come stava non era una pretesa eccessiva.

Infilò il piatto nel microonde e ingannò l'attesa guardandosi intorno e meravigliandosi una volta di più della pignoleria di suo padre. La cucina era impeccabile, come se non fosse mai stata usata. Pentole, tegami e posate erano già stati sciacquati e impilati alla perfezione, pronti per essere messi in lavastoviglie, e non c'era neppure una goccia o una briciola in giro.

Ripensò a come Patrick avesse sempre pulito e messo a posto ogni cosa appena finiva di usarla, invece di disseminare confezioni aperte e bucce di verdura ovunque, come faceva sua madre. All'ora di cena, la cucina di Cathy sembrava un campo di battaglia. L'esatto contrario di quella di suo padre, sempre in perfetto ordine e tirata a lucido.

Il microonde fece *bip* e Nina, un po' impacciata, portò il piatto in salotto e si sedette davanti al televisore. «Delizioso» commentò, assaggiando il cibo insipido per cui suo padre andava matto, anche se in fondo la pancetta non era affatto male.

Lui annuì svogliatamente. I problemi del mondo non potevano aspettare per una sera?

«Hai cambiato i mobili della cucina dall'ultima volta che sono stata qui?» ritentò Nina, anche se era pronta a scommettere che fosse tutto identico.

«Non saprei.» Lui ci pensò su. «Quanto tempo è passato?»

«Otto anni.» Dopo una separazione così lunga, il minimo che un padre potesse fare era stappare una bottiglia di champagne.

Patrick non batté ciglio. «No» rispose convinto, «non li ho cambiati.» Prese il telecomando e alzò il volume. Fine della conversazione.

Bell'esordio, pensò Nina. Tuttavia era decisa a non arrendersi. «Il giardino è splendido in questa stagione, con le rose fiorite. Vero?»

«Sì.»

«Mentre venivo qui ho notato che ci sono molte case nuove. Ormai Lakeview sarà piena di "immigrati"» scherzò lei, ma ovviamente suo padre non capì la battuta e non mostrò il minimo interesse, perché fece un altro cenno apatico e continuò a guardare la tv.

Scoraggiata, Nina smise di mangiare. «Papà, grazie per la cena, ma sono un po' stanca. Penso che andrò di sopra.»

Patrick non staccò gli occhi dallo schermo. «Okay.»

Lei recuperò lo zaino e salì nella sua vecchia stanza: la sensazione di aver commesso l'ennesimo errore madornale adesso era più forte che mai.

2

Jess Armstrong era indecisa se comprare la borsa di Fendi o quella di Prada. La prima era di cuoio marrone con una fibbia dorata, la seconda di morbido vitello impreziosito da minuscoli fiori color lavanda.

Se fosse stata per lei, non avrebbe avuto problemi a scegliere, ma dato che era per Emer era tutt'altro che facile, doveva unire eleganza e praticità. La Fendi raffinata era la soluzione più ovvia, ma la Prada era più carina e decisamente più trendy.

Jess voleva che la sua migliore amica restasse a bocca aperta davanti a quel regalo. Se lo meritava.

Dieci mesi prima, Emer aveva partorito la piccola Amy, ma aveva fatto fatica ad abituarsi alla maternità e Jess si era preoccupata molto per lei. Si conoscevano da anni e, quando Emer le aveva confidato le sue difficoltà, Jess aveva fatto di tutto per aiutarla, offrendole una spalla su cui piangere, una persona con cui sfogarsi, ma soprattutto un pieno sostegno in un periodo così delicato. Per fortuna, Emer era uscita dal tunnel e adesso si stava trasformando in una vera mamma chioccia.

Jess voleva festeggiare i trentacinque anni di Emer coccolandola con qualcosa di speciale. Di solito non si facevano regali costosi, ma lei sapeva che per una borsa simile l'amica sarebbe impazzita. Ed era proprio quello che voleva.

«Non riesco a decidere» disse alla commessa di Brown Thomas, che la confuse ancora di più proponendole un'irresistibile Alexander McQueen di vernice color petrolio.

Jess si trattenne dal masticarsi una ciocca di capelli biondo miele – una pessima abitudine di cui non riusciva a sbarazzarsi – mentre si domandava se la vernice fosse adatta a una neomamma. Le macchie di vomito sarebbero venute via più facilmente, no? Allo stesso tempo, però, non si immaginava Emer che passeggiava per Lakeview con una McQueen così vistosa. Gli abitanti avrebbero sicuramente pensato che le mancasse qualche rotella!

Pur essendo a solo un'ora da Dublino, Lakeview era una tipica cittadina irlandese, con pub e negozi gestiti da gente del posto e con una magnifica caffetteria lungo la via principale. Antiche casette e sgraziati edifici moderni si affacciavano sul grande lago, che dava il nome alla località.

Emer e il marito Dave si erano trasferiti lì su consiglio di una coppia di amici comuni, Deirdre e Kevin, che avevano già traslocato. Laggiù le case erano più spaziose e molto più economiche rispetto a Dublino, ed era l'ambiente ideale per crescere un figlio. Jess adorava andare a trovare i suoi amici a Lakeview, e ogni tanto sperava che un giorno anche lei e Brian li avrebbero seguiti. Ma suo marito era dublinese fin nel midollo e avrebbe certamente sentito la mancanza dei ritmi frenetici della città. E, a dire il vero, probabilmente anche lei. Era piacevole rilassarsi per qualche ora in un'oasi di tranquillità come Lakeview, ma dopo un po' ci si annoiava.

Jess optò per la Prada (al diavolo la praticità), uscì dalla boutique e si diresse verso il St Stephen's Green Shopping Centre, dove aveva posteggiato l'auto. Era uno splendido pomeriggio di maggio e per una volta poté inforcare i Ray-Ban anziché infilarseli tra i capelli come faceva di solito. Grafton Street era particolarmente vivace in giornate come quella, gremita di pedoni e di artisti di strada. Jess sorrise, dondolando allegramente il sacchetto a righe di Brown Thomas.

Non poté fare a meno di entrare in un negozio di giocattoli e di comprare un orsacchiotto per Amy, che lei considerava una nipote e che meritava un regalo tutto per sé.

In più, Emer era praticamente una sorella. Sembrava che si conoscessero da sempre, anche se in realtà si erano incontrate il primo giorno di college al Dublin Institute of Technology. Dopo essersi laureate in Marketing, avevano trovato lavoro presso la stessa società distributrice dublinese di bevande e, mentre Emer si era licenziata per trasferirsi a Lakeview e metter su famiglia, Jess sguazzava ancora in quel mondo. Be', almeno in teoria, perché la piccola azienda era stata rilevata e rinnovata dall'immensa multinazionale Piccolo, che si occupava di quasi tutti gli alcolici irlandesi di fascia alta. Jess, che di recente era stata promossa a responsabile marketing per l'Irlanda, doveva fare in modo che i loro marchi di punta continuassero a essere attuali e appetibili per la clientela nazionale e internazionale. Per questo, passando davanti a un pub pieno di turisti, notò con soddisfazione che la maggior parte dei clienti seduti all'aperto si godeva il sole con una bottiglia del loro prodotto leader.

Se solo fosse riuscita a convertire anche suo marito, pensò affettuosamente. Ma Brian non ne voleva proprio sapere di passare dalla sua birra preferita, la Guinness, all'equivalente Piccolo, la Porters. Nei loro sette anni di matrimonio, lei aveva provato centinaia di volte a convincerlo della qualità della Porters, ma lui era stato irremovibile. La sua testardaggine (o «spirito di contraddizione», come lo chiamava Jess) tanto divertiva i loro amici quanto infastidiva lei ma, dato che praticamente era il suo unico difetto, Jess poteva sopportarlo.

Scrollò il capo, stupita. Sette anni. Era difficile credere che fossero sposati da tutto quel tempo, le sembravano solo sette mesi. Brian era il suo migliore amico, il suo confidente e la sua anima gemella, e non sapeva come avrebbe fatto senza di lui. Quella settimana però aveva dovuto farne a meno, perché era andato a Singapore per lavoro e sarebbe tornato solo l'indomani sera.

Be', aveva comunque un sacco di cose da fare nel frattempo. Quella sera sarebbe rimasta a casa e si sarebbe concessa un lungo bagno caldo, che l'avrebbe aiutata a ricaricare le batterie, perché quella settimana era stata piena di party ed eventi aziendali. Il pomeriggio seguente, invece, avrebbe fatto un salto a Lakeview per dare i regali a Emer e Amy.

Si chiese se il marito dell'amica, Dave, l'avrebbe portata fuori a cena. Probabilmente no. Senza dubbio trovare una baby-sitter sarebbe stato difficile e, in ogni caso, Jess sospettava che per i neogenitori sarebbe stato straziante affidare la loro bambina a qualcun altro. Forse avrebbe dovuto rinunciare alla serata rilassante e offrirsi di accudire Amy in caso Emer e Dave volessero stare un po' da soli. Sarebbe potuta tornare a casa per prendere un cambio di vestiti e, a meno che non fosse rimasta imbottigliata nel traffico, arrivare là entro le sette.

Sì, avrebbe fatto così, decise, controllando l'ora sul cellulare prima di digitare il numero fisso dell'amica. Erano da poco passate le cinque e mezzo. Sicuramente Emer era a casa, ma si augurò che gli squilli non svegliassero Amy. Poteva solo immaginare quanto fosse faticoso farla addormentare.

Mentre aspettava che Emer rispondesse, pregò con tutto il cuore che non fosse il momento sbagliato.

«Pronto?» fece l'amica con voce un po' stanca.

«Ops, scusa. Spero di non averla svegliata.»

«Ciao, Jess. Come stai? No, non hai svegliato Amy. È qui accanto a me.»

«Oh, fantastico. Ho sempre paura di disturbare. Ma, dimmi, come sta? E come stai tu? Non vedi l'ora che sia domani?»

«Domani...?»

Jess sorrise. «Dài, piantala di prendermi in giro, non fare finta che sia un giorno come un altro. I compleanni sono importanti, Emer, specialmente perché stavolta riceverai un biglietto con scritto "mamma"!»

«Lo so. Questa sì che sarà una novità.»

«Be', ascolta, non voglio trattenerti, perché sono certa che sei impegnatissima, ma volevo dirti che se tu e Dave voleste uscire stasera, o anche domani, io sarei felice di badare a Amy. Brian è via, perciò potrei raggiungervi e dormire da voi.»

«Oh...»

Jess inarcò un sopracciglio, chiedendosi perché l'amica sembrasse stupita. Oppure era... titubante? Ripensandoci, era stata un'idea stupida, e forse Emer non si sarebbe mai sognata di lasciare sua figlia a qualcuno così inesperto. In realtà, Jess era convinta che sarebbe stato un gioco da ragazzi: Amy era un angioletto e, grazie alla famiglia allargata di Brian, lei ormai sapeva cambiare pannolini e cose simili.

In ogni caso, Emer non pareva affatto entusiasta.

«Grazie per l'offerta, Jess. È molto gentile da parte tua, ma non è necessario. Non abbiamo molta voglia di uscire.»

«Sicura? Puoi fidarti. Sono certa che me la caverei benissimo e poi...»

«Non è questo, davvero. È solo che... Ecco, preferiremmo passare una serata tranquilla e... senza confusione, capisci?»

«Okay, come vuoi. Ma se hai bisogno di una baby-sitter non esitare a chiedere. Sai che per voi ci sono sempre.»

«Sì. Grazie, Jess.»

«Vi trovo a casa domani? Vorrei venire a portarti il regalo.»

«Oh, non dovevi disturbarti. Comunque sì, saremo a casa tutto il giorno, anche se probabilmente l'ora di pranzo è il momento migliore.»

«Nessun problema. Mi auguro che il tempo regga. Il clima è fantastico, vero?»

«Altroché.»

«Be', speriamo che domani ci sia il sole. Porto una bottiglia di champagne e magari ti convinco a brindare al tuo compleanno.» A quanto ne sapeva, Emer aveva smesso di bere ancor prima della gravidanza perché non voleva più ubriacarsi: era un rischio della loro professione (anche se alcuni l'avrebbero definito un incentivo), e Jess capiva il punto di vista dell'amica.

Emer rise. «Vedremo.»

«Ottimo. Comunque, goditi la tua serata tranquilla. A domani. Dai a Amy un bacio da parte mia, d'accordo?»

«Okay, Jess. Ciao.»

Il giorno seguente, Jess salì sulla sua Mercedes SLK e raggiunse Lakeview verso l'ora di pranzo, dopo aver telefonato a Emer lungo la strada per chiederle se le servisse qualcosa.

«Mille grazie, ma no» aveva risposto l'altra, un po' assonnata. Forse la bambina le aveva fatto passare una nottataccia.

Moriva dalla voglia di vedere che faccia avrebbe fatto l'amica scartando il regalo. Emer le aveva sempre invidiato la sua Jimmy Choo e, ora che i Kellerman potevano contare su un solo stipendio, era probabile che non avesse molti soldi da spendere per sé. Un altro motivo per cui Jess riteneva che meritasse qualcosa di speciale.

«Oh mio Dio, Amy ti ha tenuta sveglia?» chiese quando arrivò, notando il colorito spento e l'aspetto stanco di Emer, che pareva reduce da una notte di bagordi.

«No, no, è stata bravissima» disse lei agitando la mano e guidandola verso la cucina. «Dave è dovuto uscire, ma ti saluta.»

«Oh, peccato. Be', comunque, prima che mi dimentichi, buon compleanno!»

«Che cos'è?» Emer sgranò gli occhi davanti alla scatola. «Non dirmi che è per me!»

«Certo!»

«Jess, io...»

«Dài, aprilo senza fare tante storie e dimmi se ti piace.»

Emer sciolse il morbido fiocco nero e sollevò i fogli di carta velina. Quando finalmente scoprì la magnifica borsa, si bloccò e arrossì di gratitudine... o di imbarazzo, temette Jess.

«Ti piace?» Per un attimo ebbe paura di aver scelto il modello sbagliato. Forse era troppo appariscente e la Fendi sarebbe stata molto più nello stile di Emer. «Può darsi che il colore sia un po' vistoso, ma...»

«È favolosa. Dio, Jess, non so cosa dire...»

«Non devi dire niente. So che non te l'aspettavi, ma volevo regalarti qualcosa di carino, di veramente speciale, insomma, dopo tutto quello che hai passato quest'anno.»

«Quasi non ci credo. Jess, sono senza parole. Non avrei mai immaginato una cosa come... o che tu...»

«Be', certo che non lo immaginavi. Altrimenti non sarebbe stata una sorpresa, no?» Era contenta che il regalo avesse sortito l'effetto desiderato, anche se sperava di non aver messo Emer in difficoltà o, peggio ancora, di averla fatta sentire in obbligo. «Ascolta, è solo un pensiero per festeggiare la tua maternità, e ovviamente il tuo compleanno. Ma è anche per ringraziarti di essere stata un'amica straordinaria per tutti questi anni.»

Emer scosse la testa. «Non riesco a crederci. Prada! Dio, Jess, dev'esserti costata una fortuna.»

«Niente affatto. Ho ricevuto una gratifica, perciò non ho sforato il budget mensile.» Non era proprio così, ma se serviva per tranquillizzarla...

«Be', si direbbe che mi sia licenziata troppo presto. Evidentemente la promozione ti sta fruttando un sacco di soldi.»

Era un'impressione, o c'era una punta di invidia nel suo tono? No, impossibile.

Emer aveva deciso spontaneamente di lasciare il lavoro per trasferirsi a Lakeview e concentrarsi sulla famiglia, e sapeva meglio di chiunque altro che lei sgobbava da mattina a sera.

«Non proprio, ma a differenza di te non ho nessuno per cui spenderli, perciò... Oh, a proposito» Jess pescò l'orsacchiotto dalla borsa. «Questo è per Amy.»

«Wow, grazie. Le piacerà un sacco.»

Anche se Emer sembrava più o meno quella di sempre, Jess credette di nuovo di cogliere una certa durezza nella sua voce.

Probabilmente era solo frutto della sua fantasia, pensò, scacciando quella sensazione sgradevole. Forse l'amica era soltanto stupita per il regalo.

«Dov'è Amy?» domandò Jess.

«È in giardino, nel suo seggiolone. Dorme ancora, spero. Ti accontenti di un panino per pranzo? Non ho avuto il tempo di cucinare.»

«Non preoccuparti, un panino va benissimo. Anzi, vuoi che cominci a prepararli mentre dai un'occhiata a Amy?» Non voleva che Emer si sentisse obbligata a servirla.

«No, sono già pronti. Ti va una spremuta d'arancia?»

«Ottimo.» Per qualche strana ragione che Jess non riuscì ad afferrare, l'atmosfera non sembrava adatta per lo champagne. «Sai, potevi anche mandarmi a quel paese» disse quando si sedettero al tavolo del patio, mentre Amy dormiva beatamente lì accanto.

«Perché?»

«Be', se non avevi voglia di ricevere visite.» Non c'erano altre spiegazioni per la tensione che si era creata tra loro, rifletté Jess. Non poteva essere colpa della borsa: anche se forse era stata un'idea sciocca, non era una cosa così grave.

«Niente affatto. Sono contenta che tu sia venuta» disse Emer poco convinta.

«D'accordo. Cin cin, allora.» Jess alzò il bicchiere. «Tanti auguri.»

«Grazie, Jess, e grazie ancora per la splendida borsa. È stata una sorpresa meravigliosa.»

«Come ho detto, te la meriti. Non so con che cavolo abbinerai quel colore, ma...»

Suonò il campanello ed Emer saltò su. «Chissà chi è. Non aspetto nessuno.»

Un attimo dopo tornò con una donna che teneva in braccio un bebè un po' più grande di Amy.

«Jess, questa è Grainne, la mia vicina.»

«Piacere. E chi è questo bellissimo giovanotto?» cantilenò Jess, sorridendo al bambino.

«Lui è Ross. Piacere mio.» Grainne si rivolse a Emer: «Ascolta, mi dispiace disturbarvi, ma nella confusione di ieri sera credo che Ross abbia lasciato qui il suo giocattolo. È un peluche bianco e nero che assomiglia a un cane, solo che ha le zampe davanti rosicchiate».

«Mmm... non mi pare di averlo visto.» Emer avvampò.

Jess non era sicura di aver capito bene. Che diavolo aveva la sua amica quel giorno? Sembrava che non vedesse l'ora di liberarsi di lei. Cosa stava succedendo? A cosa si riferiva Grainne con «la confusione di ieri sera»?

«Forse l'ha preso uno degli altri bambini. È colpa mia. Non ero abbastanza lucida per accorgermene. E gli O'Connor non stavano molto meglio! Sai, abbiamo alzato un po' il gomito» aggiunse Grainne, strizzando l'occhio a Jess. Poi si girò verso Emer, che non sapeva più da che parte guardare: «Che barbecue strepitoso, però. Prima ho incontrato Jill Carney, ed è ridotta peggio di me. Non siamo più abituati a fare le ore piccole!».

Jess era perplessa. Ore piccole? Emer non le aveva detto che lei e Dave avrebbero passato una serata tranquilla? Invece, pareva che avessero organizzato un barbecue indimenticabile. Non erano affari suoi, ma perché mentire?

«Se trovo il giocattolo, ti faccio sapere» promise Emer mentre riaccompagnava Grainne alla porta. Jess restò in giardino, confusa. Provò a fare il punto della situazione. Emer aveva rifiutato la sua offerta di fare da baby-sitter, dato una festa di nascosto e deciso di non invitarla pur sapendo benissimo che Brian era partito e che lei non aveva impegni. Poi, come ciliegina sulla torta, le aveva lanciato una frecciatina sul suo stipendio.

«Così hai fatto tardi ieri sera?» chiese in tono pacato quando Emer tornò.

«Già. È stata una di quelle cose improvvisate, sai?»

«Certo. Meno male che avevi da mangiare e da bere per tutti, allora.»

«Mmm... sì.»

«Peccato che tu e Dave abbiate dovuto rinunciare alla vostra serata tranquilla.»

«Esatto. Ascolta, avrei voluto dirtelo, ma...»

Scese un silenzio pesante e Jess capì che tra loro era cambiato qualcosa.

«Insomma, è solo... È stata più che altro una festicciola per i bambini, così ho pensato che non...»

Jess si sentì ferita. Da quando in qua doveva avere dei figli per frequentare la sua migliore amica?

«Credevo solo che sarebbe stato più semplice se non... Ecco...» La voce di Emer sfumò, ma Jess non aveva bisogno di sentire altro.

Era rimasta di sasso. A quanto pareva, Emer riteneva giusto tagliarla fuori da certi aspetti della sua vita e tenerla a distanza, solo perché lei non faceva parte del club esclusivo cui molte delle sue amiche sembravano essersi iscritte ultimamente.

Il club delle mamme.

3

Ruth Seymour si guardò allo specchio. Lo splendido Christian Dior color argento scollato sulla schiena era perfetto per l'occasione. Un abito da star, proprio come lei. I lunghi capelli biondi le ricadevano sulle spalle in onde magnifiche, gli occhi azzurri scintillavano, le labbra carnose erano lucide di gloss e il vestito avvolgeva come un guanto il suo corpo minuto. Quella non era certo la serata per una sobria mise nera, e lei non intendeva fare tappezzeria. Era Ruth Seymour, la famosissima protagonista della serie tv americana *Glamazons*, nonché la stella più luminosa di Hollywood.

Si voltò verso la sua assistente Chloe, che stava digitando sul BlackBerry.

«Allora, come sto?» Sapeva già la risposta (dopotutto, Chloe era pagata per compiacerla), ma aveva ugualmente bisogno di una conferma.

«Oh, sei favolosa! Che scarpe ti metti?»

Ruth sorrise, pensando allo stupendo paio di Manolo Blahnik argento che la stylist le aveva appena mandato. Costavano milletrecento dollari, ma lei le aveva avute gratis per il semplice fatto di essere Ruth Seymour. In realtà preferiva le Louboutin, ma pareva che lo stilista si rifiutasse di fare omaggi. Pazienza, poteva benissimo permettersele, grazie al suo agente che prometteva cifre milionarie per ogni episodio di *Glamazons*. In effetti, ne aveva già comprate diverse paia.

«Le Manolo Blahnik, credo» rispose allegramente, notando l'espressione gelosa di Chloe quando le tirò fuori dalla scatola e ne infilò una sul piede sottile. Immaginò di passeggiare per Lakeview con quelle addosso. La gente sarebbe diventata verde d'invidia!

Be', forse l'avrebbe fatto davvero, pensò calzando l'altra scarpa e annotando mentalmente di metterle in valigia. «Ricordami di portare anche queste domani, okay?» disse a Chloe.

«Certo. Pronta per lo champagne?» L'assistente allentò il tappo di una bottiglia di Veuve Clicquot, che si aprì con uno schiocco sonoro, e a Ruth sembrò il suono più bello del mondo.

«Quand'è stata l'ultima volta che sei tornata a casa?» chiese Chloe porgendole il bicchiere.

Ruth bevve un sorso. «Oh, non saprei, qualche anno fa, suppongo» fece, con nonchalance. «Sono stata molto impegnata, e non è esattamente un viaggio breve.» Tornò davanti allo specchio. «A che ora arriva l'auto?»

Chloe, intuendo che preferiva glissare sull'argomento, consultò gli appunti e la informò che la macchina sarebbe passata alle sette.

In realtà, Ruth si ricordava benissimo quando era tornata l'ultima volta in Irlanda. Era stato cinque anni prima, e da quel momento in poi aveva evitato il suo Paese d'origine come la peste. Non per i suoi genitori, anzi: aveva molta nostalgia di loro ed era contenta che di tanto in tanto l'avessero raggiunta a Los Angeles. Il problema erano tutti gli altri. Non voleva essere giudicata e aveva il terrore di essere commiserata o, peggio ancora, considerata una fallita. Visto che andava spesso a Parigi e in Costa Azzurra, sarebbe stato semplice fare un salto, ma non aveva mai avuto voglia di tornare in Irlanda, nella pigra cittadina in cui era cresciuta.

Fino a ora.

Sorrise. Adesso, grazie a *Glamazons*, era una celebrità, e non era così difficile affrontare il passato quando si era riusciti a sfondare. Era all'apice della carriera. La prima stagione – ambientata nel mondo elegante e raffinato dell'élite di Malibù – aveva registrato indici d'ascolto stratosferici in tutti gli Stati Uniti, e le riprese della seconda sarebbero iniziate in autunno. Girava voce di una candidatura agli Emmy per lei e per uno dei suoi colleghi: entrambi avevano addirittura già firmato il contratto per la terza stagione, che aveva sancito ufficialmente il suo ingresso nell'Olimpo di Hollywood. Era questo il motivo del party di quella sera, e lei aveva giusto il tempo di festeggiare prima di prendere l'aereo per Dublino l'indomani.

La puntata pilota stava per andare in onda anche in Irlanda e Ruth era stata invitata per un'intervista a *Late Tonight*, il talk show più seguito e amato del Paese. Aveva fatto i salti di gioia quando l'aveva scoperto. Forse era l'onore più grande cui potesse aspirare, oltre che una bella rivincita su chi aveva dubitato di lei.

Prima di rituffarsi nel lavoro, intendeva passare l'estate a Lakeview con i suoi, recuperando il tempo perso e crogiolandosi nel meritato successo.

Aveva diritto a qualche mese di vacanza: aveva sgobbato per anni e finalmente le cose stavano andando per il verso giusto.

Sapeva di essere destinata a un futuro radioso. In fondo, era sempre stata attraente e la bellezza dell'adolescenza non l'aveva mai abbandonata, anzi l'aveva trasformata in una donna meravigliosa. Anche ora, a trent'anni, non era costretta a usare il Botox o altri trattamenti cui ricorrevano le sue colleghe. Aveva dei geni strepitosi e ne era consapevole.

Era assolutamente convinta di essere una grande attrice, tuttavia la gavetta era stata molto dura, perciò era contenta che il suo talento fosse stato riconosciuto. Dopo un debutto promettente nella soap nazionale *The Local*, in Irlanda tutti avevano dato per scontato che prima o poi sarebbe approdata a Hollywood. Lei compresa.

Però, quando era arrivata a Los Angeles cinque anni prima, era stata trattata come una novellina e per un certo periodo si era dovuta accontentare di orribili spot pubblicitari per creme antirughe e di qualche particina stereotipata in film di serie B. Arricciò il naso, disgustata. Per fortuna quel capitolo della sua vita era chiuso. Ora nulla l'avrebbe più fermata, ne era certa.

Pronta per la festa, si sentì completamente rilassata quando il BlackBerry di Chloe suonò per avvertirle che l'auto le attendeva.

L'assistente raccolse gli appunti e la stola di pelliccia e la accompagnò in ascensore.

Davanti all'edificio erano appostati i paparazzi. I flash delle macchine fotografiche erano accecanti, ma a Ruth non davano fastidio, anzi. Erano lì per lei! Sfoderò un sorriso smagliante e dovette resistere alla tentazione di salutare con la mano come se fosse Miss America. Fece un educato cenno con la testa, rispose a un paio di domande e ricevette una valanga di complimenti, mentre il portiere le faceva strada tra la folla, verso la limousine.

Mmm, pensò, forse era ora di assumere una guardia del corpo. L'idea le piaceva, e non capiva come alcune star potessero lamentarsi dei fotografi che le seguivano ovunque. Era magnifico! A cosa serviva diventare famosi se non si apprezzavano i vantaggi della notorietà?

Si accomodò sul morbido sedile posteriore mentre Chloe, al suo fianco, faceva alcune telefonate.

Quando si avvicinarono al Beverly Hills Hotel, l'autista chiese se dovesse lasciarle all'entrata laterale, per evitare la folla. Chloe stava per accettare, ma Ruth la zittì.

«Neanche per sogno. Vada all'ingresso principale. Dopotutto, i fan aspettano per ore nella speranza di vedere i loro idoli.» Sorrise. Meglio far credere che fosse un atto di gentilezza anziché il desiderio di appagare la propria vanità. Le donne troppo egocentriche non piacevano a nessuno, e lei lo sapeva più di chiunque altro.

La limousine si fermò davanti all'hotel. Ruth guardò fuori dal finestrino e vide una folla impressionante di ammiratori. Ricordando gli esercizi di yoga, fece un profondo respiro.

Si comincia...

Chloe le porse uno specchietto e Ruth si ripassò il lucidalabbra, quindi guardò l'assistente.

«Perfetta. Sei uno schianto.» Chloe uscì dall'auto, mentre un uomo in livrea aprì la portiera di Ruth.

I flash esplosero nell'istante in cui allungava una gamba affusolata e scendeva elegantemente dall'automobile, facendo attenzione a non scoprire il fondoschiena. Si avviò lentamente lungo il tappeto rosso, posando per le fotografie, ringraziando i fan entusiasti, crogiolandosi nella propria gloria. Intendeva prolungare il più possibile la sfilata di quindici metri fino alla porta dell'hotel.

Con la coda dell'occhio scorse Troy Valentine, che nella serie interpretava suo marito. Era particolarmente bello quella sera, pensò, con i capelli neri pettinati alla perfezione e il sorriso luminoso che spiccava sul volto abbronzato, uno dei vantaggi di avere una casa sulla spiaggia... Ruth si domandò se non fosse ora di lasciare il suo appartamento sulle colline di Hollywood.

Troy la vide e le rivolse un cenno, offrendosi di accompagnarla dentro. Lei sorrise riconoscente ma non accelerò il passo. Per il momento era meglio dedicarsi a quelli che non avrebbero partecipato al party: i paparazzi e il pubblico adorante.

All'interno, la festa era entrata nel vivo e il Cristal scorreva a fiumi. A Ruth sembrava di essere una regina: Bob, il produttore di *Glamazons*, la riempì di complimenti, così come i pezzi grossi della televisione. Tutta quell'attenzione la fece sentire incredibilmente bella e affascinante, ma forse era solo l'effetto dello champagne.

Inoltre era molto eccitante che Troy Valentine le ronzasse continuamente intorno. Avevano recitato in *Glamazons* sin dalle prime puntate, ma all'epoca lui era già un attore famoso, mentre lei in America era praticamente una sconosciuta e, nonostante il feeling immediato, Ruth si era sempre sentita un po' in soggezione. Ma, grazie alla sua impeccabile interpretazione nel ruolo di Mia Reynolds, ormai era un'attrice affermata e, quando Troy si chinò a sussurrarle qualcosa all'orecchio, si rese conto che l'aveva capito anche lui.

«Sei uno schianto, sai?» La sua voce calda e morbida e il suo delizioso profumo le procurarono un brivido lungo la schiena.

Troy, che di solito si accompagnava alle donne più affascinanti del mondo, sembrava avere occhi solo per lei. Purtroppo non brillava per il suo quoziente intellettivo, ma flirtare lontano dal set non avrebbe danneggiato la reputazione di Ruth: i tabloid ci sarebbero andati a nozze.

«Grazie.» Gli lanciò un'occhiata civettuola, poi sorrise e aggiunse: «Scusami, torno subito». S'incamminò verso la toilette, voltandosi per vedere se Troy le stesse fissando la vertiginosa scollatura sulla schiena. Ovviamente sì.

Be', meno male che ho indossato questo vestito, pensò Ruth. Ancheggiò leggermente, intenzionata a tenere agganciato lo sguardo di lui.

In bagno, si rifece il trucco e riordinò i pensieri. Gli ultimi giorni erano stati straordinari, e stentava a credere a quante persone stesse conquistando quella sera. Essere coccolata dai più potenti di Hollywood era sempre stato il suo sogno e adesso si era realizzato.

Le girava un po' la testa: doveva ancora abituarsi all'idea che *Glamazons* fosse adorato dal pubblico e che, secondo la stampa, lei fosse una delle ragioni di quel successo. Il suo agente, Erik, aveva appena strappato un contratto formidabile per la terza stagione e, di quel passo, Ruth non avrebbe avuto preoccupazioni economiche per un bel po' di tempo. Niente più provini umilianti, niente più particine anonime e, soprattutto, niente più stroncature e commenti acidi da parte dei media irlandesi. Cavolo, se l'avessero candidata davvero agli Emmy, avrebbe persino potuto diventare una delle testimonial della L'Oréal. A casa nessuno avrebbe più osato darle della fallita.

I primi tempi a Los Angeles, i giornalisti irlandesi erano stati spietati con lei e sembravano quasi compiaciuti che Ruth Seymour non fosse riuscita a sfondare. Lei sapeva che non sarebbe stata una passeggiata, ma non si aspettava di certo che ci sarebbe voluto tutto quel tempo. Aveva digerito a fatica le critiche dei connazionali, e sperava che stavolta le cose sarebbero andate diversamente.

Non vedeva l'ora di partire, anche se si augurava di riuscire a smaltire in tempo tutto quello champagne.

Al diavolo, pensò. Quella era la sua serata: il vento di Hollywood poteva girare da un momento all'altro, perciò era meglio godersela finché durava.

A proposito di godersela...

Quando uscì, Troy era appoggiato alla parete.

«Ciao» lo salutò in tono lascivo.

«Ciao.»

«Dio, adoro quell'accento» disse lui scuotendo la testa. Maledizione, quando beveva troppo le tornava la cadenza irlandese, una cosa che avrebbe preferito evitare.

Però, se a Troy piaceva...

Sorrise. «Non si sa mai, magari nella prossima stagione gli sceneggiatori ti scriveranno un'avventura con un'irlandese.»

«Dovrei tradirti con una qualunque? Impossibile.» Si avvicinò e le sfiorò una spalla. Ruth fu percorsa da un fremito.

Nonostante i critici avessero definito spesso «bollenti» le loro scene erotiche, lei non aveva mai pensato al collega in quel modo. Le bastò guardarlo negli occhi per intuire cosa gli stesse passando per la testa.

«Forse mi stai confondendo con Mia» lo stuzzicò. «Non sarebbe un tradimento.»

«Sì, invece.» Troy la spinse in un angolo buio, vicino ai telefoni, e le diede un avido bacio sulle labbra. Si staccò e sorrise. «Meglio di quando siamo davanti alle telecamere, no?»

«Assolutamente» confermò Ruth con un filo di voce. Troy la baciò ancora.

Aveva ragione: era molto diverso rispetto a quando erano sul set, circondati da almeno una dozzina di persone. Era... indescrivibile.

Troy le accarezzò i seni attraverso il tessuto leggero, per poi posarle le mani sulla parte bassa della schiena e giocherellare con il bordo del vestito. La sua lingua era calda e impaziente mentre le esplorava la bocca, e Ruth si premette contro di lui, ebbra di alcol e di desiderio.

Faticava a credere che Troy Valentine l'avesse stretta a sé e la stesse baciando.

«Sei stupenda, Ruth. Ti ho mai detto che volevo farlo dalla prima volta che ti ho vista?» Le riempì il collo di baci, facendosi strada fino al solco tra i seni. Quando lei sentì il suo respiro sulla pelle, si rese conto di essere eccitata.

Allora perché ci hai messo tanto? avrebbe desiderato chiedergli, sorpresa dalla piega che aveva preso la serata. Era la tipica favola hollywoodiana, capace di superare persino le sue migliori aspettative, e non voleva che finisse.

Troy si raddrizzò e la guardò negli occhi, ansimando. «Ruth, andiamocene da qui.»

La luce filtrava dalle finestre. Ruth sollevò le palpebre e fu assalita da un'emicrania lancinante. Alzando lentamente la testa dal cuscino, si girò e realizzò che non era stato solo un sogno...

Troy era sdraiato lì accanto e, benché fosse ancora splendido, il magnetismo della sera precedente era svanito. Si mosse nel sonno e cominciò a russare forte. Cosa le era saltato in mente? Ruth era sicura che si sarebbe svegliato anche lui con un mal di testa insopportabile.

Si mise a sedere e si guardò intorno. Ma dov'erano? Cercando di ricostruire l'accaduto, ricordò che avevano deciso di lasciare la festa separatamente, in modo da non destare sospetti. Si erano dati appuntamento allo Chateau Marmont, che non era certo un posto in cui i vip passavano inosservati, ma nessuno dei due era nel pieno delle proprie facoltà.

Troy, o chi per lui, doveva aver prenotato una camera, perché a Ruth non sembrava di essersi registrata; le tornò solo in mente che il portiere le era andato incontro e l'aveva accompagnata in una stanza. *Quella* stanza.

Troy era arrivato per primo e la attendeva con un'altra bottiglia di Cristal. Gemette, assalita dalla nausea al solo pensiero dell'alcol. Sul pavimento vide il suo Christian Dior, mentre le Manolo Blahnik erano state gettate in un angolo con noncuranza. Che cosa doveva fare? Se i paparazzi avevano ricevuto una soffiata e la stavano aspettando, lei non sarebbe potuta uscire vestita come la sera precedente. Avrebbe dovuto pregare Chloe di portarle un cambio.

Appoggiò la testa sul cuscino e chiuse gli occhi.

Affiorarono altri dettagli della notte precedente, anche se probabilmente lei e Troy si erano addormentati solo da un paio d'ore. La reputazione da playboy del suo collega era senza dubbio meritata e, quoziente intellettivo a parte, a letto lui era straordinario. Era stato fenomenale e, ricordò Ruth con un certo imbarazzo, avevano fatto tanto rumore che era un miracolo che nessuno avesse chiamato la sicurezza. Oppure qualcuno l'aveva chiamata? In ogni caso erano celebrità, e quasi sicuramente l'hotel era abituato a episodi simili, si rassicurò, provando un pizzico di vergogna, ma anche una strana soddisfazione.

Però c'era qualcosa che la tormentava, qualcosa di indefinito. Okay, di solito non andava a letto con i colleghi, e sicuramente non con uomini come Troy, ma era stata un'avventura surreale ed emozionante.

All'improvviso capì il motivo di quella sensazione sgradevole e le sue fantasticherie si dissolsero di colpo. Cominciò ad ansimare. Oddio... oddio.

Saltò giù dal letto ed esaminò i resti della nottata: vestiti, bottiglie di champagne, lenzuola, la sua borsetta, il cellulare di Troy... il preservativo.

Oddio, dovevano averlo fatto cento volte! Rivide nitidamente le scene: lui che si muoveva sopra di lei; lei che rideva e gli avvinghiava le gambe intorno alla vita; il profilattico che si rompeva; loro che esitavano per un secondo e poi continuavano...

Ebbe un conato di vomito. Si precipitò in bagno e si guardò allo specchio, inorridita.

La favolosa dea della sera precedente era scomparsa. Il mascara era colato, i capelli erano spenti e arruffati, la pelle era sudata e appiccicosa. Si chinò verso il piano di marmo e aprì il rubinetto, lavandosi il viso mentre si ripeteva come un mantra: Non può essere capitato... Non sta capitando... Non deve capitare. Non ora, non dopo questa notte, non con lui. Non quando andava tutto a gonfie vele, quando la sua vita era esattamente come la desiderava, quando aveva realizzato il suo sogno. Soffocò un singhiozzo. Doveva andarsene al più presto.

Tornò in camera e si avvolse in uno dei lussuosi accappatoi bianchi dell'hotel. Troy dormiva ancora e lei, facendo attenzione a non svegliarlo, estrasse il telefono dalla borsetta e uscì sul balcone.

Chloe rispose al primo squillo. «Ciao, sono Ruth. Devi portarmi un cambio d'abito allo Chateau Marmont. Il prima possibile, per favore.»

«Stai bene? Ero molto preoccupata. Non ti ho sentita dopo la festa e, insomma, oggi devi partire e...» L'ansia nella sua voce era palpabile.

Ruth guardò l'orologio. Le venne voglia di piangere: avrebbe dovuto essere sull'aereo per Dublino di lì a qualche ora.

Cavolo.

«Lo so. Per favore, sbrigati, okay?»

«Certo, ma che ci fai allo Chateau Marmont?»

Ruth si morsicò un labbro. «Diciamo che... ho incontrato una persona.»

«Qualcuno che conosco?» la punzecchiò Chloe, e per qualche ragione il suo tono scherzoso la fece stare meglio: in fondo, simili bravate erano routine tra le vere star di Hollywood.

«Ecco... Veramente si tratta di Troy Valentine» ammise Ruth, insieme imbarazzata e... orgogliosa.

Chloe non nascose lo stupore. «Troy Valentine? È magnifico! Dev'essere stata una notte indimenticabile.»

Ruth fece un sorriso tirato. Sì, se non fosse stato per... «Esatto. Senti, devo andarmene di qui al più presto per non perdere l'aereo, perciò se potessi...»

«Capito. Arrivo subito. Non preoccuparti, le valigie sono già pronte. Farai in tempo. E non dimenticare le Blahnik.»

Ruth trattenne le lacrime, rendendosi conto che non voleva mai più rivedere quelle scarpe. «Chloe, ci sarebbe un'altra cosa... un altro favore.»

«Dimmi. Di cosa si tratta?»

Ruth rifletté. Poteva fidarsi di lei, no? Certo che poteva. Quella era Los Angeles e probabilmente la sua navigata assistente non avrebbe battuto ciglio. Comunque, non aveva altra scelta: non poteva risolvere il problema personalmente, né lì né in Irlanda.

«Vorrei che mi comprassi una cosa e che la mettessi in valigia prima di venire qui» disse con voce tremante. «È una questione delicata.»

«D'accordo. Cosa?»

«Deve restare tra noi, okay?»

«Naturalmente. Spara.»

Ruth deglutì e chiuse gli occhi. «La pillola del giorno dopo.»

4

Nina trascorse la prima notte a Lakeview rigirandosi nel letto e rimuginando sulla sua vita. Il silenzio della campagna e lo stress del viaggio avrebbero dovuto metterla ko, ma invece era rimasta sveglia a fissare il soffitto.

Aveva un mucchio di problemi: tanto per cominciare, la rottura con Steve. Solo un mese prima era stata felice come non mai, senza avere il minimo sospetto o presentimento di ciò che l'aspettava.

Come ho potuto essere così stupida? si rimproverò aspramente. Nonostante lo amasse alla follia, sapeva di aver fatto bene a mettere fine alla loro relazione, perché lui l'aveva ferita troppo. Come se non bastasse, lavoravano nella stessa azienda e lei non avrebbe sopportato di incontrarlo ogni giorno – specialmente in quel periodo –, così aveva mollato tutto di punto in bianco ed era partita. Il risultato era che adesso era single e disoccupata.

Si avvolse nelle coperte, rimpiangendo che sua madre non fosse lì con lei. Cathy sarebbe tornata subito se avesse immaginato la gravità della situazione, ma finalmente lei e Tony avevano organizzato il viaggio che sognavano da sempre, e Nina non voleva rovinare tutto. Dio solo sapeva quanti sacrifici aveva fatto sua madre nel corso degli anni per crescere una figlia da sola, finché non si era innamorata di Tony quando Nina era ormai adolescente. Lui era un uomo fantastico: gentile, premuroso e solido come una roccia. Un vero punto di riferimento per Cathy, anzi per entrambe.

Sospirò, pensando a quanto era diverso Patrick. Non sapeva perché aveva sperato che fosse cambiato: il cambiamento era un'eresia per un uomo testardo come suo padre. Probabilmente non aveva mai messo piede fuori da Lakeview, men che meno dall'Irlanda, anche se in qualche modo doveva pur essersi procurato i pezzi di ricambio per i televisori.

No, non avevano decisamente nulla in comune a parte il Dna. Per quanto tempo sarebbe riuscita a sopportarlo? Quanto bastava per schiarirsi le idee, concluse. Era quello il piano, in fin dei conti.

Adesso però doveva cercare di dormire. Decise di ricorrere al buon vecchio metodo di contare le pecore, e stava per appisolarsi quando udì un sonoro russare dall'altra parte del corridoio. Era scontato, si disse, che suo padre desse segni di vita l'unica volta in cui lei ne avrebbe fatto volentieri a meno.

Nonostante la frustrazione si addormentò, ma fu svegliata qualche ora dopo da Patrick che bussava alla sua porta urlando: «In piedi!».

Nina controllò la sveglia: le sette in punto.

Non aveva nessuna voglia di fare colazione in silenzio con lui, perciò decise di alzarsi, mettersi qualcosa di comodo e andare in centro per una tazza di caffè. Patrick era sempre stato un bevitore accanito di tè e non teneva in casa nemmeno un barattolo di caffè solubile, figurarsi una caffettiera.

Scese al piano di sotto e lo trovò in cucina, intento a preparare le solite cose. «'Giorno, papà» lo salutò stanca.

Lui si voltò come se si fosse ricordato di lei solo allora. «Oh, buongiorno, Nina. Ti va di mangiare qualcosa?»

«No, grazie. È una bellissima giornata, perciò ho pensato di fare una passeggiata, di muovermi un po'. Probabilmente prenderò qualcosa in centro.»

«Mmm-mmm» fece Patrick, tornando a concentrarsi sulla padella.

Lei indugiò per un attimo, cercando di interpretare quel grugnito. Quando si rese conto che era solo indifferenza, si girò e uscì. Dio mio, si disse, ci vuole la pazienza di un santo per sopportarlo. Poi, quasi subito, provò una fitta di compassione: suo padre era un tipo solitario, abbandonato dalla moglie. Gli chiese mentalmente scusa e si ripromise di non pensarci più. Aveva problemi ben più gravi da risolvere in quel momento.

Camminò spedita, seguendo il sentiero che costeggiava il lago in direzione del centro, senza una meta precisa. Conosceva Lakeview come le sue tasche e sapeva ancora orientarsi perfettamente, anche se non si era mai affezionata a quel posto. Al contrario, ce l'aveva messa tutta per starne alla larga.

Raggiunse la caffetteria di Ella, un piccolo edificio a due piani in una posizione invidiabile sulla riva del lago, all'angolo con Main Street. Nina era così sovrappensiero che non si accorse di aver varcato la soglia.

Sentì un profumo familiare, un mix di fritto e pasticcini. L'interno non era molto cambiato: era ancora il locale intimo e accogliente che ricordava, con il parquet di quercia, gli scaffali zeppi di fiori secchi e vecchi ninnoli in stile country, oltre a sedie e tavoli tutti diversi, uno dei quali era un antico modello da cucito Singer.

Davanti alla cucina c'era un lungo bancone di granito dove i clienti si godevano caffè e dolcetti seduti sui loro sgabelli. Accanto, una teca di vetro conteneva ogni ben di Dio: muffin, ciambelle, torte alla carota, brownie e bignè alla crema per chi era goloso di dolci, polpettoni e baguette per chi preferiva il salato. Il menù, scritto su una lavagna, elencava una serie di proposte per la colazione che spaziavano da yogurt, müsli e bagel al migliore whisky irlandese con tanto di sanguinaccio di produzione locale.

Anche se Nina non aveva molto appetito quando era uscita, l'aroma della famosa cucina casalinga di Ella le fece venire l'acquolina in bocca. Si guardò intorno, chiedendosi se dopo tanti anni avrebbe riconosciuto qualcuno.

I suoi occhi scrutarono la stanza e infine si posarono sull'unica persona che non avrebbe mai potuto dimenticare: Ella. La guardò correre da un tavolo all'altro, pulire il bancone e versare il caffè, rivolgendo una parola gentile a tutti. Forse non era un caso che Nina fosse finita lì. La proprietaria era una donna così adorabile e cordiale che da ragazzina lei si sentiva più a casa in quel caffè affollato che da suo padre.

Ella doveva essersi accorta che qualcuno la osservava, perché alzò lo sguardo di scatto. La studiò per un attimo, poi la riconobbe. Posò il bricco del caffè e le andò incontro, stringendola in un abbraccio caloroso.

«Nina, tesoro, che splendida sorpresa. Devo ammettere che all'inizio non ero sicura che fossi tu... Come sei cresciuta! I tuoi occhi sono sempre gli stessi, però! Quando sei arrivata? C'è anche tua madre? Dio, non vi vedo da un'eternità!»

«No, sono venuta da sola... per una breve visita.» Nina si chiese perché sentisse il bisogno di essere evasiva sulla durata del suo soggiorno a Lakeview.

Ella la fissò e lei abbassò lo sguardo, temendo che le leggesse nel pensiero e scoprisse i suoi segreti.

«Stai bene, tesoro?» domandò la donna. «Sei un po' pallida e sei dimagrita moltissimo dall'ultima volta che ti ho vista. Spero tu non stia seguendo una stupida dieta.»

«No, no. Anzi, ho una fame da lupi.» Meglio cambiare argomento, pensò Nina.

«Meno male. Siediti al bancone, ti preparo subito qualcosa. Poi mi devi raccontare cos'hai combinato in tutto questo tempo.»

Nina fu stranamente commossa dal suo entusiasmo. Era l'esatto contrario dell'apatia di Patrick.

Chiacchierarono per un po' ed Ella le presentò la cameriera, Alice, una ragazza simpatica sulla ventina, con grandi occhi azzurri e una spruzzata di lentiggini.

Ella volle sapere cosa avesse fatto a Galway negli ultimi anni, dove viveva, dove lavorava e se stava frequentando qualcuno. Nina tralasciò le parti che riguardavano Steve.

«Qual buon vento ti porta a Lakeview?» chiese Ella alla fine.

«Ecco, non tornavo da un po' e... e avevo voglia di vedere Patrick. Papà, cioè.» Se quella non era una bugia bell'e buona... Aveva risposto con un tono così esitante da temere che Ella non le credesse, ma lei annuì e le versò dell'altra spremuta d'arancia. «Come vanno le cose qui?» riprese Nina per cambiare discorso.

«Be', Lakeview è sempre la stessa. Anche se, come avrai notato, è molto più grande e abbiamo molti cittadini che si sono rifugiati qui in campagna.»

Nina sorrise. «Come stanno i ragazzi?» Se si ricordava bene, Ella aveva tre figli, e forse aveva addirittura adottato un paio di bambini. Oltre a ogni cane, gatto e coniglio malandato che trovava sulla sua strada. Incredibilmente generosa, Ella Harris amava prendersi cura delle persone, il che spiegava perché la sua piccola caffetteria fosse da sempre il locale preferito degli abitanti di Lakeview. Lì non era necessario specificare se si voleva un cappuccino medio o grande, perché la proprietaria indovinava i gusti dei clienti con uno sguardo.

«Bene, bene. Sono tutti sistemati, grazie al cielo.» Ella si illuminò. «Dan, il maggiore, mi dà una mano qui qualche volta. Carly lavora con i bambini disabili e Lily, la più piccola, va ancora all'università.» Sorrise teneramente. «Li vedo ogni tanto, ma ognuno ha la sua vita. Sai com'è...»

«Posso immaginarlo» disse educatamente Nina. Voleva aggiungere qualcosa, ma all'improvviso la porta si spalancò e sul locale si abbatté una specie di tornado.

Entrò una giovane donna minuta con una massa di capelli rossi ricci legati in una mezza coda di cavallo, spettinata ma elegantissima. Aveva un paio di occhiali da sole Chanel sulla testa e, quando si fermò per guardarsi intorno, Nina percepì tutta l'energia che emanava.

«Ella, che mattinata fantastica!» cinguettò. «Hai sentito il notiziario? Indovina chi arriva questo weekend? Ci sarà una grande festa di bentornato e pure una premiazione al Clancy's! Stavo andando a controllare come procedono i preparativi, ma non ho fatto colazione, perciò ho pensato di fare un salto per prendere un muffin e...» Si interruppe e fissò Nina. «Nina Hughes! Santo cielo! Questa sì che è una sorpresa!» strillò abbracciandola.

«Trish! Wow, quasi non ti riconoscevo. A dire il vero, non sapevo che vivessi ancora qui.»

«Be', l'avresti saputo se ti fossi degnata di fare un colpo di telefono o di spedire una mail» la rimproverò bonariamente l'altra.

Nina fece una smorfia. «Hai ragione, sono stata imperdonabile. Mi dispiace.»

«Non preoccuparti. Non mi sono fatta viva nemmeno io. Ho vissuto a Cork per un bel po', ma sono tornata, più o meno... due anni fa. Dài, racconta. Voglio sapere tutto quello che hai fatto dall'ultima volta che ci siamo viste. Dio, sono passati anni. Che lavoro fai? Com'è Galway? Fino a quando ti fermi? Sei da tuo padre? Come sta?»

«Non sei affatto cambiata» rise Nina. «Ma qualche volta respiri?»

Trish Brogan, sua coetanea, era stata una delle poche amiche che aveva a Lakeview quand'era bambina. L'ultima volta però non si erano incontrate in paese, ma a Galway. Trish si trovava là per qualche motivo – non ricordava quale – ed erano uscite a cena. Era stata una serata divertente, e si chiese perché non fossero rimaste in contatto.

«Nina è arrivata ieri. Resterà con suo padre per un po'» spiegò Ella. Poi, a Nina: «Quando Trish avrà ripreso fiato, riuscirà a dirti che lavora per il "Lakeview News". Che tu ci creda o no, fa delle bellissime interviste quando permette alla gente di aprire bocca» aggiunse ironica, al che Trish arrossì.

«Fantastico. Dunque alla fine sei diventata una specie di scrittrice!» Nina si ricordò che l'amica amava inventare storie.

«Be', il giornale locale non pubblica esattamente roba da Pulitzer, però a me piace e, anche se da queste parti non capita di vedere molti vip, le cose stanno migliorando!» Notando l'espressione neutra delle altre due, Trish continuò: «Be', non ci crederete, ma Ruth Seymour sta per tornare a casa! Il comunicato stampa è arrivato questa settimana».

Certo! L'attrice! Nina si era quasi dimenticata di lei. «Ho sentito parlare della serie tv. Non è pazzesco? Anni fa giocava con noi e ora è una star di Hollywood!»

Trish arricciò il naso. «Star o non star, si infila le mutande come tutti i comuni mortali» ridacchiò. «Sempre che si ricordi di metterle.»

«Trish!» si scandalizzò Ella.

«Leggo le riviste di gossip e credo che, Botox a parte, ultimamente faccia un po' troppo la ragazzina» proseguì Trish.

«Quanti anni ha?» chiese Nina. «Almeno trenta, suppongo.»

«Venticinque, secondo il comunicato stampa. Significa che ne abbiamo venticinque anche noi, no? Spero si sia resa conto che attirerà qui un sacco di giornalisti e che qualcuno potrebbe tirare fuori il suo certificato di nascita» ribatté Trish con un luccichio malizioso negli occhi.

«Dài, non essere maligna» la rimproverò Ella. «E non creare problemi solo perché hai accesso agli archivi per il progetto di cui ti stai occupando.»

Trish spiegò a Nina che stava mettendo insieme una storia fotografica di Lakeview. «Devolverò il ricavato in beneficenza, perciò posso consultare tutti gli archivi municipali.»

«Sembra una bella idea!» Nina lo pensava davvero: Lakeview aveva un passato interessante perché era stata teatro di un'importante rivolta repubblicana cent'anni prima. Sarebbe stato affascinante documentarne l'evoluzione nel corso dei decenni.

«A ogni modo» riprese Trish, «hanno deciso di conferire a Ruth un Lakeview Person of the Year Award. Lo so... come se avessimo una sfilza di candidati» ridacchiò, notando lo sguardo divertito di Nina. «Ci sarà una grande festa al Clancy's Hotel. Devi venire. Tutti si comportano come se stesse per arrivare la regina. È straordinario che una persona di Lakeview, una nostra conoscente, sia così famosa.»

«Sarai tu a intervistarla?»

«Sì, e non vedo l'ora, più che altro per la mia carriera. Un giorno vorrei lavorare per un giornale nazionale.»

«Ce la farai» la incoraggiò Nina, sicura che Trish avesse tutti i numeri per sfondare. «Be', quando la intervisti, ti dispiacerebbe farle una domanda da parte mia?»

«Certo. Cosa vuoi sapere?»

«Com'è passare le giornate a sbaciucchiare Troy Valentine sul set?»

Trish buttò indietro la testa e scoppiò a ridere. «Devi avermi letto nel pensiero! Oddio, è tardissimo. Nina, è stato bello rivederti. Averti qui sarà come tornare ai vecchi tempi. Devi accompagnarmi al party. Berremo litri di champagne. Ti telefono più tardi per i dettagli, okay?» E si precipitò fuori.

«D'accordo» accettò Nina, anche se le ultime parole di Trish avevano rovinato l'allegria del momento e l'avevano riportata alla realtà.

Ella era impegnata a servire i clienti e, dato che le aveva già rubato troppo tempo, lasciò i soldi sul bancone e si alzò. La donna le fece un cenno di saluto e, una volta fuori, Nina si sentì schiacciare nuovamente dal peso dei problemi. Era stato piacevole dimenticarli per qualche minuto, realizzò sospirando. Avrebbe accompagnato volentieri Trish alla festa, ma non avrebbe bevuto nemmeno una goccia di champagne.

Non poteva esagerare. Non adesso che era incinta di dodici settimane.

5

Una volta tornata a Dublino, Jess rimuginò su quello che era accaduto da Emer. Si sentiva terribilmente offesa e tradita dal fatto che l'amica non l'avesse invitata al suo barbecue per famiglie felici e avesse cercato di nasconderglielo.

Ora che Emer era diventata mamma, voleva escluderla dalla sua vita? Perché? Che differenza faceva, e perché mai avrebbe dovuto fare qualche differenza?

Sicuramente non aveva alcun senso per Jess, che stentava a credere che Emer l'avesse tagliata fuori di proposito. Dio, e pensare che si era persino offerta di farle da baby-sitter!

Emer aveva cercato di appianare le cose, stordendola di chiacchiere e proponendole di stappare lo champagne. «Dài, farò uno strappo alla regola» aveva detto allegramente, come se niente fosse.

«Non importa. Puoi sempre tenerlo per la prossima festa» aveva mormorato Jess. Poi se n'era andata.

Nonostante si fosse sforzata di nascondere la propria delusione, non ci era riuscita. Da una parte, si sentiva un po' sciocca per esserci rimasta così male ma, dall'altra, le dava fastidio essere stata presa in giro. Per di più da quella che riteneva la sua migliore amica, la persona con cui aveva condiviso praticamente tutto negli ultimi diciassette anni. Be', a quanto sembrava Emer non intendeva coinvolgerla nella sua nuova vita, rifletté tristemente, almeno finché non avesse avuto un figlio tutto suo.

Ma per il momento non era in programma. Lei e Brian volevano avere dei bambini, naturalmente, ma non adesso. D'accordo, erano sposati da sette anni e stavano insieme da più di dieci, ma non avevano mai preso in considerazione l'idea. Sicuramente era colpa del lavoro: Brian viaggiava spesso per la sua prestigiosa agenzia di viaggi e Jess stava facendo carriera alla Piccolo.

Mentre camminava avanti e indietro per il soggiorno, si chiese perché non avessero mai parlato seriamente dell'argomento, quando invece molti dei loro amici avevano ormai fatto il grande passo: Emer e Dave, Deirdre e Kevin, e molte delle altre coppie che frequentavano.

O che avevano frequentato.

Era certa che Brian sarebbe stato un padre straordinario, e sperava di essere una brava mamma, perché amava i bambini. La piccola Amy ne era la conferma. Eppure non si immaginava nel ruolo di madre, anche se pensava di essere ancora in tempo. Quando fosse stata pronta, l'avrebbe capito, dopotutto era così che succedeva a ogni donna. Ma forse quel ragionamento reggeva a ventiquattro anni, non a trentacinque.

Era curioso, ma era convinta che la decisione di metter su famiglia si addicesse a persone più grandi e più mature, e pensava che lei e Brian non fossero ancora entrati in quella fase. In lei non era scattato l'istinto materno, per questo i bambini non facevano parte dei loro progetti.

E perché no? C'era forse qualche fattore del suo subconscio che non aveva preso in considerazione?

Andò in camera e indossò i pantaloni del pigiama e una vecchia T-shirt, poi si legò i capelli in una morbida coda di cavallo.

Si guardò intorno, ma non provò il senso di pace che quel luogo tranquillo, con la sua luce e i suoi tessuti eleganti, le trasmetteva di solito. Cercò di vederlo con gli occhi di Emer, sospettando che la sua amica avrebbe notato la bellezza della stanza, ma forse l'avrebbe giudicata spoglia perché il pavimento non era disseminato di giocattoli.

Poi fu assalita dal nervoso. Perché avrebbe dovuto sentirsi sminuita? Era soddisfatta delle sue scelte e della sua vita. O, almeno, lo era stata fino a quel giorno.

Moriva dalla voglia di raccontare tutto a Brian, e in qualsiasi altro momento non avrebbe esitato a telefonargli, ma suo marito adesso era a novemila metri di altitudine, di ritorno da Singapore. Ne avrebbero discusso al suo rientro.

Sospirò. Avrebbe preferito non aspettare. Doveva sfogarsi con qualcuno, doveva avere la conferma che non si era immaginata tutto, che la sua amicizia con Emer era veramente in pericolo.

Davanti all'armadio aperto, posò gli occhi su un vestito Diane von Fürstenberg che aveva fatto impazzire Deirdre l'ultima volta che glielo aveva visto addosso. Certo, Deirdre! Era la persona più indicata e, poiché era amica sua e di Emer, sarebbe stata in grado di darle qualche consiglio. Anche lei viveva a Lakeview e aveva due figli, cosa che, a quanto ricordava Jess, non aveva mai avuto ripercussioni sul loro rapporto.

Sollevata, tirò su la cornetta del telefono sul comodino e la chiamò.

Al settimo squillo a vuoto, iniziò a temere che Deirdre non fosse in casa, ma poi finalmente rispose. «Pronto?» ansimò stancamente.

«Ciao, Deirdre. Sono Jess.»

«Oh, ciao!» la salutò con un entusiasmo che la mise subito a suo agio. «Come stai? Aspetta, qui è scoppiata la Terza guerra mondiale.» Deirdre posò il ricevitore e andò a sgridare uno dei bambini, che doveva aver combinato qualcosa... con una rana, a quanto pareva. Okay, si disse Jess con un sorriso, di qualunque cosa si trattasse, non ci teneva a saperla. Alla fine calò il silenzio e lei aspettò che l'amica tornasse al telefono.

«Scusa, Jess» gemette Deirdre. «I ragazzi continuano a bisticciare e mi tocca fare da arbitro.»

«Nessun problema. Ti capisco.» E invece non capiva, non proprio.

«Come stai?»

«Ecco...» Jess non sapeva come affrontare l'argomento senza sentirsi un'idiota. «A essere sincera sono un po' in crisi.»

«In crisi... Tu?» L'amica fece una risata sommessa, come se fosse un'idea assurda. «Ah, fammi indovinare, non sei riuscita a trovare il tuo numero delle nuove Jimmy Choo?»

Anche se quasi sicuramente era una battuta, Jess provò una fitta al cuore al solo pensiero che l'amica la considerasse superficiale fino a quel punto. Lei non era un'oca giuliva che passava le giornate a fare shopping, era una donna di successo, con un lavoro di responsabilità e un team da dirigere.

Fece uno sforzo per resistere alla tentazione di ricordarlo anche a Deirdre. «Ah, no, niente del genere» ridacchiò. «In realtà riguarda Emer.»

«Davvero?»

«Ecco, prima sono stata a Lakeview per portarle il regalo di compleanno e...»

«Oh, no, l'avevo dimenticato! Normalmente non mi sentirei in colpa, ma ne abbiamo parlato proprio l'altra sera e... Scusa, continua.»

Jess le raccontò tutto per filo e per segno. Deirdre ascoltava in silenzio mentre lei si convinceva sempre più di essere stata trattata ingiustamente.

«Vedi, non ce l'ho con lei perché non mi ha invitata, ma perché mi ha mentito» concluse. «A dire la verità forse sono un po' seccata anche per quello, soprattutto perché sapeva che ero libera.»

«Ti capisco» replicò la sua amica e, intuendo di avere un'alleata, Jess cominciò a stare meglio.

«Allora che ne pensi?» insisté. «Ho ragione a essere arrabbiata? E offesa, anche!»

Deirdre ci pensò un attimo. «Be'... vedi, è una situazione delicata. Comprendo il tuo fastidio, ma devo ammettere che comprendo anche il punto di vista di Emer.»

«Veramente?» Jess si mise a sedere sul letto. Il punto di vista di Emer? «Cosa intendi?»

Di colpo le venne un tremendo sospetto: «Aspetta un attimo, c'eri anche tu ieri sera? Sei andata al party?».

«No, non c'ero» si affrettò a rassicurarla Deirdre. «Insomma... eravamo stati invitati, ma poi non siamo andati. Dougie ha avuto un po' di mal di gola questa settimana e non volevo rischiare di contagiare gli altri bambini.»

Jess batté le palpebre. «Oh, allora l'unica reietta sono io. Non mi volete tra i piedi perché non ho figli.»

«Ma no, ti sbagli» disse Deirdre, conciliante. «Ascolta, è solo che... Ecco, forse Emer ha pensato che il barbecue non facesse per te, o per Brian, se fosse venuto anche lui. Insomma, perché dovreste avere voglia di stare con noi e con i nostri figli?»

«Perché voi siete i nostri amici! O, almeno, lo eravate prima di trasferirvi in campagna e cominciare a giocare alle famigliole felici.» Jess cercò di non sembrare astiosa o irragionevole, ma fu inutile. In fondo, loro non avevano avuto alcun riguardo per i suoi sentimenti.

Deirdre sospirò. «Jess, siamo ancora tuoi amici, ma puoi immaginare com'è...»

«Francamente no, me lo spieghi tu, per favore?» Jess non sapeva perché fosse così acida. Non era colpa di Deirdre, anche se l'amica aveva appena confermato la teoria secondo cui i genitori e i non-genitori dovevano restare separati.

«Jess, prova a riflettere. Credo abbia a che fare con il livello di interesse. La casa di Emer e Dave sarà stata piena di giocattoli, pannolini e bambini urlanti e, se non avessi figli a mia volta, non mi sarebbe sembrata una prospettiva allettante. Anche la settimana scorsa, ad esempio, io e lei siamo state a Dublino a fare shopping e abbiamo riso di come ormai trascorriamo gran parte del nostro tempo nei negozi per bambini...» Deirdre tacque, rendendosi conto di aver fatto una gaffe, ma ormai era troppo tardi.

Jess si sentì doppiamente tradita. «Tu ed Emer siete venute a Dublino?»

La voce dell'amica parve davvero mortificata. «Ti avremmo voluto invitare, ma...»

«Non preoccuparti» ribatté Jess, ferita. Una volta, loro tre facevano tutto insieme – anzi, era stata lei a presentare Deirdre a Emer – ma, da quando loro si erano trasferite a Lakeview, la tagliavano fuori. Ora, persino quando tornavano a Dublino per una visita o per qualche acquisto, non si degnavano neppure di avvisarla.

«Sinceramente abbiamo pensato che non ti interessasse, sappiamo che ti piace provarti centinaia di scarpe e di vestiti...» Deirdre lasciò la frase a metà, dando a intendere che trovava noioso quel tipo di shopping. «C'erano anche i bambini e, se non si è abituati, può essere un po' stancante, così...»

Jess si domandò quando, di preciso, si fosse aperta quella spaccatura tra loro. Ma ovviamente lo sapeva benissimo. Era stata isolata perché, a differenza di Deirdre e di Emer, non aveva fatto buon uso delle proprie ovaie e non era entrata a far parte del loro piccolo club esclusivo.

Lei, invece, non aveva mai trascurato le amiche e non si sarebbe mai sognata di escluderle dai suoi programmi. Ogni volta che lei e Brian davano una festa, invitava sempre tutti, a prescindere dalla loro situazione familiare.

Santo cielo, pensò, ricordando un dettaglio: ultimamente le sue amiche e i loro mariti non avevano più partecipato alle loro cene. Li stavano snobbando? «Allora è per questo che tu ed Emer non passate più a trovarci» affermò, pacata.

«Come? No, facciamo sempre il possibile per venire e, se non veniamo, è solo perché non riusciamo a trovare una baby-sitter. Dài, Jess, non fare così.»

«Mi dispiace... Solo non capisco perché...» Era spiazzata e arrabbiata. Per evitare di dire qualcosa di cui si sarebbe pentita, chiese scusa a Deirdre e promise che l'avrebbe richiamata.

Si sentiva vulnerabile e inadeguata. Colta da una terribile solitudine, si stese sul letto e chiuse gli occhi, cercando di non pensarci.

Ore dopo scattò a sedere e batté le palpebre nella penombra del crepuscolo. L'aveva svegliata un rumore al piano di sotto. Brian era tornato.

«Jess, tesoro, dove sei?» la chiamò salendo le scale.

«In camera.»

La porta si aprì ed entrò suo marito. Jess sorrise. Anche se stanco, era più bello che mai: alto oltre un metro e ottanta, con i capelli castani e due occhi color cioccolato a cui non sfuggiva nulla.

«Ciao, bellezza» fece, ma aggrottò le sopracciglia quando vide la sua espressione triste e i suoi capelli arruffati. «Ehi, qualcosa non va? Non stai bene?»

«Sto benissimo» mentì Jess per non rovinargli il rientro a casa. Andò ad abbracciarlo. «Com'era Singapore?»

Brian inclinò la testa. «Perché hai quella faccia? Cos'è successo?»

Assalita da una nuova ondata di sgomento, Jess gli raccontò tutto. Lui la ascoltò pazientemente.

«Non riesco a crederci. Ora che ci penso, questa storia va avanti da un po'. Brian, non avrei mai immaginato che ci avrebbero emarginati solo perché non abbiamo figli. Insomma, presto non ci rivolgeranno più la parola, non ci vorranno tra i piedi per paura che li... contagiamo con la nostra superficialità!»

Lui si sforzò di restare serio. «Melodrammatica come sempre» la punzecchiò. «Ascolta, prova a esaminare la situazione da un punto di vista pratico, anziché permettere alla tua folle immaginazione di partire per la tangente.»

Jess lo guardò. La prendeva sempre in giro per la sua fantasia e, sì, forse lei tendeva a esagerare ogni tanto, ma non era sempre un difetto, anzi nella sua professione era addirittura indispensabile. Comunque, in quel caso non si era lasciata trasportare dalle emozioni. Le sue amiche la stavano escludendo, punto e basta, e le cose potevano solo peggiorare.

Brian sorrise come se le avesse letto nel pensiero. «Non fare così. Okay, Emer si è comportata male, ma probabilmente non aveva cattive intenzioni, e sono sicuro che alla fine farete pace.» Ridacchiò e le strofinò il naso contro il collo. «Sono certo che vi siete capite male.»

Jess non era convinta. «Come potrei fraintendere una bugia bell'e buona? E il fatto che non mi abbiano detto della gita a Dublino? Probabilmente si sono divertite un mondo a prendere in giro me e le mie scarpe. Considerano la mia vita insulsa e inutile. Mi stanno allontanando, e dipende solo dal fatto che non abbiamo figli.»

Lui sospirò. «Non hai preso in considerazione la possibilità che non l'abbiano fatto per allontanarti ma per risparmiarti un'emicrania? I bambini possono essere una gran scocciatura.»

Jess dovette ammettere che non ci aveva pensato ma, anche se Brian avesse avuto ragione, sarebbe stato ugualmente un comportamento sbagliato, anche perché a lei piaceva stare con i bambini. «Credi davvero che sia solo questo?»

«Certo. Che altro potrebbe essere?»

«Be', quello che ti ho spiegato. Il fatto che non abbiamo figli.»

«Se è così, peggio per loro. Francamente, Jess, mi sembra che tu stia ingigantendo un po' la cosa. Emer non ti ha invitata alla sua festicciola. Che te ne importa?»

Le importava, invece, ed era quello il problema. Teneva molto alla loro amicizia e aveva paura che fosse solo l'inizio della fine.

«E, poi, pensa ai vantaggi di non avere figli» continuò Brian. «Possiamo fare quello che ci pare, mentre le coppie come Deirdre e Kevin non possono nemmeno andare da McDonald's per un frullato senza chiamare la Guardia nazionale!» La baciò. «In più, hai ancora un corpo incredibilmente sexy, senza smagliature o cicatrici.» Le fece il solletico, e Jess provò un enorme sollievo.

Brian aveva ragione. Erano liberi di fare ciò che volevano: prendere un volo last minute per Parigi o per New York, partire per una crociera e bere champagne a feste eleganti senza nessuna angoscia.

Non facevano quasi mai quelle cose, in realtà, ma l'essenziale era che avrebbero potuto...

Rincuorata, lo abbracciò e lo baciò.

Quando si staccarono, Brian la guardò. «Ascolta, si direbbe che tu abbia avuto un paio di giornate difficili, perciò credo che stasera dovresti buttarti tutto alle spalle andando in un bel posticino con il tuo affascinante marito.» Gli brillarono gli occhi. «Le uniche cose di cui dovrai preoccuparti saranno quale cocktail ordinare e quale paio di Jimmy Choo indossare.»

Jess sorrise. Le piaceva l'idea di uscire con Brian e di dimenticare l'accaduto. Lui l'avrebbe aiutata a mettere la situazione nella giusta prospettiva e a ricordarsi quanto fosse splendida la sua vita. Aveva un lavoro fantastico, una casa meravigliosa, un guardaroba magnifico e un compagno premuroso. Era molto fortunata e non avrebbe dovuto lasciarsi turbare da un episodio insignificante. Probabilmente era solo uno sciocco equivoco che si sarebbe risolto a breve.

«Dài, andiamo a bere un margarita» suggerì Brian.

Più tardi, mentre sorseggiavano i cocktail ridendo e chiacchierando come sempre, Jess si chiese perché si fosse angosciata tanto. Aveva una vita idilliaca, ricca di cose di cui essere grata. Perché perdere tempo a torturarsi per ciò che le mancava?

6

Ruth passò tutto il viaggio a tormentarsi. Sul volo da Los Angeles a New York, tentò di riprendersi dai postumi della sbronza e cancellare quella sensazione di panico che aveva fin dal mattino. Chloe le aveva procurato la pillola del giorno dopo senza fare troppe domande e l'aveva infilata nel bagaglio a mano, insieme a un test di gravidanza. «Più tardi servirà a tranquillizzarti» le aveva detto. Ruth aveva preso la pillola all'aeroporto e sperava con tutto il cuore che facesse effetto.

Ora, mentre attraversava il JFK, dirigendosi verso il gate per Dublino, riaccese il cellulare e trovò un messaggio in segreteria. Digitò il codice e, quando udì la voce, le si contrasse lo stomaco.

«Ruth, tesoro, sono io, Troy. Perché te ne sei andata così in fretta? Sei sparita prima che mi svegliassi.» Ci fu una pausa, come se il suo collega stesse pensando a cosa dire. «Va be', volevo solo farti sapere che sono stato benissimo ieri notte e, ecco... spero che tra noi sia tutto a posto. Eravamo entrambi sbronzi... Comunque, mi piacerebbe rivederti. So che starai via per un po', ma chiamami quando senti questo messaggio, okay?»

Oddio, cosa voleva? All'inizio le erano sembrate le

solite parole di circostanza, ma poi Troy aveva chiesto di rivederla. Per un appuntamento, o solo per fare sesso? Si domandò se anche lui fosse preoccupato per quello che era successo. Improbabile. Dopotutto era un uomo, e un preservativo rotto non sarebbe stato certo un problema per lui, né una potenziale minaccia per la sua carriera.

Pensò alla fatica che aveva fatto per restare nella taglia 40, immaginò le smagliature sull'addome sodo e fece una smorfia. Non poteva accadere. La vita non poteva essere così crudele.

Ricordò di aver letto qualcosa sul brusco calo della fertilità che hanno le donne. Era a trenta o a trentacinque anni? Se fosse stato a trenta, forse per una volta l'età avrebbe giocato a suo favore. Anche se tutti a Hollywood credevano ne avesse venticinque.

Quando arrivò al gate, vide che l'imbarco era già iniziato. Ottimo, non aveva voglia di aspettare. Desiderava buttarsi tutto alle spalle ed era convinta che mettere una distanza tra lei e lo stupido errore della notte precedente fosse proprio quello che le serviva, anche se si trattava solo di una distanza geografica.

Mentre sorvolavano l'Atlantico, si abbassò la mascherina sugli occhi e provò a rilassarsi. Per quanto si sforzasse, non riusciva a smettere di pensarci. Passò in rassegna le varie possibilità. Se (ed era un «se» enorme, a quel punto) fosse stata incinta, non sarebbe stata costretta a rendere pubblica la notizia. Sarebbe rimasta in Irlanda per qualche mese, e avrebbe potuto fare un salto a Londra per risolvere la questione. Non era necessario che lo sapesse nessuno.

Anche se era la soluzione più ovvia, non riusciva nemmeno a prenderla in considerazione. È vero che poteva costarle la carriera, ma era sicura che non sarebbe riuscita a fare quel passo. Doveva esserci un altro modo. Avrebbe sistemato le cose, come sempre. In fondo era diventata una star di Hollywood grazie alla propria determinazione.

Il volo atterrò a Dublino all'alba, ora locale. Ruth inforcò gli occhiali da sole nonostante la foschia grigia, perché temeva che il poco sonno e il jet lag le avessero fatto venire le borse sotto gli occhi.

Per anni aveva immaginato quel momento, il proprio ritorno glorioso, mentre scendeva dall'aereo e veniva circondata da una folla di giornalisti irlandesi che volevano fotografarla e farle mille lusinghe. Aveva sempre creduto che sarebbe stata affascinante e chic come Gwyneth Paltrow, anche dopo un viaggio di dieci ore.

Si guardò i jeans e il top di seta Dolce&Gabbana sgualcito e si chiese come facesse Gwyneth ad apparire così impeccabile. Forse perché lei volava su un jet privato, dove poteva dormire in un vero letto, farsi la doccia e cambiarsi. E poi quasi certamente Gwyneth non faceva mai un passo senza un team di stylist. Si pentì di non aver portato con sé Chloe, perché sentiva la mancanza dei suoi complimenti, oltre che delle sue capacità organizzative e di PR. Sapeva che all'arrivo avrebbe trovato un autista, ma non era la stessa cosa.

Gli assistenti di volo si prepararono per l'apertura delle porte e Ruth cominciò a raccogliere la sua roba.

Ricontrollò il make-up nello specchietto del portacipria e si assicurò che il rossetto non fosse sbavato. Notò che aveva davvero le borse sotto gli occhi. Cavolo! Si infilò in bocca un chewing-gum e lo masticò con forza, cercando di sbarazzarsi dell'alito cattivo. Al diavolo il ritorno in grande stile. Voleva solo chiudersi in una camera d'albergo e dormire per giorni interi. Purtroppo avrebbe avuto poco tempo per riposarsi, perché nel pomeriggio sarebbe dovuta andare agli studi televisivi come ospite del *Late Tonight*.

Aveva il cervello annebbiato, ma provò lo stesso a recuperare il buon umore che l'aveva accompagnata per tutta la settimana, senza riuscirci.

Alla fine, anziché scendere i gradini della scaletta dell'aereo come una star del cinema pronta a farsi fotografare, dovette percorrere un tunnel buio con tutti gli altri passeggeri. Arrivata al controllo passaporti, vide che molte cose erano cambiate: l'aeroporto era luccicante e moderno, simile a quello di Los Angeles. Dov'erano finiti i tipici pub della Guinness e i negozietti di maglioni delle Isole Aran? A quanto pareva, ormai vendevano persino i Mac. Okay, era passato troppo tempo dalla sua ultima visita, ma... quello era davvero un ristorante specializzato in caviale?

Stupita della svolta glamour del suo Paese, si sforzò di cancellare l'espressione sconcertata con un sorriso radioso. In fondo, i giornalisti sarebbero stati entusiasti del suo arrivo, no?

Doveva essere al top.

Oltretutto, nessuno sapeva quello che era successo la notte precedente, nessuno sapeva di lei e Troy, perciò era meglio farsi passare il malumore e sperare che la pillola funzionasse. Era il suo segreto, e avrebbe potuto affrontare le eventuali complicazioni a suo tempo. Quindi, perché non godersi il successo e la magia del momento? Per quel giorno poteva essere felice: era tornata in Irlanda da star, presto avrebbe rivisto la sua famiglia e partecipato al più importante talk show nazionale. Percorsa da un'ondata di ottimismo, si mise in coda per il controllo passaporti.

Guardò gli altri viaggiatori, chiedendosi se qualcuno l'avrebbe riconosciuta, e provò una certa delusione quando si accorse che nessuno era interessato alla donna affascinante con gli occhialoni scuri; erano tutti troppo impazienti di superare la fila. Non si rendevano conto che non solo era una delle attrici più sexy del momento, ma anche una loro connazionale? Mentre procedeva, cominciò a dubitare che il suo ritorno sarebbe stato così memorabile. Okay, gli irlandesi erano famosi per il loro atteggiamento distaccato verso le celebrità, ma lei era Ruth Seymour!

Rimpiangendo il calore dei fan di Los Angeles, raggiunse lo sportello e allungò il passaporto. Senza dubbio il suo nome non avrebbe significato nulla per il tizio dell'immigrazione, un cinquantenne annoiato che infatti la fece passare senza degnarla di una seconda occhiata.

Dopo aver recuperato i bagagli, Ruth individuò subito l'autista, che stringeva un piccolo cartello con scritto R. SEYMOUR. Gli si avvicinò con un sorriso a trentadue denti. «Salve» cinguettò. «Credo che stia aspettando me...»

Lui la squadrò e, anche se sapeva che Chloe si era rivolta a un prestigioso autonoleggio dublinese, Ruth si domandò quante occasioni avesse avuto quel tipo di incontrare star del suo calibro. Fiera di sé, provò un senso di vertigine al pensiero dell'autista che la scortava regalmente fuori dal terminal.

Ma, anziché profondersi in saluti e offrirsi di prenderle il trolley Louis Vuitton, l'uomo consultò un blocnotes e le fece segno di seguirlo. «Devo avvisarla che ci sono un sacco di fotografi qui fuori. A quanto pare hanno scoperto che sarebbe arrivata oggi.»

Ruth sorrise. Be', certo che la stampa lo sapeva, aveva avuto una soffiata «fortuita». Brava, Chloe. «Nessun problema. Era prevedibile» sospirò.

«Già... Ce ne sono decine e sembrano molto impazienti di parlarle» aggiunse l'autista. Ruth fu scossa da un brivido d'orgoglio.

La stampa scalpitava per vederla. Benissimo! Sognava quel momento da tutta la vita e, nonostante quei terribili spot pubblicitari e le imbarazzanti particine da ragazzina irlandese che era stata costretta ad accettare, dentro di sé non aveva mai smesso di crederci. Ora stava per succedere davvero, e si sentì più felice che mai.

Al diavolo Los Angeles e quella folle notte; era stato solo un piccolo intoppo, una macchiolina in una settimana perfetta. Quella era la sua occasione e Ruth era intenzionata a godersela fino in fondo.

«Comunque» proseguì l'uomo, «mi stia vicina, e vedrò di farla salire in auto sana e salva.»

«D'accordo. Grazie.»

Ruth lo seguì verso la limousine. O almeno sperò che fosse una limousine perché, appena mise piede fuori dall'aeroporto, fu accecata da un muro di luce bianca. Centinaia di flash esplosero contemporaneamente e una folla di persone le corse incontro. Wow, quello sì che era un benvenuto!

Alzò gli occhi e sfoderò un sorriso smagliante, gentilmente offerto dal suo dentista da seicento dollari l'ora.

«Ruth, è vero che hai passato la notte insieme a Troy Valentine?» chiese qualcuno, raggelandola.

L'entusiasmo iniziale si trasformò in panico quando fu investita da una raffica di domande: «Ruth, puoi confermare che hai lasciato lo Chateau Marmont ieri mattina dopo aver trascorso la notte con il tuo collega?», «Ruth, tu e Troy siete andati a letto insieme?», «Ruth, confermi che sei tu la donna in questa foto?», «Ruth, hai qualche dichiarazione da fare su ieri notte?», «Ruth, da quanto tempo tu e Troy vi frequentate?», «Ruth, hai una relazione segreta con Troy?», «La tua assistente ti porta sempre un cambio di vestiti il giorno dopo?», «È Troy la ragione del tuo recente successo?».

Oddio. Ruth restò immobile, sconvolta, finché l'autista la prese per il braccio e la guidò attraverso la folla, che diventava ogni secondo più insistente e pressante. Lo sanno, pensò inorridita. Sanno tutto! E di che fotografia stanno parlando?

Fortunatamente aveva indosso gli occhiali, perché doveva sembrare un cerbiatto spaventato. Non le era mai capitato di essere letteralmente aggredita da giornalisti che pretendevano delle risposte o da fotografi che cercavano di metterla in imbarazzo in tutti i modi; nessuno era mai stato così sgradevole con lei. Non era affatto il ritorno che aveva sognato.

Scortata dall'autista, si fece largo tra la calca. Doveva andarsene al più presto. Doveva parlare con Chloe, con il suo agente e...

Un fotografo le si piazzò davanti. Ruth fece un passo indietro, gli occhiali le scivolarono sul naso, e in quell'attimo l'uomo le scattò una foto. «Ruth, com'è essere la nuova farfallina di Hollywood?»

Si sentì sprofondare per la vergogna. La nuova farfallina di Hollywood? Era così che la consideravano nel suo Paese? Erano passate meno di ventiquattr'ore da quando era stata acclamata come la nuova diva della tv...

Finalmente raggiunse l'auto e, mentre l'autista le teneva aperta la portiera, tentò di superare l'ultimo groviglio di corpi che la separava dalla salvezza. Nel frattempo qualcuno le mise davanti una fotografia stampata su carta lucida. La afferrò e salì sulla Mercedes.

Ruth trasse un sospiro di sollievo e appoggiò la testa allo schienale. Aveva le lacrime agli occhi e temeva che i giornalisti potessero guardare dentro, anche attraverso i vetri oscurati.

Fuori, i paparazzi continuavano a bussare sui finestrini e a tempestarla di domande. Ruth si rese conto di essere sull'orlo di un attacco di panico ed ebbe paura di perdere il controllo. «Possiamo andare, per favore?» disse all'autista.

«Sto facendo del mio meglio, dolcezza, ma non voglio investire nessuno.»

Alla fine intervenne la sicurezza dell'aeroporto, che aiutò la Mercedes ad allontanarsi. A Ruth sfuggì una lacrima e tentò di calmare il respiro. Poi si accorse di avere ancora in mano la fotografia.

La esaminò attentamente. Sembrava l'immagine di una telecamera a circuito chiuso e, anche se era sgranata, mostrava un uomo e una donna avvinghiati. Lei era appoggiata contro la parete con la gamba intorno alla vita del partner. L'orlo del vestito era sollevato quasi fino all'anca. Si stavano baciando appassionatamente, incuranti di eventuali sguardi indiscreti.

Oddio...

A chi non conosceva la storia, sarebbe sembrata una scena volgare, soprattutto per la pessima qualità della foto, ma lei sapeva benissimo che non era andata affatto così, anzi era stato un momento molto romantico. In ogni caso non c'erano dubbi: la donna era proprio lei.

Ruth, com'è essere la nuova farfallina di Hollywood? È Troy la ragione del tuo recente successo?

Avrebbe voluto morire.

7

Nina si guardò allo specchio della camera. Non si sentiva affatto diversa e, se non fosse stato per il test di gravidanza e per l'ecografia che aveva fatto a Galway, non se ne sarebbe nemmeno accorta. Invece entrambi avevano confermato che sì, era indubbiamente incinta.

Si mise di profilo. No, non si vedeva niente. Visto che era di corporatura esile, temeva che il più lieve gonfiore avrebbe dato nell'occhio, ma al momento ancora nulla. Grazie al cielo, pensò. Non aveva idea di cosa avrebbe detto alle persone il giorno che il pancione avesse cominciato a vedersi, specialmente a sua madre.

All'improvviso, con perfetto tempismo, il cellulare iniziò a squillare nella borsetta. Lo estrasse e sul display vide un numero internazionale. Era Cathy.

«Ciao, tesoro. Come stai?»

«Ciao!» rispose Nina, felice di sentire la sua voce.

La linea era disturbata, perciò si spostò verso la finestra, sperando che la ricezione migliorasse.

«Sono in Vietnam, ti sto chiamando da una sottospecie di cabina telefonica. I nostri cellulari non funzionano qui. Continuerò a inserire le monetine finché ne avrò, ma non credo che potremo parlare a lungo.»

«Dimmi come va. Ti stai divertendo? Com'era Kuala Lumpur? Qual è la prossima tappa? E come sta Tony?» Le domande le uscirono spontanee, e Nina si rese conto di quanto le mancasse sua madre e di quanto desiderasse averla al proprio fianco. Avrebbe tanto voluto parlare con lei della gravidanza, ma non aveva intenzione di rovinarle il viaggio dei suoi sogni.

«Tony sta benissimo ed è tutto favoloso, ma tu come stai? Steve si è fatto vivo? Avete già fatto pace con un bel bacio?»

Nina sorrise mestamente. Era solo una fantasia. «No, mamma, è finita. Ma è tutto okay, perciò cerca di non preoccuparti.»

«Davvero? Tesoro, dimmi la verità, e non pensare di dovermi nascondere qualcosa solo perché sono qui. Lo sai, vero, che salirei sul primo aereo se avessi bisogno di me e...»

«Mamma, non essere sciocca» la interruppe Nina con una risata che si augurò sembrasse naturale. «Ormai sono adulta e sto bene.»

«Ma che mi dici del lavoro? Dev'essere dura vedere Steve tutti i giorni.»

Nina non ebbe il coraggio di confessarle che aveva lasciato sia il lavoro sia Galway e che si era trasferita a Lakeview, perché Cathy sapeva benissimo che non avrebbe mai messo piede laggiù se non fosse stata costretta. Non le avrebbe rivelato che stava da Patrick a meno che non fosse stato assolutamente necessario, altrimenti Cathy sarebbe tornata subito. «No, nessun problema. Ho già trovato qualcos'altro» svicolò. Per favore, non chiedermi i dettagli, pregò mentalmente.

«Sul serio? È fantastico. O almeno credo, anche se probabilmente significa che tra voi è davvero finita.»

«Sì, ma ora basta parlare di me. Raccontami di voi.»

«Ecco...» Mentre Nina ascoltava sua madre che chiacchierava di escursioni nella giungla e di paesaggi esotici, notò con sollievo che si era accontentata delle sue spiegazioni e che non l'aveva assillata con altre domande.

Forse era stupido non dirle del suo ritorno a Lakeview, ma era convinta che fosse la decisione giusta. Si sentiva in debito con Cathy, che aveva sacrificato tutto per lei. E, poi, sua madre non ci avrebbe messo molto a scoprire ogni cosa. Ben presto avrebbe cominciato a circolare la voce. Per il momento, però, la gravidanza era ancora il suo piccolo segreto.

Le venne la nausea al pensiero del suo ex. Si era resa conto che non l'aveva mai conosciuto davvero. Si era illusa che un giorno si sarebbero sposati, che avrebbero vissuto per sempre felici e contenti e che avrebbero avuto una bella famiglia. All'inizio Nina non si era agitata più di tanto per la gravidanza non programmata, perché credeva che avrebbe semplicemente accelerato il corso naturale delle cose. Di certo non aveva previsto quel finale, né tantomeno che la sua relazione con Steve fosse solo un castello di menzogne. Avrebbe potuto intuirlo? No, e non perché fosse ingenua, ma perché era stato lui a comportarsi come un verme.

Scacciò quei pensieri; non aveva voglia di rimuginare su Steve e sulle sue bugie.

Si stese sul letto e si massaggiò l'addome. Realizzò con tristezza che non provava neanche lontanamente quell'intensa gioia che accomuna le future mamme. Tuttavia, nonostante gli errori che lei e Steve avevano commesso, lei portava dentro di sé una nuova vita e non si sarebbe mai sognata di abortire. Non aveva preso in considerazione quella possibilità, nemmeno dopo la fine della relazione. No, c'erano sicuramente altre soluzioni; doveva solo trovarne una che andasse bene per tutti. Per quello era andata a Lakeview, per rimettersi in sesto, riordinare le idee e decidere cosa fare.

La mattina dopo si alzò svogliatamente. Dio, era stanca morta! Avrebbe potuto benissimo continuare a dormire per un altro paio d'ore, ma Patrick aveva bussato alla sua porta alle sette in punto. Che nervi, visto che poi si era chiuso in bagno, lasciandola lì a girarsi i pollici.

Finalmente lo sentì scendere al piano di sotto. Stava per entrare in bagno quando cominciò a sudare freddo e fu colta da un attacco di nausea. Fece appena in tempo a raggiungere il water prima di vomitare la cena della sera precedente. Ora che era entrata nel secondo trimestre, aveva sperato che le orribili nausee mattutine fossero finite, ma evidentemente non era così.

Si aggrappò al bordo del WC e vomitò ancora, con gli occhi che le lacrimavano per lo sforzo. Ma, nella fretta, aveva dimenticato di chiudere la porta e adesso Patrick la stava osservando dalla soglia.

«Mmm, volevo chiederti se vuoi un uovo per colazione. Ne sono rimaste solo due.»

Nina fece una smorfia, la sola idea del cibo la disgustava. «No, mangiale pure» rispose, sapendo che di solito suo padre si preparava due uova fritte.

«D'accordo. Hai lo stomaco un po' sottosopra?» domandò Patrick. Decisamente un eufemismo, considerando che aveva appena assistito a una scena che pareva tratta dall'*Esorcista*.

«Sì.» Nina si alzò e si pulì la bocca. Stomaco sottosopra? No. Nausee mattutine? Sì, pensò. Ma lui non poteva saperlo, perciò non aveva motivo di agitarsi. «Ieri sera devo aver mangiato qualcosa che mi ha fatto male.»

«Già.» Patrick continuò a guardarla. Nina era incredula. Perché non se ne andava, oppure non si offriva di aiutarla?

«Ti dispiacerebbe portarmi un po' d'acqua?» chiese, al che lui tornò di sotto. Quando ricomparve con un bicchiere, lei notò che se non altro aveva avuto l'accortezza di aggiungere qualche cubetto di ghiaccio.

Patrick si guardò nervosamente intorno. «Hai bisogno di qualcos'altro?»

Nina scosse la testa e lui si allontanò con evidente sollievo.

Si lavò le mani, maledicendosi per aver lasciato la porta aperta. Suo padre non era stupido e, se fosse capitato un altro episodio simile, avrebbe fatto due più due. Avrebbe dovuto essere più discreta o uscire prima che si svegliasse. Nessuna delle due alternative la entusiasmava. Odiava l'idea di aggirarsi furtivamente per casa e avrebbe voluto avere uno spazio tutto suo per non doversi preoccupare di destare sospetti.

Per il momento, però, non aveva altra scelta.

Dopo essersi vestita, uscì a prendere una boccata d'aria, senza aver fatto colazione. Si sentiva ancora un po' scombussolata e si augurò che la breve passeggiata fino in centro l'avrebbe aiutata.

Una ventina di minuti più tardi, il suo stomaco ricominciò a protestare – stavolta per la fame –, così si diresse verso la caffetteria di Ella.

Quando Nina entrò, Trish era seduta al bancone, intenta a leggere il giornale. Aveva la stessa pettinatura alla moda del giorno prima e sembrava molto concentrata.

«Ciao, Trish» la salutò Nina, contenta di vederla, e si sedette sullo sgabello accanto.

«Ciao, Nina.» Alzando gli occhi, l'amica le sorrise e si tolse dalla bocca la penna che stava mordicchiando.

«Ti disturbo?»

«Niente affatto, stavo solo dando un'occhiata alle pagine di gossip. So che sono tutte sciocchezze, ma non posso farne a meno.»

Nina annuì. Era curioso che le persone si sentissero sempre in dovere di giustificare il loro interesse per i vip, soprattutto quando la cronaca mondana era la prima rubrica che sfogliavano. «Qualcosa di interessante?»

«Be', dato che me lo chiedi...» fece Trish maliziosa. Le mostrò una pagina su cui campeggiava una fotografia di Ruth Seymour. «Guarda questa orribile foto della nostra vecchia amica all'aeroporto di Dublino stamattina all'alba.»

«No!» Nina rimase senza parole. Trish aveva ragione: era un'immagine orrenda. Ruth, dall'aria stravolta, si faceva strada tra i fotografi, con gli occhiali da sole sulla punta del naso e alcune ciocche di capelli impigliate tra le labbra. La splendida attrice pareva smunta e l'obiettivo l'aveva inquadrata così da vicino che si vedevano chiaramente le borse sotto gli occhi.

«Alla faccia della diva» sospirò Trish con un pizzico di delusione. «Io non la scritturerei neanche per la pubblicità di un detersivo.»

Con in mano il bricco del caffè, Ella si chinò sul bancone per vedere meglio. «Dài, Trish, non esagerare. Ha viaggiato per tutta la notte. Nemmeno tu saresti stata al top.» Sorridendo a Nina, le mise davanti una tazza di caffè e una fetta di pane tostato e imburrato. Proprio quello che ci voleva per calmarle lo stomaco.

«Non credo sia solo questo.» Trish indicò l'articolo accanto alla foto, secondo cui Ruth aveva un colorito verdognolo non perché volesse essere in tinta con il colore nazionale, ma perché si era presa una bella sbronza la sera prima. Alcune «fonti» di Hollywood sostenevano che Ruth e Troy Valentine, entrambi ubriachi fradici, avessero praticamente fatto sesso in pubblico al Beverly Hills Hotel prima di spostarsi allo Chateau Marmont, dove avevano fatto talmente tanto rumore da tenere svegli gli altri clienti. C'era anche un'altra fotografia sfocata della coppia travolta dalla passione. «Si direbbe che la nostra Ruth voglia far parlare di sé.»

«Smettila, Trish» la rimproverò Ella. «Probabilmente sono solo stupidaggini. E abbassa la voce. I suoi genitori sono seduti laggiù.»

L'altra ridacchiò con aria colpevole. «Comunque, pare che sia rintanata al Four Seasons da questa mattina. Ha paura di farsi vedere in giro, immagino. Stasera parteciperà a *Late Tonight*, poi sarà qui domani. Vuoi ancora venire alla festa?» chiese a Nina.

«Oh, sì, non vedo l'ora.»

«Ottimo, sarà divertente passare una serata tra donne. A meno che non ci sia anche il tuo ragazzo, nel caso sarebbe il benvenuto.»

«Oh, non sto con nessuno al momento» replicò Nina, a disagio.

«Sul serio? Mi dispiace. Ma quel tizio? Come si chiamava? Steve, giusto?»

Nina aveva dimenticato che Trish l'aveva conosciuto quando era andata a Galway.

«No, è finita da un po'.»

«Oh. Okay.» Per fortuna Trish non era troppo interessata ai dettagli. «Be', saremo solo noi due, allora.»

«Sei single anche tu?»

«Veramente no, ho appena iniziato a uscire con uno.»

«È favoloso, Trish. Non vedo l'ora di conoscerlo.»

«Te lo presento. A proposito, per quanto tempo hai intenzione di fermarti?»

«Non ho ancora deciso.»

«Tuo padre sta bene? Non sei qui perché è malato o qualcosa del genere?»

«No, sta benissimo. È sano come un pesce.» Nonostante le sue colazioni rivoltanti, pensò ironica Nina.

Trish tacque, evidentemente si aspettava una spiegazione, così Nina ne inventò una. «È solo che... ecco, quando si vive lontano è importante trascorrere del tempo con i propri genitori, non trovi?»

Trish annuì e Nina si sentì sollevata perché non avrebbe saputo cos'altro dirle.

Grazie al cielo, l'amica fu distratta da due donne che entravano trafelate nel locale. Una teneva in braccio una neonata e l'altra aveva due bambini per mano. Trish si rabbuiò.

«Le conosci?» chiese Nina, notando il suo repentino cambio d'umore.

Le donne si erano sedute a un tavolo dall'altra parte del locale, dove c'era abbastanza spazio per tutto il loro armamentario. Ognuna aveva una borsa con il cambio, una maxibag e uno zaino pieno di giocattoli. Una aveva anche una sorta di seggiolino e stava cercando di fissarlo alla sedia. Un sacco di roba per andare a bere un semplice caffè, pensò Nina. Aveva parecchio da imparare.

«Oh, no, solo due dublinesi arrivate da poco. Odiose madri esaltate, non so se hai presente.»

Nina si chiese se in futuro avrebbe detto la stessa cosa di lei.

Intanto Ella era andata a salutarle. «Emer, Deirdre! Come state? E come stanno questi tesorucci?»

Trish alzò gli occhi al cielo. «È meglio che vada al lavoro. Ci vediamo domani?»

Nina intuì che l'amica non doveva amare molto i bambini, se non sopportava nemmeno di stare nella stessa stanza con loro. Mentre Trish picchiettava rumorosamente con i tacchi alti sul pavimento, una delle due donne la vide.

«Ehi, Trish. Come stai?» fece, in tono un po' troppo cordiale per essere solo una «dublinese arrivata da poco».

«Ciao, Emer. Bene, grazie. Mi fa piacere vederti» rispose secca.

«Hai tempo per un caffè? Non so se ti ho già presentato Deirdre...»

«Mi spiace, non posso. Ho un appuntamento.» Trish lanciò un'occhiata all'orologio. «Ma forse potresti chiederlo a Nina?» La indicò, e lei sorrise di rimando alle sconosciute, anche se in realtà era in imbarazzo. Perché Trish l'aveva messa in quella situazione?

«Magari la prossima volta, allora» disse Emer, tornando a concentrarsi sulla bambina.

«Volentieri. Ora devo proprio scappare. Ciao!» Trish uscì come una scheggia.

Emer sorrise gentilmente a Nina. «Ti va di bere un caffè con noi?»

«Oh, non vorrei disturbare...»

«Niente affatto. Accomodati pure» insisté l'altra, e lei accettò controvoglia. Non sapeva cosa aspettarsi, dato che Trish aveva spudoratamente snobbato quella donna.

«Sei nuova di Lakeview?» domandò Emer dopo le presentazioni.

«No. Mio padre vive qui e mi fermerò per un po'.»

«Capisco. Chi è? Sicuramente lo conosciamo. Ci siamo trasferite solo l'anno scorso, ma Lakeview è così piccola che ci conosciamo tutti, vero, Deirdre?»

«Le gioie della vita di provincia!» scherzò lei.

«Patrick Hughes» disse Nina. L'aveva solo immaginato, o le due amiche si erano scambiate uno sguardo furtivo?

«Oh, sì, il tecnico dei televisori, giusto?» replicò Emer. «Ne ho sentito parlare, ma credo di non averlo mai incontrato e spero di non incontrarlo mai.» Notando l'espressione di Nina, si affrettò ad aggiungere: «La tv al plasma che Dave ha comprato costa un occhio della testa, perciò mi auguro che non abbia bisogno di riparazioni nell'immediato futuro!».

Scoppiarono a ridere e Nina si rilassò. Per un attimo aveva temuto che Patrick avesse fatto qualche sgarbo o che la sua «stramba» reputazione l'avesse preceduto, ma non era così.

I bambini erano rumorosi e simpatici e, nonostante la confusione, si creò un'atmosfera gradevole. Emer e Deirdre erano socievoli e i loro figli deliziosi. Nina non capiva perché Trish avesse avuto tanta fretta di andarsene. Alcune persone non amavano i bambini, ma quella reazione era stata un po' eccessiva. Be', pensò, il mondo è bello perché è vario. Chissà cosa avrebbe detto Trish se avesse scoperto che era incinta.

In compagnia delle altre mamme provò per la prima volta una certa emozione e la assaporò, anche se la conversazione le mise una leggera ansia. Si sarebbe detto che i bebè fossero molto costosi, tra pannolini, vestitini e carrozzine, e rimase di stucco quando sentì alcune cifre. Forse avrebbe dovuto trovarsi un lavoro.

«Oh, santo cielo, è tardissimo... È meglio che porti a casa Amy per il sonnellino» esclamò Emer. In effetti, la piccola si strofinava gli occhi e aveva l'aria assonnata. «Nina, è stato un piacere conoscerti. Senza dubbio ci rivedremo.»

«Piacere mio» rispose lei, contenta di avere delle nuove amiche.

Quindi Deirdre ed Emer uscirono com'erano entrate, in un vortice di bambini, giocattoli e baccano.

Nina tornò al bancone, soddisfatta della mattinata e per nulla impaziente di tornare a casa.

«Gradisci un'altra tazza di caffè, tesoro?» le chiese Ella mentre andava verso la cucina con un'ordinazione.

«Sì, ma mi sembri molto indaffarata. Il minimo che posso fare è prendermela da sola!» rise Nina.

«Fa' pure. Questo posto è un manicomio al momento» Ella si fermò a guardare Nina che armeggiava con il bricco. «A dire il vero, mi stavo chiedendo...»

«Sì?»

«Be', non so quanto ti fermerai, ma mi farebbe comodo un aiuto per i mesi estivi. Alice è fantastica, ma con i turisti il locale diventa ingestibile. Normalmente assumo una ragazza del liceo, ma che ne pensi? Solo part-time, ti piacerebbe?»

«Altroché!» Nina era entusiasta. Quel lavoro era una manna dal cielo. Oltre a tenerla lontana da Patrick, le avrebbe permesso di guadagnare qualche soldo.

«Magnifico. Allora prendi un grembiule. Sei assunta!»

8

Qualche ora dopo, Ruth camminava avanti e indietro in una suite al Four Seasons. Voleva dormire un po' per riprendersi dal jet lag, ma non era riuscita a chiudere occhio. E questo era un grosso problema, perché mancavano poche ore all'intervista a *Late Tonight* e lei voleva e doveva apparire in forma smagliante.

Si massaggiò le tempie e diede un'altra occhiata ai giornali che si era fatta mandare in camera; non poteva credere che la stampa irlandese scrivesse quelle cose sul suo conto, e non capiva come la notizia avesse potuto spargersi così rapidamente.

Dopo il disastroso arrivo all'aeroporto di Dublino aveva chiamato Chloe, che le aveva spiegato con voce calma che un addetto alla sicurezza del Beverly Hills Hotel aveva diffuso il filmato delle telecamere a circuito chiuso nella hall. Il resto della storia era stato confermato da una fonte anonima dello Chateau Marmont.

«Una fonte anonima? Che razza di hotel fa trapelare informazioni personali sui clienti?» aveva chiesto Ruth.

«Be', credo che la fonte *sia* un cliente» aveva detto Chloe imbarazzata. «Qualcuno che se l'è legata al dito perché non è riuscito a dormire.»

Ruth trovava umiliante che la sua vita sessuale fosse diventata di pubblico dominio e che se ne parlasse anche dall'altra sponda dell'Atlantico.

«Ruth e la sua notte "da urlo"» annunciava uno dei titoli più sobri. La situazione era già abbastanza scomoda per lei, figurarsi per i suoi genitori.

I Seymour sarebbero arrivati da Lakeview quella sera per passare qualche minuto con la figlia, prima che i PR li accompagnassero allo studio televisivo, dove avrebbero assistito all'intervista.

Ruth aveva sognato il momento in cui le telecamere avrebbero inquadrato i suoi genitori felici tra il pubblico e il conduttore avrebbe chiesto loro quanto si sentissero orgogliosi della figlia. Ora, però, non era più sicura che fosse una buona idea.

Si decise a chiamare i suoi per informarli che era arrivata a Dublino e che era già in piedi; il solo pensiero la rendeva nervosa. Aspettava da settimane di fare quella telefonata, ma adesso avrebbe preferito evitarla, specialmente se i suoi avevano letto quei giornali disgustosi. Alla faccia del ritorno trionfale...

Non sopportava che la sua famiglia si vergognasse di lei. Era già stato abbastanza complicato dimostrare che in tutti quegli anni non aveva perso tempo.

Si sedette sul letto e compose il numero di casa. Come sempre, sua madre rispose al primo squillo.

«Mamma? Ciao, sono io.» Attese nervosamente la risposta di Breda Seymour.

«Oh, ciao, tesoro. Sei arrivata sana e salva?»

Grazie al cielo, pensò Ruth quando notò che il suo tono sembrava normale. Forse non avevano visto i tabloid.

«Sì, il volo è atterrato stamattina all'alba e ho recuperato un po' di sonno in albergo. Come state? Non vedo l'ora di riabbracciarvi. Tu e papà siete sempre dell'idea di venire stasera?»

«Certo. Riusciremo a incontrarti prima della trasmissione?»

«Assolutamente sì. Resterò qui al Four Seasons fino al pomeriggio. Manderanno un'auto che ci accompagnerà allo studio, credo, perciò dovremmo avere il tempo per fare una bella chiacchierata.»

«Magnifico. Non stiamo nella pelle, tesoro.»

Ruth era sollevata: a quanto pareva non sapevano nulla.

«Mmm, tesoro, tanto perché tu sia preparata... Ho tentato di nascondere i giornali a tuo padre, e pensavo che ci sarei riuscita finché si fossero calmate le acque, ma poi ha acceso la tv e stavano dicendo che durante il talk show avresti fatto delle dichiarazioni sullo scandalo. Naturalmente è andato a ripescare le riviste dal bidone della spazzatura.»

Ruth impallidì e scrollò la testa, cercando di scacciare l'immagine di suo padre che leggeva quelle schifezze... che guardava quell'orrenda fotografia... che scopriva tutto il resto. Ollie era magnifico, ma era sempre stato molto severo e pretendeva che Ruth si comportasse da signora in ogni occasione. Quando lei era adolescente, la aspettava in piedi ogni volta che usciva e la tempestava di domande su tutti i ragazzi che frequentava. Be', quasi tutti, pensò tristemente Ruth.

Poi, quando le avevano offerto la parte nella soap opera, si era assicurato che le riprese non interferissero con la scuola e che la figlia non andasse mai alle feste con i colleghi più grandi.

Ollie si era convinto, forse ancora più di lei, che fosse destinata a diventare una star, e aveva deciso che nulla avrebbe rovinato il suo futuro.

Ironico, si disse Ruth, che dopo anni di fatica si fosse rovinata con le sue stesse mani.

«La nostra prossima ospite si è fatta notare sin dalla sua prima interpretazione in *The Local*, dove faceva la parte di una teenager malata d'amore. Ora, dopo una lunga e difficile gavetta, Hollywood ha finalmente riconosciuto il suo talento e adesso recita in una delle serie tv più apprezzate degli Stati Uniti. Questa sera è tornata a Dublino per parlarci di *Glamazons*, e siamo lieti di dare il benvenuto alla bravissima Ruth Seymour!»

Ruth entrò salutando il pubblico con un sorriso irresistibile e, grazie al make-up artist che l'emittente le aveva mandato in hotel, sapeva di essere incantevole.

Attraversò con grazia il set e tese la mano all'ex dj Eamonn Kennedy, che sostituiva il presentatore abituale da quando si era fratturato una gamba qualche giorno prima. Lei avrebbe preferito che non fosse successo, perché l'altro conduttore era famoso per le sue domande garbate e per il suo approccio cortese. Non si poteva dire lo stesso di Kennedy, che invece aveva un atteggiamento polemico. Quella sera però le sembrò cordiale e amichevole quando le strinse la mano e la baciò sulle guance prima di farla accomodare.

Lisciandosi l'abito Cavalli color giada, che le esaltava

i morbidi ricci biondi, Ruth accavallò le gambe in modo da mostrare le inconfondibili suole cremisi delle eleganti Christian Louboutin.

«Bentornata, Ruth. È splendido riaverti a casa. Ma dopo tutto questo tempo a Los Angeles, consideri ancora l'Irlanda casa tua?»

«Certo, Eamonn» sorrise lei. «L'Irlanda sarà sempre casa mia. Sono felicissima di essere tornata e onorata di essere qui.»

«Parlaci di *Glamazons*. Non è ancora andato in onda da noi, ma sta spopolando negli Stati Uniti.»

Ruth provò un'ondata di sollievo. Sì, era esattamente così che doveva andare l'intervista: molti complimenti e domande sulla serie, sui suoi strabilianti successi, sul ritorno in grande stile di un'irlandese che aveva sfondato.

«Be', ho avuto fortuna a essere stata scritturata. *Glamazons* è grandioso, gli indici d'ascolto sono saliti alle stelle e non vediamo l'ora di girare la seconda stagione.»

«Già, e anche il cast è di altissimo livello.»

Okay, quello era un terreno potenzialmente insidioso, pensò Ruth, ma si sforzò di essere professionale e non perse il suo sorriso accattivante. «Senza dubbio. Gli attori sono fantastici ed è un piacere lavorare con loro.»

Gli occhi di Eamonn brillarono e Ruth si rese conto, troppo tardi, di essere caduta dritta nella trappola. «Mmm, suppongo che sia più piacevole lavorare con alcuni colleghi che con altri» scherzò il presentatore, e il pubblico rise.

Con la coda dell'occhio, lei vide sul monitor che le telecamere le stavano facendo un primo piano e si sforzò di non tradire alcuna emozione. «Be', naturalmente ognuno ha i suoi pregi, ma non dimentichiamo che siamo una squadra e che tutti contribuiamo in pari misura al successo della serie.»

«Già, su questo non si discute, ma alludevo alla tua "collaborazione" con Troy Valentine, che interpreta tuo marito sul piccolo schermo. Sembravate... mmm... molto affiatati durante un party a Hollywood l'altra sera. È forse un esempio di vita che imita l'arte?» Gli spettatori applaudirono.

Ruth continuò a sorridere. «Sì, io e Troy lavoriamo insieme da un po' e siamo buoni amici.»

«Buoni amici? Anch'io vorrei avere delle "buone amiche" come te, Ruth» ribatté Eamonn, lascivo.

Voleva morire. Quel dannato dj non era cambiato, nonostante il *Late Tonight* fosse un talk show per famiglie.

«Be', non bisogna sempre credere alle stupidaggini pubblicate dai tabloid. Sappiamo tutti che spesso sono notizie infondate...»

«Vuoi dire che non è successo niente?» la interruppe Eamonn. «Allora che mi dici di questa?» Con orrore, Ruth vide quella schifosa fotografia comparire sul monitor e, di conseguenza, su tutti gli schermi televisivi della nazione. «Non mi sembra una stupidaggine da tabloid.»

Maledetta foto! Ruth aveva il cuore che batteva all'impazzata e il labbro inferiore che tremava.

«Eamonn, non mi abbasserò a rispondere.»

Dignità, si ripeté Ruth, dignità.

Il conduttore assomigliava a una pantera pronta a scattare sulla sua preda. «Si direbbe che qualcuno qui abbia un segreto!» Il pubblico applaudì e lei avvampò.

Chiaramente lui non intendeva attenersi al copione, nonostante avessero concordato le domande in anticipo.

«Scusa, ma sono venuta per parlare di *Glamazons*, non della mia vita privata.» Ruth si sentiva vittima di un boicottaggio. «Sono tornata per discutere della serie televisiva e per trascorrere l'estate con la mia famiglia.» Si augurò che Eamonn avesse il buon gusto di piantarla, ora che gli aveva ricordato la presenza dei suoi genitori.

Ma ottenne l'effetto contrario: il conduttore diventò ancora più determinato e pungente. «Sì, sì, certo. A proposito, che ne pensa la tua famiglia di tutto questo, della tua fama? O forse dovrei dire della tua *fame*? I tuoi genitori sono fieri del tuo successo?» Ogni parola stillava veleno e Eamonn sembrava divertirsi un mondo. «Signori Seymour, potete dirci se siete contenti che vostra figlia se la spassi con uno dei playboy più famosi di Hollywood?»

Le telecamere fecero una panoramica sugli spettatori e si fermarono sui volti angosciati dei Seymour. Le cose non stavano assolutamente andando come aveva immaginato Ruth. Umiliarla in diretta era una cosa, ma Eamonn non aveva il diritto di coinvolgere i suoi genitori.

«Siamo orgogliosi di nostra figlia, qualunque cosa faccia» rispose Breda imperturbabile.

Ruth ebbe una fitta al cuore quando vide la madre che prendeva le sue parti e cercava di difendere l'indifendibile, mentre Ollie le sedeva accanto impietrito.

Guardò verso lo staff della produzione, sperando di scorgere un viso amico, di trovare qualcuno che potesse aiutarla. Se solo ci fosse stata Chloe! L'avrebbe salvata in un attimo, minacciando un'azione legale.

Ma Chloe non c'era e Ruth doveva fare qualcosa prima che quell'orribile dj combinasse altri guai, per esempio chiedendole in quali posizioni l'avessero fatto o se Troy fosse superdotato.

«Sai, Eamonn, seguo questo programma da quando ero bambina e ho sempre stimato i suoi presentatori.» Ruth si alzò. Per salvare la faccia, aggiunse: «Ma hai esagerato trascinando i miei genitori in questa faccenda. Dovresti vergognarti». E corse via dal set.

Imbarazzata e sull'orlo di una crisi di nervi, superò le telecamere, i produttori e gli assistenti di scena. Mentre si precipitava verso la toilette, si rese conto di quanto fosse ironico e patetico aver intimato a Eamonn di vergognarsi. Se c'era qualcuno che doveva vergognarsi, quella era lei.

9

Il campanello suonò e Nina si precipitò ad aprire, sentendosi come un'adolescente perché non voleva che il padre la precedesse e le facesse fare una figuraccia davanti alle amiche.

Ma arrivò tardi. Trish era già al centro del salotto e stava cercando di scambiare due chiacchiere con Patrick. «Scommetto che è felice che Nina sia qui.»

«Già» replicò lui con la solita mancanza di entusiasmo. «Anche se ora c'è la sua roba dappertutto.»

Nina si sentì offesa: dalle sue parole si sarebbe detto che fosse una persona disordinata, mentre le poche cose che aveva portato con sé erano scrupolosamente riposte nella sua stanza. Patrick aveva una bella faccia tosta a lamentarsi, quando era lui a ingombrare la casa con i suoi televisori sgangherati!

Vedendo l'espressione allibita di Trish, Nina immaginò che l'amica stesse pensando la stessa cosa e decise di intervenire. «Ciao, Trish, grazie per essere passata a prendermi. Andiamo?»

«Ciao, Nina. Sì, stavo parlando a tuo padre del mio libro e di stasera. Magari gli va di venire alla festa in onore di Ruth Seymour.»

«Ecco... non penso che ti piacerebbe, papà.» Nina si lisciò l'orlo del vestito a fiori, evitando il suo sguardo.

«No, no, non credo proprio.»

«È sicuro? Perché...»

«È ora di andare, Trish.» Nina la prese per il braccio e la guidò verso la porta. L'ultima cosa che voleva era avere Patrick tra i piedi per tutta la sera. «Ciao, papà. Non aspettarmi alzato!» aggiunse allegramente, sapendo che era un'eventualità molto remota. Era già un miracolo che si ricordasse della sua presenza.

Una volta fuori, Trish le scoccò un'occhiata scettica. «Mmm, non è esattamente il comportamento di una figlia che è tornata perché aveva nostalgia del padre. Ci è mancato poco che mi portassi via di peso.»

«Dài, credevi davvero che avrebbe accettato di venire alla festa?» ribatté Nina. «Comunque, a proposito di fughe, perché te ne sei andata dalla caffetteria come una furia ieri mattina?»

«Cosa?» Trish parve confusa. «Ero in ritardo, mi stava per venire un mal di testa micidiale, e non riuscivo a sopportare quei bambini urlanti, tutto qui.»

«Oh.» Nina non ricordava grida di bambini, ma decise di lasciar perdere. «Be', si prospetta una bella serata, vero?»

Trish alzò un sopracciglio. «A meno che Ruth non scappi via come ha fatto ieri sera al *Late Tonight*.»

Nina fece una smorfia. Aveva visto quell'intervista disgustosa e pensava che alla fine fosse stato Eamonn Kennedy a fare la figura peggiore. «Uno spettacolo tremendo. Secondo me, Kennedy è stato un vero bastardo a mettere in difficoltà i genitori di Ruth in quel modo. John Monroe non avrebbe mai fatto nulla di così meschino. Eamonn Kennedy è un tipo odioso, e scommetto che Ruth si è pentita di aver partecipato al programma.»

«Sì, ma tagliare la corda non è servito a niente. Semmai ha solo contribuito ad alimentare lo scandalo.» Trish si riferiva a un tabloid che quel giorno aveva pubblicato un'intervista con un ex di Ruth. «"A distanza di dieci anni ricorda ancora ogni minimo dettaglio?" A volte mi vergogno della mia professione.»

«Sì, ma tu non vai a caccia di questi scoop, vero?» Il «Lakeview News» non era mai stato un giornale di gossip.

«No, certo che no. Detto questo, sono sicura che gli articoli di quel genere sono un po' più interessanti di "Ragazzino ruba ovetto Kinder"» scherzò Trish.

«Spero che la povera Ruth stia bene. Non eravamo grandi amiche da bambine, ma di sicuro non la invidio. Deve essere difficile sopportare tutta questa spazzatura.»

Trish non era così comprensiva. «Avrebbe dovuto pensarci prima di sbronzarsi e di infilarsi nel letto del suo collega, non trovi? Una come lei dovrebbe sapere come comportarsi, specialmente in un momento così delicato della sua carriera.»

«Giusto, però non abbiamo tutti qualche scheletro nell'armadio? Anche se Ruth si è ubriacata e ha avuto un'avventura, sono fatti suoi, non credi?»

Trish la guardò di traverso e Nina pensò di aver esagerato, ma poi l'amica le sorrise. «Okay, okay, va bene... Scusa, mamma!»

Nina ci rimase male. Sembrava veramente una madre

brontolona? Era solo una battuta, ma forse nascondeva un fondo di verità.

Arrivarono al Clancy's Hotel e attraversarono la sala in cui si sarebbe tenuta la festa.

Nina scrutò la folla, riconoscendo alcuni volti. Mentre si dirigevano verso il bar, Trish si fermò a parlare con qualche invitato e le presentò molte persone, di cui Nina dimenticò i nomi quasi subito. Si avvicinarono al tavolo dei drink, dove erano disposte file di bicchieri di vino e champagne.

«Champagne, vero?» suggerì Trish.

«Mmm, sì» borbottò Nina. Cavolo, come sarebbe riuscita a non bere, quella sera, sotto lo sguardo attento dell'amica?

Il giovane cameriere porse loro una flûte ciascuna. Trish propose un brindisi. «Ai ritorni!»

«Sì, ai ritorni!» esclamò Nina. Stava per fare un piccolo sorso (uno solo non poteva farle poi così male), quando un uomo alto e attraente le raggiunse.

Aveva gli occhi scuri, i capelli castani corti, il fisico atletico e l'aria di una persona importante.

«Dave, come va?» lo salutò Trish. «Nina, lui è Dave Kellerman.»

Lei lo guardò, chiedendosi se per caso lo conosceva; il cognome le suonava familiare. Ma, se si fossero già incontrati, lui glielo avrebbe certamente fatto notare.

«Questa è la mia amica Nina Hughes. È tornata a Lakeview di recente.»

«Solo per un po'» si affrettò a precisare Nina.

«Tornata?» domandò Dave. «Allora non sei un'"immigrata" come me.» Raccontò che si era trasferito da

Dublino un paio d'anni prima e che lavorava per il birrificio locale. «Abbiamo deciso di sponsorizzare questa piccola serata. In realtà la birra non era all'altezza di una star di Hollywood, quindi abbiamo dovuto rivolgerci alla concorrenza» disse indicando il vassoio con lo champagne. «È stata quasi una pugnalata al cuore» scherzò, e Nina decise che quell'uomo sorridente e cordiale le piaceva.

Guardò le decorazioni che erano state scelte per l'occasione. Deliziose rose bianche e rosse ornavano i tavoli e, anche se sicuramente l'allestimento non era raffinato come quelli a cui era abituata Ruth, risultava comunque splendido.

«Sta per arrivare l'ospite d'onore, immagino.» Dave accennò alla confusione davanti alla porta. «Avete sentito di lei e di quel tizio?»

«Altroché. Ne parlano tutti.» Trish rise, ma poi incrociò lo sguardo severo di Nina. «Ma, in fondo, chi se ne frega. È adulta, no? E, poi, chi è senza peccato scagli la prima pietra.»

Calò il silenzio quando Ruth fece il suo ingresso. Indossava un vestito bianco senza spalline, con una fascia scarlatta intorno alla vita e scarpe rosso rubino con i tacchi a spillo. I capelli lucidi erano raccolti in un morbido chignon romantico. Era una vera diva.

Gli ospiti applaudirono e lei avanzò tra la folla, stringendo mani e facendosi fotografare.

«Non è bellissima?» chiese Trish con una punta di invidia, e Nina dovette ammettere che c'era qualcosa di etereo, quasi di fragile, nella bellezza di Ruth, e che l'attrice aveva tutte le carte in regola per essere una star.

Dopo pochi minuti iniziò la cerimonia ufficiale e Ruth fu invitata sul palco a ritirare il premio, una statuetta di cristallo. Nonostante le parole commoventi che pronunciò e i sorrisi che regalava, Ruth aveva l'aria stanca e profonde ombre scure sotto gli occhi.

Nina si intenerì. Lei non sarebbe mai stata in grado di vivere sotto i riflettori. Commetteva continuamente errori, ne portava uno dentro di sé, ma aveva la possibilità di risolverli in privato anziché vederli sbandierati ai quattro venti nelle rubriche di gossip. Come si poteva sopportare una simile umiliazione?

Una volta ritirato il premio, Ruth scese dal palco e cominciò a girare tra gli invitati. Quando si avvicinò, Trish afferrò Nina per il braccio e si fece avanti. «Ciao, Ruth. Ti ricordi di noi?»

L'altra si voltò e rispose con estrema disinvoltura. «Oh, sì, sì, certo! Andavamo a scuola insieme...» Avevano più o meno la stessa età, quindi probabilmente aveva tirato a indovinare, ma se l'era cavata a meraviglia.

«Esatto! È magnifico vederti!» Trish le gettò le braccia al collo. Nina lesse lo sconcerto sul volto della diva. «Ti ricordi di Nina Hughes?» riprese Trish.

«Venivo qui a Lakeview solo di tanto in tanto.» Nina le tese la mano.

«Oh, ma certo. Facevi visita a tuo padre, giusto?»

«Sì, esatto.» Nina fu sorpresa che quella donna affascinante si ricordasse di lei.

«È bello essere a casa. Anche se Lakeview è cambiata molto... quasi non sembra lo stesso posto.»

«Lo so. Sono stata via per anni, e anch'io sono rimasta a bocca aperta.»

«Hai visto le case nuove? Quando sono arrivata, pensavo di essere a Beverly Hills.» Ruth rise e Nina fu colpita da quanto sembrasse una ragazza normale. Certo, probabilmente il suo vestito costava più di quanto lei avesse sul conto corrente, ma non poté fare a meno di chiedersi se fossero poi così diverse; semplicemente, l'attrice viveva la propria vita a un livello più alto.

Tentò di ricordare quello che sapeva su di lei. Incredibilmente carina, era sempre stata al centro dell'attenzione, e la sua presenza creava un certo scompiglio ovunque andasse. Era stata una delle ragazze più popolari di Lakeview ed era la classica persona che attirava gli altri grazie al suo carisma naturale. Non c'era da stupirsi che fosse diventata una star, anche se, in realtà, tutti erano sorpresi dal fatto che ci avesse messo così tanto.

«La vecchia e noiosa Lakeview dev'essere un bel cambiamento rispetto a Los Angeles» osservò Trish.

«Direi» sospirò Ruth, esitante. «Insomma, laggiù è tutto magnifico... il clima, i negozi, i ristoranti eccetera... ma, sapete, ogni tanto è piacevole anche allontanarsi per un po', fuggire dalla confusione» aggiunse, calcando l'accento sulla parola «fuggire».

«Oh, posso immaginarlo, soprattutto ora! Con questa storia di te e di Troy, eh?» rise Trish.

Nina la fulminò con lo sguardo, allibita dalla sua mancanza di tatto.

Ruth aveva le lacrime agli occhi. Batté le palpebre per ricacciarle indietro, ma era evidente che stava per cedere.

«Tutto bene?» chiese Nina, premurosa.

Ruth si morsicò il labbro e scosse appena il capo. Sembrava non sapesse cosa fosse peggio: crollare davanti a due estranee o perdere il controllo di fronte a tutta la città.

Nina non perse tempo. «Trish, dove possiamo trovare un angolo più tranquillo?»

«Cosa?» chiese Trish, che non si era accorta di nulla. «Se intendi la toilette delle...»

«No, un posto più riservato.» Nina fece un impercettibile cenno con la testa verso Ruth.

«Oddio, Ruth, non volevo... Era solo una battuta, sai. Tutti abbiamo scopato con qualcuno che...»

«Santo cielo, Trish!» gemette Nina. «C'è un corridoio, una cucina o qualcosa del genere?»

«Oh, sì, da questa parte.» Trish le precedette, rendendosi conto che dovevano portare via Ruth. L'ultima cosa di cui aveva bisogno era scoppiare a piangere sotto gli occhi dei cittadini più in vista di Lakeview.

Mentre superavano gli invitati, l'attrice tenne la testa bassa fingendo di frugare nell'elegante pochette alla ricerca di qualcosa. Trish le guidò lungo un corridoio, al riparo da sguardi indiscreti. Sentendo dei rumori dietro di sé, Nina si voltò verso sinistra e vide una porta. Sperò che non fosse chiusa a chiave.

Fortunatamente era aperta e si infilarono dentro. Trish accese la luce e si ritrovarono in un ripostiglio zeppo di scope e di detersivi.

«Come quando ci intrufolavamo nello stanzino del bidello per fumare le sigarette. Ti ricordi, Ruth?» fece Trish, strappandole un sorriso. «Ascolta, prima ho detto una cosa molto stupida. Mi è proprio sfuggita...»

«Sta cercando di dire che ha lasciato a casa le buone maniere» la rimproverò Nina.

«Ho avuto un paio di giornate no» disse Ruth in tono stanco.

«Posso immaginarlo. L'hangover dev'essere stato orribile, per non parlare delle fotografie compromettenti...»

«Basta, Trish!» Nina le assestò una gomitata. «Vuoi chiudere il becco?» Poi, vedendo che Ruth era in lacrime, aggiunse: «No, cara, non piangere. Ti rovinerai il trucco».

«Mi dispiace. Sono solo esausta. Gli ultimi giorni sono stati un incubo, tra le domande, i commenti e i fotografi che mi seguono ovunque. Mi trattano come una sgualdrina, ma non lo sono! Non hanno nessun diritto di dire quelle cattiverie su di me!» Era sempre più agitata e Nina capì che dovevano calmarla. Non si poteva mai sapere chi avrebbe potuto origliare davanti alla porta.

«Ssh, ssh, lo so, lo so. È ingiusto» la consolò.

Trish era troppo impegnata ad ascoltare quelle rivelazioni per preoccuparsi di tranquillizzare Ruth.

«È davvero dura. Insomma, sono un personaggio pubblico, una celebrità, santo cielo! Merito rispetto.»

Ecco la diva, pensò Nina. Tirò fuori un fazzolettino dalla borsetta. «Ascolta, Ruth, questa storia si sgonfierà nel giro di qualche giorno. Vedrai, Britney Spears o Paris Hilton faranno una gaffe imperdonabile e il tuo scandalo finirà nel dimenticatoio.»

«Già, nessuno è interessato a ciò che succede in Irlanda» intervenne Trish.

Nina ebbe la sensazione che Ruth fosse combattuta all'idea di passare in secondo piano e di trascorrere l'estate in un posto di cui non importava niente a nessuno. Si chiese se in realtà non si divertisse a essere al centro dell'attenzione, con i paparazzi che non la perdevano mai di vista. Forse preferiva dare adito ai pettegolezzi anziché cercare di evitarli.

Ruth si soffiò il naso. «Grazie per essere stata così gentile» disse a Nina.

«Prego.»

«Prego» le fece eco Trish, inconsapevole di essere la causa della crisi. «Ho sentito dire che ti fermerai per l'estate. È vero?»

Ruth annuì. «Sì. Tornerò a Los Angeles alla fine di settembre, in tempo per iniziare le riprese a ottobre, perciò avrò un po' di tempo libero.»

Nina pensò che Ruth aveva immaginato di trascorrere qualche mese a Lakeview, crogiolandosi nella gloria e nel successo... e invece quella poveretta era stata gettata in pasto ai lupi.

«Pensi che resisterai?»

«Credo di sì.» Ruth fece un respiro profondo e Nina la aiutò ad alzarsi dallo sgabello su cui si era seduta.

«Trish, perché non dai un'occhiata fuori e non ti assicuri che sia tutto tranquillo?»

«Subito» obbedì l'altra.

«Mi si è rovinato il trucco?» domandò Ruth.

«No, sei incantevole.»

Ruth fissò la porta con espressione assorta e Nina si chiese cosa le frullasse per la testa. Sì, era bellissima e aveva anche la fortuna di essere ricca e famosa, ma era felice? Quand'era stata l'ultima volta che aveva avuto la possibilità di uscire e di essere se stessa, o di comportarsi come una persona normale? Los Angeles era nota per la sua ipocrisia e spietatezza e, a quanto pareva, Ruth aveva lottato a lungo per arrivare dov'era. A Nina sembrò che non fosse molto abituata a essere trattata con cortesia e che fosse sinceramente grata e stupita.

La situazione di Ruth era simile alla sua, pensò. No, lei non era una celebrità, ma si trovava a Lakeview perché era nei guai e non aveva un altro posto dove andare. Strano che fossero capitate laggiù proprio nello stesso periodo dopo una lunga assenza: Ruth in isolamento autoimposto e Nina in meditazione autoimposta.

Trish bussò alla porta per confermare il via libera.

Nina stava per abbassare la maniglia quando Ruth le bloccò la mano. «Prima dicevo sul serio. Grazie per essere stata così gentile. È la prima volta dopo tanto tempo che ho la sensazione di avere un'amica.»

Nina sorrise, concludendo che alla fine avevano molte più cose in comune di quanto avesse immaginato.

10

Jess continuava a ripensare al comportamento di Emer e alla conversazione con Deirdre. Nel weekend, Brian aveva fatto il possibile per distrarla e per tirarle su il morale, ma lei non aveva smesso di rimuginare sull'accaduto.

Adesso era in ufficio e fissava distrattamente lo schermo del computer, senza riuscire a concentrarsi sul progetto che doveva chiudere: la strategia marketing per il lancio della nuova bibita energetica della Piccolo, la G-Force. La scadenza era imminente, ma per qualche motivo era assillata dal pensiero dei neonati.

Non dipendeva dal suo orologio biologico; al contrario, sembrava che fosse proprio l'ossessione di avere un bambino a mettere in moto quel maledetto congegno.

Senza dubbio essere stata emarginata dalle amiche aveva portato a galla un problema ben preciso: i figli o, meglio, la loro mancanza.

Spinse via il materiale che aveva davanti; era decisamente turbata. Aveva trentacinque anni e aveva sempre dato per scontato che un giorno sarebbe diventata madre. Un giorno.

Ma quando? Quando sarebbe arrivato il momento giusto? Credeva che se ne sarebbe accorta, che all'improvviso si sarebbe accesa una specie di lampadina. Sospirò, chiedendosi se avesse qualcosa che non andava, se fosse una di quelle donne che avevano un'avversione per i bambini. Ma no, non era così: amava i bebè, da piccola adorava giocare con i bambolotti e aveva pregato più volte i suoi genitori perché le dessero un fratellino o una sorellina, un compagno di giochi in carne e ossa.

Avvicinò la tastiera. Aprì Google e cominciò a navigare. Cliccò su vari siti di articoli per neonati nella speranza di stimolare il proprio istinto materno guardando foto di tutine e fasciatoi, ma fu tutto inutile.

Scoraggiata, controllò la posta e trovò un messaggio che pubblicizzava una svendita di abbigliamento per teenager. Interessata, cliccò sul link.

Improvvisamente ebbe una rivelazione. Abbigliamento per teenager? Non era un po' troppo vecchia per i pois e le gonne a balze? Era quello il problema! Aveva trentacinque anni, ma se ne sentiva venticinque.

Oltre a non avere più l'età per i vestiti da ragazzina, si domandò, con il cuore che batteva forte, se forse non avesse superato il suo periodo più fertile. Iniziò a cercare informazioni sulla gravidanza, ricordando che Emer si era lasciata prendere dal panico quando non era rimasta incinta al primo tentativo. «Probabilmente ho aspettato troppo!» si era detta, angosciata. Jess non aveva dato peso ai suoi timori, perché Emer tendeva sempre a drammatizzare, ma ora, più leggeva, più si preoccupava. Scoprì che a trentacinque anni era molto più soggetta alle gravidanze «a rischio», e le probabilità che non concepisse erano più alte di quanto avesse immaginato. Ormai la sua fertilità era scesa in picchiata, e quasi certamente la quantità di alcol che aveva ingurgitato negli ultimi vent'anni non aveva aiutato.

Corrugò la fronte. E se, tra carriera, viaggi e svaghi, si fosse lasciata sfuggire l'opportunità di avere un figlio?

Sempre più angosciata, allungò la mano verso la cornetta. Orologio biologico o meno, avrebbe chiamato Brian e l'avrebbe pregato di correre a casa per metterla incinta. In quell'istante il telefono squillò.

«Jess Armstrong» rispose distrattamente.

«Jess? Ciao, sono Emer. Ti disturbo?»

Si stupì: perché la chiamava in ufficio? Non lo faceva mai, perché sapeva benissimo quanto fossero frenetici i ritmi di lavoro. Negli ultimi anni si telefonavano solo di sera, quando avevano tempo per chiacchierare.

«Certo che no. Come stai?» Jess tentò di non tradire lo stupore.

«Sicura? Quando hai risposto, avevi un tono un po' strano.»

Che cosa le doveva dire? Che aveva appena avuto la folle idea di precipitarsi a casa per farsi ingravidare? «No, no, è stata solo una mattinata faticosa, ma nulla che non possa gestire.» O almeno sperava.

Emer fece una pausa. «Volevo chiederti scusa per quello che è successo nel weekend. È stato sbagliato escluderti, lo so, ma non intendevo ferirti. Pensavo sinceramente che non avresti avuto voglia di partecipare al barbecue.»

Aveva parlato con Deirdre, allora. Dato che non era tipo da serbare rancore, Jess sorrise. «Non c'è bisogno che ti scusi. Ammetto di esserci rimasta un po' male, ma ormai è acqua passata. Ho capito le tue ragioni.»

«No, no, sono stata imperdonabile e mi dispiace molto. Io e Deirdre ci siamo rese conto che forse siamo state un po' troppo prese dai bambini, ultimamente. Dobbiamo fare qualcosa insieme, noi tre da sole, magari una serata fuori.»

«Emer, dico sul serio, non è necessario.» Jess era mortificata all'idea che le altre due si sentissero in obbligo di dedicarle del tempo per placare il loro senso di colpa.

«Sì, invece. Non usciamo insieme da quando è nata Amy, e sono sicura che Deirdre non vede l'ora di mettersi in ghingheri e andare a ballare.»

Forse credevano non facesse altro che divertirsi, pensò Jess. Ancora una volta, una venticinquenne intrappolata nel corpo di una trentacinquenne.

«Basta una cena. Non sono molto in vena di discoteche in questo periodo.»

«Okay. Che ne dici se io e Deirdre veniamo a Dublino tra due settimane? Non riesco a organizzarmi prima, specialmente se mi fermo a dormire e...»

«Non essere sciocca. È molto più facile per me venire a Lakeview che per voi raggiungermi a Dublino. Se Deirdre è libera, possiamo vederci questo weekend.»

«Oh.» Emer parve seccata, e Jess temette di averla offesa.

Cavolo, perché negli ultimi giorni aveva la sensazione di dover soppesare ogni parola quando chiacchierava con la sua migliore amica?

«Potete venire, se volete, ma pensavo che sarebbe stato più semplice trovare una baby-sitter.»

«Forse hai ragione» concordò Emer. «L'ideale sarebbe venerdì sera. Non so se Dave debba lavorare fino a tardi, ma in quel caso chiamerò la figlia dei vicini. Ne parlo con Deirdre e, se accetta, affare fatto.»

«Grandioso. Fammi sapere. Potrei arrivare venerdì pomeriggio. A Lakeview c'è qualche bel posticino dove potremmo andare? L'ultima volta ho visto un ristorantino italiano che non sembrava niente male.»

«Sì, il Casa Rosa. Ma è un locale alla buona. Nulla in contrario?»

«No, anzi.» L'avevano forse presa per una che passava il tempo a mangiare nouvelle cuisine, sorseggiare champagne e comprare scarpe?

Mentre parlavano del più e del meno, il tono di Emer si addolcì e Jess notò con sollievo che la tensione era svanita. Dopo una bella chiacchierata davanti a un bicchiere di vino e a un piatto di pasta, sarebbe tornato tutto come ai vecchi tempi.

Qualche giorno dopo, mentre Jess si preparava per andare al lavoro, osservò Brian che faceva i bagagli per un altro viaggio d'affari. Avrebbe preso un volo per Londra e sarebbe stato via per diversi giorni, weekend compreso. Se non si fosse organizzata con le ragazze, rifletté tristemente Jess, avrebbe trascorso un altro fine settimana da sola.

Fortunatamente non sarebbe andata così, sarebbe partita per Lakeview venerdì pomeriggio e avrebbe dormito da Emer. Studiò il suo affascinante marito.

Anche se Brian sapeva quanto il comportamento delle sue amiche l'avesse ferita, lei non gli aveva ancora confidato le sue preoccupazioni sulla fertilità e non aveva intenzione di confessargli che aveva avuto la tentazione di chiamarlo per una sveltina. Ripensandoci, sarebbe stato inutile, perché prendeva la pillola.

Chissà come avrebbe reagito suo marito se avesse ricevuto quella telefonata. Era un tipo razionale, e senza dubbio le avrebbe ripetuto che si stava facendo condizionare e che il desiderio di maternità dipendeva dalla paura di sentirsi esclusa dalle sue amiche.

Però non dovevano dimenticare che Jess non sarebbe certo ringiovanita e che, se avessero aspettato ancora, le sue possibilità di rimanere incinta sarebbero diminuite.

Scacciò quei pensieri quando Brian le si avvicinò da dietro e la cinse con le braccia. «Oggi sei più bella del solito» disse mordicchiandole un orecchio. «La presentazione è stamattina?»

Lei annuì. «Grazie. Devo apparire fresca e pimpante per presentare una bibita energetica, non credi?»

«Sai, sono tentato di annullare questo maledetto viaggio e di restare a casa con te. Odio doverti lasciare un'altra volta dopo Singapore.»

Jess si voltò e lo baciò. Era un uomo straordinario, e sicuramente sarebbe stato un padre favoloso. Lo guardò negli occhi.

«Come mai sei così seria?» chiese dolcemente Brian.

«Niente. Sto solo pensando che mi mancherai.»

«Anche tu. Comunque, questo weekend uscirai con le ragazze, e dopo qualche bicchiere di vino non vi ricorderete più nemmeno come si chiamano i vostri mariti.»

«Giusto» rise lei.

«Speriamo solo che non facciano tutta la sera i soliti discorsi sui bambini.»

Jess fu contenta che lui non le leggesse nel pensiero: adesso i discorsi sui bambini non le sembravano più così noiosi.

Venerdì pomeriggio, Jess uscì presto dall'ufficio per evitare il traffico e arrivò a Lakeview verso le sei.

Quando Emer aprì la porta, le sorrise e l'abbracciò forte. Non parlarono più del malinteso della settimana prima, e Jess capì che si era angosciata per niente e che tutto era tornato normale.

«C'è Dave?» domandò andando verso il salotto.

«No, ha una riunione, ma tornerà più tardi per dare il cambio alla baby-sitter. Da quando è nata Amy, sgobba come un matto, poverino, ma cerco di non lamentarmi troppo. In fondo, ora ha tre bocche da sfamare!» Emer scoppiò a ridere. «La baby-sitter è già arrivata e stavamo tentando di mettere Amy a nanna. Faccio un salto di sopra per assicurarmi che sia tutto a posto e poi beviamo qualcosa mentre aspettiamo Deirdre, okay?»

«Perfetto.»

Jess si avvicinò al camino e osservò le foto sulla mensola. Ripensò all'appartamento di Emer e Dave a Dublino, pieno di istantanee di loro due durante feste e viaggi, oppure del giorno delle nozze. Ora, a parte una piccola immagine del matrimonio, tutte quelle fotografie erano state sostituite da ritratti di Amy: appena nata, con il primo dentino e così via. Chissà se anche lei e Brian avrebbero fatto la stessa cosa: rimpiazzare i ricordi della loro vita di coppia con quelli del bambino.

Emer tornò con una bottiglia di vino e due bicchieri.

«Jess, sono davvero contenta che siamo riuscite a vederci così presto. A proposito, sei stata un tesoro a venire fin qui.»

«Nessun problema. Mi fa piacere, ed è molto più semplice per tutti.»

«Brian è di nuovo via per lavoro?»

Jess colse un certo disappunto nel suo tono. «Sì, ultimamente sta girando come una trottola.»

Emer si sedette sul divano, sorseggiando il vino, e Jess fu felice di vederla finalmente rilassata. Chiacchierarono della Piccolo ed Emer volle sapere ogni dettaglio della campagna in corso. Non era cambiato niente, e Jess si diede dell'idiota per aver creduto che si stessero allontanando.

Deirdre arrivò mezz'ora dopo, vestita di tutto punto e di ottimo umore. Visto che avevano tutte e tre i tacchi alti, decisero di chiamare un taxi che le portasse in centro, al ristorante.

Quando entrarono, la proprietaria del Casa Rosa le accompagnò a un accogliente tavolo d'angolo e portò subito una grossa caraffa di vino bianco. La conversazione era vivace, ed Emer e Deirdre tempestarono Jess di domande su Dublino, sui locali in cui lei e Brian erano stati ultimamente e sulla meta della loro prossima vacanza.

«Il Borneo, probabilmente. Brian adora la Malesia ed è uno dei pochi posti che non abbiamo ancora visitato insieme. C'è un magnifico resort nella giungla, una specie di luogo sperduto, a quanto dice lui» rispose Jess.

«Dev'essere un paradiso!» esclamò Deirdre. «Soprattutto il resort. Darei qualsiasi cosa per rifugiarmi laggiù e farmi coccolare un po'.»

«Sembra meraviglioso» aggiunse Emer. Poi si rivolse a Deirdre: «Noi due abbiamo chiuso con questo genere di cose, temo. D'ora in poi potremo esplorare solo camerette e parchi giochi!».

«Sì, ma non parliamo dei bambini stasera» la bloccò Deirdre, e Jess fu presa dall'imbarazzo. Non voleva che le amiche si sentissero in dovere di evitare l'argomento in sua presenza. «Tu e Kevin andate da qualche parte quest'anno?» glissò. «Disneyland sarebbe l'ideale per i ragazzi, no?»

«Sì, se potessimo permettercelo» rispose Deirdre, e lei si pentì di aver sbandierato i propri progetti. Dato che di solito era suo marito a organizzare i viaggi, era facile non pensare a quanto fossero costosi.

«Anche noi dobbiamo tirare la cinghia, ora che possiamo contare su un solo stipendio» rincarò mestamente Emer.

«Credi che tornerai al lavoro?» chiese Jess.

«Vuoi scherzare? No, non sopporterei di stare lontana da Amy e di farla crescere da qualcun altro.»

«Sono d'accordo» intervenne Deirdre. «Qualche soldo in più ci farebbe comodo, ma i ragazzi vengono prima di tutto.»

Non avendo nulla da dire in proposito, Jess si chiuse nel silenzio mentre le due cianciavano della maternità e dei relativi problemi. In confronto, i suoi erano sciocchi e banali. Allevare un bambino felice era molto più importante che scegliere un locale alla moda in cui passare la serata.

Ascoltandole, si rese conto di quanto la sua esistenza fosse insignificante e superficiale e di quanto i suoi argomenti di conversazione potessero sembrare insulsi.

Bevve il vino e si sforzò di scacciare la malinconia che la stava assalendo. Cercò di apparire serena: non voleva che le altre intuissero il suo stato d'animo e concludessero che quell'incontro era stato una pessima idea.

Non voleva che la tagliassero di nuovo fuori, perché aveva bisogno di loro. Provò un po' di paura. Se non fosse stata con Emer e Deirdre, cosa avrebbe fatto in quel preciso momento? Probabilmente sarebbe rimasta in ufficio fino a tardi, oppure sarebbe tornata a casa e avrebbe mangiato una pizza da asporto davanti alla tv.

Poi sentì una vocina che la smentì. Non era proprio vero, rifletté, ricordando che di recente era uscita con le colleghe durante le assenze di Brian. Tuttavia, quasi tutte le ragazze dell'ufficio erano single e molto più giovani, e con loro non aveva instaurato lo stesso tipo di legame che la univa a Emer e Deirdre. Si trattava di semplici conoscenti, di persone con cui fare due risate ogni tanto, non di vere amiche.

Le sue amiche erano lì davanti a lei e, se Brian avesse continuato a viaggiare e la sua vita avesse continuato a essere così diversa da quella di Emer e Deirdre, ben presto si sarebbe ritrovata a passare molto tempo da sola.

Sarebbe stata messa in un angolo.

Ma adesso non ci voleva pensare e si concentrò sulla conversazione, cercando di fare domande intelligenti sui bambini.

Alla fine Deirdre disse: «Cavolo, Jess, scusa. Dobbiamo averti annoiata a morte».

«No, figurati. Anzi, queste informazioni potrebbero tornarmi utili.» Jess la vide lanciare un'occhiata a Emer, come se si stessero trasmettendo un messaggio silenzioso. Probabilmente stavano pensando che volesse solo essere educata, così precisò: «Sono cose che dovrò imparare presto».

Emer si incuriosì. «Cioè?»

Jess arrossì. «Be', io e Brian ne stavamo parlando... e abbiamo deciso che forse è ora.» Non sapeva perché l'avesse detto. Forse lei l'aveva deciso, ma Brian era all'oscuro di tutto.

E, a ben pensarci, aveva effettivamente deciso qualcosa?

Le altre due si scambiarono un nuovo sguardo, stavolta molto più compiaciuto, e Deirdre batté le mani. «Wow! Significa che ci state provando?»

«Mmm, ecco, sì... stiamo cominciando a... p-prendere in considerazione l'i-idea» balbettò Jess. Era sicura che avrebbero notato la sua incertezza, ma a giudicare dal loro entusiasmo era quasi come se si fosse alzata in mezzo al ristorante gridando: «Ho intenzione di procreare!».

«Oddio, è stupendo!» cinguettò Emer. «Sono felice per te! Immagino che tu abbia smesso di prendere la pillola, ma hai cominciato a calcolare i giorni più fertili? È fondamentale, sai, soprattutto all'inizio.»

«Ah...» Jess era stata presa in contropiede, ma non fu costretta a rispondere, perché le ragazze continuarono a dispensare consigli sulla maternità.

«Devi assolutamente comprare *Che cosa aspettarsi quando si aspetta*» suggerì Deirdre. «Non serve solo durante la gravidanza, ma anche prima. Spiega cosa mangiare e cosa no nei giorni giusti...»

Jess era incredula. All'improvviso avevano iniziato a coinvolgerla davvero, e tutto perché aveva accennato all'ipotesi di avere un bambino. Era bastato così poco per essere ammessa nel club delle mamme.

Forse era quella la soluzione; forse non avrebbe perso l'amicizia con Emer e Deirdre. Se avesse avuto un figlio, sarebbe stata uguale a loro e ogni cosa si sarebbe sistemata.

Jess era al settimo cielo, e il resto della serata fu all'altezza dei vecchi tempi: tre amiche che chiacchieravano e ridevano. Be', forse non proprio come ai vecchi tempi, dovette ammettere quando le altre due le chiesero se lei e Brian avessero già fatto una lista di nomi.

A quel punto, visto che ormai aveva comunicato alle ragazze la sua importantissima decisione, concluse che non le restava che informare Brian.

11

Era sabato mattina e Ruth si sentiva in gran forma. Per tutta la settimana aveva dormito benissimo, forse perché aveva bisogno di ricaricare le batterie dopo giornate stressanti e difficili, o forse perché era tornata nel bozzolo accogliente e rilassato di Lakeview.

I suoi genitori la trattavano come una principessa, e grazie al cielo nessuno aveva accennato allo scandalo o a quell'intervista disastrosa. Anzi, era come se quella cittadina fosse immune dagli avvenimenti del mondo esterno, o almeno era quella l'impressione che le dava.

Il ricevimento era filato liscio, a parte la crisi temporanea nello sgabuzzino. La serata era stata un successone e, anche se quasi tutti gli invitati avevano probabilmente letto i tabloid e visto *Late Tonight*, erano stati troppo educati e gentili per menzionarli.

Ridacchiò tra sé: le cose sarebbero andate diversamente a Los Angeles. Là non si esitava un istante a etichettare qualcuno come un reietto, una sgualdrina o persino uno squilibrato. Il semplice fatto che Lakeview l'avesse accolta senza fare domande e giudicarla la diceva lunga sul carattere dei suoi abitanti, e Ruth era grata che avessero sorvolato sulla sua défaillance momentanea.

Era bello anche rivedere i vecchi amici, pensò, sorridendo al ricordo di Trish, che non era cambiata di una virgola. A essere sincera, all'inizio Ruth era così frastornata che non l'aveva riconosciuta ma, appena aveva aperto bocca, non avrebbe potuto confonderla con nessun altro. Si ricordava vagamente di Nina Hughes, che da ragazzina tornava di tanto in tanto per far visita al padre, un tipo strambo che viveva dall'altra parte di Lakeview. Patrick, giusto? Ma l'aveva presa subito in simpatia, specialmente per via della dolcezza e della lucidità che aveva dimostrato nel ripostiglio. Trish e Nina le avevano proposto di vedersi quella mattina alla caffetteria in centro, quella che esisteva da secoli. La proprietaria, Ella, era una signora meravigliosa e, a differenza dei gestori degli altri locali, non si era mai lamentata quando, da adolescenti, Ruth e i suoi amici occupavano un tavolo per ore, spesso ordinando solo un bicchiere di Coca-Cola.

La caffetteria era sempre stata un luogo caldo e accogliente, e Ruth non vedeva l'ora di incontrare le ragazze, anche perché era passata un'eternità dall'ultima volta che era uscita con qualcuno che non fosse un semplice conoscente. Certo, era stata con i colleghi e con Erik in ristoranti e discoteche, ma di solito solo per discutere di lavoro o per fare pubbliche relazioni.

Si fermò a riflettere sulla propria vita. Dovette ammettere che a Hollywood aveva pochissimi amici e che, anche se il più delle volte le persone fingevano il contrario, a Los Angeles quasi tutti indossavano una maschera.

Lei compresa.

Aveva telefonato a Chloe per sapere come andavano le cose; i giornalisti, frustrati dall'indifferenza dei due diretti interessati, si erano stancati e avevano preso di mira qualcun altro, nonostante lo scoop che riguardava lei e Troy fosse di portata internazionale. Ruth non sapeva come prendere la notizia: da una parte, era contenta che Hollywood avesse smesso di considerarla una sgualdrina ma, dall'altra, come aveva detto Erik, la pubblicità (imbarazzante o meno) faceva salire le sue quotazioni alle stelle. In ogni caso, era contenta di essersi allontanata dalla falsità e dall'ipocrisia di quella gente. Una volta rientrata a Los Angeles, avrebbe avuto tutto il tempo per sistemare la faccenda, ma ora voleva semplicemente essere se stessa.

Si alzò dal letto e frugò tra i vestiti che sua madre aveva premurosamente appeso nell'armadio. Okay, Breda non era Chloe, ma non le aveva permesso di muovere un dito da quando era arrivata. Un'altra buona ragione per restare. Si fece la doccia, si asciugò e cominciò a truccarsi. Mentre rovistava nella trousse, si bloccò vedendo la scatola bianca e rosa che Chloe le aveva dato «per sicurezza». Le tornarono in mente all'improvviso i fatti della settimana prima. Era stata così ossessionata dai titoli dei giornali che si era praticamente dimenticata di... quello. Spinse il test di gravidanza in fondo alla trousse, sotto i prodotti per il viso e le creme per le mani.

Lontano dagli occhi, lontano dal cuore...

Ruth scavalcò due gatti che poltrivano sul gradino davanti alla porta ed entrò nella caffetteria di Ella. Fu accolta da un breve silenzio. Evidentemente il suo ingresso aveva lasciato i clienti senza parole. Per un attimo temette che i giornali avessero pubblicato qualcos'altro, magari un nuovo episodio scabroso, ma poi fu rassicurata da un coro di «ciao» e di «buongiorno». Sorrise e fece educati cenni di saluto mentre cercava le ragazze.

«Ruth, siamo qui!» chiamò Trish, seduta vicino alla vetrina che si affacciava sul lago.

Sollevata, ancheggiò nella loro direzione. «Ciao» disse allegramente, accomodandosi.

«Sono contenta che sei riuscita a venire» esordì Nina. «E quelle sono favolose.» Guardò con invidia sotto il tavolo: uno stupendo paio di Gucci viola scamosciate, che Ruth aveva abbinato a uno chemisier Lanvin rosa pallido.

«Devi andare da qualche altra parte?» chiese Trish, e Ruth si sentì a disagio e troppo formale in confronto alle altre due, che indossavano jeans e canottiera.

«No, ma... non sono abituata a vestirmi casual.»

«Stai benissimo» sorrise Nina.

«Non è incantevole?» Ella si avvicinò con il bricco del caffè. «Tesoro, l'altra sera alla festa non sono riuscita a parlarti, ma sono stata fiera di te quando hai rimesso al suo posto quell'idiota in tv.»

Ruth avvampò. Avrebbe preferito non ripensare a quell'intervista. «Non so chi dei due abbia rimesso a posto l'altro.»

«Sciocchezze. Gli hai dato quel che si meritava. Non avrei saputo fare di meglio» disse orgogliosamente lei.

«Grazie, Ella» fece Ruth, commossa.

«Cosa ti porto? So che le attrici di Los Angeles vivono d'aria, e si direbbe che tu non faccia eccezione.» Lanciò un'occhiata al suo fisico esile. «Ma scommetto che non resisterai al mio pane al latte. Ne andavi matta quando eri ragazzina.»

Ruth non sapeva come spiegarle che non toccava più i carboidrati da secoli. «Ho già fatto colazione, perciò mi accontento di un caffè, grazie.»

«Pane al latte, allora. Ti taglierò delle belle fette» la ignorò Ella.

«Che programmi hai per il tuo soggiorno qui?» domandò Trish quando la donna si fu allontanata.

«Non saprei. Di solito non ho molto tempo libero, e poi non conosco molte persone da queste parti, oltre a voi e alla mia famiglia.»

«Ora che la confusione per il tuo ritorno si è calmata, vorrei fissare un'intervista per il "Lakeview News".»

«Volentieri.» Ruth non vedeva l'ora di rilasciare un'intervista che, ne era certa, sarebbe stata molto lusinghiera e che tutti gli abitanti di Lakeview avrebbero letto. Il quotidiano locale non era mai mancato a casa Seymour ed era pronta a scommettere che fosse ancora così.

«Mi chiedevo anche se ti interessa darmi una mano con un progetto che ho appena avviato. L'ho già proposto a Nina e ha accettato di aiutarmi.»

«Che tipo di progetto?» Ruth sapeva che era meglio non impegnarsi prima di conoscere i dettagli.

«Sto realizzando una storia fotografica di Lakeview, da pubblicare a scopo benefico.»

Ruth sorrise educatamente, cercando di non tradire l'esitazione. Il pensiero di esaminare vecchie foto di quella cittadina sonnacchiosa non le andava a genio, per quanto la causa fosse lodevole. Tuttavia pensò che sarebbe stato un modo interessante per ingannare il tempo.

«Sarebbe grandioso se potessi inserirti nel libro, come residente più famosa.»

«D'accordo. Sembra divertente.»

«Lunedì andiamo a spulciare gli archivi della biblioteca, se vuoi venire» aggiunse Nina.

«Ci sarò» accettò Ruth. «Che altro fate da queste parti?»

«Come avrai notato, Lakeview è migliorata molto da quando sei partita. Abbiamo nuovi pub e ristoranti favolosi, ma per i locali notturni e lo shopping devi comunque andare a Dublino» rispose Trish.

«Capisco.» Ruth cominciò a dubitare che trascorrere l'estate là fosse una buona idea.

«Una bella differenza rispetto a Los Angeles, immagino» rise Nina. «Non preoccuparti. So come ci si sente quando si è lontani dalla grande città. Ho nostalgia della confusione di Galway, anche se so che non regge minimamente il confronto con Hollywood.»

«Be', mi dovrò abituare. Los Angeles è un mondo a parte e lì sono sempre così indaffarata e piena di impegni che... qualsiasi altra cosa sembra lenta e silenziosa.»

«Anche Lakeview ha le sue attrattive» replicò Trish, un po' piccata.

«Oh, certo. Non intendevo...» Ruth non voleva assolutamente offendere le sue nuove amiche, soprattutto dopo che erano state così gentili con lei. «Comunque, parlatemi di voi. Siete sposate? Fidanzate? Cosa avete fatto negli ultimi anni?» domandò, sperando di sviare il discorso.

Trish e Nina la aggiornarono. Nina disse che aveva lasciato Galway per una vita più tranquilla dopo la rottura con il suo ex, e Trish accennò a un tizio che aveva cominciato a frequentare di recente.

«Che mi dici di te e del fichissimo Troy?» concluse la rossa, palesemente a caccia di uno scoop.

Dato che stava pur sempre parlando con una reporter, Ruth esitò. «In realtà non stiamo insieme. È stata solo l'avventura di una notte.»

«Un'avventura deliziosa, scommetto!»

Ruth rise. «Non è stata... niente male» confermò, sfuggente. «Anche se avrei preferito che non venisse sbandierata ai quattro venti.»

«È vero che ti ha fatta urlare come un'ossessa?» insisté Trish. Nina le diede una gomitata. «Scusa, Ruth. Personalmente, non capisco cosa ci sia di tanto interessante. Insomma, siete entrambi single, quindi chi se ne frega? Non siete mica sposati, perciò come mai la notizia è finita in prima pagina?»

Ruth fu tentata di ricordarle che lei e Troy erano celebrità incredibilmente famose e che la loro sfera privata interessava a tutti, ma poi pensò che non avrebbe capito.

«Niente anima gemella, allora?» riprese Trish.

«No, negli ultimi anni sono stata talmente occupata che non ho avuto molto tempo per uscire con gli uomini.»

«Quindi non hai ancora trovato un degno sostituto di Charlie?»

Ruth arrossì.

«Stavo scherzando. So che stiamo parlando di secoli fa. A dire il vero mi è venuto in mente solo perché è appena entrato.»

Ruth ebbe un tuffo al cuore. Charlie... lì dentro?

Cercando di essere discreta, si girò verso la porta e rimase di stucco. Charlie Mellon era lì, come un fantasma del passato. Anche se erano trascorsi cinque anni, aveva gli stessi capelli biondi arruffati e lo stesso colorito sano, le stesse spalle larghe e le stesse mani enormi. Stava parlando con un tizio accanto all'ingresso, stringendogli la mano e annuendo. Ruth lo osservò, ricordando l'ultima volta che l'aveva visto.

In realtà si era domandata se Charlie avrebbe partecipato al ricevimento in suo onore, e aveva riflettuto su cosa avrebbe detto o fatto se l'avesse incontrato. Poi, però, si era detta che probabilmente aveva lasciato Lakeview da anni. Non aveva trovato il coraggio di chiedere notizie a sua madre e, dato che Breda non aveva mai toccato l'argomento, aveva dato per scontato che...

D'un tratto Charlie si voltò nella sua direzione.

Ruth incrociò il suo sguardo. Aveva il cuore in gola e non sapeva cosa fare.

«Non fa altro che correre. È impegnatissimo, ha rilevato l'attività di suo padre qualche anno fa. L'ha trasformata in un'azienda molto redditizia» spiegò Trish.

Doveva riferirsi alla concessionaria di automobili, dedusse Ruth. Charlie aveva sempre detto di volerla ampliare. Evidentemente ci era riuscito.

Nel frattempo lui aveva finito di parlare con quel tizio, così Ruth decise di andare a salutarlo. Si girò verso la porta, mise un piede davanti all'altro, e si rese conto all'improvviso di quanto fosse grande la distanza che li separava. In realtà non potevano essere più di sette o otto metri, ma sembravano chilometri. Si accorse anche degli occhi che la seguivano; dopotutto, quello che era accaduto tra loro era di dominio pubblico. Charlie, però, non si mosse. Ruth sorrise anche se, conoscendolo, sapeva che non ci sarebbe cascato e che avrebbe intuito il suo nervosismo. Notò che la stava studiando, squadrandola da capo a piedi. «Ciao, Charlie.»

Lui non rispose, continuando a fissarla. Ruth stava cominciando a sentirsi in imbarazzo quando finalmente Charlie aprì bocca.

«Wow, una star di Hollywood mi ha rivolto la parola.» Anche se sembrava una battuta, c'era un certa durezza nel suo tono.

Lei rise, ma dentro si sentì morire. «Dài, Charlie, sono sempre la solita Ruth!» Sfoderò di nuovo il sorriso con cui incantava sempre i fotografi, quello capace di mascherare la tensione. «Mi fa piacere vederti. È passato un sacco di tempo.»

«Già.»

«Come stai? Dicono che te la cavi bene.»

«Sai, non sono una celebrità, ma mi difendo abbastanza bene per uno che vive a Lakeview.»

Il gelo della sua voce fu come una pugnalata e, anche se da una parte Ruth sapeva di meritarselo, dall'altra non gli avrebbe permesso di trattarla così.

«Sono contenta. Ho sempre saputo che ce l'avresti fatta.» Vedendo che Charlie non replicava, proseguì: «Mi fermerò qui per un po'. Magari potremmo vederci per un caffè o per mangiare un boccone... Mi piacerebbe fare due chiacchiere».

Lui, scuro in volto, si avvicinò abbastanza per farle sentire il profumo del dopobarba e, senza tante cerimonie, la prese per un gomito e la trascinò fuori.

«Charlie... che ti prende?»

Una volta usciti, lui si voltò di scatto. «Sapevo che prima o poi ti avrei incontrata.»

«Ma cosa... Perché ti comporti così?»

«Risparmiami la sceneggiata, principessa. Non ho nessuna voglia di stare al tuo gioco o di ritrovarmi coinvolto in uno scandalo solo per soddisfare i tuoi capricci. Sopporterò la tua presenza qui per quest'estate, ma per il resto farò finta che tu non ci sia. Sei uscita dalla mia vita cinque anni fa e voglio che tu ci rimanga.»

Ruth era scioccata. «Charlie, io...»

«Non provarci neppure. Non me ne frega più niente di te, ma non mi farò scombussolare l'esistenza dalle tue sciocchezze, okay? Perciò mettiamo subito le cose in chiaro. Non voglio prendere un caffè con te. Non voglio uscire a cena con te. Non voglio avere niente a che fare con te e con i tuoi leccapiedi.»

Lei si sentì ribollire per la rabbia. «Come ti permetti, Charlie Mellon? Non hai il diritto di parlarmi così!»

Lui scoppiò a ridere e Ruth si sentì sollevata: evidentemente stava solo scherzando, tanto per confonderle le idee. Ma le parole che pronunciò subito dopo non furono affatto spiritose. «Per favore, la prossima volta che ti arrabbi, cerca di essere un po' più naturale. Si direbbe che tu non sia granché come attrice.» Prima che lei potesse replicare, le diede un buffetto condiscendente sulla guancia e si allontanò, piantandola in asso. Ruth capì l'ironia della situazione. L'ultima volta che si erano visti gli aveva fatto fare la figura dell'idiota.

Ora, cinque anni più tardi, era arrivato il suo turno.

12

Quella era la campagna di marketing più importante della sua vita. Jess avrebbe dovuto mettercela tutta per far passare la sua idea, doveva farla sembrare assolutamente irrinunciabile. Ce l'avrebbe fatta, ne era certa: vendere idee non era forse la sua specialità?

Camminò avanti e indietro per il salotto, aspettando che la porta d'ingresso si aprisse e comparisse suo marito. Aveva apparecchiato la tavola, acquistato una deliziosa moussakà di agnello in rosticceria e messo in fresco il Pinot grigio preferito di Brian. Aveva comprato anche un raffinato completino intimo La Perla da indossare sotto l'abito attillato di Krizia, sperando che filasse tutto liscio e che l'atmosfera si riscaldasse.

Erano le nove di sera, e Brian aveva chiamato circa mezz'ora prima, dopo aver preso un taxi in aeroporto. Sarebbe arrivato da un momento all'altro e, anche se Jess era sempre impaziente di rivederlo, stavolta era... un po' nervosa.

Sentì aprirsi la porta e il cuore cominciò a martellarle nel petto.

«Ciao, tesoro» la salutò allegramente Brian, ma si bloccò quando vide il vino e la tavola apparecchiata.

Parve stupito, e Jess cercò di ignorare il sorrisetto obliquo che faceva di solito quando era divertito.

«Che succede?» Brian notò il vestito e i capelli morbidi che le ricadevano sulle spalle. «Credevo che a quest'ora ti avrei trovata in pigiama.»

«Mi sei mancato e volevo farti una sorpresa.»

Dopo aver posato la valigia, lui si allentò la cravatta e si avvicinò. «Cosa si festeggia?» La prese tra le braccia. «Non ho dimenticato il nostro anniversario, vero?»

Jess rise. «Sai benissimo che è tra qualche mese! Non c'è nessuna ricorrenza. Oggi sono tornata presto, così ho pensato che sarebbe stato bello fare qualcosa di speciale.»

«Hai ragione, è bellissimo. Che splendida idea. Grazie.» La baciò dolcemente.

«Com'era Londra?» domandò Jess una volta seduti e riempì generosamente di vino il bicchiere di Brian. Quella sera voleva un marito il più rilassato possibile.

«Così così. Ma preferirei non parlare di lavoro. Ne ho fin sopra i capelli.» Lui bevve un sorso e sorrise soddisfatto quando Jess gli mise davanti il piatto fumante. «E tu? Ti sei divertita con le ragazze?»

«Moltissimo.»

«È tutto a posto, allora. Niente più discorsi sui bambini?»

«Ora che mi ci fai pensare...»

«Cosa? Hanno ricominciato con la solita solfa?» Brian alzò gli occhi al cielo.

«Più o meno, ma... a essere sincera, tesoro, questa storia mi ha fatto riflettere.»

«Su cosa?»

«Su noi due e sulla nostra... situazione.»

Brian si bloccò con la forchetta a mezz'aria. «La nostra "situazione"?»

«Sì, lo sai, su quel fronte.» Il discorsetto che si era preparata si era volatilizzato all'improvviso. Era già tanto se riusciva a mettere insieme due parole.

«Aspetta un attimo» disse Brian guardandola. «Stiamo parlando dell'eventualità di avere un figlio?»

Lei annuì, con gli occhi che brillavano. «Ho pensato che forse è arrivato il momento.»

Lui la fissò in silenzio. «Ha a che fare con le ragazze, vero?» chiese poi in tono pacato.

Jess abbassò lo sguardo sulla tovaglia. L'atmosfera distesa che aveva cercato di creare era svanita di colpo. «No, loro non c'entrano.»

«Dài, Jess, sei sempre stata una pessima bugiarda.»

«Non si tratta delle mie amiche. Si tratta di noi e, secondo me, dovremmo cominciare a pensarci.»

Brian accennò un sorrisetto. «Allora questa splendida cena di benvenuto non ha nulla a che vedere con il fatto che sei uscita con Emer e Deirdre nel weekend. Da un momento all'altro hai deciso che vuoi avere un bambino.»

«Non è successo da un momento all'altro. Ci sto pensando da un po'.»

«Da un po'? Strano che tu non me ne abbia mai parlato prima del malinteso con Emer. Credi davvero che un figlio risolverà i problemi con le tue amiche?»

Come ci riusciva? si chiese Jess. Come faceva a colpire sempre nel segno?

«Jess, non devi angosciarti. Quelle due si comportano come delle vecchie pettegole, da quando si sono trasferite in campagna.»

«No, le ragazze non c'entrano, Brian. Si tratta di noi. Di me. Stiamo... Sto invecchiando.» Jess decise che non aveva altra scelta se non sparare tutte le sue cartucce e, se necessario, diventare anche un po' melodrammatica.

«Vecchia?» ridacchiò lui. «Vuoi scherzare?»

«Sono serissima, invece. Ho trentacinque anni e, mentre ce ne stiamo seduti qui, sto esaurendo gli ovuli. Ho fatto qualche ricerca su Internet. È dimostrato scientificamente.» Pronunciare quelle parole ad alta voce era più difficile che leggerle sullo schermo. Fu assalita dalla paura.

«Tesoro, è la cosa più stupida che abbia mai sentito.»

Jess si innervosì; non era così che aveva immaginato quella serata. Aveva sperato in una discussione calma e ragionevole. Non aveva previsto che Brian sarebbe stato così contrario all'idea di avere un figlio. «Abbiamo sempre detto che un giorno avremmo avuto un figlio, no? È innegabile che, qualunque cosa tu dica, sto invecchiando e presto potrebbe essere troppo tardi.»

Brian si addolcì. «Amore, certo che avremo un figlio, ma non propinarmi questa storia della vecchiaia. Ormai le donne partoriscono anche dopo i quaranta!»

«Sì, ma io non voglio essere una mamma attempata.» Jess si alzò e andò in cucina. Lui la raggiunse, ma lei gli voltò le spalle, guardando fuori dalla finestra. «Ancora qualche anno, e forse dovrò seguire il bambino con il deambulatore.»

Brian scosse la testa. Poi sospirò e le cinse la vita. «Ascolta, so che abbiamo sempre detto che un giorno avremmo avuto un figlio, e non ho cambiato idea, ma non potresti ammettere che questa storia è, almeno in minima parte, dovuta al fatto che ti sei sentita tagliata fuori da Emer e Deirdre?»

«No.»

«Okay, d'accordo. Ma non pensi che una scelta simile – una scelta enorme, importante e radicale come questa – meriti un po' più di riflessione?»

«Certo, ma...»

«Aspetta, fammi finire. Non credi che forse dovremmo discutere degli aspetti pratici, controllare le nostre finanze, vedere se c'è ancora qualcosa che vogliamo fare prima di affrontare un cambiamento così drastico?»

«Ma le nostre finanze sono solide» obiettò Jess. «Possiamo continuare a fare quello che vogliamo. L'unica differenza è che avremo un fagottino da portarci dietro.»

Brian le strofinò il naso contro il collo. «Amore, sai che un bambino non è un accessorio, vero?»

Lei lo spinse via. «Non farmi la morale, Brian.»

«Ti sto solo punzecchiando, ma dovresti sentirti.» La tirò di nuovo a sé.

Jess si divincolò. «Non capisci che ci tengo?»

«Sì, ma non dobbiamo essere precipitosi. Naturalmente possiamo discuterne, ma dobbiamo essere sicuri di volerlo davvero. Ti consiglio di lasciar sbollire la faccenda con le ragazze prima di prendere in considerazione l'ipotesi. Sentirsi un po' esclusa non è un buon motivo per metter su famiglia. Una decisione affrettata è sempre controproducente, soprattutto quando si parla di figli. Dài, proprio tu dovresti sapere che non è una cosa da prendere alla leggera.»

«Sì, ma...» Jess sospirò. Ovviamente Brian aveva affrontato la questione in modo logico e razionale. Però almeno aveva accettato di rifletterci sopra, il che era già qualcosa. Ora che gli aveva fatto la proposta (seppur con qualche difficoltà), forse sarebbe bastato velocizzare il processo di «vendita».

«Che ne pensi?» concluse lui.

«Prometti che ne parleremo?»

«Certo, ma senza essere impulsivi.»

Considerando l'annuncio che Jess aveva fatto alle ragazze, non era proprio la risposta che avrebbe voluto, ma era sempre meglio di niente. «Parliamone, allora.»

«Adesso?»

«Perché no?»

Brian si passò una mano tra i capelli. «Uff, sono appena tornato da una settimana faticosa. Non ho l'energia né fisica né emotiva per concentrarmi sull'argomento.»

«Domani, allora?»

«Sarà un'altra giornata pesante, ma okay.»

«Il mio orologio fa *tic tac*, ricordatelo.»

«Anche il mio, e ogni secondo speso a parlare del tuo orologio biologico è un secondo in meno da passare con te.»

«D'accordo, d'accordo.» Decise di lasciar perdere.

«È nuovo quello?» Brian adocchiò il pizzo color lampone che le spuntava dalla scollatura del vestito.

«Sì» sorrise Jess.

Lui la abbracciò e la baciò.

«Mi piacerebbe vederlo più da vicino.»

Va bene, pensò lei ricambiando il bacio. Aveva fatto il primo passo e, se avesse insistito, l'avrebbe spuntata.

Forse Brian aveva vinto quella battaglia, ma sicuramente non avrebbe vinto la guerra.

13

Lunedì mattina, Nina e Trish si incontrarono davanti alla biblioteca, per sfogliare vecchi giornali alla ricerca di articoli e fotografie per il libro. Avevano telefonato a Ruth per invitarla, ma non erano riuscite a convincerla e non la vedevano da sabato.

«Cosa è successo tra quei due?» aveva chiesto Nina quando l'aveva vista uscire dalla caffetteria con Charlie. Sapeva che c'era stato qualcosa tra loro, ma all'epoca lei non conosceva Ruth abbastanza bene da domandare i dettagli.

Trish aveva scrollato la testa. «Avranno tante cose da raccontarsi, suppongo. In questi giorni è impossibile parlare con Ruth senza avere tutti gli occhi addosso, perciò immagino che Charlie voglia fare due chiacchiere in santa pace. Non ti sei accorta che ci fissavano tutti quando Ruth era con noi?»

Nina non aveva notato nulla di strano, ma era seduta di spalle, e aveva dedotto che la conversazione con Charlie non doveva essere finita bene, perché Ruth non era più tornata al tavolo.

«Erano fidanzati» aveva aggiunto Trish.

«Davvero?»

«Sì, più o meno. Ho sentito dire che lui le ha chiesto di sposarlo, ma... È stato nel periodo in cui Ruth aveva sfondato con *The Local.* Evidentemente hanno rotto quando si è trasferita a Los Angeles.»

«Già. Dev'essere stata dura.» Nina si era chiesta se fosse quello uno dei motivi per cui Ruth era stata via per tanti anni. Un cuore spezzato, magari? «Chissà perché Charlie non l'ha seguita.»

«Charlie Mellon a Hollywood? Scherzi? Non sopporta l'idea di andare a Dublino, figuriamoci a Los Angeles.»

«Capisco.» Dunque Ruth aveva dovuto scegliere tra una sfolgorante carriera da attrice e una vita da casalinga a Lakeview. Nina immaginò che non fosse stata una decisione difficile, ma chissà. Forse aveva dei rimpianti.

Dopo che Nina e Trish furono entrate, una simpatica bibliotecaria di nome Martha le condusse in una stanzetta sul retro. «Non so se troverai qualcosa di utile, Trish, ma se posso darti una mano non esitare a chiedermela. Questo libro è un'idea geniale. Era ora che qualcuno oltre a Madame Seymour facesse qualcosa per dare risalto a Lakeview» dichiarò con un tono che non lasciava dubbi sulla sua opinione riguardo la celebrità locale. Meno male che Ruth aveva deciso di non accompagnarle, pensò Nina.

Quando Martha si allontanò, Trish posò la grossa borsa di cuoio e cominciò a esaminare gli scaffali. «Cosa dovremmo cercare, secondo te?»

Nina fece una smorfia. «Speravo lo sapessi. È il tuo progetto, no?»

«A dire il vero, non ne ho la più pallida idea.»

Nina prese un volume che conteneva ritagli di giornale. «È incredibile. Non avrei mai immaginato che Lakeview avesse una storia tale da riempire una stanza.»

Trish sorrise. «Questo è sarcasmo bell'e buono. Si dà il caso che Lakeview abbia una storia splendida. Ricca, interessante e...»

«Come volevasi dimostrare» rise Nina. «Ne sai quanto me.»

«Presto conoscerò ogni dettaglio» ribatté Trish, altezzosa. «Appena finirò il libro» ridacchiò. «Scherzi a parte, sto cercando del materiale curioso. Qualcosa che sorprenda i lettori.»

Ovvio, pensò Nina; avrebbe dovuto prevedere che le istruzioni di Trish sarebbero state tutt'altro che chiare. «Curioso» non era esattamente la parola che veniva in mente quando si pensava a Lakeview.

Qualche ora dopo Nina si alzò per sgranchirsi le gambe, sentendosi impolverata e ingiallita, un po' come quei vecchi libri. Aveva una fame da lupi. Nell'ultimo periodo arrivava all'ora di pranzo con lo stomaco vuoto, forse perché faticava a non rimettere la colazione. Trish, invece, stava ancora leggendo avidamente ogni singolo ritaglio ed esaminando con attenzione ogni fotografia.

«Mangiamo qualcosa?» Nina guardò l'orologio. Era quasi mezzogiorno ed erano là già da tre ore.

«Ancora un attimo» rispose distrattamente Trish.

Nina si voltò e sfiorò i dorsi dei volumi sugli scaffali. Doveva ammettere che era stata una mattinata abbastanza stimolante. Aveva trovato del materiale su sua madre: fotografie e articoli di quando andava a scuola e di vari eventi cittadini a cui aveva partecipato. Cathy era stata molto popolare.

Invece, era incappata in suo padre solo un paio di volte: la prima in una foto di classe alla consegna dei diplomi e la seconda nelle pubblicazioni di matrimonio. Non c'era da stupirsi: Patrick era sempre stato asociale. Si chiese ancora perché sua madre si fosse messa con un tipo così scorbutico, così misantropo, quando aveva tutti gli uomini della città ai suoi piedi. Cathy era uno schianto e, anche se la fotografia dimostrava che Patrick era stato carino da giovane, Nina stentava a credere che quello fosse bastato per farla innamorare.

Adesso però era annoiata e impaziente di lasciare la biblioteca. Sentì lo stomaco gorgogliare e, senza pensarci, si accarezzò la pancia. Indossava un top morbido perché, guardandosi di profilo quel mattino, le era parso di vedere l'inizio di un rigonfiamento.

Per scacciare quel pensiero si mise a chiacchierare. «Che mi dici del tizio che stai frequentando? Com'è?»

L'altra sorrise. «Meraviglioso.»

«Vive qui? Da quanto tempo state insieme?»

Trish si strinse nelle spalle. «Da qualche mese. Nulla di impegnativo.»

La sua espressione, però, diceva il contrario.

«Cosa fa?»

«Gestisce una società, è indaffaratissimo, ha molta carne al fuoco.»

Nina la fissò per un istante, incuriosita dalle sue risposte evasive. Era come se l'amica, solitamente molto loquace, volesse essere vaga.

«Abbiamo finito, per il momento.» Trish chiuse di

scatto il volume che stava studiando. «Andiamo a mettere qualcosa sotto i denti.»

«Finalmente! Sto morendo di fame!»

«Se non ti conoscessi, direi che stai mangiando per due!»

Le voltò le spalle e Nina impallidì, sollevata che non avesse visto la sua espressione di panico.

Comprarono un sandwich in rosticceria, poi Trish decise di tornare a casa per lavorare sui documenti che aveva raccolto.

Nina rincasò, sfinita. Aprendo la porta, fu accolta da un odore di fritto. Andò in cucina e Patrick la salutò con un cenno distratto.

«Hai passato una bella mattinata, papà?»

«Sì, grazie, Nina.»

«Hai fatto qualcosa di interessante?»

Lui la guardò come se si fosse appena accorto della sua presenza. «Ho scoperto il guasto nel televisore della signora Murphy. Era semplice. Non so come ho fatto a non capirlo prima.» Indicò una tv in salotto, i cui pezzi erano sparpagliati sul tavolo della sala da pranzo. Nina provò fastidio: era per via del disordine? O per le parole pronunciate dal padre, più di quante gliene avesse sentite dire da quando era arrivata?

«Ottimo. Complimenti.» Fece una pausa, non sapendo cosa aggiungere. Poi ebbe un'idea. «Io sono stata in biblioteca. Ho sfogliato vecchi giornali cercando materiale per il libro di Trish. Ho trovato foto e articoli su di te e sulla mamma. C'erano alcune immagini della mamma a scuola e a vari eventi. Ho visto il vostro annuncio di nozze e una tua vecchia foto di classe.»

Patrick alzò lo sguardo, incuriosito. «Foto?»

«Sì, mentre consultavo gli archivi con Trish. Credevo di avertelo detto. Sta preparando un libro a scopo benefico sulla storia di Lakeview.»

Patrick sembrava turbato e Nina si domandò se a metterlo a disagio fosse stata l'allusione a Cathy. Si sentì in colpa, ma una parte di lei era decisa a continuare la conversazione, perché per la prima volta dopo anni era riuscita a catturare l'attenzione di suo padre. «La mamma era molto popolare da giovane, vero?» Sperava che lui le confidasse qualche dettaglio su come si erano conosciuti o sul matrimonio.

Patrick, però, annuì e tacque, riprendendo a cucinare. Nina aspettò che dicesse qualcos'altro, ma invano. Così concluse: «Ho già mangiato, perciò vado in camera mia a leggere. Chiamami, se ti serve qualcosa».

«Okay, Nina.»

Mentre stava per salire le scale, si girò. Avrebbe giurato che suo padre avesse le sopracciglia aggrottate. Era concentrato o preoccupato?

Impossibile dirlo.

14

«Non è la cosa più bella che abbiate mai visto? Come vorrei avere una bambina!» esclamò Deirdre, sollevando un pagliaccetto rosa punteggiato di fiorellini.

Emer sorrise. «Assolutamente sì. Me ne hanno regalato uno identico prima che nascesse Amy. È stato quello uno dei vantaggi di sapere in anticipo se avremmo avuto un maschietto o una femminuccia.»

Jess guardò il minuscolo indumento, chiedendosi se le amiche la stessero mettendo alla prova. Se sì, voleva essere promossa a pieni voti. «È carinissimo! Non vedo l'ora di cominciare a comprare queste cose» disse con slancio. Dovette ammettere che gli accessori, i vestitini, i giocattoli e i passeggini erano adorabili. Era quasi come tornare bambina e rivedere tutte le cosine deliziose che avevano riempito la sua cameretta.

Emer sorrise ancora e Deirdre parve soddisfatta.

Jess era sorpresa da quanto fosse cambiato il loro comportamento quando avevano saputo che voleva diventare madre anche lei. Da quel momento l'avevano invitata a tutti i loro incontri, che si trattasse di un caffè a Lakeview o di un giro di shopping a Dublino. Emer le aveva proposto di dormire da lei sabato, perché Dave aveva un impegno di lavoro. Jess aveva accettato con gioia, perché Brian sarebbe andato a giocare a golf fuori Dublino e non sarebbe tornato prima di domenica all'ora di pranzo.

Avevano passato la mattinata passeggiando per Lakeview ed entrando in qualsiasi negozietto attirasse la loro attenzione. Senza dubbio valeva la pena sopportare la solita solfa sui bambini pur di riavere indietro le sue amiche. L'unico problema era che loro credevano davvero che lei e Brian stessero cercando di avere un figlio.

Da quando avevano toccato l'argomento la prima volta, Jess era sempre più convinta che dovessero pensare seriamente al futuro, ma suo marito non voleva saperne.

«Su, Jess» aveva replicato Brian quando lei gli aveva detto di voler smettere la pillola. «Credevo che prima avessimo deciso di discuterne con calma.»

«Brian, mi sono informata. Può volerci fino a un anno perché il mio organismo la smaltisca, e a quel punto avrei già trentasei anni!»

«Meglio così, dato che rimarresti incinta domani solo per far contente le tue amiche!» aveva ridacchiato lui, che non riusciva a prendere sul serio le sue preoccupazioni. «Amore, ti conosco meglio di quanto tu creda e sinceramente ho l'impressione che questa sia solo un'altra delle tue strane fissazioni.» Le aveva ricordato che di recente si era innamorata di una costosissima borsa Chanel e che non aveva pensato ad altro per settimane prima di cedere e acquistarla. «E quante volte l'hai usata?» aveva aggiunto, costringendola ad ammettere che, una volta uscita dal negozio, l'entusiasmo si era spento rapidamente.

«Qui non si tratta di una stupida borsa, Brian» aveva ribattuto Jess, innervosita di essere considerata sciocca e superficiale.

Lui le aveva baciato i capelli. «Lo so, tesoro. Forse non è un paragone azzeccato, ma sto solo tentando di farti capire che una decisione come questa richiede tempo.»

Il vero problema era che il tempo stringeva. Ma era davvero così? si chiese ora, mentre guardava Emer che sorrideva teneramente a Amy. Oppure aveva ragione Brian, e semplicemente lei non voleva più che la sua vita venisse giudicata vuota e inutile dalle sue migliori amiche?

«Quando eri incinta, hai voluto sapere se fosse maschio o femmina?» domandò a Deirdre. Preferiva essere lei a fare domande sui bambini, e non il contrario perché in quel caso non avrebbe saputo cosa rispondere. Per giunta si comportavano come se fosse già incinta, informandosi su cosa lei e Brian pensassero di questo o quello e su cosa intendessero fare dopo il parto.

«Non per Dougie, ma per Dylan sì. Tu e Brian volete scoprirlo in anticipo?» fece Deirdre.

«Non saprei. Esiste una regola?» Jess arrossì.

«No, no, ognuno fa come preferisce» la rassicurò Emer. «Noi abbiamo deciso di sì perché volevo preparare la cameretta per Amy, tutta rosa e tenerissima, e sapevo che non avrei avuto l'energia di farlo dopo la sua nascita. In più, Dave è una frana nel fai-da-te, così ho pensato che sarebbe stato meglio portarmi avanti.»

«Capisco.»

«Ma ora andiamo» proseguì Emer. «Sto morendo di fame. Amy mi ha svegliata alle cinque stamattina e non ho ancora mangiato nulla. Che ne dite di fare un salto da Ella?»

«Buona idea. Prima pago questo.» Deirdre andò alla cassa con un Transformers, e poco dopo le tre donne e i bambini si avviarono lungo Main Street in direzione della caffetteria.

«Ciao!» le salutò una ragazza sorridente quando entrarono.

«Ciao, Nina» rispose Emer. «Come stai?»

«Benissimo, grazie. Siete fortunate. Questa mattina il vostro solito tavolo è libero. Vi serve una mano?» si offrì, e Jess notò che era particolarmente disponibile: il locale era piuttosto piccolo e forse le carrozzine e le borse avrebbero occupato molto spazio.

«No. Ce la facciamo, grazie. Oh, a proposito, questa è Jess.»

«Ciao. Io sono Nina» disse tendendo la mano e, dai suoi luminosi occhi verdi e dal sorriso cordiale, Jess intuì che era una tipa simpatica.

«Jess Armstrong. Piacere.»

«È un'amica di Dublino» spiegò Deirdre. «Vive ancora lì ma, chissà, magari un giorno la convinceremo a trasferirsi a Lakeview, eh, Emer?»

Jess rise, immaginando i commenti di Brian.

«Lavori qui a tempo pieno, Nina?» domandò Emer.

Nina si guardò la T-shirt, con il logo della caffetteria. «Più o meno. Credevo che sarebbe stato solo per qualche ora la settimana, ma Alice, la ragazza che di solito fa il turno del mattino, studia Psicologia e sta preparando gli esami, così ho promesso a Ella che l'avrei sostituita. Comunque, come state?»

«Bene. Abbiamo fatto un giro per negozi, dando un'occhiata ai vestitini per neonati» la informò Deirdre.

Nina si attorcigliò la coda di cavallo. «Oh, chi aspetta un bambino?»

«Jess» affermò Emer.

«Congratulazioni!» esclamò Nina.

«No, in realtà non sono incinta. Ecco...»

«Non *ancora*, ma lei e suo marito hanno deciso che è arrivato il momento» precisò Deirdre, più diplomatica.

Jess sorrise, contenta che qualcuno avesse chiarito l'equivoco. «Speriamo che succeda presto.»

«È... magnifico» osservò Nina. «Buona fortuna.»

Jess non era mai stata così imbarazzata in vita sua. «Mille grazie.» Si sedette al tavolo.

«Allora, come vanno le cose? Non ti sei ancora stancata di noi?» domandò Emer a Nina. Poi spiegò a Jess che Nina era tornata a Lakeview da poco per stare qualche tempo con suo padre.

«Mi tengo occupata. Oltre a lavorare qui sto aiutando Trish con il libro.»

«La storia fotografica? Quando esce?»

Jess si stupì di come le sue amiche si fossero adattate alla vita di provincia. Una volta loro tre condividevano ogni cosa. Ora, invece, parlavano di persone che lei non aveva mai nemmeno sentito nominare.

«Con Trish non si può mai sapere. Le cose vanno a rilento per ora, ma si sta dando da fare. Scommetto che presto comincerà a bussare a tutte le porte, chiedendo agli anziani di raccontarle aneddoti interessanti» disse Nina.

«Non l'ho vista di recente» commentò Emer. «Ma l'articolo sulla festa in onore di Ruth Seymour era fantastico. A proposito, ti è capitato di incontrare Ruth? Credevo che si sarebbe fermata in città per un po', ma non ho sentito parlare molto di lei dopo il party. Io me lo sono perso perché non sono riuscita a trovare una baby-sitter» concluse, visibilmente dispiaciuta.

«Ruth Seymour. L'attrice, intendi?» intervenne Jess.

«Sì, non ti ho detto che è di Lakeview? Questo paesino non è più un posto così noioso, vero?» disse Emer gongolando, e Jess sbiancò, temendo che la cameriera la considerasse una snob della capitale.

«Non ho mai detto niente di simile.»

«Stavo scherzando» la tranquillizzò Emer. Poi, rivolgendosi a Nina: «Jess è una vera ragazza di città. Sai, non riesce a stare lontano dalle boutique e dai locali in».

«Spero di avere qualche altro pregio» la rimbeccò Jess, stizzita.

«Ruth è dolcissima e più alla mano di quanto si potrebbe pensare» intervenne Nina, che aveva percepito la tensione tra loro. «È molto sotto pressione, a quanto pare. Ci conosciamo fin da quando eravamo ragazzine, e in questi giorni io e Trish l'abbiamo vista un paio di volte per un caffè, ma credo che voglia soprattutto rilassarsi e stare con i suoi. Chi potrebbe biasimarla, dopo tutto quel putiferio? Comunque, cosa vi porto?» Sorrise ai bambini. «Scommetto che voi ragazzi volete un lecca-lecca, tanto per cominciare. Che ne dite?»

Jess la studiò. Sembrava una persona squisita, incredibilmente affettuosa e sincera. «Hai figli?» le chiese.

Jess ebbe l'impressione che Nina fosse un po' a disagio, ma in quel momento un altro cliente la chiamò. «Ops, datemi un secondo. Torno subito.»

«Sembra simpatica» commentò Jess quando si fu allontanata.

Emer alzò gli occhi dal menù. «Sì, è un tesoro. Invece non si può dire lo stesso della sua amica Trish, quella di cui stava parlando prima. Vero, Deirdre?»

«Già, un po' invadente.»

Jess sperò che avrebbero cominciato a spettegolare come in passato, ma Emer cambiò argomento. «Oh, a proposito, ho dimenticato di chiederti quanti mesi aveva Dylan quando ha iniziato a camminare» disse a Deirdre.

«Tredici. Perché?»

«Be', probabilmente Amy lo batterà.» Emer sorrise orgogliosa.

Quella era un'altra cosa che Jess aveva notato: la profonda competitività passivo-aggressiva tra le due donne riguardo ai loro figli. Amy a dieci mesi aveva già sette dentini, mentre Dylan, alla stessa età, ne aveva solo cinque. Ma era davvero così importante?

Quello era un altro aspetto della maternità che non capiva: il radicale cambio di atteggiamento. Chissà se anche lei sarebbe diventata così. Avrebbe blaterato senza sosta di dentini, primi passi e vaccinazioni? Avrebbe cercato di sminuire le altre mamme ostentando i progressi del proprio figlio, oppure avrebbe finito per sentirsi insicura se gli altri bambini fossero stati più precoci del suo? E se la rivalità era così accanita quando i bimbi erano piccoli, che cavolo sarebbe successo una volta cresciuti ed entrati nel mondo della scuola?

Perplessa, guardò Nina, che stava girando tra i tavoli con un vassoio di dolci. La vide chiacchierare con gli altri clienti e desiderò che si avvicinasse e parlasse ancora con loro, perché sinceramente non sapeva più cosa dire alle due amiche.

Decise che la situazione sarebbe sicuramente migliorata quando fosse stata incinta; non avrebbe più dovuto fingere e avrebbe potuto finalmente lasciarsi andare alle emozioni. Avrebbe conosciuto la data del parto ed Emer e Deirdre si sarebbero divertite un mondo a fare progetti con lei. Avrebbero potuto discutere insieme delle varie fasi della gravidanza e sarebbe stato tutto vero. Al contrario di adesso, che era ridotta a comprare vestitini per un ovulo non fecondato. Se fosse stata in dolce attesa, sarebbe stata molto più presente.

Quella riflessione la riportò alla questione fondamentale: come avrebbe fatto a convincere Brian? Come gli avrebbe fatto cambiare idea?

Sospirò, ed Emer la guardò. «Scusa, Jess, ti stiamo annoiando?»

«No, niente affatto. Solo che è tardi. Sapete, ho promesso a Brian che sarei tornata verso l'ora di pranzo. Un suo collega ci ha invitati a una festa in giardino e devo prepararmi.»

«Una festa in giardino? Beata te.» Deirdre sorrise con invidia. «È passata un'eternità dall'ultima volta che mi sono messa in tiro per uscire con mio marito.»

Emer sbuffò. «In tiro? Io mi accontenterei di uscire, punto e basta!»

«Cosa ti metterai?»

«Oh, la prima cosa che mi capita» tagliò corto Jess, che in realtà non voleva confessare che per l'occasione aveva comprato uno stupendo abito Guess di seta color ruggine.

«Sicuramente avrai l'imbarazzo della scelta» concluse Emer un po' acida, come se avere un guardaroba griffato fosse indice di frivolezza.

Quand'era successo? si chiese Jess. Da quando le cose che le piacevano, come i bei vestiti e gli hotel di lusso, non erano più ricompense per il suo duro lavoro ma si erano trasformate in simboli di superficialità?

Alla fine si alzò e salutò le amiche con un abbraccio. «Ci sentiamo presto. Prima o poi dovete venire a trovarci con i bambini» disse, pur sapendo che era praticamente impossibile.

«Certo. Buona fortuna» replicò Deirdre. «Chissà, magari questa notte sarà quella buona.»

Jess la guardò perplessa. «Quella buona?»

«Per il bambino, naturalmente!» rise l'altra.

Lei fece un sorriso stiracchiato. «Sì, incrociamo le dita.»

Una volta arrivata a Dublino, parcheggiò davanti a casa. Scrutò la strada in cerca dell'auto di Brian, ma non era ancora tornato.

Entrò e salì in camera.

Tirò fuori dall'armadio il vestito che aveva comprato per quella serata.

Era splendido. Okay, le era costato un occhio della testa, ma le sarebbe durato per sempre. Be', solo se fosse rimasta una taglia 42, il che sarebbe stato difficile nel caso di una gravidanza.

Emer, che era ingrassata molto quando era incinta, aveva quasi riconquistato il peso forma, anche se probabilmente la sua ultima preoccupazione in quel momento era entrare in un capo firmato. Forse era quella la ragione per cui era stata così sprezzante. Se avesse avuto un angioletto come Amy, vestiti e trattamenti estetici sarebbero di certo passati in secondo piano.

Dopo aver appeso l'abito all'anta dell'armadio, si spogliò e, scalza, andò in bagno. Dopo poco uscì dalla doccia e si avvolse in un asciugamano, in attesa che Brian tornasse dal lavoro.

Si sedette davanti alla toeletta. Quando aprì il cassetto dove teneva i cosmetici, le saltò subito all'occhio la confezione della pillola.

Non l'aveva ancora presa quel giorno, vero? Guardò nella scatoletta blu e, infatti, la pillola con la scritta DOMENICA era ancora nel blister. Stava per infilarsela in bocca quando qualcosa la bloccò.

Allontanò la mano e fissò la minuscola compressa. Se era così certa di volere un figlio, perché continuava a prendere i contraccettivi? *Perché Brian non è ancora sicuro*, rispose una vocina. Tuttavia, come gli aveva fatto notare lei, sarebbe potuto passare un anno prima che il suo corpo tornasse alla normalità e fosse pronto per il concepimento.

Studiò il proprio riflesso allo specchio, rendendosi conto che non poteva aspettare tanto a lungo. Un anno prima di poterci anche solo provare? No, era inutile aspettare che Brian fosse d'accordo; l'unica conseguenza sarebbe stata un ulteriore ritardo. E, poi, suo marito era così disponibile che probabilmente avrebbe presto cambiato idea, perciò tanto valeva prendere l'iniziativa.

Rimise la confezione nel cassetto, nascondendola sotto un mucchio di creme e di ombretti Lancôme.

Forse, la soluzione sarebbe arrivata da sola e la natura avrebbe fatto il suo corso.

15

Chiusa in bagno, Ruth camminava avanti e indietro nervosamente. Il cuore le batteva così forte che temette stesse per esploderle. Visti gli ultimi eventi, non si sarebbe sorpresa se avesse avuto un infarto e fosse morta sul colpo. Era difficile credere che la sua vita avesse preso una piega così orribile. Lei aveva sempre pensato di essere nata sotto una buona stella e di essere destinata a un futuro radioso, ma nelle ultime settimane era stata perseguitata dalla sfortuna. Oppure si trattava di karma negativo?

Si sedette sul bordo della vasca e si prese la testa tra le mani. Quanto mancava? Guardò l'orologio, sbalordita. Era possibile che fosse passato solo un minuto?

Emise un gemito disperato. L'aggeggio posato sul lavabo la stava aspettando, per farsi beffe di lei.

Dopo circa venti giorni da quella disgraziata notte con Troy era arrivata la resa dei conti. La settimana precedente, quando non le erano venute le mestruazioni, era morta di paura al pensiero che la pillola del giorno dopo non avesse funzionato.

Al terzo giorno di ritardo aveva capito di non poter più rimandare l'inevitabile. Quel mattino aveva recuperato il test di gravidanza, aveva letto le istruzioni e fatto pipì sul bastoncino. Era quello il motivo per cui adesso sedeva lì come un'idiota, in attesa che un pezzetto di plastica bianca decidesse il suo destino.

Controllò l'orologio: due minuti.

Si alzò e ricominciò a camminare su e giù. Dire che fino a quel momento il suo ritorno a casa non era stato come l'aveva immaginato era un eufemismo. Era andato tutto storto sin dall'inizio: dall'arrivo traumatico in aeroporto al terribile talk show, alla crisi di nervi nello sgabuzzino durante quella maledetta festa. Poi, come se non bastasse, c'era stato il mortificante incontro con Charlie in caffetteria. Si domandò se non fosse meglio fare i bagagli e tornarsene dritta a Los Angeles.

Tuttavia, per quanto Lakeview fosse frustrante, almeno lì non era sola. I suoi genitori erano stati fantastici e gli abitanti, in particolare Trish e Nina, si erano fatti in quattro per essere gentili... Be', Nina sì; Trish era ancora un'incognita.

Ruth le aveva concesso un'intervista e, nonostante le domande le fossero sembrate abbastanza innocue, non sapeva cosa aspettarsi dall'articolo. Chissà in che modo sarebbero state distorte le sue parole. Era stata attenta a non nominare Troy e si era sforzata di presentarsi come la «ragazza che ce l'aveva fatta», dilungandosi sulla sua casa di Beverly Hills e la sua vita da sogno negli Stati Uniti.

L'articolo sarebbe stato pubblicato quel giorno, ma lei non aveva il coraggio di uscire a comprare il giornale, temendo che si trattasse dell'ennesima stroncatura. Ce l'aveva messa tutta per dare l'impressione di vivere in una favola, sicura che Charlie Mellon avrebbe letto il pezzo.

Il ricordo del loro incontro le procurò una fitta allo stomaco. Non aveva immaginato che lui nutrisse ancora tanto rancore. D'accordo, si era comportata male, ma credeva che ormai fosse acqua passata. In fondo, erano trascorsi cinque anni. Charlie, tuttavia, non era mai stato il tipo che accettava passivamente i rifiuti e, date le circostanze...

Ripensò alla loro relazione. Lo conosceva da sempre: abitavano nella stessa via, avevano frequentato la stessa scuola ed erano sempre andati abbastanza d'accordo, anche se appartenevano ad ambienti diversi. Ruth usciva con i ragazzi più popolari, mentre Charlie era taciturno e studioso.

Finito il liceo si era iscritto all'Università di Dublino ed era stato via per quattro anni, ma dopo la laurea era tornato con l'intenzione di rilevare l'azienda del padre. Un giorno, Ruth l'aveva incontrato per caso e aveva fatto fatica a credere che fosse lo stesso ragazzo che le faceva i dispetti da bambina. L'adolescente timido e smilzo si era trasformato in un vero uomo.

La loro storia d'amore era iniziata gradualmente; flirtavano ogni volta che si incrociavano, il che – guarda caso – capitava molto spesso.

Poi, una sera, Charlie le aveva dato un passaggio fino a casa. Lei aveva capito che sarebbe successo qualcosa e non vedeva l'ora. Era così ansiosa di baciarlo che gli aveva chiesto di parcheggiare in una via laterale, perché di solito suo padre la aspettava sbirciando fuori dalla finestra, e lei voleva un po' di privacy. Charlie aveva spento il motore e l'aveva guardata. Ruth allora gli aveva sorriso maliziosa e lui l'aveva tirata a sé, baciandola con labbra dolci, calde e morbide. Lei aveva risposto con passione e un attimo dopo gli aveva sfilato la camicia dai pantaloni.

Charlie si era fermato. «No, no, non così.»

«Che ti prende?» Ruth aveva continuato, baciandogli il collo, la bocca e le orecchie, finché lui le aveva preso il volto tra le mani. «Credo che tra noi ci sia qualcosa di magico, qualcosa di speciale, e non voglio rovinarlo. Andiamoci piano...»

Ruth aveva temuto di essere stata troppo sfacciata, ma le sue preoccupazioni si erano rivelate infondate, perché Charlie le aveva proposto un appuntamento ufficiale. Il suo approccio delicato, quasi all'antica, l'aveva stupita e aveva aumentato il desiderio. Cavolo, avevano aspettato mesi prima di andare a letto insieme.

Ricordava ancora la prima volta. Charlie le aveva detto che la amava ed era stato incredibilmente dolce. Sembrava di essere in un film. Lui sapeva che Ruth voleva fare carriera nel cinema e che non intendeva accontentarsi della soap opera in cui recitava.

Una sera, dopo che Ruth aveva finito le riprese, Charlie l'aveva raggiunta a Dublino e aveva organizzato una serata meravigliosa. Aveva prenotato una stanza allo Shelbourne Hotel. Avevano cenato, ballato e bevuto champagne e, quando erano saliti in camera, lei aveva trovato un'altra sorpresa: un anello di fidanzamento con tanto di diamante.

Si era sentita raggelare, perché quel regalo rappresentava tutto ciò che non voleva. Se avesse sposato Charlie, sarebbe rimasta intrappolata a Lakeview, in Irlanda. Niente Hollywood, niente fama, niente prime cinematografiche. Per quanto fosse innamorata, era destinata a essere una star, non un'attricetta irlandese o la moglie di un ragazzo di provincia.

Quando lui si era inginocchiato, Ruth l'aveva interrotto subito, perché non voleva ascoltare quella proposta. «Non farlo. Sai benissimo che non è quello che desidero.»

Charlie l'aveva fissata, ferito e confuso, e lei si era data dell'idiota, perché in fondo lo amava e sapeva che non avrebbe mai trovato un uomo migliore. Tuttavia, per il bene di entrambi, aveva dovuto agire così.

Era troppo tardi. Charlie era corso via e non era più tornato, e Ruth si era chiesta se lui l'avesse mai presa sul serio quando gli ripeteva che sarebbe diventata una celebrità. Pensava forse, come tutti, che si stesse illudendo, che Hollywood fosse solo un miraggio? Altrimenti, perché cercare di tarparle le ali? Era da escludere che l'avrebbe seguita a Los Angeles: aveva molte responsabilità a Lakeview, e Ruth aveva sempre creduto che tra loro ci fosse un tacito accordo: la loro storia sarebbe inevitabilmente finita.

Quella era stata l'ultima volta che l'aveva visto. Una settimana dopo aveva comprato un biglietto per Los Angeles ed era partita senza voltarsi indietro.

Lontano dagli occhi, lontano dal cuore.

Improvvisamente si accorse che erano passati quasi cinque minuti. Era arrivato il momento.

Si avvicinò con passo incerto. Quando fu a pochi centimetri dal lavandino, chiuse gli occhi e procedette a tentoni. Posò le mani sulla ceramica fredda e fece un profondo respiro, sperando di calmarsi. Ripeté mentalmente un mantra. Positivo o negativo, la vita sarebbe andata avanti... Positivo o negativo...

Sollevò le palpebre e fissò il proprio riflesso allo specchio. Infine abbassò lo sguardo sul lavabo e sul bastoncino. Concentrandosi sulla finestrella, prese fiato.

C'era una minuscola croce rosa.

Era incinta.

Si pulì la bocca con un asciugamano. Il mantra non era servito a niente. Appena aveva visto il simbolo, il suo stomaco si era ribellato e aveva vomitato la colazione.

Prese il test e lo avvolse in una busta di plastica, quindi lo nascose in fondo all'armadio; non poteva rischiare che sua madre lo trovasse. Poi, crollando sul letto, si infilò sotto le coperte, con le lacrime agli occhi.

Come aveva fatto a cacciarsi in quella situazione?

Avrebbe dato qualsiasi cosa per tornare a quella maledetta festa. Se avesse potuto riportare indietro il tempo, avrebbe rifiutato lo champagne e i complimenti, sarebbe rimasta lucida e non si sarebbe mai lasciata incantare dalle idiozie romantiche di Troy.

Troy.

Gemette, pensando alla seconda stagione di *Glamazons*, quando non avrebbe più potuto evitarlo. Di colpo, la situazione le apparve chiara. Non poteva avere il bambino. La sua carriera sarebbe finita, il suo corpo sarebbe cambiato e ciò per cui aveva lavorato sarebbe andato a rotoli. Tutto per colpa di una stupida notte di baldoria.

Come aveva potuto essere così idiota? Come avrebbe fatto a dirlo a Troy e ai produttori?

D'altra parte, rifletté, forse non era necessario che Troy o chiunque altro lo sapesse...

No, no, doveva dirglielo. Non poteva nascondergielo. Anche se non gli doveva nulla e non stavano insieme – anzi, non si frequentavano nemmeno –, era convinta che fosse giusto metterlo al corrente.

Così sarebbero stati coinvolti entrambi e, chissà, magari gli sceneggiatori sarebbero riusciti a inserire la gravidanza nella trama, creando un intreccio ancora più avvincente. Avrebbe potuto essere persino la chiave del loro successo. Non sarebbero mai stati una coppia, su questo non c'erano dubbi, ma la pubblicità sarebbe stata grandiosa.

Prese il cellulare e iniziò a scorrere la rubrica. Quando trovò il nome di Troy, esitò ripensando a quella notte, a come l'aveva corteggiata, alle cose che le aveva detto. Senza volerlo, si appoggiò le mani sull'addome. Wow, era incredibile che avessero generato una vita.

Scosse la testa; non poteva abbandonarsi ai sentimentalismi, non poteva sprecare tempo a fantasticare.

Schiacciò il tasto di chiamata e aspettò che il telefono suonasse. Dopo quattro o cinque squilli immaginò che sarebbe scattata la segreteria, ma...

«Pronto?» rispose Troy, assonnato. Quando udì la sua voce, Ruth si sentì stringere lo stomaco. Poi controllò l'ora. Aveva dimenticato che a Los Angeles era notte fonda.

«Troy?»

«Sì, chi è?»

«Ti ho svegliato?»

Un gemito. «Sì... Chi è?»

«Sono Ruth. Scusa. Ti richiamo.»

«No, non preoccuparti. Sono sveglio.»

«Tranquillo, non era importante. Posso aspettare...»

«Cavolo, il tuo accento è davvero forte!»

Ruth non si era accorta di aver ripreso l'accento irlandese. Colpa dell'agitazione. «Dopo qualche settimana qui, è inevitabile, credo.»

«Come stai, tesoro? Hai ricevuto il mio messaggio? Quel mattino... sei scappata.»

«L'ho ricevuto, grazie. Hai ragione, mi dispiace.»

«Perché?»

«Perché mi dispiace o perché sono scappata?»

Lui rise. «Tutte e due le cose. Avrei voluto darti il buongiorno con un bacio.»

Stava forse cercando di sedurla, di nuovo?

«Che succede, Ruth? Perché mi hai chiamato? Ti mancavo? Volevi sentire la mia voce, eh?»

Santo cielo. Aveva quasi dimenticato le dimensioni del suo ego, che d'altronde erano direttamente proporzionali al... Allontanando quel pensiero, decise di venire al dunque. «A essere sincera ti ho telefonato per una ragione ben precisa.»

«Lo sapevo. Senti la mia mancanza. Quando torni?»

«No. Insomma... Non sono sicura.»

«Vuoi che prenda un aereo e che ti raggiunga? Per finire quello che abbiamo iniziato?»

Ruth, irritata, avrebbe voluto che stesse zitto. «Troy, per favore, devo parlarti. È una questione delicata.»

Finalmente lui recepì il messaggio. «Tutto a posto?»

«Sì, sì, sto bene. Anzi, no. Sono un po' scioccata, confusa e...»

«Di che si tratta? Qualunque sia il problema, ti aiuterò a risolverlo.»

Ruth apprezzò: forse avrebbe potuto contare sul suo appoggio. Forse l'immagine da playboy che aveva era, appunto, solo un'immagine, e magari avrebbero avuto un futuro insieme. «Sul serio? Buono a sapersi, Troy, perché... vedi, ecco... è solo che... sono incinta.»

Silenzio assoluto.

«Che cosa?!» sbottò infine lui, incredulo. «Che cazzo vuol dire?»

Ruth aveva il cuore che batteva all'impazzata. «Significa che... sono incinta, Troy. Ho appena fatto il test.»

«E lo stai dicendo a me perché...?»

Fu come uno schiaffo. Ruth non sapeva che tipo di reazione si fosse aspettata, ma certamente non quella. «Perché, secondo te?»

«Dài, Ruth. Non penserai che sia mio!»

Lei strabuzzò gli occhi. «Pensare...? Troy, abbiamo fatto sesso un milione di volte quella notte, e c'è stato quel problema con il preservativo. So che probabilmente i tuoi ricordi sono sfocati quanto i miei, ma non puoi averlo dimenticato.»

«Sì, ma chi dice che sia successo quella notte?»

Ruth rimase di sasso. In poche parole, Troy stava insinuando che era una sgualdrina, come avevano fatto i giornali. Sarebbe stato più facile da accettare se almeno fosse stato vero, ma lei non aveva una relazione seria da anni, al contrario di lui che rimorchiava una donna dopo l'altra.

«Cosa stai cercando di dire, Troy?» chiese, gelida.

«Lo sai, ho letto i giornali e...» la sua voce sfumò.

«E pensare che ti ammiravo e ti rispettavo... Non che abbia importanza, ma per tua informazione sei stato il primo uomo con cui sono andata a letto dopo anni.»

«Ecco spiegate le urla!» rise lui.

Ruth si domandò cosa fosse peggio: il fatto di aver passato una notte con quell'imbecille o la certezza che era il padre di suo figlio. «Come ti permetti, Troy?»

Lui sospirò, poi si ammorbidì. «Mi dispiace. Non dovrei prendere la cosa alla leggera.»

«Direi proprio di no.»

«È solo che... Sai, non è la prima volta che una ragazza cerca di incastrarmi.»

«Immagino che questo giustifichi perfettamente la tua insensibilità. Che stupida sono stata a pensare di meritare un po' di rispetto! Forse non sarà la prima volta che una donna ti dà questa notizia ma, credimi, è certamente la prima volta che io la do a un uomo!» Era così furiosa che avrebbe voluto prenderlo a pugni.

«Ruth, mi dispiace. Forse sono stato uno stronzo.»

«Forse?»

«Okay, okay. Comunque, sei incinta. Sei sicura?»

«Sicurissima. Non sono scema, sai.» Anche se non era molto convinta che la seconda parte della frase fosse vera.

«Allora devi tornare al più presto, così possiamo occuparci della faccenda. Conosco una clinica che risolverà il problema con la massima discrezione.»

Ruth smise di ascoltare. Troy aveva dato per scontato che volesse liberarsi del bambino, e non le aveva neppure domandato come si sentiva, come se la stava cavando. Per di più, non aveva nemmeno preso in considerazione l'idea che desiderasse tenerlo. Aveva pensato solo a se stesso, senza chiedere la sua opinione.

«La mia assistente ti prenderà un appuntamento per... la fine di questa settimana, diciamo. Faresti meglio a prenotare subito un volo per Los Angeles. Dico sul serio. Il prima possibile, perché non dobbiamo destare altri sospetti.»

Ruth rimase in silenzio. Sospetti? Era preoccupato per la stampa, che ovviamente si sarebbe buttata a capofitto su quella storia e avrebbe ricominciato a infangarla. Vedeva già i titoli; senza dubbio sarebbe stata bollata come l'attrice alle prime armi che aveva cercato di diventare famosa facendosi mettere incinta dal grande Troy Valentine.

Oddio...

Forse Troy aveva ragione. Forse era meglio risolvere subito il «problema». Una volta per tutte. La lontananza da Los Angeles l'avrebbe aiutata a superare lo scandalo, e sarebbe potuta tornare a settembre, a testa alta e pronta a girare la seconda stagione. L'avventura con Troy sarebbe caduta nel dimenticatoio e lei sarebbe potuta passare alla fase successiva della sua carriera, un po' ammaccata, certo, ma forse non completamente distrutta come dopo una gravidanza indesiderata.

Giusto?

Aveva sempre creduto che un giorno, prima o poi, avrebbe avuto dei figli. Un giorno, quando fosse stata abbastanza ricca e famosa. Immaginò di comprare graziosi vestitini firmati e di spingere una carrozzina lungo Rodeo Drive. Immaginò le manine e i piedini del neonato, i baci di cui l'avrebbe coperto, e si bloccò di colpo.

No, pensò scuotendo la testa. Quello non era un bambino. Troy aveva ragione; era un errore, il risultato di una sbornia e della stupidità di una notte.

«Ruth? Ruth, tesoro, ci sei ancora? Non devi avere paura. Va tutto bene. Ti dimetteranno in un batter d'occhio e ci butteremo questa storia alle spalle. È un intervento di routine.» Troy parlò come se si fosse già trovato in una situazione analoga.

«Un intervento di routine.» Ruth si sentiva in trance.

«Sì, nulla di cui preoccuparsi. Sarà come se non fosse mai successo.»

«Come se non fosse mai successo.» Ruth si guardò l'addome. Poi fece un profondo respiro. «Troy, cosa ti fa credere che voglia farlo?»

«A... a cosa ti riferisci?»

«Non mi hai nemmeno chiesto cosa voglio. Hai dato per scontato che...»

«Certo che l'ho dato per scontato. Gesù, Ruth, a Hollywood nessuno farebbe nulla di diverso, in circostanze come queste.»

«Non hai neppure voluto sapere la mia opinione. Eri pronto a chiedere alla tua assistente di fissarmi un appuntamento in clinica. Si direbbe quasi che tu non debba neanche cercare il numero, come se l'avessi già memorizzato nella rubrica del cellulare.»

«Ruth, che diavolo ti salta in mente? Devi risolvere il problema! Ti ha dato di volta il cervello? Vuoi che le nostre carriere vadano a rotoli?»

«È di questo che ti preoccupi? Della tua stupida carriera? Stiamo parlando di un bambino... di una vita!»

«È un maledetto errore, ecco cos'è!»

Ruth aveva le lacrime agli occhi. «Non è così. Comunque, credo nel...»

«Puoi credere nella maledetta fata dei dentini, per quanto mi riguarda. Non può succedere.»

«E invece succederà, Troy. Non intendo sbarazzarmi del bambino» dichiarò Ruth, determinata.

«Allora, in bocca al lupo tesoro, ma non avrai un centesimo da me. Auguri anche per quando lo dirai a Bob e agli altri produttori. Non ti rendi conto che stai facendo un enorme sbaglio? La tua carriera è finita!»

«Be', ci penserò quando sarà il momento.» Chissà, magari la seconda stagione avrebbe avuto indici d'ascolto ancora più alti e i produttori non avrebbero avuto altra scelta se non tenerla nel cast. A ogni modo, quella era la sua decisione.

«Dimenticavo: non credere di trascinarmi a fondo con te. Non sono così ingenuo da permettere a una sgualdrinella da quattro soldi di rovinarmi.»

Quella fu la frecciata finale del playboy più ricercato di Hollywood.

Ruth spinse via il telefono e fissò la parete, scioccata dalla conversazione, ma soprattutto dalla conclusione a cui era improvvisamente arrivata. Nonostante la reazione di Troy, nonostante gli sconvolgimenti cui sarebbe andata incontro, aveva deciso: avrebbe tenuto il bambino.

Ma non sapeva ancora se essere felice o disperata.

16

«Che ci fai a Lakeview?» esclamò Cathy, sorpresa.

Più passavano le settimane, più era difficile essere vaga, perciò Nina aveva dovuto dire a sua madre del trasferimento, anche se si era inventata una scusa per non farla agitare.

«Ti ricordi di Trish? Ci siamo incontrate di recente e mi ha detto che stava preparando un libro su Lakeview e che aveva bisogno di una mano. Siccome non avevo altro da fare...»

«In che senso? E il lavoro?»

«Ti avevo detto che mi sarei licenziata, mamma. Non volevo incrociare Steve ogni giorno.»

«Sì, questo è comprensibile, ma perché lasciare anche Galway? Mi sembra un po' drastico.»

«Avevo bisogno di una pausa. Di un nuovo inizio, suppongo.»

«Capisco.» Cathy sospirò, certa che sotto ci fosse dell'altro. «Non sapevo che tu e Trish foste ancora in contatto.»

«Altroché. È venuta a Galway un paio di volte e ci siamo trovate bene insieme. Comunque, mamma, ho pensato che non mi avrebbe fatto male cambiare aria.»

«E stai da Patrick?» Lo stupore di Cathy era giustificato, perché nel corso degli anni Nina aveva accampato ogni tipo di scusa pur di non andare a trovare il padre.

«Sì, quando gliel'ho chiesto era entusiasta.»

«Davvero?» fece Cathy incredula. «Come sta?»

«Be', conosci papà. Gli piace stare per conto suo.»

«Già...»

«Ma è gentilissimo. Mi prepara la cena e la colazione. Però cerco di girargli al largo il più possibile.»

«Ripara ancora i televisori?»

«Sì.»

Si percepì un sorriso nella voce di Cathy. «Molto piacevole, immagino. Tutti quei pezzi sparpagliati in giro.»

«Non è così male. Sono quasi sempre fuori casa. Vedo spesso Trish, e poi ho il lavoro alla caffetteria.»

«Lavoro? Hai un lavoro a Lakeview?»

Nina si morsicò la lingua. Non voleva dirglielo, perché altrimenti sua madre avrebbe intuito che aveva traslocato da un po'. «Solo un paio di mattine alla settimana da Ella. Conosci il suo locale, no?»

«Sì.»

«È capitato per caso. Un giorno, Ella mi ha detto che in estate ha molto da fare, così mi sono offerta di darle una mano.»

«Molto generoso da parte tua. Nina, mi stai forse nascondendo qualcosa?»

«No. Perché?»

«Mi sembra strano. Vivi e lavori a Lakeview, un posto che hai sempre odiato.»

«Mi sento un po' in colpa. Patrick è mio padre e non ho passato molto tempo con lui. Tony è fantastico, ma...

A proposito, come sta?» Nina si affrettò a cambiare argomento. «Come va il viaggio? Qual è la prossima tappa?»

«Ora siamo a Hong Kong e stiamo per iniziare un tour della Cina.»

«Magnifico, mamma. Scommetto che ve la state spassando.»

«Sì, certo, ma mi sembra passata un'eternità dall'ultima volta che ti ho vista, tesoro. Mi manchi. Mi dispiace non esserti vicina in un momento così difficile.»

«Mamma, per favore, non preoccuparti. Sto benone. Sì, all'inizio è stata dura, ma venire a Lakeview è stata un'ottima idea. Qui ho degli amici e mi sto rilassando.»

«Se lo dici tu... Ma sai che tornerei a casa in un lampo se avessi bisogno di me.»

«Non è necessario. Anch'io sento la tua mancanza, ma è tutto okay.» Nina sorrise e si attorcigliò il cavo del telefono intorno al polso. Era incredibile che Patrick avesse ancora un apparecchio fisso.

«Lakeview è cambiata, oppure è sempre la stessa?»

«È diversa, più grande, ma le persone sono eccezionali, molto alla mano.»

«Bene. Ella raccatta ancora tutti i randagi che trova?»

Nina ripensò all'ultimo animale che era stato salvato dalla donna: Claus, un cane guercio che arrivava dal canile della città. Dormiva sul retro ed era un degno rivale dei gatti quando si trattava di contendersi gli avanzi. «Sì, ma non preoccuparti. Tiene molto alla reputazione della sua caffetteria, perciò è attentissima all'igiene.»

«Non si può dire altrettanto di questo posto. Dovresti vedere la roba che mangiano. Grilli fritti e compagnia bella! Per poco a Tony non è venuto un colpo!»

Nina rise. Il suo patrigno era il tipico irlandese ghiotto di carne e patate, perciò era facile immaginare la sua reazione alla cucina asiatica.

«Avrai conosciuto un sacco di persone. Qualcuno di interessante?»

«Di interessante? Un uomo, intendi? Dài, mamma, mi sono appena liberata di un idiota e non ne voglio un altro.»

«D'accordo. Ma chi frequenti?»

«Ella, Trish e... sicuramente hai sentito parlare di Ruth Seymour, l'attrice. Si ferma in città per l'estate.»

«*Quella* Ruth Seymour? Avevo quasi dimenticato che fosse di Lakeview. Così sei anche sua amica?»

«Abbiamo solo bevuto un paio di caffè insieme. Comunque mi piace lavorare al libro di Trish. Setacciando gli archivi della biblioteca abbiamo trovato del materiale straordinario. C'era anche qualcosa su di te.»

«Ah, sì? Per esempio?» Cathy parve esitare.

«Vecchi articoli su vari eventi scolastici e roba simile. Eri molto gettonata, mamma.»

«Da ragazza, sì.» A dire il vero, Cathy era ancora molto gettonata.

«Invece non ho trovato granché su papà.»

«Sai che è sempre stato piuttosto riservato.»

«Sì, e non fraintendermi, ma continuo a non capire come abbiate fatto a stare insieme. Ho avuto l'impressione che avessi tutti gli uomini di Lakeview ai piedi.»

«Smettila, Nina.»

«Non fare la modesta. Immagino che Patrick fosse un tipo solitario anche da giovane. Siete così diversi. Spero di non aver ereditato i suoi geni bizzarri.»

«Come ti ho ripetuto tante volte, tuo padre è quello che è e ha avuto un ruolo molto speciale nella mia vita. Mi ha dato te, dopotutto. Okay, forse è un po' strambo, ma ha il suo fascino e si è sempre comportato bene con me... con noi. E ora è davvero gentile a ospitarti. Non dovresti essere così severa con lui.»

Nina sospirò, sentendosi in colpa. Patrick l'aveva accolta senza fare domande; le concedeva la massima libertà e non pretendeva l'affitto. «È vero. Mi dispiace. È solo che... lo conosci.»

«Mangia ancora pancetta e cavolo il mercoledì?» scherzò Cathy. «Ricordo che ne andavi matta.»

Nina rise. «Sì, e hai ragione: è stato buono con me.»

«Esatto. Per quanto tempo pensi di fermarti?»

«Non lo so. È stata una cosa improvvisata, ma ormai mi sono ambientata abbastanza bene.»

«Splendido, ma sono un po' preoccupata per te, sai? Steve si è fatto vivo?»

«No, mamma, e spero che non lo faccia. È finita.»

«Sicura?»

«Sicurissima.» D'un tratto Nina fu impaziente di chiudere la telefonata. «Ora devo scappare. Divertiti in Cina e salutami Tony, okay? Ci sentiamo presto.»

«Okay, tesoro. Stammi bene.»

Nina riattaccò e fissò il soffitto.

Era andata abbastanza bene, no? Cathy non si era insospettita troppo, il che era grandioso, perché Nina aveva temuto che subodorasse qualcosa. Anche se non avrebbe mai potuto immaginare che fosse incinta. Si passò una mano sulla pancia.

Trasalì quando squillò il cellulare. Sul display comparve un numero sconosciuto, ma decise di rispondere lo stesso. «Pronto?»

«Pronto, Nina? Sono Ruth.»

«Ciao. Come stai?»

«Bene» rispose l'altra, anche se dal suo tono sembrava esattamente il contrario. «Mia madre mi ha riferito i tuoi messaggi e... scusa se non mi sono fatta sentire prima, ma...»

«Figurati. Avrai avuto altro a cui pensare.»

«Puoi dirlo forte.»

Pareva demoralizzata, pensò Nina. Trish le aveva assicurato che l'intervista per il «Lakeview News» sarebbe stata obiettiva e molto lusinghiera, ma forse nel frattempo era scoppiato un altro scandalo.

«Ti va di pranzare insieme?» chiese Ruth.

«Oggi?»

«Sì, se non sei già occupata.»

Nina non aveva impegni, perché Ella le aveva dato la giornata libera e Trish era in redazione. «Volentieri. Vuoi che ci incontriamo alla caffetteria?»

«Che ne dici di venire da me? I miei sono fuori e non ho voglia di truccarmi e di vestirmi.»

Nina poteva solo immaginare quanto fosse stressante dover essere impeccabili ogni volta che si metteva piede fuori di casa. «Perfetto. Porto qualcosa?»

«Ti dispiacerebbe comprarmi un'insalata?»

Ruth doveva essere abituata ad avere uno stuolo di lacchè ai suoi ordini, ma a Nina non diede fastidio quella richiesta. Purché non diventasse un vizio!

«E se andassi da Ella e le chiedessi di prepararci un panino con l'insalata?»

«Sarebbe fantastico» accettò Ruth. «Niente che contenga lievito, però. E niente burro, uova o carne... oh, e niente pomodori. Sono allergica.»

«Okay.» Nina si domandò quali alternative le rimanessero. Pane azzimo e lattuga?

«Oh, al diavolo. Forse una scorpacciata di carboidrati è quello che mi ci vuole» sospirò l'altra.

«Ruth, tutto a posto? Sembri un po'... stanca.»

«Cosa? No, no, sto bene. Non volevo pensaste che stessi ignorando le vostre chiamate. Tu e Trish siete state molto gentili con me e...»

«Nessun problema. Sai una cosa? Mi cambio, vado a comprare qualcosa di buono e arrivo da te poco dopo l'una. D'accordo?»

«Ottimo. A dopo.»

Qualche minuto più tardi, mentre Nina era in bagno, studiò il proprio corpo allo specchio. I seni si erano indubbiamente ingrossati, come l'addome. Fece una smorfia, si posò delicatamente le mani sui lati della pancia e si guardò di profilo. Ormai era entrata nel quarto mese e la gravidanza iniziava a vedersi.

Si sentì emozionata all'idea del bambino che stava crescendo dentro di lei. Sarebbe stato un maschietto o una femminuccia? Di che colore avrebbe avuto gli occhi? E sarebbe stato castano come lei, o biondo cenere come Steve? Allontanò quei pensieri. Cosa importava il suo aspetto? L'essenziale era prendere la decisione giusta.

Si infilò una T-shirt bianca aderente, con l'intenzione di indossare anche un maglione morbido per camuffare le forme. Poi si accorse di averlo lasciato in camera. Uscì in corridoio e per poco non finì addosso a Patrick.

«Oh!»

«Volevo sapere se...» Suo padre abbassò gli occhi sul suo girovita e notò il piccolo rigonfiamento. D'istinto, Nina cercò di nasconderlo con l'asciugamano.

«Sì?» fece, sperando che fosse solo imbarazzato per averla vista mezza nuda. Patrick, confuso, distolse lo sguardo.

Nina arrossì e, prima che lui potesse parlare, andò nella sua stanza e si chiuse la porta alle spalle. Cavolo! Suo padre avrebbe fatto due più due? Aveva capito che era incinta? Forse aveva solo creduto che avesse mangiato troppo a colazione. Studiò ancora la sua immagine allo specchio. Chi voleva prendere in giro? Anche un cieco si sarebbe accorto della gravidanza.

E con ciò? Non erano affari di Patrick. Non gli aveva chiesto di allevare suo figlio e non aveva sedici anni. Ne aveva trenta e avrebbe vissuto in quella casa solo temporaneamente. Non c'era motivo per cui lui dovesse preoccuparsi del bambino; pensava che lei convivesse con Steve, perciò che gliene importava?

Tuttavia Nina non voleva che Patrick o qualcun altro venisse a saperlo, per paura che la notizia arrivasse alle orecchie di sua madre. L'ultima cosa che desiderava era dover affrontare le emozioni degli altri; era già abbastanza difficile gestire le proprie. Per non parlare del fatto che non aveva ancora riflettuto sulle... conseguenze.

Non aveva nessuna voglia di spiegare a suo padre che aspettava un figlio dal suo ex, un tizio che di certo non era disposto a sposarla né ad aiutarla con il bambino.

Però, per quanto Patrick fosse strano, non era un idiota. Se sospettava qualcosa, era solo questione di tempo prima che le chiedesse che diavolo stava succedendo. Prima o poi avrebbe dovuto confessargli ogni cosa.

Magari lui avrebbe fatto finta di niente. Forse non aveva notato nulla, oppure avrebbe semplicemente glissato sull'argomento.

Per una volta in vita sua, Nina fu contenta che suo padre non fosse come tutti gli altri.

17

Il campanello suonò e Ruth andò ad aprire, pensando che fosse Nina. Le aveva telefonato d'impulso, perché aveva bisogno di sfogarsi con qualcuno dopo quel che le aveva detto Troy.

Non aveva nessuna intenzione di raccontarle della gravidanza, era troppo presto, ma ultimamente aveva passato troppo tempo da sola e aveva voglia di distrarsi un po'. E poi si sentiva in colpa per aver ignorato i messaggi dell'amica nell'ultima settimana; Nina era una ragazza adorabile e molto simpatica, e aveva su di lei un effetto calmante, ancora più di Chloe.

Ma quando aprì la porta, si ritrovò davanti niente meno che Charlie Mellon.

«Charlie?» si meravigliò. Che ci faceva lì?

«Posso entrare?» domandò, serio.

«Accomodati.»

«È rimasto tutto come una volta» commentò lui, guardandosi intorno. Poi lanciò un'occhiata verso la cucina. «I tuoi sono in casa?»

«No, sono andati a Dublino.»

«L'avevo immaginato, non ho visto l'auto qui fuori. Non li hai accompagnati?»

Ruth si sforzò di sorridere. «In questo periodo cerco di tenere un basso profilo.»

«Capisco. Allora è per questo che non ti ho più incontrata in città.»

«Pensavo di farti un favore, dato che la mia presenza ti disturba tanto.»

«Volevo parlarti proprio di questo. Vorrei chiederti scusa per come mi sono comportato alla caffetteria.»

«Chiedermi scusa? Perché?»

«Perché non avrei dovuto essere così aggressivo.»

Ruth inarcò un sopracciglio. «Su questo non si discute, ma cosa ti ha fatto cambiare idea?»

Charlie sospirò. «Mi offriresti una tazza di caffè?» chiese con quella luce maliziosa negli occhi che lo rendeva irresistibile.

«Dipende.» Ruth non gli avrebbe permesso di cavarsela così facilmente.

«Okay, okay. Lo ammetto. Sono stato un idiota a parlarti in quel modo. Non te lo meritavi.»

«Sono perfettamente d'accordo, e sto ancora cercando di capire il motivo di questo dietro front.»

Lui le mostrò il quotidiano che teneva sotto il braccio. «Ho letto l'intervista sul "News" stamattina. Non avevo immaginato che per te fosse stata così dura a Hollywood.»

«Dura?» Ruth prese il giornale. Che diavolo aveva scritto Trish? Sfogliò le pagine fino al lungo servizio dedicato a lei, che si apriva con una sua foto (favolosa, bisognava riconoscerlo) scattata vicino al lago. Ruth si meravigliò: non aveva immaginato che il fotografo fosse così bravo. Purtroppo il titolo non era altrettanto promettente: «Provini e compromessi: come Ruth è sopravvissuta all'inferno di Hollywood».

Cavolo! Ruth aveva accennato al fatto che aveva dovuto lavorare sodo per sganciarsi dallo stereotipo della rozza irlandese, ma la gavetta non era stata l'inferno cui alludeva il titolo.

Mentre andava verso la cucina, diede una scorsa all'intervista. Era perlopiù lusinghiera ma, anche se Trish era stata così clemente da sorvolare sugli episodi di Troy Valentine e del *Late Tonight*, lasciava intendere che Ruth fosse davvero una farfallina, precisando che sin da adolescente aveva sempre voluto essere al centro dell'attenzione.

«Io l'ho trovato bellissimo» disse Charlie con un pizzico di ironia. «Soprattutto la parte che ti definisce "una ragazza ambiziosa" che è "sempre stata destinata a grandi cose".»

«Traduzione: una mocciosa viziata e incontentabile» sbottò Ruth.

«Dài, mi sembra che tutto sommato Trish abbia fatto un buon lavoro. È una giornalista, perciò è ovvio che abbia dato il proprio... taglio all'articolo» ridacchiò lui, scegliendo accuratamente le parole.

«Ha ancora una cotta per te?»

«Ruth, è passata un'eternità dai tempi del liceo.»

Lei lo guardò. «Non hai risposto alla domanda.»

«Cosa vuoi che ti dica? Comunque, non cambiamo argomento. Come ho detto, sono stato ingiusto nei tuoi confronti e volevo rimediare. Caffè?» Charlie cominciò ad aprire i pensili come se fosse a casa sua, come quando stavano insieme.

Ruth indicò l'estremità del piano di lavoro. «I miei hanno comprato una macchinetta.»

Lui scrollò il capo, abbozzando un sorriso. «Sei abituata a essere servita e riverita, vero? Pretendi che prepari anche il caffè?»

«Oddio, scusa!» Ruth non aveva intenzione di dargli ordini, ma stava ancora pensando all'intervista e al bambino. «Faccio io.»

«Bene. Dopo essere venuto fin qui a scusarsi, il minimo che un uomo possa aspettarsi è una bella tazza di caffè, dato che chiaramente non otterrà il tuo perdono.»

«Cosa?» fece Ruth in tono distratto.

«Che ti prende? So di essermi comportato da imbecille, ma non dirmi che ce l'hai ancora con me.»

Lei si mordicchiò il labbro. Non capiva cosa volesse. «Okay, d'accordo, sei perdonato» concesse.

«Mille grazie per aver accettato le mie scuse.» Charlie scandì le parole a una a una, come se volesse sottolineare che Ruth non si era mai scusata per quella sera a Dublino.

E funzionò. «Mi dispiace per ciò che ho fatto... quella volta. Avrei dovuto gestire meglio la situazione e non... scappare così.»

«"Scappare" è dire poco.»

Ruth non aveva voglia di rivangare il passato. Aveva già abbastanza problemi nel presente. Si lasciò cadere su una sedia e sospirò. «So di aver sbagliato, soprattutto visto quello che c'era tra noi, ma è stato tanto tempo fa. Mi avresti davvero sposato?» Si stupì della frase che le uscì di bocca, quasi come se non si ritenesse degna di lui.

«Be', non te l'avrei chiesto se non l'avessi voluto.»

«Per quanto possa valere, mi dispiace. So che è stato orribile e, sì, non ti biasimo per la tua reazione. Ma se fossimo rimasti insieme, la mia vita attuale non ti piacerebbe affatto. Credimi.»

«Che significa?»

Ruth non aveva idea del perché avesse parlato così. Dopotutto, stava vivendo un sogno, no? Il risultato di anni di duro lavoro. «Non farci caso. Sono solo un po' stressata dopo quel putiferio sui giornali.»

«Posso immaginarlo.»

Nonostante le frecciate di qualche minuto prima, Charlie iniziò a fare il caffè. Quando si alzò, Ruth si rese conto di quanto la sua presenza rimpicciolisse la stanza. Non poteva negare che era aitante e che si era mantenuto in splendida forma. Si domandò se fosse così bello anche senza vestiti, ma poi si rimproverò, ricordando che non avrebbe dovuto fare certi pensieri, soprattutto in quel momento. Si prese la testa tra le mani e si massaggiò le tempie.

«Ehi, tutto bene?» chiese Charlie.

Lei notò il suo tono preoccupato e, sollevando gli occhi, lo vide appoggiare due tazze sul tavolo. Si sentì terribilmente in colpa per aver fatto soffrire un uomo tanto premuroso. Sono proprio una persona spregevole, pensò, prima di scoppiare in lacrime. «Scusa, ma è terribile. È tutto terribile» singhiozzò sotto il suo sguardo allibito. «Ho commesso un mucchio di errori, Charlie. Con te... con il mio lavoro... con tutto! Perché non riesco a fare delle scelte giuste, delle scelte sagge?»

Lui si sedette e le posò la mano sul braccio. «Dài, non

piangere. Va tutto bene. È vero, forse all'inizio me la sono presa, ma ormai ti ho perdonato.»

Ruth lo fissò. «Non è solo questo. Ho incasinato tutto. Ho rovinato la relazione con te e ora probabilmente anche la mia carriera.» Piangeva sempre più forte. «Non faccio altro che combinare guai!»

«Non so di cosa tu stia parlando, ma forse non sono guai. Può darsi che la strada verso il successo sia solo più lunga del previsto.»

Ruth si asciugò il viso. «È una frase che si potrebbe sentire a Los Angeles.»

«Forse ero tagliato anch'io per Hollywood.» Charlie sorrise, ma i suoi occhi erano tristi, e lei vi scorse una scintilla che le riportò alla mente un ricordo: il modo in cui l'aveva sempre guardata. «Per la cronaca, Ruth, sarei andato ovunque pur di stare con te.»

«Cosa?» sussurrò lei, scombussolata.

«Sapevo che volevi diventare una star e che non ti saresti accontentata di Lakeview. Ti avrei seguita in capo al mondo, Ruth, ma non mi hai dato la possibilità di farlo.»

«Charlie...»

«Avrei fatto qualsiasi cosa. Poi, quando ho scoperto che saresti tornata per l'estate, devo ammettere che mi sono sforzato di avercela con te. Volevo odiarti. Credimi, ci ho provato a lungo, ma avevo anche voglia di incontrarti.»

«Sul serio? Ma eri così furioso...»

«Ne avevo tutto il diritto, non trovi? L'ultima volta che ti ho vista, mi hai piantato in asso con un anello di fidanzamento in mano! Dopo la tua partenza, però, ho capito che dovevo andare avanti con la mia vita. Una parte di me sperava che mi chiamassi e mi chiedessi di raggiungerti, ma poi gli anni sono volati via e non è successo niente.»

Ruth era sbigottita: non aveva mai immaginato che fossero quelli i suoi progetti. Aveva sempre creduto che volesse restare a Lakeview e metter su famiglia. Non le era passato nemmeno per l'anticamera del cervello che Charlie volesse seguirla a Los Angeles. Le cose sarebbero andate diversamente, se l'avesse fatto?

Lui continuò a parlare. «Prima che arrivassi, anche se mi ero preparato all'idea di incontrarti, non ero pronto a quegli articoli scandalistici e alle fotografie di te e di quel... tizio. Mi sono rifiutato di guardarle, perché volevo conservare il ricordo che avevo di te.»

Calò un silenzio pesante, ma d'un tratto Charlie le sfiorò le labbra e la baciò con un'intensità tale da lasciarla senza respiro.

Le prese il volto tra le mani e Ruth gli cinse istintivamente il collo. Si sorprese dell'intimità che li univa, della rapidità con cui i vecchi sentimenti tornarono a galla; fu incredibile. Fu come scoprire ciò che mancava nella sua vita. Forse Charlie aveva ragione; poteva darsi che la strada verso il successo fosse solo un po' più lunga e che prevedesse molte deviazioni. Forse erano destinati a stare insieme, e questa volta avrebbe funzionato.

Poi Ruth ricordò il bambino e si staccò di colpo. «Mi dispiace.» Si mise la mano sulla bocca.

Charlie la fissò con un'espressione indecifrabile.

«È solo che... non è il momento giusto per... questo.»

Lui abbassò lo sguardo. «Capisco.»

«No, invece.» Lei fece per toccarlo, ma lui si tirò indietro.

«Credo di sì» ribatté, gelido. «Sei dispiaciuta per quello che è successo anni fa, ma è passato tanto tempo e hai voltato pagina. È comprensibile.»

«No, Charlie.» Ruth era nuovamente sul punto di scoppiare in lacrime. Doveva dirglielo, doveva confidarsi con qualcuno. Non le importava che le circostanze fossero assurde e che, considerato quello che era appena accaduto, probabilmente Charlie non sarebbe stato affatto comprensivo. «Ricordi gli errori di cui ti ho parlato prima?» Ruth fece un profondo respiro e lo guardò negli occhi. «Ho omesso il più grave di tutti...»

«Sei incinta?» chiese Charlie incredulo quando sentì tutta la storia.

Ruth aveva ancora voglia di piangere. Il suo nome sarebbe finito nel Guinness dei primati alla voce «Vita peggiore di tutti i tempi».

«L'ho scoperto questa mattina» mormorò.

«Cristo! Chi è il... padre?» Era una domanda ovvia, ma sembrava che Charlie non volesse realmente ascoltare la risposta.

«Troy...»

«Lui? Quel Valentine? Dici sul serio?» Si passò la mano tra i capelli.

«È stato un incidente» si giustificò Ruth. «Non sarebbe dovuto capitare.»

«Lo spero proprio, altrimenti significherebbe che di questi tempi occorre fare cose folli per sfondare a Hollywood.» Poi, vedendo la sua espressione ferita, Charlie si addolcì. «Ruth, inizio a pensare che con te ogni cosa sia un incidente.»

«Non sei il solo» disse lei, con il labbro che le tremava.

«L'hai scoperto questa mattina» ripeté Charlie, «ma mi hai permesso di baciarti...» Era palese che lo trovava ripugnante, e non aveva tutti i torti. Era disgustoso.

«Lo so, ma per un minuto l'ho come... dimenticato.»

Lui la guardò scettico. «Hai "dimenticato" di essere incinta?»

«Sì! Ascolta, non mi aspettavo di vederti, né tantomeno di capire che sono ancora...» Lei si interruppe. Era inutile continuare. «Ho avuto una mattinata disastrosa. Prima scopro che il test è positivo. Poi chiamo Troy e lui mi dice di arrangiarmi e...»

«Cosa ti ha detto?» si infuriò Charlie.

Ruth gli riassunse brevemente la conversazione. «Non so perché ho deciso di dirglielo, ma mi sembrava la cosa giusta da fare.»

«E lo era, ma forse non così presto. Avresti dovuto concederti un po' di tempo per riflettere.»

Aveva ragione, naturalmente. Charlie era fatto così: era un uomo assennato.

«Comunque, lui dava per scontato che avrei abortito, io ho perso la testa e così gli ho detto che poteva andare al diavolo e che avrei tenuto il bambino, anche se in realtà non avevo ancora deciso.»

«Hai davvero intenzione di tenerlo?»

Ruth sospirò. «Non è la soluzione più semplice, soprattutto per il lavoro che faccio.»

«Suppongo di no.» Lui fece scivolare lo sguardo sull'addome e lei intuì che cercava di immaginare gli effetti della gravidanza sul suo corpo.

Ci aveva provato anche Ruth, ma invano. La verità era che, nonostante quello che aveva detto a Troy, non sapeva ancora come affrontare la situazione. Forse avrebbe potuto sacrificare qualche mese di carriera finché non avesse partorito, ma poi? Non poteva continuare a fare l'attrice con un neonato al seguito.

«Come ha reagito Troy?» domandò Charlie.

«Non ha fatto i salti di gioia, ma non può certo impedirmelo.»

«Ma ti aiuterà economicamente, vero?» Quelle cose erano ovvie nel mondo onesto di Charlie Mellon.

Ruth scosse la testa. «Ha detto che non avrei avuto un centesimo. Non voglio niente da quello stronzo, ma...»

Inorridito, lui si alzò e cominciò a camminare avanti e indietro, facendola sentire a disagio. Tuttavia fu un sollievo avere qualcuno con cui sfogarsi, qualcuno che fosse in grado di discutere della questione e di prenderla sul serio. Ruth si chiese fino a che punto la situazione sarebbe stata diversa se il padre fosse stato Charlie.

«Sai, Ruth, sei sempre stata brava con le sorprese.»

Lo guardò, piena di vergogna. «So che non avrei dovuto permetterti di baciarmi. È stato uno sbaglio.»

«Almeno su questo siamo d'accordo.»

«Dopo tutto quello che è successo in questo periodo, probabilmente crederai che sono una sgualdrina.» Ruth si sentì squallida e volgare. «Per quanto possa valere, però, sappi che prima della notte con Troy, che senza dubbio è stata un errore e che non sarebbe mai capitata se non avessimo esagerato con lo champagne...» Tacque, accorgendosi che stava divagando. «Volevo precisare che non andavo a letto con qualcuno da molto tempo. In realtà penso di essere la donna più casta di tutta Hollywood. È stato solo un errore madornale.»

«Che diventerà sempre più grande, però.»

Ruth annuì con determinazione. «Sì, e dovrò imparare a conviverci.»

Charlie si sedette di nuovo. «Non so cosa fare, Ruth. Non mi sono mai trovato in una situazione simile.»

«Quale situazione? Non mi devi niente. Puoi alzarti e uscire da quella porta come sei entrato.»

«Hai ragione, potrei, e quando mi hai detto del bambino ho avuto la tentazione di farlo, ma... Troy ti ha davvero risposto che non vuole saperne?»

«Sì.»

«Non stai mentendo?»

Lei si indignò. «Charlie, posso essere molte cose, ma non sono mai stata bugiarda.»

«No, no, lo so. È solo che... Non ho idea di quale debba essere la prossima mossa. Tengo ancora a te, Ruth, non posso negarlo. E prima che mi dicessi della gravidanza ho pensato che forse avremmo potuto lasciarci il passato alle spalle e...»

Lei chinò il capo, ma non ebbe neppure la forza di piangere. Aveva esaurito le lacrime. Ascoltando Charlie, ebbe la sensazione che la sua vita fosse finita.

«Sai, un tempo immaginavo che avremmo avuto dei figli» sussurrò lui.

«Veramente?»

«Sì.»

«Oddio, che casino. Non so cosa fare... se sto prendendo la decisione giusta... quali conseguenze avrà sulla mia carriera...»

Charlie le prese la mano. «A prescindere da tutto, non credo sia il momento migliore per mettersi in discussione. Penso che tu abbia parlato con il cuore mentre eri al telefono con... lui.»

Ruth non aveva considerato la possibilità che forse, per una volta, aveva fatto una scelta azzeccata. Di recente ne aveva collezionate talmente tante sbagliate che dubitava fortemente della propria capacità di giudizio. «Charlie, mi dispiace... per tutto.»

Lui le diede un colpetto sulla mano. «Sarà meglio che vada.»

«Già.»

La baciò sulla guancia. «Qualunque cosa ti frulli per la testa in questo istante, sono certo che sarai una madre fantastica.»

Lei sorrise tristemente. «Grazie. Probabilmente mio figlio avrà zoccoli da cavallo al posto dei piedi.»

Charlie rise. «Forse, ma avrà anche una mamma molto speciale, perciò non sarà così sfortunato. Ciao, Ruth.»

«Ciao.»

Lei rimase seduta e lo guardò uscire. Una volta che se ne fu andato, le sembrò che nella stanza si fosse esaurito l'ossigeno.

Ce l'avrebbe fatta?

Si fissò l'addome. Non la voleva più nessuno: Troy l'aveva liquidata in malo modo e Charlie l'aveva seguito a ruota. Si accarezzò la pancia. Sarebbero stati solo lei e il bambino, doveva rassegnarsi.

All'improvviso Hollywood le parve lontana un milione di chilometri. Era come se nel giro di qualche ora le sue priorità fossero cambiate, trasformandola in un'altra persona. Le cose che aveva considerato importanti fino a quel momento, con il loro sfolgorio e la loro ebbrezza, parevano sbiadite.

Ruth non aveva la più pallida idea di cosa aspettarsi.

18

Nina non andò a casa di Ruth. L'amica l'aveva chiamata, spiegandole che non stava bene e chiedendole se potevano rimandare a un'altra volta.

A Nina era sembrata sconvolta, come se avesse pianto ma, quando le aveva domandato se fosse tutto a posto, Ruth le aveva assicurato di sì.

Non erano affari suoi e non voleva fare la ficcanaso, ma temette che fosse scoppiato un altro scandalo sui giornali. Non capiva come Ruth sopportasse quelle intrusioni nella sua vita privata, ed era certa che lei sarebbe impazzita se avesse dovuto vivere in quel modo. Aveva già fatto fatica a tollerare l'incontro con suo padre quel mattino. Non si poteva dire che fosse stato invadente, ma senza dubbio aveva avuto una reazione, il che accadeva molto di rado; da ragazzina, Nina aveva sempre dovuto farsi in quattro per attirare la sua attenzione.

Mentre camminava lungo Main Street, era così assorta nei pensieri che per poco non urtò un passante.

«Ehi, rallenta» scherzò l'uomo. Era Dave, il tizio che lei e Trish avevano incontrato al ricevimento.

«Oh... ciao. Scusa. Ero sovrappensiero.»

«Me ne sono accorto» disse sorridendo. «Nina, giusto? Sei ancora qui, allora.»

«Prego?»

«Mi sembrava di aver capito che ti saresti fermata solo per un po'.»

«Sì, ma il tempo vola. E poi mi piace stare a Lakeview e ho trovato lavoro... da Ella.» Nina non sapeva perché gli stesse dando tutte quelle informazioni, visto che lo conosceva a malapena, ma la cordialità di Dave la mise a suo agio.

«Alla caffetteria? Non lo sapevo.»

E anche se l'avessi saputo? pensò Nina. «Solo quando Ella ha bisogno di una mano.»

«Allora so dove andare se mi viene voglia di una ciambella.»

Nina arrossì: stava forse flirtando con lei? «Già» fece, imbarazzata.

«Ora devo proprio andare. Stavo tornando in ufficio. Alla prossima, Nina.» Dave sfoderò un sorriso che le provocò un senso di vuoto allo stomaco. Oppure era il bambino che scalciava?

«A presto.» Nina proseguì verso casa. Come le saltava in mente di fare certi pensieri su un uomo che aveva visto solo due volte in vita sua? Dave era molto attraente e simpatico, era innegabile, ma lei non aveva già abbastanza problemi senza fargli gli occhi dolci? A ogni modo, dopo Steve, non voleva più saperne degli uomini e delle loro scorrettezze.

Sperò che Patrick fosse uscito, così non sarebbe stata costretta a evitarlo, o peggio, ancora, a incrociarlo.

Salì i gradini e allungò le dita esitanti verso la maniglia, pregando che la porta fosse chiusa a chiave. Invece era aperta. Pazienza...

Non sapeva perché si fosse illusa del contrario. Suo padre non andava mai da nessuna parte, se non per raccogliere le sue reliquie elettroniche.

Una volta entrata, trovò Patrick seduto in salotto: la stava fissando. Si sentì a disagio. Era quasi come se la stesse aspettando.

Si sforzò di apparire disinvolta. «Ciao, papà, come va? Niente lavoro, oggi?»

Lui rimase in silenzio, poi la guardò negli occhi, evento a dir poco sconcertante, perché di solito aveva difficoltà a incrociare lo sguardo degli altri. «Hai qualcosa da dirmi, Nina?» domandò in tono pacato.

Il cuore cominciò a batterle forte. «Scusa?»

Patrick sembrava in imbarazzo quanto lei. «Stai per avere un bambino?» chiese senza tanti preamboli.

«Cosa...?» Nina era terrorizzata. Non l'aveva mai visto così calmo e controllato.

«Sei uguale a tua madre.»

«Non capisco.» Nina era confusa. L'allusione a Cathy l'aveva colta di sorpresa. Che diavolo significava? «Non so di cosa...»

«Stai per avere un bambino» ripeté secco Patrick, torcendosi le mani.

Perché era così arrabbiato? Che gliene importava? Okay, vivevano sotto lo stesso tetto, ma Nina non pretendeva niente da lui.

«Papà, io...»

«Non va bene» la interruppe. «Non va bene.»

Nina si mise sulla difensiva. «Non sono fatti tuoi» ribatté con le lacrime agli occhi, anche se giurò a se stessa che non avrebbe pianto.

«È un grosso errore, un grosso errore. Come tua madre» insisté Patrick, e finalmente Nina capì il significato delle sue parole. Quell'errore di cui parlava... era il suo bambino oppure lei? Era lei lo sbaglio che i suoi genitori avevano commesso da giovani?

Ecco spiegato il loro matrimonio: all'epoca, una gravidanza indesiderata comportava l'obbligo di sistemare le cose sposandosi. Doveva essere quella la ragione per cui Cathy, così bella ed esuberante, si era ritrovata con un uomo tanto diverso da lei.

Era perfettamente logico. Ma perché Cathy non gliene aveva parlato? I matrimoni riparatori erano molto frequenti a quei tempi, e per fortuna sua madre non era rimasta intrappolata in una relazione senza amore. Nina avrebbe capito, e non c'era nulla di cui vergognarsi.

Tuttavia, a prescindere dal fatto che fosse tecnicamente illegittima o meno, era pur sempre la figlia di Patrick, e gli doveva una spiegazione.

«Sì, è stato un errore, e sinceramente non so ancora come comportarmi.» Provò a rabbonirlo. «Te l'avrei detto, ma mi serviva un po' di tempo per... riflettere. La mamma non lo sa, perciò ti prego di non dirglielo.» Era un'eventualità molto improbabile perché, a quanto ne sapeva, i suoi genitori non si sentivano mai, e certamente suo padre non avrebbe rintracciato Cathy nelle province sperdute della Cina. Però voleva esserne sicura.

«È per questo che sei qui.» Era un'affermazione, non una domanda, come se Patrick avesse passato le ultime settimane a scervellarsi sul motivo della sua visita.

«A Lakeview? Sì. Io e il mio ragazzo ci siamo lasciati.»

«Be', non puoi tenerlo qui» continuò gelido suo padre, come se non l'avesse nemmeno sentita.

«Non mi passa neppure per la testa» disse Nina, ferita dalla sua indifferenza. «Come ho detto, avevo bisogno di tempo per pensare e non avevo un altro posto dove andare. Partorirò tra qualche mese, perciò non preoccuparti. Per allora avrò tolto il disturbo.»

Patrick annuì. «Perfetto.» Si alzò e uscì dalla stanza, piantandola lì come se niente fosse.

Sconvolta, Nina lo seguì in corridoio. «Perfetto? Non hai altro da dire?» Era così che aveva trattato sua madre, come una specie di volgare sgualdrina? «Sono tua figlia, Cristo santo, e sto attraversando un momento difficile. Okay, forse avrei dovuto informarti subito, ma non è facile, papà. Davvero non te ne rendi conto?»

Lui si fermò. «Non pronunciare il nome di Dio invano» la rimproverò.

Nina rimase a bocca aperta. Era quello il problema? E da quando era così religioso?

Nonostante gli sforzi, le lacrime le rigarono le guance. «Ora capisco perché la mamma ti ha mollato. Sei un bastardo senza cuore!»

Patrick alzò la testa di scatto, quasi come se l'avesse schiaffeggiato, e lei fu sopraffatta dal rimorso. Non voleva offenderlo, non voleva essere così cattiva e odiosa. Suo padre arrossì. Era chiaro che gli aveva fatto male.

Nina tentò di rimediare. «Papà... mi dispiace, non avrei dovuto dirlo... non lo penso.» Allungò le braccia, non sapendo se stringerlo forte o supplicarlo di non andarsene.

Ma lui non la guardò. Rimase lì impalato, con un angolo della bocca che si contraeva, e lei avrebbe tanto voluto leggergli nel pensiero.

«Papà? Scusami. Non penso davvero quelle cose.»

Patrick impallidì. «Non è giusto, Nina. Te ne renderai conto da sola.»

«Cosa...?» Lei lo fissò perplessa. Era così bigotto da non riuscire a vedere oltre i princìpi morali e mettersi nei panni di sua figlia? O a capire quanto la situazione fosse complicata e dura per lei? Sentì montare la rabbia e la soffocò a fatica. No, non sarebbe esplosa; non gli avrebbe dato quella soddisfazione. «Benissimo. Non preoccuparti. Non resterò ancora per molto. Appena possibile, mi leverò dai piedi e porterò via con me i miei problemi.» Si posò una mano sulla pancia, sentendosi in colpa per aver definito il bambino un «problema».

Patrick non tradì alcuna emozione. Era come se fosse lontano un milione di chilometri, come se d'un tratto avesse dimenticato l'argomento della conversazione.

«Quindi?» Alzò le mani in segno di resa. «È tutto? Posso salire in camera mia?»

«Certo, Nina.»

«Magnifico. Per tua informazione, me ne vado appena la mamma ritorna.»

«Sì, è una buona idea» approvò Patrick, più calmo.

Nina si voltò, sentendosi prigioniera in quella casa. Corse di sopra e, distrutta, crollò sul letto.

Si infilò sotto le coperte senza spogliarsi e ricominciò a piangere. Maledetti ormoni, pensò, in questi giorni ho sempre la lacrima facile.

Stavolta, però, non era quello il motivo del suo sfogo.

Prese il cellulare dal comodino e compose il numero di sua madre.

Rispose la segreteria. «Ciao, mamma. Sono io, Nina.» Cercò di controllare i singhiozzi. «So che abbiamo parlato questa mattina e che probabilmente ora sei in viaggio, ma...» Tacque, domandandosi cosa stesse facendo. L'ultima cosa che avrebbe dovuto fare era piagnucolare e allarmare Cathy. Tuttavia, in circostanze simili, era difficilissimo rinunciare alla sua presenza. Sua madre era sempre stata il suo punto di riferimento, ma quello era il momento sbagliato. Fece un bel respiro. «Volevo solo salutarti e spero che tu e Tony vi stiate divertendo. A presto!» Riagganciò e fissò il cellulare, quasi pregando che squillasse, che Cathy avesse già ascoltato il messaggio e che la richiamasse, ma il telefono rimase silenzioso.

Si appoggiò al cuscino e chiuse gli occhi. Cosa aveva voluto dire Patrick quando l'aveva accusata di essere uguale a sua madre? Nutriva ancora rancore nei confronti di Cathy, oppure era in preda a una sorta di delirio religioso? Nina faticava a capirlo normalmente, ma durante quel litigio era stato più enigmatico del solito.

Si sentì in colpa. Nonostante tutto avrebbe voluto rimangiarsi le cattiverie che aveva detto. Si era lasciata trasportare dalla collera, e non era da lei. Però era innegabile che Patrick avesse avuto una reazione, mentre il più delle volte si comportava come se non gliene fregasse niente di nessuno.

Nina decise di non pensarci. Doveva trovare il modo di andarsene il prima possibile.

Sorrise amaramente: in fondo aveva ragione, come sua madre anche lei era sola e incinta per colpa di un uomo crudele. Il ricordo di Steve le provocò una fitta al cuore. Si chiese dove fosse, cosa stesse facendo.

Odiava soprattutto l'idea che il bambino avrebbe ereditato i suoi geni. Pensò di prendere il telefono e di chiamarlo per vomitargli tutti i suoi problemi addosso, ma la paura la bloccò. Se fosse stato qualcun altro a rispondere, non l'avrebbe sopportato. Non era in grado di affrontare altre scenate quel giorno.

Si rannicchiò nel letto e cercò di calmarsi. Era un peccato, perché, tutto sommato, negli ultimi giorni le cose sembravano migliorate a Lakeview: aveva qualche amico, un lavoro e un rapporto più o meno civile con Patrick.

Ora, però, lui aveva rovinato tutto.

Nina non voleva più stare lì, ma non sapeva dove altro andare. Rimuginando sulle parole di suo padre, concluse che quella casa era una specie di purgatorio. Si chiese se anche Cathy si fosse sentita così.

19

Jess era di pessimo umore. Erano trascorse sei settimane da quando aveva smesso di prendere la pillola e non era ancora riuscita a convincere Brian. Tanto per peggiorare la situazione, quel mattino le erano venute le mestruazioni e la cosa l'aveva demoralizzata ancora di più. Sapeva che le probabilità di concepire così presto erano scarse ma, ora che aveva deciso di lasciare che la natura facesse il suo corso, il fatto di non essere rimasta incinta al primo colpo la frustrava. Di solito raggiungeva gli obiettivi che si prefiggeva, e aveva sperato che avrebbe centrato subito anche quello della maternità.

Ma forse era meglio così. Chissà come avrebbe reagito Brian, se avesse scoperto che aveva interrotto gli anticoncezionali senza consultarlo. Adesso Jess si sentiva in colpa, ma era stata così sicura di riuscire a fargli cambiare idea che si era convinta che lui l'avrebbe ringraziata, una volta che avessero avuto un bellissimo bambino da accudire e amare.

Oltretutto Brian si rifiutava di affrontare l'argomento, anche perché nel frattempo in ufficio era emerso un problema che lo aveva assorbito parecchio.

«Tesoro, so come ti comporti quando ti metti in testa qualcosa ma, più ne discutiamo, e più mi convinco che questo improvviso desiderio di maternità dipenda dal comportamento delle ragazze» aveva ribattuto quando Jess gli aveva raccontato di aver visto di nuovo Deirdre ed Emer. «Come ti ho già detto, non è un buon motivo per prendere una decisione così importante.»

Grazie al cielo non aveva ancora idea che, per quello che ne sapevano le sue amiche, la decisione era già stata presa.

Jess aveva provato a spiegargli che il vero problema era l'età, ma invano.

«Dio, a volte sei testarda come un mulo» le aveva detto suo marito, esasperato. «Non si tratta di un progetto professionale, Jess, ma di un impegno permanente, di un passo da fare solo quando saremo sicuri di volerlo. A essere sincero, non credo che siamo pronti.»

«Ma perché no? Ci amiamo alla follia, abbiamo una vita magnifica e due lavori splendidi. Siamo nelle condizioni ideali per metter su famiglia.»

«Esatto. Abbiamo una vita magnifica. Non sono certo di voler rinunciare al divertimento e alla libertà per le poppate notturne e i pannolini sporchi. Secondo me, nemmeno tu sei disposta a fare questo sacrificio, solo che non vuoi ammetterlo.»

Jess odiava il suo pessimismo e soprattutto il fatto che tentasse di distrarla parlando di feste e viaggi, quando lei gli aveva ripetuto molte volte che non era più interessata a quelle cose. Era adulta, e la vita non si riduceva allo shopping e alle vacanze.

Stranamente, però, quando Brian la portava a un party, si dimenticava subito dei bambini e si divertiva come una matta. Che razza di persona era? Era davvero così superficiale?

Con la testa affollata di pensieri, si mise in viaggio verso Lakeview per far visita a Emer. Grazie alla passione comune per i bambini, ormai la loro amicizia era tornata quella di una volta. La verità era che Jess amava passare del tempo non solo con Emer, ma anche con Amy. Era un ottimo allenamento, e la sua amica era felicissima di insegnarle tutto ciò che sapeva sui neonati.

Jess era così assorta che quasi non si accorse di essere arrivata. Scese dalla Mercedes e si diresse verso la veranda. Era un po' in anticipo e si augurò di non disturbare. Quando stava per suonare il campanello, però, sentì delle urla.

Si chiese se dovesse tornare in auto e andare a fare un giro: non voleva assolutamente essere inopportuna.

«È proprio questo il problema, Dave. Non ci sei mai! Devo fare tutto da sola!» gridò Emer.

«Di cosa stai parlando? Sei stata tu a volere dei figli e una grande casa in campagna. Non avevi previsto che ci sarebbe stato un prezzo da pagare?»

«Sì, ma tutti quegli straordinari? Comincio a credere di essere una madre single!»

«Come diavolo pensi di pagare il mutuo?» la rimbeccò Dave, e Jess capì il motivo delle frecciate di Emer sui suoi vestiti e sulle sue spese folli. Non era invidiosa; evidentemente i soldi scarseggiavano e la cosa iniziava a ripercuotersi anche sul loro matrimonio.

Jess si sentì più in colpa che mai per aver ostentato la propria agiatezza. Emer doveva aver avuto l'impressione che volesse sbattergliela in faccia, ma lei non aveva idea che...

«Ascolta, ti avevo detto fin dall'inizio che non volevo...» continuò Dave.

Che cosa non voleva? Trasferirsi a Lakeview? O avere figli?

Dall'interno della casa si udì un rumore di passi pesanti. Cavolo!

Se Jess non avesse fatto subito qualcosa, uno dei due avrebbe aperto la porta e l'avrebbe sorpresa a origliare. Premette per sbaglio il campanello due volte.

«Gesù, un attimo!»

Il battente si spalancò e comparve Dave, vestito di tutto punto. Rosso in viso, sembrava furibondo, e Jess si sentì terribilmente in imbarazzo al pensiero di averli interrotti.

«Oh, ciao, Dave! Non mi aspettavo di trovarti a casa» esordì con un sorriso tirato.

Lui sbuffò, ironico. «Già, sono sicuro che la mia bella moglie ti avrà fatto una testa così.»

«Come?»

«Non farci caso» intervenne Emer, cercando di calmarsi. «Dave è solo un po'... stressato per via del lavoro, vero, amore?»

«Sì, amore, è questo il problema, lo stress» rispose lui gelido. «Comunque, vi lascio alle chiacchiere, allo shopping o a qualsiasi altra cosa facciate voi casalinghe» aggiunse in tono strafottente, considerato che Jess lavorava e aveva preso apposta un giorno di ferie.

Dave recuperò la ventiquattrore e uscì sbattendo la porta.

«È un brutto momento?» chiese Jess. «So di essere in anticipo, ma possiamo rimandare se... ecco... non sei dell'umore.»

Emer la guardò con occhi tristi. «Perché mai? Va tutto bene. Accomodati. Amy sta facendo un sonnellino, perciò dovremmo riuscire a bere una tazza di tè prima che si svegli.»

Jess la seguì in cucina. «Sicura che sia tutto a posto? Dave mi è sembrato un po'... nervoso.»

Emer avvampò. «Niente affatto. È tutto okay.»

Jess quasi non la sentì; era troppo occupata a fissare il bicchiere rotto sul pavimento, proprio vicino alla parete.

«Non farci caso. Mi è caduto mentre lavavo i piatti» farfugliò Emer, insospettendola ancora di più. Jess, però, non intendeva insistere. Se l'amica avesse avuto voglia di confidarsi, l'avrebbe fatto quando si sentiva pronta.

Emer raccolse i vetri e continuò a chiacchierare mentre preparava il tè. «Come stai? Novità?»

«Bene, grazie. Finalmente ho completato il maledetto progetto della G-Force. È stato un enorme sollievo, credimi» rispose Jess, contenta di parlare con qualcuno che capisse il suo lavoro.

«Sì, ma... novità?» Emer fece un sorriso allusivo e lei intuì dove voleva andare a parare.

«Ancora niente, ma speriamo in bene.» Incrociò le dita.

«Sono sicura che non ci vorrà ancora molto, con tutto l'impegno che ci state mettendo.»

Jess si domandò quanto tempo ci sarebbe voluto se non fosse stata l'unica a impegnarsi, ma ovviamente non poté esternare i propri dubbi. «Dobbiamo avere pazienza, credo» disse diplomaticamente, sperando che l'altra lasciasse perdere.

«È questo l'atteggiamento giusto. Se non altro, non sei com'ero io quando abbiamo iniziato a provarci. Sembravo posseduta! Non so come abbia fatto il povero Dave a sopportarmi ma, quando è arrivata Amy, ci ha ripagati di ogni cosa.»

«Lo immagino.»

Considerando il litigio che aveva sentito qualche minuto prima, Jess non ne era molto convinta.

Quella sera, a casa, Jess era seduta davanti alla tv con un bicchiere di vino e il morale sottoterra. Nonostante l'incontro imbarazzante con Dave, lei ed Emer avevano passato una giornata fantastica, giocando con Amy e parlando di come sarebbe cambiata la vita di Jess dopo il parto.

«Non ti ricorderai più come occupavi il tuo tempo» le aveva assicurato l'amica, ma Jess pensava che se lo sarebbe ricordato eccome, perché ne trascorreva la maggior parte a casa da sola mentre Brian era al lavoro o all'estero.

Motivo in più per metter su famiglia: forse il neonato sarebbe stato un antidoto contro la solitudine.

Rendendosi conto di essere un po' brilla, prese il telecomando e cambiò canale. Fece zapping per un po', senza trovare qualcosa di interessante, finché si fermò su un canale di documentari che trasmetteva un programma intitolato *Un bebè a sorpresa*. Parlava di mamme che avevano partorito senza avere la minima idea di essere incinte. Cominciò a guardarlo, stupita che una donna potesse non accorgersi della gravidanza per ben nove mesi. Come era possibile? si chiese con un pizzico di invidia.

Sentì la porta che si apriva e cambiò canale.

Brian entrò, allegro e sorridente. «Ciao, amore» la salutò infilando la testa in salotto. «Che ci fai, seduta lì al buio?»

«Ciao» Jess rispose con un sorriso. «Stavo guardando la tv, ma non c'è niente di interessante.»

«Come al solito.» Brian non amava molto la televisione e lei lo prendeva in giro dicendo che dipendeva dalla sua incapacità di stare fermo abbastanza a lungo per vedere un programma intero. «Hai già mangiato?» le domandò.

«Sì. E tu?» Lui si passò la mano sullo stomaco. «Sono appena tornato da una lunghissima cena nel mio ristorante preferito, perciò non avrò fame per un bel po'.»

«Sei stato ancora all'Ecrivain?» Non c'era da stupirsi: l'agenzia aveva l'abitudine di offrire il pasto ai clienti.

«Sì, e abbiamo risolto la grana di Murray davanti a una bella bottiglia di Sancerre. Giornata soddisfacente, direi. Com'è andata la tua? Ti sei divertita?»

«Moltissimo.»

«Hai comprato qualcosa di carino?»

Jess lo fissò. Perché aveva dato per scontato che fosse andata a fare shopping? Forse perché era quello che faceva di solito, rifletté. Il più delle volte si fermava da Brown Thomas per una seduta di make-up e poi spendeva una fortuna in scarpe e cosmetici. Dio, era stata proprio sciocca e prevedibile. Le dispiaceva solo averci messo tutti quegli anni per capirlo. «Non ho fatto shopping, Brian. Ho passato il pomeriggio da Emer.»

«Ancora?»

«Sì, ancora. Perché?»

«Si direbbe che ultimamente tu trascorra tutto il tuo tempo libero a Lakeview. Tra poco mi proporrai di trasferirci lì.» Brian aveva un tono divertito, ma lei sapeva che non stava scherzando.

«Forse non sarebbe una cattiva idea. È un posto grazioso, molto accogliente e tranquillo.»

«Tranquillo?» rise lui sarcastico. «Da quando in qua ti piace la tranquillità?»

Jess incrociò le braccia al petto. «Forse da quando ho deciso che è ora di crescere e di cominciare a comportarsi da adulti.»

Brian sospirò. «Ho capito. Ci risiamo.»

«Sì, ci risiamo! Anche se in questo periodo non mi sento tenuta minimamente in considerazione. Tutto ruota intorno a te e ai tuoi desideri.»

«Porca miseria, Jess» sbottò allentandosi la cravatta. «Dobbiamo discuterne proprio ora? Ho avuto una giornata pesante e...»

«Una giornata pesante passata a mangiare e a bere in un ristorante di lusso? Caspita, dev'essere stata dura.» Jess si pentì subito di essere stata così pungente, ma non era riuscita a trattenersi. Provava frustrazione, confusione e molte altre emozioni che non conosceva. «Mi fai quasi pena.»

«Che diavolo ti prende, Jess?» le chiese Brian offeso. «D'accordo, sono stato in un ristorante raffinato, ma tenersi stretti i clienti di questi tempi non è una passeggiata! Sai bene che l'agenzia ha avuto qualche difficoltà di recente... Perché mi fai queste scenate?»

«Hai ragione. Mi dispiace. È solo che... la nostra vita sembra girare intorno al lavoro. È così da anni.»

«Vuoi scherzare?» Brian alzò gli occhi al cielo. «Non posso credere che tu voglia tirare ancora fuori la storia del bambino.»

«Come? Brian, non sono neppure riuscita a toccare l'argomento, perché tu ti rifiuti di parlarne! Non vuoi nemmeno sentirlo nominare!»

«Ti ho detto che ne avremmo discusso quando avessi smesso di volere un figlio solo per stare al passo con le tue amiche. Sei una donna adulta, Jess. Perché ti comporti come una teenager?»

«Esatto, sono una donna adulta. Molto adulta, anzi, presto sarò vecchia!»

«È incredibile.»

«Cosa c'è di incredibile, Brian? Il fatto che io stia invecchiando o che stia crescendo?»

«Non dire stupidaggini. Filava tutto liscio prima delle tue incomprensioni con Emer e Deirdre e ora, di punto in bianco, la nostra vita è insulsa e superficiale! Che cosa ti sta succedendo, amore?»

«Che cosa mi sta succedendo? Che cavolo sta succedendo a te, piuttosto!»

«Ti assicuro che io sono sempre lo stesso. Non ti capiterà mai di tornare a casa e di trovarmi imbronciato e pronto a fare discorsi assurdi.»

«Discorsi assurdi? Cosa c'è di assurdo nel volere un bambino, Brian?»

«Niente, se è per le ragioni giuste. È sbagliato, invece, volerlo per imitare le amiche che si sono trasferite in provincia!»

Jess decise di ignorare quel commento e spostò l'attenzione su di lui. «No, non scaricare la colpa su di me quando l'unico responsabile sei tu. Non hai il coraggio di assumerti delle responsabilità!»

Brian rimase di sasso. «Responsabilità, eh? Durante tutta questa sfuriata ti sei forse dimenticata che sono sposato con te?»

Jess non voleva cedere. «È vero. Non vuoi diventare padre perché sei troppo occupato a girare il mondo e ad andare a cene e feste. Sei totalmente concentrato sulla tua carriera.»

«Jess, stai parlando di me o di te stessa? Perché girare il mondo, andare a cene e feste, e concentrarsi sulla carriera è sempre piaciuto anche a te! Se queste cose mi rendono superficiale, tu non sei migliore di me.»

Lei vuotò il bicchiere d'un fiato. «Sono una donna che vuole un figlio, ma che ha un marito troppo egoista per darglielo» ribatté furiosa.

Brian la guardò stupefatto. «Sei ubriaca, e io sono stanco di questa discussione.»

«Sì, sì, sempre la solita storia della stanchezza... Non fai altro che scappare.»

«Risparmiami le scenate isteriche, Jess, e per favore vai a letto.»

Lui uscì dalla stanza e lei rimase a fissare il bicchiere vuoto. Lei, egoista? Come poteva pensare una cosa simile, quando era lei quella disposta a sacrificare ogni cosa per creare una famiglia?

Quando si alzò dal divano, le girava la testa. Salì in

camera, pensando che forse Brian aveva ragione su una cosa: era un po' brilla.

Sarebbe dovuta andare in cucina a scusarsi? No, pensò sicura di sé, lascia che sia lui a venire da te. Jess non aveva nulla da rimproverarsi. In fondo era Brian che le stava negando qualcosa, non viceversa.

Alla fine crollò sul letto e cadde in un sonno intermittente, disturbato da sogni in cui continuava a litigare con suo marito.

Le immagini erano così intense e realistiche che l'indomani si svegliò completamente esausta. Aveva un'emicrania lancinante e si sentiva stordita e annebbiata. Mettendosi a sedere, notò che Brian era già uscito. Oppure non aveva dormito lì?

Le tornarono in mente alcuni frammenti della loro discussione e fu assalita dai rimorsi.

In tutta onestà non avrebbe potuto biasimarlo se avesse dormito in salotto; si era comportata come una vecchia bisbetica e, come tutti gli uomini, Brian odiava le sfuriate. Fortunatamente litigavano di rado e fino a quel momento avevano avuto un matrimonio sereno e appagante.

Era innegabile, però, che si stavano allontanando. Jess era assolutamente convinta di volere un bambino, ma lui no. O, meglio, credeva che il suo desiderio fosse frutto di una strana fissazione.

Fu presa dalla paura. E se non fossero riusciti a superare le divergenze? Se Brian non avesse capito il suo punto di vista che ne sarebbe stato del loro matrimonio?

Sarebbero stati per sempre due emarginati, costretti a guardare dall'esterno i loro amici che si godevano i momenti più felici della vita familiare: battesimi, feste di compleanno, cerimonie di laurea. Avrebbero finito per perdere i contatti con quelle persone, perché presto non avrebbero più avuto nulla in comune. Con il passare degli anni, avrebbero continuato a lavorare, a fare viaggi, a mangiare in ristoranti chic e a indossare vestiti griffati, ma poi? Per quanto tempo avrebbero potuto fare le stesse cose senza cominciare ad annoiarsi l'uno dell'altra?

Rabbrividì immaginando il futuro. Da quella prospettiva appariva molto, molto solitario.

20

L'autobus si fermò davanti a Clery's, in O'Connell Street, e Nina scese. Sbirciò furtivamente gli altri passeggeri, sperando che nessuno la riconoscesse o, peggio ancora, le chiedesse dove stesse andando.

Non voleva che gli abitanti di Lakeview sapessero che era andata a Dublino per comprarsi dei vestiti premaman.

Con il passare delle settimane era diventato sempre più difficile entrare nei vecchi abiti o usarli per nascondere il pancione, e alla fine aveva capito di aver bisogno di qualcosa di più adatto.

Ma non avrebbe potuto farlo in giro per le graziose boutique di Lakeview. Qualcuno avrebbe cominciato a fare domande, e lei non era pronta per rivelare il suo segreto.

Dopo il litigio non aveva visto spesso suo padre. Cercava di evitarlo, e di solito usciva o rientrava quando era sicura di non incrociarlo. Sapeva di essere una codarda, ma si sentiva ancora in colpa per le accuse che gli aveva rivolto.

Per fortuna, Patrick non aveva più accennato alla gravidanza, anzi non le aveva quasi rivolto la parola. Era come se avessero tacitamente stabilito una tregua; lui si era rassegnato a ospitarla fino al ritorno di Cathy ai primi di settembre, ma Nina avrebbe provveduto a se stessa da sola. A lei andava bene così. L'ultima cosa che voleva era dover rendere conto a suo padre, ma in fondo gli era grata per non aver più toccato l'argomento.

Aveva trascorso molto tempo con Trish, consultando gli archivi e intervistando di tanto in tanto gli anziani di Lakeview per vedere se ricordavano aneddoti interessanti da inserire nel libro.

Ora, mentre attraversava O'Connell Bridge diretta a Grafton Street, scosse la testa. Non avrebbe mai e poi mai immaginato di andare in cerca di abiti premaman di nascosto.

Fece un salto da Mothercare, dove ammirò vestitini e giocattoli, quindi entrò da M&S, dove si augurava di trovare qualcosa di carino. Era strano, ma vedere quegli accessori e indumenti minuscoli le fece in qualche modo sembrare più reale la situazione. Inoltre, presto avrebbe dovuto sottoporsi a un'altra ecografia e scegliere l'ospedale di Dublino in cui avrebbe partorito. Aveva rimandato fino a quel momento, rassicurata dal controllo della dodicesima settimana che non aveva rilevato alcun problema. In verità, aveva sperato che Steve la chiamasse, che magari le proponesse di tornare a Galway, ma erano state solo stupide fantasticherie. Perché avrebbe dovuto chiederle di tornare? E, se anche l'avesse fatto, a cosa sarebbe servito?

Mentre dava un'occhiata alle magliette, si morsicò il labbro, cercando di frenare le lacrime. No, non doveva pensare a Steve e soprattutto non doveva abbandonarsi ai sentimentalismi.

«Nina, sei tu?» domandò una voce. Alzò lo sguardo e vide un volto familiare, che però non riuscì a inquadrare subito. La sua perplessità doveva essere evidente, perché la donna aggiunse: «Sono Jess, l'amica di Emer e Deirdre. Sono stata alla caffetteria di Lakeview qualche volta».

«Oh, sì, adesso ricordo!» Nina sorrise educatamente, ma in realtà era irritata. La sua solita fortuna le aveva fatto incontrare qualcuno che conosceva e, anche se Jess non era di Lakeview, ci andava spesso. Nina non aveva impiegato molto a capire che Emer e Deirdre erano due pettegole, nonostante dovesse ammettere che Jess le era sempre parsa molto dolce e gentile. «Scusa, non ti avevo riconosciuta.»

«Hai deciso di passare la giornata in città?»

«Sì...» Nina vide che Jess stava fissando le magliette. Cavolo, era stata scoperta? L'abbigliamento premaman era accanto ai tailleur. Avrebbe potuto fingere di essere capitata per errore nel reparto sbagliato? «Oddio, che idiota. Stavo cercando delle T-shirt!» Non era mai stata una brava bugiarda e temette che l'altra avrebbe mangiato la foglia.

«Qui hanno dei tailleur fantastici. Scommetto che anche gli abiti premaman sono splendidi.» Jess rise allegramente, senza dare l'impressione di aver notato qualcosa di strano.

Poi Nina ricordò una conversazione che lei e le sue amiche avevano avuto alla caffetteria. Anche Jess era incinta, vero?

«Immagino che presto avrai bisogno di questa roba» scherzò, ma dall'espressione angosciata dell'altra dedusse di aver fatto una gaffe. Oddio, si disse, rendendosene conto troppo tardi. Che commento stupido, soprattutto perché non era sicura che...

«Un giorno, forse» rispose Jess con un sorriso forzato.

«Mi dispiace. Io...» Nina decise che la strategia migliore era confessare. «Ricordo che le tue amiche hanno detto qualcosa in proposito, ma devo aver capito male. Spero di non essere stata indiscreta.»

«Non scusarti. Non è colpa tua, e capisco benissimo perché sei saltata a questa conclusione. Le ragazze tendono a... esagerare un po'. Sì, prima o poi mi piacerebbe avere un bambino, ma non è ancora il momento.»

«Oh.» Nina comprese perfettamente cosa intendeva dire riguardo a Emer e Deirdre. Nonostante le perplessità iniziali sull'atteggiamento di Trish nei loro confronti, ormai le conosceva piuttosto bene, e si potevano decisamente definire «mamme esaltate».

«Le ragazze sarebbero felici se potessimo essere madri tutte insieme, ma non capita sempre così e...» Jess tacque, accorgendosi di aver parlato a sproposito, e con un'estranea per di più. «A ogni modo, è stato un piacere vederti, Nina. Buona giornata.»

Fece per voltarsi, ma l'altra all'improvviso propose: «Ti va un caffè?». Non sapeva perché l'avesse invitata, ma Jess aveva qualcosa, un che di vulnerabile, che le aveva fatto venire voglia di chiacchierare un po' con lei. «Te lo devo, dopo la figuraccia di prima.»

«Grazie. Molto volentieri» accettò Jess con un sorriso.

Salirono al bar del negozio e conversarono davanti a due cappuccini.

Nina scoprì nuovi aspetti del lavoro di Jess alla Piccolo, che sembrava affascinante, e le raccontò di Cathy e del suo viaggio in Oriente.

«Sei mesi sono tanti. Devi sentire molto la sua mancanza» commentò Jess.

Nina annuì. «Non sai quanto. Stare da papà non è così male, ma non è la stessa cosa.»

«Lo immagino. Vivevi con tua madre prima che partisse, o...?»

«No, ho vissuto a Galway per anni, ma sono tornata a Lakeview quando ho rotto con il mio ragazzo.» Nina giocherellò con una bustina di zucchero. Sorrise triste. «È finita male.»

«Mi dispiace» disse Jess, e Nina si stupì di quanto fosse facile aprirsi con lei e di quanto fosse piacevole scambiare due parole con qualcuno che non la tempestasse di domande. Trish continuava a chiederle di Steve e di cosa fosse andato storto, mentre Ella la assillava per sapere quanto si sarebbe fermata a Lakeview o cosa avrebbe fatto in seguito.

«Che bevande producete lì alla Piccolo?»

«L'ultima è la G-Force, una bibita energetica. Il nostro fiore all'occhiello è la Porters, che speriamo diventi una degna concorrente della Guinness. Poi c'è la Stingray, a base di sidro, destinata al mercato degli studenti. L'hai mai provata?»

«Certo, anche se purtroppo non posso bere nemmeno un goccio in questo periodo.» Nina rise spensierata.

«Per la stessa ragione per cui stavi facendo shopping nel reparto premaman?» azzardò Jess.

All'inizio Nina pensò di aver capito male. «Cosa...?»

Jess arrossì. «Perdonami. Non sono affari miei e non

avrei dovuto essere indiscreta ma, quando hai detto che non puoi bere...»

«Hai indovinato.» Nina sospirò rassegnata. Prima o poi avrebbe dovuto dirlo a qualcuno, e pensava che Jess non avrebbe spifferato il suo segreto. «Però non è ancora di dominio pubblico. Anzi, non l'ho detto a nessuno, tra la partenza di mia madre e tutto il resto.»

«Sarò muta come un pesce» promise Jess con voce leggermente incrinata. «Credimi, non volevo metterti in imbarazzo. Non c'è nulla di peggiore di una vecchia ficcanaso.»

«Non preoccuparti. Come probabilmente avrai intuito, è uno dei motivi per cui ho dovuto lasciare Galway.» Le salirono le lacrime agli occhi. Maledetti ormoni!

«Nina, stai bene?» Jess tirò fuori un fazzolettino dalla borsetta.

«Grazie.» Si soffiò il naso, sentendosi un'idiota. Perché aveva messo quella povera donna, praticamente una sconosciuta, in una situazione così imbarazzante? «Mi dispiace.»

«Non scusarti. Scommetto che in questo periodo sei alle prese con mille emozioni nuove...»

«Esatto.» In qualche modo, Jess aveva colto nel segno. Ogni giorno Nina era in balìa di sensazioni diverse – nei confronti di Steve, di suo padre, del bambino... –, e fu una liberazione sfogarsi con qualcuno. «Di solito non scarico i miei problemi addosso agli altri.»

«Non me li hai scaricati addosso, ti sei semplicemente confidata, ed è sempre un bene.»

Nina si sentiva a proprio agio. Jess era l'unica persona che non fosse pronta a giudicarla, a bombardarla di domande o a trarre conclusioni. Forse fu quello il motivo per cui decise di raccontarle tutto. «È un incubo.» Si asciugò le lacrime. «Vedi, non voglio che Steve, il padre, lo venga a sapere e...» Fece un profondo respiro, decidendo, per una volta, di essere sincera con qualcun altro e soprattutto con se stessa. Distolse lo sguardo, incapace di guardare Jess negli occhi. «A dir la verità non sono nemmeno sicura di volerlo.»

Qualche giorno dopo, Nina stava lavorando alla caffetteria, cercando di dimenticare l'incontro con Jess.

Come le era saltato in mente di spifferare tutto a un'estranea? Cioè, Jess non era un'estranea nel vero senso della parola ed era stata molto gentile, ma lei non avrebbe dovuto abbassare la guardia. Probabilmente l'altra l'aveva presa per una donna senza cuore, sentendole dire che non era sicura di voler tenere il bambino, soprattutto perché lei stava tentando di averne uno.

Tuttavia Jess non aveva battuto ciglio, limitandosi a dirle che la sua confusione era comprensibile, vista la rottura con Steve e il ruolo che la gravidanza aveva svolto nella loro separazione.

«Tutto okay, Nina?» Ella stava spalmando la glassa su una torta di carote appena sfornata. «Sembri con la testa tra le nuvole.»

Nina si accorse che stava impiegando un'eternità per preparare un semplice tè. «Scusa, ero sovrappensiero.»

«Sicura di stare bene? Sei un po' pallida oggi. Tieni, mangia una fetta di torta.»

Nina sorrise. Ella la rimpinzava continuamente di

ciambelle, muffin e altre delizie, come se fosse una delle sue «povere bestiole abbandonate», come le chiamava Cathy. Be', forse lo era. «Sto benone, Ella. Stavo solo riflettendo.»

«Sembra che ultimamente tu lo faccia spesso» scherzò l'altra, ma le sue parole avevano un fondo di verità. «Posso aiutarti in qualche modo?»

«No, ma grazie lo stesso.»

Ella però non le staccò gli occhi di dosso, forse aspettando che cambiasse idea. Nina capì che avrebbe fatto meglio a inventarsi qualcosa, altrimenti la donna non l'avrebbe lasciata in pace. «Conoscevi i miei genitori quando stavano insieme?»

Ella cambiò espressione, colta di sorpresa. «Certo. Perché?»

«Ogni tanto mi chiedo... ecco... perché si siano fidanzati. Come sai, io e Trish continuiamo a imbatterci in fotografie e articoli sulla mamma, e ho l'impressione che papà fosse il suo esatto opposto. Non c'è niente su di lui, o almeno non siamo ancora riuscite a trovare nulla.»

«Non credo che i vecchi ritagli di giornale ti diranno granché sulla loro relazione.»

«Oh, lo so, ma mi sembra che mettano ancora più in evidenza le differenze tra loro. Li ho sempre considerati una coppia bizzarra, se non addirittura improbabile.»

«Non essere ingiusta. Tuo padre sarà anche un po' abitudinario, ma ti assicuro che baciava la terra su cui camminava tua madre.»

«Sì, ma la mamma aveva tutti gli uomini di Lakeview ai suoi piedi» rise orgogliosa Nina, «il che rende ancora più difficile capire perché abbia scelto proprio lui.»

Ella finì di spalmare la glassa e piegò uno strofinaccio. «Tuo padre aveva delle qualità che le piacevano, immagino. In confronto alla maggior parte degli uomini di Lakeview, era maturo e intelligente, taciturno e tranquillo e, a quanto ricordo, la trattava con i guanti. Per non parlare del fatto che all'epoca era davvero molto attraente.»

Nina decise di andare fino in fondo. C'era un dubbio che la assillava dal giorno del litigio, e ne approfittò per cercare di risolverlo. «È stato un matrimonio riparatore, Ella?» chiese di punto in bianco.

L'altra parve turbata. «Nina, che domanda è?»

«Be' ormai non stanno più insieme, dunque perché dovrebbe fare qualche differenza?»

Ella sospirò. «Credo che abbiano cercato di rendere le cose... legittime, ecco, ma penso che si sarebbero sposati ugualmente. Cathy era come una regina per lui. Tuo padre la amava moltissimo e lei lo ricambiava. Non permettere mai a nessuno di convincerti del contrario.»

Nina si sentì in colpa per essere stata così dura con Patrick. «Allora perché hanno divorziato?»

«Credo che non tocchi a me parlarti di queste cose. Sono questioni private. Forse dovresti chiederlo a tua madre.» A giudicare dalla sua espressione, era chiaro che Ella sperava che Nina non insistesse.

«L'ho fatto, ma non scende mai nel dettaglio. Ritengo di avere il diritto di sapere. Sono i miei genitori.»

«A volte le persone sono semplicemente incompatibili. In ogni caso, che importa? Stravedono per te, no?»

Non si poteva certo dire che Patrick «stravedesse» per lei, pensò Nina, seccata. «Sì, ma questo non spiega perché si siano lasciati e...» La porta si aprì ed entrò il primo cliente della giornata.

«Buongiorno!» lo salutò Ella.

Nina arrossì. Era Dave.

«Ciao.» Le fece un sorriso malizioso quando Ella andò nel retro a recuperare un vassoio. «Ti avevo avvisata che prima o poi sarei venuto a mangiare una ciambella.»

«Senza dubbio sei nel posto giusto» rispose Nina.

21

«Vogliamo affittare un'enorme villa con piscina e organizzare un barbecue ogni sera.»

Jess sorrise mentre, all'altro capo del telefono, Deirdre le raccontava dell'imminente vacanza a Tenerife.

«Non vedo l'ora, Jess. Ci divertiremo un mondo, e non avremo bisogno delle baby-sitter perché i bambini saranno tutti insieme e...»

«In che senso "tutti insieme"?» chiese lei perplessa.

«Non ti ho detto che verranno anche Emer, Dave e Amy? Abbiamo pianificato tutto nei minimi dettagli, e sarà magnifico. Come dicevo, vino e barbecue tutte le sere. Un paradiso.»

Jess si sentì mancare, immaginando le due coppie che mangiavano e bevevano al fresco della sera, chiacchierando piacevolmente mentre i bambini erano a letto.

«Amy è ancora un po' piccola per prendere l'aereo, ma sono sicura che non avrà problemi e, se va tutto bene, probabilmente ripeteremo l'esperienza ogni anno. I ragazzi saranno al settimo cielo, e poi nessuno è meglio di Emer e Dave per fare quattro risate...»

Jess dovette rassegnarsi per l'ennesima volta al fatto che lei e Brian sarebbero stati esclusi.

«Volevamo invitare anche voi, ma so che Brian ama i posti esotici, perciò probabilmente non sarebbe interessato alla vecchia e noiosa Tenerife...» Deirdre sembrò rendersi conto all'improvviso che Jess potesse sentirsi tagliata fuori.

«Non preoccuparti. Abbiamo già prenotato le vacanze. Ricordi che ti avevo accennato al Borneo?» In realtà, lei e Brian ne avevano solo parlato, ma Jess non voleva che Deirdre pensasse di essere obbligata a invitarli. Meglio farle credere che non avrebbero accettato in ogni caso.

«Avevo ragione, allora. Sicuramente preferite vedere dei veri orangutan che sopportare i capricci di Amy! A parte gli scherzi, hai notato quanto è sfacciata in questo periodo?» proseguì Deirdre con tono da cospiratrice. «Vuole sempre essere al centro dell'attenzione ed Emer non la sgrida mai, ma ti dico una cosa: se comincia a fare così anche in vacanza, non starò zitta.»

Percependo la solita vena di competitività materna, Jess si domandò se la vacanza a Tenerife sarebbe stata celestiale come aveva ipotizzato l'amica. «Non saprei, anche se dev'essere difficile starle dietro, ora che ha imparato a gattonare» replicò diplomaticamente.

«Già.» Deirdre parve delusa dalla risposta. «Comunque, è meglio che vada. Kevin torna tra poco e la casa è un disastro. Ho passato la giornata a pulire e a spolverare, ma ho ancora un mucchio di cose da fare. Beati gli uomini. Loro sì che se la passano bene.»

«Puoi dirlo forte. Comunque, grazie per la chiamata. Ci vediamo presto.»

«Vieni a bere un caffè la settimana prossima. Sarebbe splendido fare una chiacchierata per sapere come stai, per scoprire se qualcosa si sta muovendo.» Deirdre ridacchiò e Jess roteò gli occhi esasperata, cominciando a pentirsi di averle detto che stava cercando di restare incinta.

Riagganciò e controllò l'orologio. Erano le sei e mezzo di venerdì sera. Tanto valeva bere un bicchiere di vino mentre aspettava che Brian tornasse dal lavoro. Anche se in quei giorni andavano abbastanza d'accordo, tra loro si era aperta una frattura, e l'argomento bambini non era più stato toccato dopo l'ultima discussione.

Se solo lui avesse capito che quell'«ossessione improvvisa», come la chiamava, non dipendeva dalle ragazze, ma dal fatto che Jess aveva pensato a lungo alla propria vita, alla loro vita, e si era resa conto che mancava qualcosa... Nonostante fosse disposta ad ammettere, come aveva fatto con Nina, che l'opinione delle sue amiche aveva un certo peso, non era l'unico fattore in gioco. Il desiderio di maternità era nato principalmente dalle riflessioni sul suo matrimonio, e Jess era convinta che, se Brian avesse visto quanto fosse ricca e appagante la vita familiare, avrebbe capito perfettamente il suo stato d'animo.

Dopo essersi versata un bicchiere di Merlot, uscì sul patio, ripensando all'incontro della settimana precedente con Nina. Era stato piacevole fare due chiacchiere sorseggiando un cappuccino. Nina era una ragazza simpatica, molto affabile e, appena Jess l'aveva vista da M&S, aveva capito tutto. In effetti trovarla nel reparto premaman era stato un indizio decisivo, ma sarebbe stato impossibile non notare il pancione e il viso leggermente gonfio, per non parlare del profondo imbarazzo di Nina quando lei l'aveva salutata.

Il destino però era davvero ingiusto: una donna single che non voleva avere figli era rimasta incinta, mentre lei, che aveva un marito premuroso ed era nelle condizioni ideali per crescere un bambino, non riusciva a concepire. Anche se forse, negli ultimi tempi, Brian era meno affettuoso del solito.

Osservò il giardino ben curato: sarebbe stato perfetto per i giochi di un bambino. Lo usavano raramente, solo nelle belle giornate, e anche in quel caso sfruttavano il patio soltanto per i drink, le grigliate o le «famose» piña colada di Brian.

Pensò alle sue amiche e a quanto si sarebbero divertiti tutti insieme a Tenerife, com'era successo da Emer alla sua festa di compleanno. Ripensò ai grandi barbecue che loro sei organizzavano in estate; era passata un'eternità dall'ultima volta che lei e Brian avevano partecipato a una serata che non fosse di lavoro.

Poi le venne un'illuminazione. Perché non dare una festa in giardino e invitare tutti gli amici, compresi – anzi, soprattutto – quelli con figli?

Avrebbe potuto chiamare Deirdre e Kevin ed Emer e Dave, e Brian avrebbe toccato con mano l'allegria e la gioia che i bambini portavano con sé. Avrebbe notato quanto Kevin fosse fiero dei ragazzi e quanto si divertissero insieme, e gli sarebbe bastato guardare Dave con Amy per capire che la piccola adorava il suo papà.

Sì, è una trovata geniale, rifletté Jess entusiasta. Era convinta che quando Brian avesse visto le cose dal suo punto di vista avrebbe cambiato idea e cominciato a prendere in considerazione la possibilità di metter su famiglia. Specialmente perché fino a quel momento aveva valutato solo gli aspetti negativi. Fiduciosa, si alzò e tornò in cucina per recuperare il BlackBerry. Scorse il calendario, chiedendosi quale sarebbe stata la data perfetta. Avrebbe dovuto consultare Brian e gli altri, ma era certa che di lì a due settimane sarebbe andato benissimo. Sorrise e diede un'occhiata alla rubrica degli indirizzi, facendo mentalmente una lista degli invitati; l'unico requisito indispensabile sarebbe stato avere un bambino da portare, decise.

Non vedeva l'ora che Brian rientrasse. Finì il vino e tirò fuori un altro bicchiere per suo marito.

Sicuramente lui sarebbe stato d'accordo all'idea di ravvivare la loro vita sociale e coltivare maggiormente le amicizie. E cosa c'era di meglio di una festa all'aperto?

Era impaziente di parlargliene.

22

Le settimane volavano, e Ruth cominciò ad abituarsi ai ritmi lenti di Lakeview. Dopo aver scoperto di essere incinta, era uscita dal suo isolamento e di tanto in tanto andava a bere un caffè con Nina o a fare shopping con sua madre.

«È bello vedere che ti svaghi un po'» aveva osservato Breda, e Ruth aveva capito che i suoi genitori si erano preoccupati molto per lei dopo lo scandalo.

«E anche che stai mettendo su qualche chilo» aveva aggiunto suo padre, il che era più allarmante, perché significava che la gravidanza non sarebbe passata inosservata ancora a lungo. «Eri pelle e ossa quando sei arrivata. Ragazze stuzzicadenti. Non è così che le chiamano su quelle riviste?» aveva detto Ollie a Breda, e Ruth aveva riso, immaginandolo mentre leggeva le rubriche di gossip.

I suoi avevano sempre cercato di tenerla d'occhio, anche solo attraverso i giornali. In effetti non c'erano state tante altre occasioni. Era contenta di trascorrere del tempo con loro: leggeva in giardino con il padre o faceva compere e guardava la tv con la madre. Era un'esistenza rilassata, molto diversa da quella di Los Angeles.

Ormai aveva preso le distanze da quella vita. I paparazzi avevano smesso di tormentarla quando avevano scoperto che aveva scelto di stare per un po' in campagna. In sostanza si erano dimenticati di lei e si erano precipitati a fotografare le stravaganze di Paris Hilton, in vacanza sul Mediterraneo. Ruth non se l'era presa, e anzi si era accorta con un certo stupore di apprezzare la pace e la tranquillità. Aveva ricevuto un paio di mail da Erik, che voleva sapere come stava, e alcuni messaggi brevi e insignificanti da Chloe, ma nient'altro. E, soprattutto, niente notizie di Troy.

Non aveva ancora parlato con nessuno del bambino, tranne che con Charlie. Aveva rischiato di tradirsi con Nina, ma si era fermata in tempo.

Quanto a Charlie, si erano incrociati qualche volta e, nonostante le lanciasse delle occhiate piuttosto significative, non le aveva dato molta confidenza. Ruth non sapeva se rimanere male per il suo comportamento – evidentemente aveva riflettuto sulla situazione e aveva deciso di girarle al largo –, o se sentirsi sollevata al pensiero di non doversi complicare ulteriormente la vita.

Per quanto riguardava Troy, non poteva fare a meno di essere disgustata. Qualche giorno dopo la sua telefonata, era stato fotografato mentre sbaciucchiava una nuova stellina, definita la Scarlett Johansson del futuro. Ruth l'aveva trovato terribilmente squallido e si era sorpresa di quanto si sentisse lontana da Los Angeles e da quella follia.

Nel frattempo era andata dal medico e aveva scoperto di essere sana come un pesce e che la gravidanza procedeva normalmente. Il dottor Jim Kelly era di Lakeview, ma fortunatamente apparteneva alla vecchia scuola, e Ruth sperava che avrebbe rispettato il segreto professionale e mantenuto il massimo riserbo.

O, meglio, pregava che lo facesse.

Quella sera sarebbe uscita a cena con Nina e Trish, non vedeva l'ora di distrarsi un po'. Non avrebbe potuto bere alcolici, e sperava che le ragazze non lo notassero, ma aveva già inventato una scusa: avrebbe detto che stava provando una nuova dieta.

Aveva accettato di raggiungerle al ristorante e, visto che era ancora piuttosto intimidita dall'idea di andarsene in giro da sola, aveva chiesto a suo padre di darle un passaggio fino a Main Street. Prima di uscire, si guardò allo specchio con soddisfazione. Si era raccolta i capelli e indossava un vestito Armani con la gonna a palloncino, trendy e originale, ma studiato apposta per camuffare le rotondità. Aveva un corporatura così esile che, a un terzo della gravidanza, i cambiamenti iniziavano già a vedersi.

Quando entrò, le ragazze erano già arrivate e la aspettavano sedute al tavolo. Anche se Ruth non aveva ancora perdonato Trish per l'articolo, sapeva che probabilmente aveva calcato la mano per stuzzicare l'interesse dei lettori. Era così che funzionavano i media, e la strategia più efficace era non dare a vedere che stavano toccando un tasto delicato. La professionalità prima di tutto.

«Ciao» le salutò contenta, soffiando loro dei baci nell'aria. Si accorse compiaciuta che Trish guardava con invidia la sua mise. L'ex compagna di classe non aveva nemmeno un briciolo di stile, indossava un paio di anonimi pantaloni neri e un insulso top verde acido che non le donava affatto. Nina, invece, era bellissima, con un favoloso abito fantasia che metteva in risalto la sua carnagione scura e i capelli sciolti sulle spalle.

«Mi piace il tuo vestito» esordì Ruth accomodandosi accanto a lei.

«Grazie. È nuovissimo.»

«Dove l'hai trovato? Negli ultimi tempi non ho visto niente di simile da Connolly's o da Kramer's» chiese Trish, accennando alle boutique più alla moda di Lakeview.

«L'ho comprato a Dublino» confessò Nina con un certo imbarazzo.

«Davvero? Non sapevo fossi andata in città. Quando?» domandò Trish, e Ruth si chiese se la sua curiosità fosse una deformazione professionale o se fosse impicciona di natura.

«Un paio di settimane fa. Avevo alcune faccende da sbrigare.»

«Perché non me l'hai detto? Avrei potuto accompagnarti. Anch'io avrei bisogno di fare un po' di shopping.»

«È stata una cosa dell'ultimo minuto, e pensavo fossi impegnata con il lavoro.»

«In che senso, dell'ultimo minuto?»

«Scusa?»

«Hai detto che è stata una cosa dell'ultimo minuto. Era un'emergenza?»

«Trish» rise Ruth, «sembri il tribunale dell'Inquisizione!»

«Mi dispiace» fece l'altra seccata, e Nina rivolse a Ruth un'occhiata riconoscente.

«Avevo una giornata libera e mi servivano un paio di cose, così ho deciso di prendere l'autobus. Qui non ero riuscita a trovare niente che mi piacesse.»

«Ti capisco benissimo» gemette Ruth. «Presto dovrò rifarmi il guardaroba, perché gli abiti che ho non vanno più bene... Per Lakeview, intendo.» Tacque, sperando che le altre non avessero notato il lapsus.

«Posso immaginarlo» la punzecchiò Trish. «Suppongo che i vestiti firmati e le scarpe costose siano sprecati, qui.»

«No, non è questo che volevo dire. I miei abiti sono adatti a un clima più caldo. Avevo quasi dimenticato che in Irlanda l'estate non esiste.»

«Puoi dirlo forte» le fece eco Nina, e la cameriera si avvicinò per prendere le ordinazioni.

«Vino per tutte?» propose Trish, ma Nina scosse la testa. «Domani lavoro da Ella.»

«Dài, un bicchiere non ti farà male.»

Nina fece spallucce. «Okay, ma uno solo.»

«Ottimo. Una bottiglia di rosso della casa va bene anche per te, Ruth?»

«Veramente... Potrebbe portarmi un bicchiere d'acqua con una fettina di limone? A temperatura ambiente, per favore, non fredda.»

La cameriera non batté ciglio, sembrò anzi affascinata da quella richiesta molto in stile Los Angeles.

Trish e Nina fissarono Ruth.

«Cosa c'è?» chiese lei. «Non bevo quasi mai. Troppe calorie, e devo tenere d'occhio il peso.»

«Sì, ho notato che sei ingrassata un po' da quando sei tornata» la stuzzicò Trish con la solita schiettezza, ma

Ruth non si offese. Il pretesto della dieta sarebbe stato ancora più convincente.

«Ruth, sta solo scherzando!» Nina guardò storto Trish. «Sei sempre magrissima, non darle retta.»

«No, no, ha ragione. Da quando sono arrivata sono passata alla 42, perché la mamma continua a rimpinzarmi di carboidrati... e a dimenticarsi che sono intollerante al lattosio!» Ruth ebbe la sensazione di recitare una parte e notò che le altre due si scambiavano un'occhiata divertita.

«Come vanno le cose?» domandò Nina dopo che la cameriera ebbe portato da bere. «Ti manca Los Angeles?»

«Non proprio» rispose lei istintivamente, ma poi pensò che avrebbe fatto meglio a salvare le apparenze, soprattutto davanti a Trish. «Mi mancano la mia assistente, i party e le prime cinematografiche, ma sono contenta di stare un po' con i miei genitori.»

«Un uccellino mi ha detto che hai passato del tempo anche con Charlie Mellon» buttò lì Trish.

«Cosa? Chi te l'ha detto?»

«Un uccellino.»

«Be', si è sbagliato. Ho visto Charlie settimane fa, quando è venuto a casa mia per lasciare dei documenti a papà, ma a parte questo...»

«D'accordo, d'accordo.» Il tono di Trish sottintendeva che non credeva a una sola parola. In quei momenti Ruth aveva nostalgia di Los Angeles. Anche a Hollywood le voci correvano rapidamente, ma quelle di Lakeview battevano ogni record.

Si augurò che il medico non fosse amico di Trish Brogan, altrimenti il suo segreto sarebbe finito ben presto sulla bocca di tutti. In effetti bastava contare le settimane per calcolare la data del concepimento e, peggio ancora, intuire chi fosse il padre. Ruth avrebbe fatto volentieri a meno di un altro scandalo. Stavolta non sarebbe riuscita a superarlo.

Era meglio cambiare argomento. «Secondo voi si può ordinare un branzino senza salsa? Il mio stomaco non vuole proprio saperne di digerire l'amido.»

Il giorno dopo, Nina stava facendo il turno pomeridiano da Ella. Meno male che non aveva quello della mattina, perché la notte non aveva quasi chiuso occhio per colpa di un'indigestione. Grazie al cielo Trish si era scolata la bottiglia di vino, e così non si era accorta che lei aveva bevuto pochissimo.

Però si era divertita. Ruth era simpatica, e sapeva essere molto spiritosa quando abbassava la guardia. Non si era ancora lasciata alle spalle la vita di Los Angeles, e lo chef del ristorante doveva essere rimasto a dir poco perplesso davanti ad alcune sue richieste.

Avevano chiacchierato piacevolmente, soprattutto quando Ruth aveva deciso di aggiornarle sui gossip di Hollywood, rivelando quale playboy fosse segretamente omosessuale e quale «supercoppia» collaudata fosse invece sull'orlo della crisi. Erano pettegolezzi incredibili, e Trish doveva aver rimpianto di non lavorare per un giornale interessato a notizie così succose. D'altra parte, era probabile che nessuno le avrebbe creduto, ed era difficile capire se Ruth dicesse sul serio o stesse solo esagerando.

Alla fine, dopo essersi sbellicate dalle risate, avevano lasciato il locale a mezzanotte passata.

A metà pomeriggio entrarono Emer e Deirdre con i bambini, seguite da Jess.

Con un nodo allo stomaco, Nina si augurò che Jess non accennasse al loro incontro a Dublino. «Come state?» le accolse andando subito al loro tavolo.

Percependo la sua agitazione, Jess le strizzò l'occhio di nascosto. «Ciao... Nina, giusto? Tutto bene, e tu?» la salutò, fingendo di ricordarsi di lei solo vagamente.

«Bene, grazie» rispose, sollevata.

Una volta che le donne si furono accomodate e i bambini sistemati, prese le ordinazioni e le portò in cucina. Quando tornò, origliò parte della loro conversazione.

«Sei sicura che Brian non si arrabbierà se i ragazzi si scateneranno su quei magnifici pavimenti di noce?» chiese Deirdre a Jess.

«Sono certa che non sarà un problema... è una festa in giardino e resteremo perlopiù fuori» rispose l'altra, esitante.

«Allora faremo meglio a pregare che il tempo sia bello!» rise Emer, e Deirdre le scoccò un'occhiata.

Incuriosita, Nina impiegò più tempo del solito a sparecchiare il tavolo accanto. Sapeva che non avrebbe dovuto farsi gli affari loro, ma voleva scoprire se stessero ancora tormentando la sua nuova amica con la faccenda della gravidanza.

«Andrà tutto bene» replicò Jess, «e Brian non vede l'ora. È da un'eternità che non venite a trovarci.»

«Jess ci ha invitati a una festa sabato prossimo» spiegò Emer a Nina.

«Oh... che bello!»

Jess la guardò. «Sì, ho pensato che sarebbe stata una buona idea passare una serata insieme. Anche con i bambini, così nessuno sarà costretto a trovare una baby-sitter.»

Nina guardò i tre marmocchi, domandandosi se Jess sapesse a cosa sarebbero andati incontro lei e i suoi mobili. Amy si stava spalmando uno yogurt alla frutta sui vestiti, e i figli di Deirdre si stavano dipingendo la faccia con i pennarelli.

«È stato un pensiero molto gentile.»

«Già, e lo apprezziamo molto» intervenne Deirdre. «E a Jess servirà vedere com'è una casa piena di ragazzini, perché tra poco ne avrà uno anche lei.»

A Nina sembrò un commento da suocera acida, e uno sguardo a Jess le confermò che anche lei era della stessa opinione. Poverina, doveva essere sull'orlo di una crisi di nervi.

«Ogni cosa a suo tempo» disse Nina, cercando di trarla d'impaccio. «Ti serve aiuto per il catering? Ella è bravissima con il finger food, anche se immagino che ti sarai rivolta a un'impresa di Dublino.»

«Sarebbe stupendo» rispose Jess entusiasta. «Così non dovrei preoccuparmi di cosa comprare o di come cucinarlo.» Fece una smorfia. «Brian è fantastico con il barbecue, ma io riuscirei a bruciare persino il pane tostato.»

«È un'idea geniale, Nina» osservò Deirdre. «Mi offrirei volentieri di dare una mano, ma temo che con questi due sarei più d'intralcio che d'aiuto. Mi raccomando, non riordinare troppo la casa prima del party» suggerì a Jess, «tanto i bambini la distruggeranno in men che non si dica.»

A giudicare dalla sua espressione gongolante, si sarebbe detto che non vedesse l'ora di sguinzagliare i figli in quella bella casa. Ma che razza di amiche erano?

«Fammi sapere se vuoi parlare degli stuzzichini con Ella. Sarà felice di prepararli, e possiamo chiedere a qualcuno di consegnarteli il mattino stesso» riprese Nina.

«Perfetto.» Jess fece una pausa, come se le fosse venuto in mente qualcosa. «Veramente, Nina, mi domandavo se volessi venire anche tu. Se non hai altri impegni, ovviamente.»

«Alla festa?»

«Sì.» Jess notò con soddisfazione lo stupore delle altre due donne. «Potresti farti dare un passaggio dal fattorino.»

«Oh, per aiutare durante il party, no?» intervenne Emer in un tono condiscendente che fece innervosire Nina.

«Certo che no! Non fraintendere, per favore. Come ospite, volevo dire. Mi farebbe piacere che ci fossi anche tu» la rassicurò Jess, e Nina capì che era sincera. Forse voleva un'alleata, e in quel caso sarebbe stata contenta di accettare, specialmente se serviva a indispettire le altre due.

«Vengo volentieri, grazie» rispose.

23

Il venerdì mattina successivo, Ruth si stava preparando per una visita medica in una clinica privata di Dublino. Si guardò allo specchio e notò che aveva la pelle più luminosa e il viso e il corpo più paffuti. Doveva fare la prima ecografia. Per non destare sospetti, visto che i suoi genitori non sapevano ancora della gravidanza, aveva chiamato un taxi per farsi lasciare a qualche minuto dalla clinica. Per la stessa ragione aveva chiesto al tassista di aspettarla nel centro di Lakeview anziché a casa.

Mentre camminava verso il paese, assorta nei suoi pensieri, un'auto rallentò e qualcuno la chiamò.

«Ruth!»

Alzò lo sguardo: era Charlie.

«Ciao.» Sorrise, sforzandosi di apparire rilassata e naturale, anche se il cuore aveva cominciato a martellarle nel petto. Decise di far finta di niente.

«Dove stai andando? Posso darti un passaggio?»

«In centro, ma preferisco andare a piedi.»

«Sicura? Sembra che stia per piovere, rischi di bagnarti.»

Ruth guardò verso il cielo. In effetti, c'erano delle nuvole scure. «Se non ti dispiace...»

«Niente affatto. Sali» disse aprendole la portiera.

«Bella macchina» commentò Ruth ammirando i lussuosi interni in pelle della Mercedes.

«Lavorare in questo settore ha i suoi vantaggi. Purtroppo, però, non è mia. È un modello da esposizione.»

«È bella lo stesso.»

Charlie partì. Calò un silenzio imbarazzato.

«Come stai?» chiese lui, guardandola di sottecchi.

«Bene, grazie.»

«Tutto okay? Niente nausee mattutine?»

«No, solo all'inizio, ma ormai sono passate.»

«Sei fortunata. Mia sorella Kelly – te la ricordi? – ne ha sofferto per tutti i nove mesi.»

«Poverina. Come sta ora? Ha avuto un maschietto o una femminuccia?»

«Sta benone e ha avuto un bimbo, Lenny. Ha quasi due anni. Una piccola peste.» Charlie sorrise teneramente. «È impossibile stargli dietro.»

«Non stento a crederci.»

«Tutto a posto, allora?» insisté Charlie, e lei si chiese perché fosse tanto interessato, dopo che aveva reagito così male alla notizia.

«Sì, ma oggi avrò un'ulteriore conferma.»

«Cioè?»

«Sto andando a fare un'ecografia.»

«Davvero? Dove?»

«A Dublino.»

«Non sapevo che ti fossi rivolta a un medico di qui. Pensavo che avresti aspettato di tornare a Los Angeles. Sai, per sicurezza» disse Charlie sorpreso.

«Sì ci avevo pensato, però è molto più probabile che

la gravidanza rimanga segreta qui anziché a Los Angeles. Basterebbe la telefonata di un'infermiera chiacchierona, e i paparazzi mi si avventerebbero addosso nel giro di un secondo.»

«Immagino. Spero che vada tutto bene... Aspetta un attimo: come ci vai in clinica?»

«Ho chiamato un taxi. I miei non sanno ancora nulla, perciò credevo che sarebbe stato più prudente.»

«Non essere sciocca. Ti accompagno io.»

«Charlie, no. Basta che mi lasci in centro.»

«Non dirlo nemmeno per scherzo. Ti porto io. Non vorrai mica che un tizio della Johnny Darcy faccia due più due» obiettò lui, alludendo alla compagnia di taxi della zona. «La notizia finirebbe sulla bocca di tutti.»

Ruth rifletté un secondo. Senza dubbio sarebbe stato più sicuro farsi accompagnare da qualcuno che conosceva la situazione, e ci sarebbero state anche meno probabilità di essere vista.

«Grazie per l'offerta, ma avrai altro da fare.»

«Smettila, Ruth.» Il suo tono era dolce ma fermo. «Ti porto alla clinica e poi ti riporto indietro. Come ho detto, non devi correre rischi.»

Lei lo guardò, commossa. «Grazie, Charlie. Lo apprezzo molto.»

«Figurati.» In fondo alla via, prima che sbucassero nel centro di Lakeview, lui svoltò a sinistra e imboccò la strada che conduceva fuori dal paese.

Ruth si rilassò, sollevata all'idea di non essere sola.

«Direi che Lakeview inizia a piacerti» osservò Charlie.

«Già. È stata una sorpresa anche per me. Mi sono ambientata, ho degli amici ed è tutto molto più semplice.»

«Quando pensi di tornare a Los Angeles?» chiese lui rabbuiandosi.

«Non lo so ancora. Avevo deciso di fermarmi fino alla fine di settembre, ma non avevo previsto questo.» Ruth indicò il minuscolo rigonfiamento. «Però mi ha fatto bene staccare la spina, e sto cominciando a mettere in discussione alcune cose.»

«Per esempio?»

«Un po' di questo e un po' di quello...» Ruth si tenne volutamente sul vago. «Sono rilassata come non ero da tempo, e mi chiedo se sia io a essere cambiata oppure se dipenda da questo posto.»

Charlie tacque.

Circa un'ora dopo arrivarono a destinazione e lui parcheggiò davanti alla clinica. Scese e le aprì la portiera.

«Grazie.» Ruth gli permise di aiutarla a scendere.

«Prego. A che ora è l'appuntamento?»

«Siamo un po' in anticipo, ma non dovrebbe essere un problema.»

«Vuoi che...?»

«Cosa?» Ruth frugò nella borsetta cercando la ricevuta della prenotazione.

«Lascia stare. Non importa.»

«Sicuro di non voler tornare indietro? Non dovrei metterci molto, ma non so come funzionano questi posti. Potrebbe esserci una coda chilometrica, e non voglio farti perdere tempo.»

«Non ho fretta. Ti va se ti faccio compagnia?»

«Durante l'ecografia? Dici sul serio?»

«Scusami, forse sono inopportuno. Non sono affari miei e...»

Ruth lo trovò dolcissimo. «No, no, per favore, vieni. Mi farebbe piacere.»

«Non sono invadente?»

«Niente affatto. Mi farai coraggio.»

«D'accordo, allora. Così non dovrai aspettare da sola.»

«Giusto.» Ruth era stupita. Era strano che un uomo si offrisse di entrare in una clinica ostetrica piena di donne incinte, ma se proprio insisteva...

Passò mezz'ora prima che la chiamassero, e loro attesero seduti in un silenzio imbarazzato tra le altre pazienti, alcune accompagnate dal partner, altre sole, altre ancora con bambini al seguito. Era una situazione bizzarra, ma Ruth si disse che avrebbe dovuto farci l'abitudine.

Si trattava di una clinica privata, una delle più esclusive di Dublino, ma per fortuna le altre madri parvero non riconoscerla e non avere idea che la ragazza struccata con la coda di cavallo fosse la famosa star di *Glamazons*. Ruth non si infastidì. Era stanca di essere squadrata e giudicata, e dovette ammettere che era piacevole essere normale, una persona come tante.

Finalmente arrivò il suo turno. Prese la borsetta e si alzò, e Charlie fece lo stesso. «Credo di potermela cavare da sola» sorrise lei, facendolo arrossire.

«No, venga pure» disse la donna.

Ruth rise. «Oh, no, non è il padre. Siamo vecchi amici. È qui solo per darmi un supporto morale.»

«Può entrare, se desidera.» L'infermiera si allontanò e loro due si fissarono.

«Se vuoi che...»

«Ti va?»

Notarono di aver attirato l'attenzione, perciò si affrettarono a seguire l'infermiera fuori dalla sala d'attesa, lungo il corridoio.

«Ti aspetto qui» disse Charlie fermandosi davanti all'ambulatorio.

Ruth sospirò. «Santo cielo, non stare qui fuori. Entra con me.»

«Ruth, io...»

La dottoressa si affacciò alla porta. «È bello vedere i papà che assistono alle visite. Molti uomini fanno gli schizzinosi. Meglio abituarsi, però. Ci sarà anche lei quando nascerà il piccolo!»

«Veramente, non...» farfugliò Charlie, ma l'altra era già sparita.

Ruth gli fece segno di seguirla. «Mi dispiace!» sussurrò, e lui scosse la testa, sentendosi un po' ridicolo.

Quando varcarono la soglia, la dottoressa sorrise.

«Prima che dica qualsiasi altra cosa, lui non è il padre» precisò subito Ruth, improvvisamente nervosa alla vista del lettino e delle apparecchiature dall'aria minacciosa.

«Non importa. È sempre utile avere qualcuno accanto. È un momento importante.»

Ruth si sdraiò. «Devo ammettere di essere un po' agitata.» Le tremò il labbro e, quando guardò Charlie, notò che la fissava con intensità.

«È normale, ma non ce n'è motivo» la rassicurò la dottoressa. «Okay, possiamo iniziare.»

Le sollevò il top e le spalmò il gel sull'addome. «Fatto. Riesce a distinguere il cuore che batte?»

Ruth annuì, cercando di decifrare l'immagine sullo

schermo. Dio, quella macchiolina era davvero un bambino, il *suo* bambino? «Sì» rispose con le lacrime agli occhi, vinta dall'emozione. «Guarda, quello è il mio bambino!» disse a Charlie, che le prese la mano.

«È meraviglioso, Ruth» mormorò.

Non aggiunse altro, ma non era necessario. Lei intuì i suoi pensieri: chissà come sarebbe stato se le cose fossero andate diversamente e il piccolo fosse stato suo.

Durante il viaggio di ritorno parlarono poco. Quando arrivarono vicino a casa, Charlie rallentò e si fermò in una via laterale.

Ruth lo guardò, incuriosita. Non aveva quasi aperto bocca per tutto il tragitto, l'ecografia doveva averlo turbato. «Charlie, mi dispiace che tu sia rimasto così impressionato. È stato sbagliato e...»

«No, non scusarti. È stato straordinario.»

«Lo pensi anche tu? Non credevo che sarei stata così emozionata... wow!»

Lui rise. «Credi che il bambino seguirà le orme di sua madre?»

«Intendi dire che sarà un vero stupido?»

«Non è questo che volevo dire, e non dovresti usare certi termini in sua presenza» la ammonì Charlie, come un padre protettivo.

Ruth lesse qualcosa di indecifrabile nei suoi occhi.

«Spero vivamente di piacergli, perché io sono già pazzo di lui, quanto lo sono di sua madre.»

Ruth credette di aver capito male. «Cosa...?»

«Hai sentito benissimo.»

«Oh, Charlie. Non so cosa dire.»

«Non devi dire niente. Solo se provi anche tu la stessa cosa.»

«Ma che mi dici di... questo?» Lei fece scivolare le mani sulla pancia.

«Non possiamo farci niente. La macchiolina mi ha già conquistato, perciò aspettiamo che nasca.»

Ruth era incredula. Le stava davvero dicendo che non gli importava che fosse incinta di un altro? Che li avrebbe amati ugualmente entrambi? «Che facciamo ora? È tutto un po' strano. Grandioso, ma strano.»

«Perché non affrontiamo una cosa alla volta? Nessuno dei due ha mai vissuto un'esperienza simile, perciò suppongo sia normale essere spaventati.»

«Sei proprio sicuro?»

«Se tu sei d'accordo.»

«Sì, d'accordissimo.»

Charlie la baciò dolcemente sulle labbra. Ruth rispose, meravigliandosi che dopo tanti anni e tanti cambiamenti si ritrovassero a bordo di un'auto, nello stesso punto in cui si fermavano da ragazzi. Erano più maturi di allora? Si augurò di sì. Perché stavolta non c'era solo lei, ma anche la nuova vita che cresceva nel suo corpo, e di cui quel giorno si erano perdutamente innamorati entrambi.

24

«Ciao. Sono contenta che tu sia venuta» disse Jess facendo entrare Nina.

«Grazie per avermi invitata.» Lei si guardò intorno, pensando che la casa era elegantissima, proprio come l'amica. «Vuoi una mano per servire da mangiare?»

«No, grazie. E poi sei un'ospite!»

Nina sorrise timidamente, non sapendo bene perché avesse accettato l'invito. Se non altro era stata una scusa per allontanarsi da Patrick, e non aveva avuto problemi a farsi dare un passaggio fino a Dublino dal figlio di Ella, Dan, che aveva consegnato gli stuzzichini. «Se hai bisogno di aiuto, non esitare a chiedere.»

«Non preoccuparti. Vieni, ti presento mio marito. Stai bene? Posso portarti un bicchiere d'acqua o qualcos'altro?» Jess era particolarmente premurosa, forse perché sapeva della gravidanza.

«Una limonata sarebbe perfetta, se c'è. Grazie.»

«Certo. E come va... il resto?» domandò dolcemente Jess, riferendosi senza dubbio alla loro chiacchierata di qualche settimana prima.

«Sono ancora un po' sottosopra, ma mi riprenderò.» Nina sperò che l'amica non insistesse. Era strano parlare con qualcuno che conosceva la situazione, e sapeva che di lì a poco avrebbe dovuto confessare la verità a tutti, rivelando il vero motivo per cui era tornata a Lakeview.

«Ne sono certa.» Jess l'accompagnò in cucina, dove un uomo era impegnato a tagliare le verdure. «Brian, tesoro, ti presento Nina Hughes, un'amica di Lakeview.»

Lui alzò lo sguardo e sorrise. Era alto e molto attraente, con un viso gentile e luminosi occhi castani. «Piacere.» Si asciugò le mani con uno strofinaccio e andò a salutarla.

«Piacere mio» disse Nina. «Tempo magnifico, vero?» Indicò le portefinestre aperte e la splendida giornata estiva.

«Sì, siamo stati fortunati. Di solito piove quando si organizza una festa in giardino.» Brian rise, e Nina decise che Jess era nata con la camicia. Suo marito era adorabile.

Poi lui fece scivolare lo sguardo sull'addome di Nina e cambiò espressione. «Porto fuori questa roba» disse a sua moglie. Nina se l'era sognato, oppure c'era un pizzico di asprezza nella sua voce?

«Sì, meglio non far aspettare gli affamati» scherzò lei, un po' rigida.

Nina guardò verso il giardino, dove erano riuniti gli altri ospiti. C'erano moltissimi bambini. Riconobbe Amy e i due figli di Deirdre, ma ce n'erano altri che non aveva mai visto. «Jess, sei stata molto coraggiosa a invitare tutti questi marmocchi» commentò.

Brian passò accanto a loro con un vassoio di spiedini di pollo crudi. «Quando mia moglie si mette in testa qualcosa, è impossibile farle cambiare idea» osservò leggermente stizzito. Intanto Jess si era spostata dall'altra parte della stanza.

«Vi daranno del filo da torcere, temo» replicò in tono allegro Nina. Non si poteva certo dire che l'atmosfera fosse molto rilassata e, nonostante il benvenuto caloroso, lei cominciò a sentirsi in imbarazzo.

«È normale che dopo una festa ci sia sempre un po' di confusione, no?» affermò vivacemente Jess.

Arrivarono altri ospiti e lei li accolse tutti – bambini compresi – a braccia aperte. Nina notò che Brian e Jess non si rivolgevano quasi la parola e che tra loro c'era una tensione palpabile.

Dal canto suo, trasaliva ogni volta che un bimbo rovesciava qualcosa o combinava qualche pasticcio, e doveva aiutare continuamente Brian a ripulire la moquette o a salvare soprammobili dall'aria costosa. Jess sembrava non accorgersi di nulla, come le mamme dei piccoli teppisti.

«Nina, non sei obbligata a darmi una mano.» Brian stava cercando di rimuovere una macchia appiccicosa dalla moquette color perla. «Francamente non so perché mia moglie incoraggi questi mocciosi a scatenarsi così.»

«Non preoccuparti, Jess è impegnata a fare gli onori di casa.»

In realtà, non le dispiaceva tenere d'occhio i bambini; era sempre meglio che stare con gli adulti, alcuni dei quali – in particolare Deirdre ed Emer – erano dei veri maleducati.

«Puoi portarlo in cucina?» le aveva chiesto Emer poco prima, porgendole un piatto di avanzi. Probabilmente, visto che era abituata a farsi servire da lei alla caffetteria, si aspettava lo stesso trattamento anche quella sera. Nina iniziava davvero a rimpiangere di aver accettato l'invito.

Jess si comportava da perfetta padrona di casa e sicuramente sarebbe andata su tutte le furie se avesse sentito Deirdre chiedere a Nina se poteva «usarla» per una festicciola che intendeva organizzare di lì a qualche settimana.

«Non sono qui come cameriera» aveva precisato lei, ma aveva capito che le sue parole erano cadute nel vuoto quando un'altra madre l'aveva pregata di andare a prendere un bicchiere di succo di frutta per sua figlia.

«Senza zucchero, possibilmente. Saffy diventa iperattiva quando esagera con i dolci» aveva aggiunto, e Nina si era chiesta cosa avesse mangiato la ragazzina pestifera fino a quel momento.

Non riusciva a credere che quelle donne apprensive e paranoiche avessero qualcosa in comune con Jess, e fu quasi contenta di restare in disparte, a sorvegliare i bambini e a rimediare ai loro danni. Sarebbe stato un ottimo allenamento, no?

Fu presa dal panico all'idea che presto anche lei avrebbe avuto un figlio da accudire. Non riusciva proprio a immaginarselo, e la verità era che la sua situazione sarebbe stata molto diversa da quella delle madri presenti, che avevano tutte un compagno o un marito con cui dividere le responsabilità. Jess e Brian avevano una casa stupenda, un matrimonio stabile, due ottimi lavori e un tenore di vita alto. Loro sì che erano adatti per mettere al mondo dei figli, non una single squattrinata che non aveva nemmeno un posto in cui vivere. Tuttavia, come aveva osservato Jess qualche settimana prima, il destino sapeva essere molto ingiusto, purtroppo.

Brian entrò in cucina e la trovò intenta a lavare i bicchieri. «Nina, cosa fai? Esci, bevi qualcosa e goditi questa magnifica giornata.»

«Oh, non preoccuparti. Fa così caldo che preferisco non stare sotto il sole.»

«Allora vieni a sederti sotto l'ombrellone. Vuoi un po' di vino, o magari dello champagne?»

«Grazie, sei molto gentile, ma... non posso bere in questo periodo.»

«Capisco.» Lui le lanciò un'occhiata al ventre.

«Non so se Jess te l'ha detto, ma...»

«Ci sono arrivato da solo. Comunque, non sei obbligata a lavare i piatti. Sei un'ospite, e soprattutto abbiamo la lavastoviglie.» Brian ridacchiò. In quell'istante si udì un gran baccano arrivare dal giardino, seguito da un'esplosione di urla infantili. Lui fece una smorfia. «D'altra parte, forse non hai tutti i torti a rifugiarti qui dentro.»

«Sono un po'... scalmanati, eh?»

«Scalmanati? Maleducati, direi. Non so che diavolo sia preso a Deirdre e Kevin ma, se mio figlio si comportasse come quei due ragazzini, si prenderebbe un bel calcio nel sedere. Ma in questo periodo va di moda "lasciarli esprimere", no?» fece Brian contrariato, e Nina intuì il motivo della tensione tra Jess e suo marito: evidentemente era solo lei a volere un bambino.

Si chiese se anche la festa fosse stata esclusivamente un'idea di Jess, il che avrebbe spiegato la reazione di Brian ai disastri di quei monelli.

«Non sapevate che vi sareste cacciati in un guaio così grosso» replicò, sforzandosi di essere diplomatica.

«Puoi dirlo forte. Comunque, vieni in giardino, per favore. Credo che il chiasso sia finito e si direbbe che non ci siano pericoli in vista, almeno per il momento» disse Brian facendole l'occhiolino.

Nina lo seguì, alcuni ospiti erano seduti intorno al tavolo sul patio e altri riuniti in gruppetti sul prato. Si guardò in giro alla ricerca di Jess, e la vide sulla panchina in fondo al giardino, intenta a conversare con Emer e Deirdre. Parlavano fitto fitto ma, mentre le altre due parevano entusiaste, lei era pallida.

Deirdre si alzò e strinse Emer tra le braccia.

«Oddio! Oddio! Un po' di attenzione, per favore... Abbiamo una notizia fantastica!» esclamò, al che tutti si zittirono e si voltarono nella sua direzione. Deirdre diede una leggera gomitata all'amica. «Emer, dài, diglielo.»

«So che mio marito mi ucciderà per aver dato l'annuncio in sua assenza, ma...» Sorrise orgogliosamente. «Sono di nuovo... incinta» proclamò.

Alcuni invitati gridarono «auguri!» e applaudirono, mentre altri corsero a farle le congratulazioni.

Brian si avvicinò per felicitarsi e abbracciare Emer, e Nina notò che Jess era rimasta come paralizzata: seguiva i festeggiamenti con un'espressione indecifrabile. Sapendo quanto desiderasse un bambino, Nina poteva solo immaginare la sua delusione.

Poi, di punto in bianco, Jess si alzò e si schiarì la voce: «Scusate» esordì. «Anch'io ho un annuncio da fare.»

Gli ospiti si girarono, incuriositi.

Dopo un'occhiata furtiva a Brian, Jess fece un bel respiro e continuò: «Spero che al mio caro marito non dispiaccia, ma...» sorrise timidamente e arrossì «tanto vale festeggiare tutto in una volta sola... perché anch'io sono incinta!».

Calò un breve silenzio prima che risuonassero altre esclamazioni di gioia.

«Oddio, Jess, è straordinario!» Emer la abbracciò, seguita dagli altri.

«Ero certa che avessi qualcosa di diverso, ultimamente!» disse Deirdre e Jess annuì, soddisfatta della reazione entusiasta della amiche. Gli uomini strinsero la mano a Brian e gli diedero delle pacche sulla spalla.

Per qualche ragione, però, a Nina sembrò che fosse tutto un po'... forzato, e si stupì che Jess non le avesse detto nulla. Non era passato molto tempo dal loro incontro da M&S, anche se all'epoca Jess non sapeva ancora della gravidanza, naturalmente. Probabilmente l'aveva appena scoperto e non aveva voluto dirlo a nessuno, ma poi la rivelazione di Emer aveva accelerato le cose.

O forse l'annuncio era il vero scopo della festa. Ma, allora, perché Brian sembrava così scocciato? A meno che...

Guardò il marito di Jess che, al contrario della moglie, si muoveva quasi come un robot. Accettava congratulazioni e strette di mano, ma aveva il viso bianco e l'aria... sconvolta.

Fu assalita da un terribile sospetto. Era possibile che Brian avesse saputo la notizia solo in quel momento?

Jess, tesa come una corda di violino, non vedeva l'ora che gli invitati se ne andassero.

Come diavolo le era saltato in mente di dirlo davanti a tutti?

Si era lasciata un po' prendere la mano e non era riuscita a trattenersi quando aveva visto gli altri che festeggiavano Emer... Ora, però, con il senno di poi e soprattutto dopo aver visto l'espressione di suo marito, cominciava ad avere dei ripensamenti.

Povero Brian. Come si sarebbe sentita se lui le avesse fatto una cosa simile?

Purtroppo, ormai il danno era fatto e adesso non le rimaneva che affrontare le conseguenze. Sperava che lui l'avrebbe capita, anche se in realtà non se ne capacitava nemmeno lei.

Era stato un momento di follia, un gesto istintivo e, se Emer non avesse fatto l'annuncio, non si sarebbe mai sognata di sollevare l'argomento.

Si augurò che Brian la perdonasse. Era già abbastanza brutto che negli ultimi tempi il loro rapporto si fosse raffreddato, e ripensò alla discussione per la festa.

Ovviamente non era stato molto contento di quella proposta.

«Credi che invitare un esercito di bambini mi convincerà ad avere un figlio?» le aveva domandato ironico. «Jess, non sono un idiota, perciò non trattarmi come se lo fossi.»

«Cosa c'è di male a voler trascorrere un po' di tempo con gli altri e con le loro famiglie? Non lo facciamo da un'eternità, e un po' di svago ci farà bene.»

«Non mi ero accorto che la nostra vita fosse diventata così noiosa. Che mi dici del pomeriggio che abbiamo trascorso al porto lo scorso weekend?» aveva ribattuto lui, riferendosi a una pigra e incantevole domenica di sole passata a bere mojito in un bar. Vedendo che Jess non rispondeva, aveva scrollato il capo, esasperato. «D'accordo, organizziamo pure questa festicciola per famiglie felici. Hai ragione su un punto: forse ultimamente non abbiamo frequentato molto gli altri, ma, tesoro, non aspettarti che cambi idea per il semplice fatto di averli qui. Conosco i bambini, sai.»

Anche se il suo piano grandioso era andato in fumo, Jess era stata ugualmente soddisfatta e riconoscente a Brian per essersi mostrato socievole.

Tuttavia non aveva previsto l'annuncio di Emer...

Alla fine gli ultimi ospiti se ne andarono, e loro due rimasero soli.

«Quando avevi intenzione di informarmi?» chiese lui in tono freddo, quasi glaciale.

Lei lo guardò con aria colpevole. «Lo so, avrei dovuto avvisarti ma, credimi, non era mia intenzione venirmene fuori con...»

«Una giustificazione un po' debole, non trovi? Cristo santo, Jess, sono tuo marito. O forse l'hai dimenticato?»

«Certo che no.» Lei gli si avvicinò, ma Brian fece un passo indietro.

«Da quanto tempo lo sapevi?»

«Mmm... non molto.»

«Davvero? E non hai pensato di mettermi al corrente prima di fare l'annuncio davanti a tutti?»

Jess si accorse che non era semplicemente arrabbiato: era furibondo, e non poteva biasimarlo.

Si vergognò di se stessa. «Mi dispiace. So che avrei dovuto dirtelo... ma sono solo all'inizio e volevo essere sicura. Poi, quando Emer ha dato la notizia, mi sono lasciata trasportare.»

«D'accordo, questo posso capirlo» ribatté Brian pensieroso, e lei si sentì sollevata vedendo che aveva accettato quella spiegazione, seppur poco convincente. «Ma come credi che sia successo? Pensavo che fossimo... protetti da quel punto di vista.» Si riferiva alla pillola, e dalla sua espressione Jess dedusse che non era il momento migliore per confessargli che aveva smesso di prenderla da qualche mese.

«Capita, a volte.»

«Curioso che non sia mai capitato in tutti questi anni» commentò lui, scettico. «Hai preso appuntamento con il medico... tanto per essere sicura?»

Lei scosse la testa, con il cuore che le martellava nel petto. «Non ancora.»

«Immagino che dovresti sbrigarti, no?»

«Sì, appena avrò un attimo di tempo.» Jess riprovò ad avvicinarsi. «Brian, so di aver fatto una cosa orribile, e hai tutte le ragioni per essere arrabbiato, ma come hai preso... la notizia?»

Lui sembrò esitare. «Io sono felice se lo sei tu» sospirò. Poi le diede un leggero bacio sulla guancia. «Perché non vai a sdraiarti? Sarai stanca. Qui finisco io.»

«No, ce la faccio.»

«Jess, devi andarci piano. Sai bene anche tu che le donne incinte non devono affaticarsi, e non vogliamo che qualcosa vada storto, vero?» Brian la studiò attentamente.

Lei sentì il bisogno di sottrarsi al suo sguardo penetrante. «Okay» acconsentì, pensando che forse sarebbe stato meglio allontanarsi un po' per dargli la possibilità di recuperare la calma. «È stato un pomeriggio un po' movimentato, perciò credo che mi riposerò per un paio d'ore.»

«"Movimentato" non è la parola giusta» borbottò Brian mentre raccoglieva un cartone vuoto di succo di frutta.

Jess salì al piano di sopra. Una volta in camera, si appoggiò alla porta chiusa e fece un respiro profondo.

Che diavolo aveva combinato?

25

Nina aveva appuntamento con Trish e Ruth. Si sarebbero incontrate in biblioteca per riesaminare attentamente le informazioni che avevano raccolto per il libro. Trish era piuttosto nervosa: negli ultimi mesi non aveva svolto tutte le ricerche che avrebbe voluto, e la scadenza fissata con l'editore era imminente.

Nina sapeva perché era rimasta indietro: aveva dedicato moltissimo tempo alla sua nuova fiamma. Non poteva certo biasimarla, anche lei quando aveva iniziato a frequentare Steve si era lasciata completamente assorbire. Scrollò il capo, dandosi della stupida per l'ennesima volta. Le squillò il cellulare. Sul display vide il numero di sua madre.

«Ciao, mamma» la salutò allegramente.

«Ciao, tesoro. Come stai?»

«Bene. Dove siete?» Nina aveva una gran voglia di vederla e, anche se sapeva che Cathy e Tony sarebbero stati via fino ai primi di settembre, una parte di lei si augurava che avessero nostalgia dell'Irlanda e tornassero prima. «A Mosca. Nina, dovresti vederla. È assolutamente incredibile. Penso di aver bevuto abbastanza vodka per il resto della mia vita.»

Lei sorrise. Non c'era da meravigliarsi: sua madre amava divertirsi.

«Hai idea di quando tornerete esattamente?» chiese, cercando di dissimulare il tono speranzoso. Il rapporto con Patrick non era migliorato. Lui continuava a ignorarla e a lanciarle occhiate diffidenti ogni volta che si incrociavano, anche se Nina faceva in modo che accadesse il più raramente possibile.

«Stavamo pensando di fermarci un po' più del previsto» rispose Cathy.

Nina chiuse gli occhi, desiderando che capisse quanto aveva bisogno di lei. «Davvero? Fino a quando?»

«Non avevamo immaginato che ci fossero così tante cose da vedere, perciò potremmo prolungare il viaggio di una o due settimane e rientrare dopo la metà di settembre. Per te va bene?»

«Certo. Perché me lo chiedi?»

«È solo che mi sembri un po' strana.» Nina si maledisse per averla fatta preoccupare. «Tutto a posto, tesoro? Come vanno le cose con tuo padre?»

«Tutto a gonfie vele, mamma, e anche lui se la cava alla grande. Come sta Tony?»

«Un po' sbronzo» ridacchiò l'altra, «ma ti saluta.»

«Mi fa piacere che ve la stiate spassando. Richiamami presto, okay?» Nina si fermò davanti alla biblioteca.

«D'accordo. Ripartiamo tra qualche giorno. Vogliamo visitare la Germania, o forse la Francia.»

«Magnifico. Se non altro vi avvicinerete al nostro fuso orario.»

«Esatto. Ci aiuterà con il jet lag. In ogni caso ti tengo aggiornata.»

«Grazie, mamma. È stato bello sentirti.»

Dopo averla salutata, Nina entrò e andò dritta nella stanzetta sul retro, dove trovò Trish già al lavoro. Ruth era vicino a una pila di scatoloni, con l'aria piuttosto annoiata.

«Ciao.» Trish le guardò la pancia strizzando leggermente gli occhi. Nina, imbarazzata, si affrettò a sedersi.

«Allora, come andiamo?»

«Siamo indietro come al solito. Non so perché ho accettato questo maledetto lavoro.»

«Forse non dovresti sprecare tanto tempo in... attività più impegnative» la prese in giro Ruth.

Trish sbuffò. «Senti chi parla.»

«Cosa vuoi dire?» chiese Nina, perplessa.

«I due piccioncini del liceo si sono rimessi insieme» spiegò Trish.

«Sul serio? È magnifico!»

«Già.» Ruth era felicissima.

«Sono molto contenta per te» si congratulò Nina, sincera. «Charlie ti seguirà a Los Angeles, allora?»

«Non lo sappiamo ancora... Abbiamo molte decisioni da prendere, prima.»

«Per esempio?» la incalzò Trish.

Ruth sospirò. «Immagino che presto lo scopriranno tutti, e non sapevamo se dirlo a qualcuno oppure no, ma tanto vale... Sono incinta!» esclamò, lasciandole a bocca aperta. «Sono già grassa come una balena, quindi non credo che qualcuno resterà sorpreso.»

«Wow, Charlie non perde tempo, eh?» scherzò Trish. Poi, leggendo l'imbarazzo sul volto dell'amica: «Aspetta... Oddio! Il bambino è di Troy Valentine?».

Ruth recuperò subito il suo atteggiamento professionale. «Non importa chi sia il padre. Vi basti sapere che io e Charlie stiamo insieme.»

«Ruth, è una splendida notizia.» Nina faticava a credere di non essersene accorta, ma in fondo l'amica era ancora magra come un chiodo.

«Felicitazioni! A che settimana sei?» si informò Trish.

«Sono solo all'inizio» svicolò Ruth.

«Devi essere almeno alla dodicesima, altrimenti non ce l'avresti detto.»

«Che importanza ha? L'essenziale è che sia felice, e lo sei, vero, Ruth?» intervenne Nina.

«Altroché. È difficile credere che dopo tutto questo tempo io e Charlie ci siamo rappacificati.»

«Già, è favoloso.» Nina la abbracciò stretta. «E te lo meriti, dopo tutto quello che è successo.»

«Grazie. Anche se sono un po' in ansia, perché non so nulla di bambini.»

«So come ti senti» si lasciò sfuggire Nina. «Cioè, posso immaginarlo.»

«Per l'amor del cielo!» gemette Trish esasperata. «Ti decidi a dirlo?»

«Dire cosa?» fece candidamente Nina.

«Mi sembra che Ruth non sia l'unica ad avere un letto prenotato nel reparto maternità.»

«Dio, è così evidente?»

«Direi proprio di sì.»

«No, niente affatto» la rassicurò Ruth. «Sì, hai messo su qualche chilo dalla prima volta che ci siamo viste, ma nulla di così vistoso. Dobbiamo avere solo pochi mesi di distanza...»

«Veramente, io sono molto più avanti» confessò Nina, con la sensazione di essersi liberata di un enorme peso. Era bello poterne parlare apertamente anziché tenersi tutto dentro, e ancora di più potersi confidare con una donna nella sua stessa situazione.

«Dunque è questa la vera ragione per cui ti sei fermata così a lungo» dedusse Trish. «Avevo immaginato che non fossi rimasta solo per affetto nei confronti del caro, vecchio paparino.»

«Non avevo un altro posto in cui andare, soprattutto visto che mia mamma è in viaggio.»

«E il padre? Suppongo sia il tizio che frequentavi a Galway...»

«Sì, è lui, ma non credo che sia interessato.»

Ruth le diede un colpetto sulla mano. «Gli uomini possono essere dei veri stronzi.»

«Ora sto bene. Non vi avevo detto niente perché non ho ancora deciso cosa fare.»

«Temo sia un po' tardi per un aborto.»

«No, non intendevo questo. Non so cosa fare dopo il parto. Non sono tagliata per la maternità e...» Rendendosi conto di essere sul punto di piangere, Nina cambiò argomento. «Comunque, dato che noi due abbiamo confessato i nostri segreti» riprese rivolgendosi a Trish, «quando ti deciderai a presentarci il tuo uomo misterioso?»

«A dire il vero, non è così misterioso» rispose l'altra in tono criptico. «Lo conoscete, ve l'ho già presentato.»

«Sul serio? Dove?»

«Era al ricevimento in onore di Ruth. La sua azienda ha sponsorizzato l'evento.»

Nina ebbe un'illuminazione. «Dave?» fece. E pensare che le era sembrato che flirtasse con lei!

«Aspetta un attimo... Stai parlando del tizio che lavora per il birrificio?» la incalzò Ruth.

Trish annuì.

«Ma non ha una bambina? Sono quasi sicura che viva in una delle case nuove nel mio quartiere, e l'ho visto qualche volta con una bambina.»

«Non sapevo fosse divorziato» commentò Nina.

Trish rimase in silenzio e le altre due la guardarono. «Trish, Dave è divorziato, vero?» insisté Ruth.

«Dato che siamo in vena di confidenze, no, non è divorziato. È ancora sposato» ammise lei, mentre fingeva di riordinare gli articoli e le fotografie.

Nina sbiancò.

«Vuoi scherzare!» si sbalordì Ruth.

«All'inizio non lo sapevo... Lui non me l'aveva detto. È successo, punto e basta. Comunque, il loro matrimonio è finito» tentò di giustificarsi Trish.

«Ma sono sposati, e tu ti sei messa in mezzo.»

«Non fare la santarellina con me, Nina. Ci hai appena rivelato il tuo piccolo segreto. Senti da che pulpito viene la predica!»

Quelle parole colsero nel segno più di quanto Trish potesse immaginare, ma Nina restava incredula: come poteva l'amica avere una relazione con il marito di un'altra donna?

«In ogni caso, sono affari miei. Non so nemmeno perché ve l'ho detto» concluse Trish offesa.

«Preferirei non averlo saputo.»

«Nina, non si può giudicare se non ci si è trovati nella stessa situazione, e per favore non farmi la morale. Conosci sua moglie, ed è una donna insopportabile. L'hai detto anche tu.»

Nina la guardò. «Cosa? Come diavolo farei a conoscerla?»

«Viene spesso alla caffetteria. Lei, la sua amica e i loro marmocchi.»

«Cavolo... Non sarà...» Capendo che alludeva a Emer e Deirdre, Nina fu colta da un senso di vertigine. Aveva conosciuto il marito di Deirdre alla festa di Jess e ricordava che si chiamava Kevin, perciò... «Ti ha detto che il loro matrimonio è finito?»

«Morto e sepolto» ribadì Trish. «Hanno una figlia, e in parte è anche colpa sua. La moglie pensa solo a lei e si gira i pollici mentre lui si fa in quattro per pagare il mutuo.»

«Trish...» Nina non era sicura che toccasse a lei dirglielo, ma pensava di doverla avvertire perché si stava solo facendo delle illusioni. «Non lo dico per ferirti ma, se ti riferisci a Emer, ho saputo che è di nuovo incinta.»

«Cosa? Che stai dicendo?» balbettò Trish sconvolta.

«Ho sentito l'annuncio con le mie orecchie. Dunque, se Dave ti ha detto che tra loro le cose non vanno...»

«Oddio.» Trish si prese la testa tra le mani. «Maledetto bastardo! Giuro che...»

Nina fece per metterle un braccio intorno alle spalle, ma lei la spinse via. «Lasciami in pace» disse, in lacrime, raccogliendo i documenti e infilandoli alla rinfusa nella valigetta. «Fate finta che non vi abbia detto niente!» Corse fuori sbattendo la porta.

«Giornata interessante, eh?» commentò Ruth.

Nina annuì triste. Trish aveva ragione: non erano fatti suoi, e aveva esagerato con le accuse. D'un tratto fu assalita dalla paura al pensiero del bambino e di ciò che le avrebbe riservato il futuro, e temette di aver perso un'altra persona cara per via del proprio comportamento.

Ruth si alzò e prese la borsetta. «Andiamo. Mi sembra il momento giusto per un'abbuffata di carboidrati da Ella.»

26

Sdraiata sul letto, Jess si accarezzò la pancia pensando al bambino. Avrebbe tanto voluto che Brian fosse felice e sperava che, una volta superato lo shock iniziale, sarebbe stato al settimo cielo. Invece, dal giorno della festa, la teneva a distanza, come se fosse fragile o, peggio ancora, come se avesse fatto qualcosa di terribile. Il che era vero, dovette ammettere con vergogna.

Dopo un'attesa così lunga aveva immaginato che si sarebbe sentita gratificata ed emozionata, ma non era affatto così. Aveva sperato che le cose cambiassero, e in effetti l'avevano fatto, ma in peggio.

Dal giorno della festa si sentiva più sola che mai, e si rese conto che la complicità con suo marito era svanita da un momento all'altro. Aveva nostalgia di Brian e desiderava che lui tornasse quello di una volta. Si domandò se l'ossessione per i bambini non fosse stata solo un grosso errore.

Inoltre stava cominciando ad accorgersi che la vita delle sue amiche non era così perfetta e, più tempo passava con loro, più se ne convinceva.

Per esempio, nonostante la notizia del bambino, Emer e Dave sembravano ai ferri corti, e Jess si chiese se la gravidanza inaspettata dell'amica non fosse un tentativo per tenere insieme il matrimonio. Chissà se avrebbe funzionato.

Sicuramente il bambino non aveva avuto un effetto positivo sul suo rapporto con Brian. Anzi, lo stava distruggendo. Si rese conto che la loro relazione era sempre stata magnifica, prima che lei si lasciasse ossessionare dall'idea della famiglia. Ora, però, si era spinta troppo in là, e stava riflettendo su come rimediare, quando la porta della camera si aprì piano.

Brian entrò e Jess si mise a sedere, augurandosi con tutto il cuore che lui si mostrasse meno distaccato.

«Ciao» lo salutò sorridendogli dolcemente.

«Non volevo disturbarti. Mi cambio e me ne vado.»

«No, non è necessario. Mi fa piacere avere un po' di compagnia.»

Lui non la degnò nemmeno di uno sguardo. «Ma devi essere stanca.»

«No, niente affatto. Resta, per favore.» Jess lo sentì sospirare e desiderò scomparire. «Com'è andata al lavoro?» Perché era tutto così difficile? In passato le loro conversazioni erano sempre state naturali, mentre ora risultavano artificiose e stentate.

«Bene.»

«È successo qualcosa di interessante?»

«Niente di nuovo.»

«Sono contenta che tu sia a casa.»

«Hai preso appuntamento con il medico? Sai, per chiarire la... situazione.»

«Non ancora. Non ho avuto tempo, tra il lavoro e tutto il resto.»

Brian scosse la testa. «Jess, cosa vuoi da me?»

«Come?»

«Cosa vuoi da me?»

Forse non voleva accompagnarla dal ginecologo? Nessun problema. «Niente... Vorrei solo che fossimo felici.»

«E io ho voce in capitolo? Ho diritto di esprimere un'opinione?»

«Su cosa?»

«Sai benissimo su cosa, Jess. In questo periodo non ti riconosco più. Il nostro matrimonio è sempre stato basato sulla fiducia e sul rispetto reciproco, ma ultimamente non sei più tu. Prima la fissazione per i bambini e poi...» Brian alzò le mani, frustrato. «L'annuncio davanti a tutti.»

«So di aver sbagliato e ti ho già chiesto scusa.»

«Non capisci? Qualche settimana fa hai dato a me dell'egoista e del superficiale, e poi hai fatto tutto di testa tua!»

«Brian, ti prego...»

«No, Jess, dico sul serio!» la zittì. «Non so cosa fare per te, non ne ho proprio idea.»

«Voglio solo che mi ami!»

«Ci sto provando, ma francamente mi stai rendendo le cose molto difficili» ribatté secco lui.

«Mi dispiace. Ti amo e volevo solo il meglio per noi.»

«Il meglio per noi? E credi di esserci riuscita? Anch'io voglio dei figli, lo sai, ma pensavo che avremmo dovuto rispettare i nostri tempi, non quelli delle tue stupide amiche. Perché tutta questa rivalità?»

«Non te lo so spiegare. Mi sentivo... esclusa, avevo

l'impressione che *noi* fossimo stati esclusi» disse Jess scoppiando a piangere.

«Allora dovresti essere orgogliosa di te stessa, perché ora siamo esattamente come tutte le altre coppie, con i loro stessi problemi. Hai osservato bene Dave ed Emer? Quei due continuano a litigare. Oppure vedi solo le stupidaggini che ti propina la tua amica?»

Avrebbe voluto dirgli che era d'accordo con lui, ma non riuscì a parlare.

«Jess, basta non voglio turbarti, non ora che sei... incinta.» Brian faticò a pronunciare l'ultima parola. «Devi riposare e... io ho del lavoro da sbrigare» tagliò corto. Prese i vestiti e uscì.

Lei rimase immobile, ascoltando i passi sulle scale.

Quando si svegliò, intorno alle tre del mattino, allungò il braccio verso l'altro lato del letto, sperando che Brian la tirasse a sé e la stringesse. Ma lui non c'era.

Si sentì mancare il respiro. Dov'era?

Si alzò e scese al piano di sotto in punta di piedi. La casa era immersa nell'oscurità. Che Brian si fosse semplicemente addormentato alla scrivania mentre lavorava?

Jess entrò nello studio. Le luci e il computer erano spenti. Ebbe una fitta al cuore.

Aprì silenziosamente un'altra porta lungo il corridoio. La stanza era buia, ma udì Brian che russava. Non riusciva a credere che stesse dormendo nella camera degli ospiti. Provò a convincersi che fosse per gentilezza, per non svegliarla, ma sapeva che non era così.

Non era mai successo. Non si era mai fatto problemi

a raggiungerla dopo aver lavorato fino a tardi, infilandosi sotto le coperte e dandole il bacio della buona notte, a prescindere che fosse sveglia o no.

C'era qualcosa di diverso. Dal giorno dell'annuncio, suo marito cercava di evitarla.

Chinò il capo rassegnata, ricordando come si era comportata negli ultimi mesi; era quasi come se fosse stata posseduta, come se qualcun altro avesse assunto il controllo della sua mente, qualcuno con una folle ossessione per i bambini.

Si pentì di non essersi messa nei panni di Brian, di non aver capito che avrebbero dovuto aspettare il momento giusto, essere sulla stessa lunghezza d'onda. Invece aveva fatto di testa sua, aprendo un baratro tra loro. E per quale motivo? Solo per avere qualcosa in comune con le sue amiche?

Sopraffatta dall'emozione e dal rimpianto, per poco non si lasciò cadere a terra. Le sembrava impossibile che fosse tutta opera sua. Che razza di persona era diventata? Non si riconosceva più.

Scosse il capo, come per dissipare la confusione in cui aveva vissuto negli ultimi tempi. Perché non se n'era accorta prima? Pensava davvero di essere tagliata per la maternità? Oddio, cos'aveva combinato?

Passò in rassegna le alternative, sforzandosi di restare calma, come se si trattasse di un piano marketing andato male.

Come avrebbe potuto rimediare? Come avrebbe potuto aggiustare le cose con Brian e farsi perdonare? Aveva talmente tanti problemi che non sapeva da dove cominciare: da quelli matrimoniali o da quelli legati alla «questione bebè»? Nella mente le vorticavano mille pensieri. Non sapeva cosa fare di preciso ma, guardandosi la pancia, capì che avrebbe dovuto decidere rapidamente.

Charlie e Ruth stavano gironzolando per i negozi di Lakeview.

I genitori di lei avevano accolto con entusiasmo la notizia di quel ritorno di fiamma. «Santo cielo, è quasi come essere in un film!» aveva esclamato Breda.

«Allora è la parte migliore che abbia mai recitato» aveva scherzato Ruth.

«Andrete a Los Angeles insieme?» aveva chiesto Ollie stringendo la mano a Charlie. «Spero però tu sappia in che guaio ti stai cacciando, amico.»

«C'è un'altra cosa da tenere in considerazione prima di decidere» aveva precisato Ruth.

Quando aveva annunciato di essere incinta, suo padre aveva fissato Charlie, sbalordito: «Cavolo, non hai perso tempo!».

Lui e Breda sembravano così felici che Ruth quasi non se l'era sentita di rovinare l'atmosfera dicendo loro la verità. Ma purtroppo non aveva altra scelta.

«Il bambino è di quell'idiota?» era sbottata sua madre, riferendosi a Troy.

«Non sapevo che avessi questa opinione di lui, ma hai ragione, è un idiota» aveva confermato Charlie, stringendo a sé Ruth. «Soprattutto perché si è lasciato sfuggire questo bocconcino.»

Ruth, vedendo i sorrisi raggianti dei genitori, aveva

dedotto che erano poi così preoccupati. Tuttavia, fino a quel momento, non avevano quasi discusso del suo rientro a Los Angeles. Ne aveva parlato solo con Chloe e con il suo agente, tenendosi volutamente sul vago.

Sapeva che aveva ancora degli impegni a Los Angeles e che sarebbe dovuta rientrare presto, specialmente perché in ottobre sarebbero ricominciate le riprese. Era l'inizio di settembre e lei si era ripromessa di partire alla fine del mese, ma non aveva ancora fatto i preparativi e immaginò che Erik stesse cominciando ad agitarsi. Aveva già trovato alcune chiamate perse di Chloe sul cellulare, ed evitava di controllare la mail per paura che le stessero facendo pressioni.

Stava solo rimandando l'inevitabile, lo sapeva. Era impegnata a giocare alla famigliola felice con il suo vecchio (e nuovo) ragazzo, era incinta di quattro mesi e non aveva la minima idea di come affrontare il futuro. Ormai si era ambientata a Lakeview, ma questo la stupiva e spaventava al contempo, soprattutto quando pensava alla carriera per cui aveva faticato tanto.

Quel giorno riuscì a tenere a bada le preoccupazioni mentre lei e Charlie passeggiavano per la città, facendo acquisti nei negozi. Doveva ammettere che non vedeva l'ora di comprare i vestitini per il piccolo.

Stavano uscendo da una boutique mano nella mano, chiacchierando allegramente, quando un flash le esplose all'improvviso davanti alla faccia. Non le capitava da così tanto tempo che rimase frastornata, dimenticandosi che fino a pochi mesi prima i paparazzi la seguivano ovunque.

«Ehi!» Charlie si infilò tra lei e il fotografo. «Vattene!»

L'uomo lo ignorò. «È vero che sei incinta?» urlò a Ruth, puntandole l'obiettivo sull'addome.

«No comment! Mi lasci in pace!» Ruth si coprì il viso e si posò la mano sulla pancia. Quel tipo non era della zona, perché nessuno del «Lakeview News» avrebbe avuto il coraggio, né la maleducazione, di parlarle in quel modo.

«Di chi è il bambino? Suo o di Troy Valentine?»

«Togliti di mezzo!» Charlie la prese per mano e la condusse in un ristorante, chiudendo fuori il paparazzo.

La fece sedere a un tavolo e chiese alla cameriera di portarle un bicchiere d'acqua. «Tutto bene, amore?»

«Oddio!» piagnucolò Ruth. «Ora la notizia finirà su tutti i giornali. Oddio. Dobbiamo andarcene. Dobbiamo uscire da qui!»

Charlie cercò di calmarla. «Possiamo andare dove vuoi. Ma credi davvero che ricominceranno a tormentarti? Sono passati mesi. Forse è stato solo un caso.»

«Charlie, non capisci. Non si faranno scrupoli, soprattutto se pensano che il bambino sia di Troy.»

Lui sembrò scosso. Ovviamente non si era mai trovato in una situazione simile. «Mi dispiace... Non so cosa fare.»

«Dobbiamo uscire di qui. Andiamo da te... No, non voglio che scoprano dove vivi... ammesso che non lo sappiano già.»

Alla fine presero un taxi e tornarono a casa di Ruth percorrendo le strade secondarie, sperando di non essere seguiti.

Ruth aveva telefonato ai suoi genitori per avvertirli: nel corso degli anni erano diventati esperti di quelle situazioni e sapevano esattamente cosa fare. Di solito la vista di Ollie con il fucile da caccia in fondo al vialetto bastava per scoraggiare anche il fotografo più accanito.

Quando arrivarono, Ruth prese a camminare avanti e indietro. Era solo questione di tempo prima che qualcuno la chiamasse per avere conferma della notizia e chiedere un suo commento.

Sospirò. Almeno aveva avuto qualche mese di pace, ma si domandò come il paparazzo fosse venuto a conoscenza della gravidanza. Doveva lavorare per un tabloid di Dublino.

Continuò a pensare alla reazione di Trish in biblioteca quando le aveva detto del bambino. Non voleva sospettare di lei e sperò con tutto il cuore che l'amica non l'avesse tradita, non ora che stava finalmente cominciando a capire cosa voleva dalla propria vita.

Il resto della giornata passò lentamente. A intervalli regolari Ollie sbirciava fuori della finestra per vedere se ci fossero visitatori indesiderati. Ruth tentò di rilassarsi, ma non riusciva a controllare l'ansia. Fissava l'orologio senza sosta, calcolando che ora fosse a Los Angeles e temendo il momento in cui la notizia sarebbe stata pubblicata su un blog di gossip come TMZ o come quello di Perez Hilton.

Alla fine, esasperata, entrò nello studio di suo padre e accese il computer.

Charlie comparve sulla soglia. «Che stai facendo?»

«Controllo una cosa.»

«Cosa?»

«Una cosa che non verifico da mesi.»

Era la verità. Da quando era arrivata in Irlanda, non

aveva mai guardato i siti di pettegolezzi, perché la distanza aveva in qualche modo cancellato quel tipo di questioni.

Charlie guardò lo schermo da sopra la sua spalla. «Come fa la gente a leggere porcherie del genere?» osservò in tono disgustato.

«È un business molto redditizio, tesoro.» Lei aspettò con impazienza che la pagina si caricasse, ma in quel momento squillò il cellulare. Lo estrasse dalla tasca e morì di paura quando vide il numero di Chloe.

Si fece coraggio e rispose. «Pronto?»

«Santo cielo, perché non me l'hai detto?»

Ruth sentì una stretta al cuore. Dunque si era già sparsa la voce. «Io sto bene, Chloe. E tu?» rispose ironica. «Perché sono affari miei, ecco perché.»

«Avresti almeno potuto accennarmi qualcosa, così sarei stata preparata. Invece hai lasciato che mi prendessero in contropiede!»

«Mi dispiace» si scusò Ruth. «Sorpresa!»

«È vero, allora? Oddio, non riesco a crederci! Che diavolo ci fai ancora lì? E di chi è il bambino? Del tuo nuovo ragazzo?»

Lei sapeva che avrebbe tranquillamente potuto rispondere di sì e levarsi il pensiero. La stampa di Los Angeles non si sarebbe mai occupata di uno sconosciuto come Charlie, e lei avrebbe potuto avere una vita normale.

C'era solo un problema: era stata Chloe a portarle la pillola del giorno dopo, e lei aveva già detto a Troy che il bambino era suo. L'ultima cosa che voleva era mentire sulla paternità, perché non avrebbe fatto altro che alimentare lo scandalo. E, poi, Charlie proprio non se lo meritava.

«Si chiama Charlie, a proposito. Uscivamo insieme quando andavamo al liceo.»

«Molto romantico» osservò Chloe con voce sognante, e un pizzico di sarcasmo. «Ma il bambino è di Troy, vero?»

«Sì. Lo sa e non è interessato, perciò...»

«Hai letto TMZ? Si direbbe che sia molto interessato, invece!»

«Come? Di cosa stai parlando?» Ruth tornò a guardare il computer, su cui Charlie, impietrito, stava leggendo i titoli, tutti dedicati a lei. Una fotografia mostrava loro due in Main Street, mentre Ruth si posava la mano sulla pancia. Più in basso c'era un video in cui Troy confermava che avrebbero avuto un figlio insieme e che aspettava con impazienza il suo ritorno a Los Angeles. Il video non poteva risalire a più di qualche ora prima, perché a Hollywood era mattina e Troy pareva appena uscito da un nightclub. Senza dubbio era anche ubriaco fradicio.

«Oddio! Che casino!»

«Ruth, quando torni?» chiese Chloe.

«Non... non lo so. Non ho ancora deciso» rispose sconvolta. Charlie le appoggiò una mano sulla spalla per rassicurarla. «Qui sono felice.»

«Stai prendendo dei farmaci, per caso?»

«Cosa?»

«Scusa, è solo che mi sembri strana. Non rispondi più alle chiamate, è da giorni che non ho tue notizie.»

«Il fatto è che non sono più sicura di Hollywood... Non sono sicura di essere mai stata felice lì.»

«Di cosa ti lamenti? La stampa ha occhi solo per te! Torna qui e goditi il bambino con Troy. Potreste essere i nuovi Brad e Angelina!»

Ruth era incredula. Sembrava tutto estremamente squallido e volgare. Chloe pretendeva davvero che salisse su un aereo per Los Angeles e crescesse un figlio con un uomo di cui non era innamorata e che si era già comportato in modo vergognoso? E solo perché sarebbe stata una buona pubblicità?

«Chloe, non è così semplice. Non amo Troy e mi rifiuto di usare il bambino per far parlare di me.»

«Ti stai lasciando scappare un'occasione straordinaria. Il telefono non ha smesso di suonare per tutta la mattina. Mi hanno chiamato "Variety", "Newsweek" e "People".»

«Non me ne frega niente della stampa, Chloe.»

«Okay, lascia perdere la stampa, ma che mi dici delle proposte?»

«Proposte?» Ora Ruth era tutt'orecchi. «Quali proposte? Di che stai parlando?»

«Non dirmi che non hai risposto nemmeno alle chiamate di Erik!»

In effetti, Ruth aveva ignorato le telefonate del suo agente, ma aveva dato per scontato che volesse dirle di ritornare immediatamente a Los Angeles. Aveva evitato Erik, Chloe e chiunque potesse interferire con la sua esistenza idilliaca. Sapeva che prima o poi avrebbe dovuto affrontarli, ma aveva preferito lasciare le cose in sospeso. Fino a quel giorno.

«Cavolo, qui sembra un manicomio. Come dicevo, mi stanno tempestando di telefonate. Oggi vogliono sapere soprattutto del bambino, ma mi hanno chiesto anche di un ingaggio, qualcosa che riguarda, tieniti forte, Peter Jackson.»

Ruth credette di svenire. «Cosa?»

«Non ne sai niente? Sul serio? Ruth, chiama Erik, muoviti. È roba grossa!»

27

«Cosa stai guardando?» domandò Trish.

Nina trasalì e chiuse di scatto la pagina web che stava consultando mentre aspettava l'amica in biblioteca.

Trish le aveva telefonato per chiederle scusa per come si era comportata l'ultima volta che si erano viste. «Mi dispiace di essermela presa con te in quel modo. Avevi ragione su Dave. So che non avrei dovuto mettermi con un uomo sposato, ma è successo.»

Nina, che fino a qualche tempo prima avrebbe avuto sicuramente qualcosa da ridire, era giunta alla conclusione che la vita non era sempre bianco o nero. Si era anche sentita in colpa per averle fatto la morale. In fondo non erano affari suoi, e Trish era una donna adulta. Per non parlare del fatto che Dave era un ipocrita perché, oltre ad avere una moglie e un'amante, aveva flirtato anche con lei.

«Lo ami?» aveva chiesto all'amica.

«Non credevo che mi sarei innamorata, perché pensavo che fosse solo un'avventura destinata a finire in fretta, ma sì, lo amo. È per questo che ho reagito così male quando mi hai detto della nuova gravidanza» aveva risposto Trish, sospirando.

«Non volevo ferirti ma, quando hai detto che ti aveva assicurato che il matrimonio era finito...»

«Già, il vecchio cliché, vero? Comunque, sarai contenta di sapere che ho deciso di mollarlo.»

Nina si stupì. Per qualche motivo aveva dato per scontato che Trish avrebbe continuato a frequentarlo.

«Forse all'inizio mi sono lasciata abbindolare, ma non sono completamente stupida. E poi hai ragione: non è piacevole essere considerata una rovinafamiglie.»

Dopo essersi rappacificate, si erano date appuntamento in biblioteca per svolgere qualche altra ricerca prima di andare a mangiare un boccone da Ella.

In quel momento Nina si voltò verso Trish, sforzandosi di sembrare indifferente. «Niente, volevo solo usare una connessione veloce. Quella di mio padre è più lenta di una tartaruga.»

«Posso immaginarlo. Sei pronta?»

«Prontissima.» Nina sorrise, contenta che l'altra non avesse indagato oltre. La verità era che stava guardando la pagina di un'associazione specializzata in gravidanze indesiderate, esaminando alcune delle alternative possibili. Si sentì assalire dal rimorso per la soluzione che aveva scelto, ma credeva che fosse l'unica possibile. Dopo tutto ciò che era successo ultimamente, non sapeva proprio cosa fare con il bambino.

Parte della sua incertezza dipendeva dalla conversazione che aveva avuto con Ruth. Provava quasi invidia per l'amica, che non sembrava affatto preoccupata. E perché avrebbe dovuto? Era affermata, sicura di sé e perfettamente in grado di cavarsela con o senza Charlie, Troy o chiunque altro. Aveva due genitori premurosi e amorevoli, nonché un mucchio di soldi e una schiera di assistenti a Los Angeles. A suo figlio non sarebbe mancato nulla né dal punto di vista affettivo né da quello economico.

Nina, invece, non aveva nessuna di quelle cose. A volte non riusciva a badare neppure a se stessa, e il pensiero di essere completamente responsabile di un'altra vita la spaventava a morte.

Sì, sua madre era magnifica, e di certo avrebbe fatto il possibile per darle una mano, ma Cathy non si era già sacrificata abbastanza? Adesso, nel momento in cui cominciava finalmente a godersi la vita con Tony e a riappropriarsi della sua libertà, come si poteva pretendere che la aiutasse ad allevare un figlio?

No, più ci pensava, e più si convinceva che non avrebbe potuto né dovuto scaricare quel fardello sulle spalle di nessun altro.

Ma cosa fare?

Aveva valutato l'idea dell'adozione, però non sapeva precisamente cosa comportasse o come procedere. Grazie al sussidio dello Stato sembrava che pochissimi irlandesi optassero ormai per quella soluzione, ma erano ancora liberi di sceglierla, no? Nina, inoltre, si rendeva conto di avere poco tempo per prendere una decisione, anche se era terribilmente confusa. Una cosa era certa: sapeva di non essere la persona giusta per crescere un bambino. Visto che si era cacciata in quella situazione, non poteva far altro che trovare un modo per uscirne, e presto.

«Che succede?» chiese Charlie dopo che Ruth ebbe finito di parlare con Chloe.

Il cuore le batteva all'impazzata. «Devo contattare il mio agente» disse sbrigativa.

Erik rispose al primo squillo. «Finalmente! La donna del momento.»

«Che succede?» fece lei senza tanti preamboli. «Ho appena sentito Chloe.»

«Allora è vero? Sei incinta?»

«E anche se fosse? Che novità ci sono?» Ruth lasciò perdere le buone maniere, Erik era un pezzo grosso di Hollywood, abituato ai capricci delle star.

«Pare che di questi tempi tutti stravedano per le future mamme» tuonò lui con la solita voce da baritono. «Ma, per favore, dimmi che il bambino è di Troy Valentine e non di un emerito sconosciuto irlandese.»

Ruth sentì montare la rabbia e, quando si voltò verso Charlie, notò che era rimasto a bocca aperta: doveva aver sentito tutto. Grandioso. Ricordò ciò che le aveva detto il primo giorno davanti alla caffetteria: non voleva che la sua reputazione venisse infangata.

«Non sono affari tuoi.»

«Sì, invece, tesoro. Le tue quotazioni sono salite alle stelle, perciò non possiamo permettere che tu rovini tutto per una sciocca storiella d'amore.»

«Alle stelle? In che senso?»

«Come ti ho spiegato nella trentina di messaggi che ti ho lasciato, Peter Jackson ti vuole per la parte di Clara nella *Figlia del soldato*.»

«*La f-figlia del soldato*?» Le mancava il respiro. Si trattava dell'adattamento cinematografico di un bestseller, e Clara era l'eroina che aveva conquistato i lettori di tutto il mondo. «Oddio.»

«Appunto. Pare che Jackson sia un fan di *Glamazons* e che ti trovi perfetta per il ruolo della protagonista. Devi fare un provino, naturalmente, ma credo che l'ingaggio sia garantito. Lui sa quello che vuole.»

La stanza cominciò a girarle intorno. Ingaggio garantito... Peter Jackson... protagonista...

Era ciò che aveva sempre sognato.

Dopo tutti quegli anni, dopo tutta quella fatica, finalmente Ruth Seymour si vedeva offrire la parte che ogni attrice avrebbe desiderato.

«Non è da escludere che vincerà anche l'Oscar» continuò Erik. «La faccenda del bambino non dovrebbe essere un problema. Purché tu smaltisca i chili di troppo, certo. Anzi, no, perché non metterai su nemmeno un grammo.» Aveva parlato in tono scherzoso, ma Ruth sapeva che diceva sul serio. Si guardò l'addome, rendendosi conto di essere già ingrassata.

Da quel momento in avanti avrebbe tenuto sotto controllo il peso. In fondo, doveva essere in forma smagliante per *La figlia del soldato*.

E non era meraviglioso avere la certezza che il bambino non avrebbe interferito con il lavoro? Sì, avrebbe dovuto riprogrammare le riprese di *Glamazons* in modo che non si sovrapponessero al parto, ma probabilmente Erik aveva già risolto il problema.

Era incredibile. All'improvviso sembrava che potesse avere ogni cosa: una carriera cinematografica e un figlio.

«Non posso crederci, Erik!» esclamò entusiasta. La stupida idea di rinunciare a Hollywood per stabilirsi a Lakeview era svanita. Mentre chiedeva altre informazioni al suo agente, si accorse che Charlie aveva iniziato a camminare nervosamente per lo studio. Distolse lo sguardo, cercando di ignorarlo.

«E invece è vero, tesoro. Ti vogliono tutti, perciò sbrigati e riporta il culo a Los Angeles. Che diavolo hai fatto per tutto questo tempo in un triste villaggio irlandese? Avremmo potuto muoverci molto prima se ci avessi detto del figlio di Valentine. La stampa è in fibrillazione. Gesù, come ti è saltato in mente di tenercelo nascosto?»

Ruth decise di non far caso ai campanelli d'allarme che le scattarono in testa quando sentì parlare della sua gravidanza come di una montatura pubblicitaria. «Mi dispiace, avrei dovuto rispondere alle tue chiamate e, sì, tornerò il prima possibile. Grazie, Erik. Sei straordinario!»

«Già, me lo dicono tutti» disse e riagganciò.

Ruth, euforica, aveva dimenticato le paure che l'avevano tormentata prima della telefonata di Chloe. Gettò il cellulare sulla scrivania e guardò Charlie. «Non ci crederai.»

«Ho sentito quasi tutto» replicò secco lui.

«Ti rendi conto? Io, protagonista di un film importante! Forse addirittura candidato all'Oscar!» Era un po' stordita: la magia e le promesse di Hollywood ricominciavano a sfavillarle davanti agli occhi. «È magnifico.»

«Magnifico... già.»

«Non vedo l'ora di tornare. Per sbattere loro in faccia tutte quelle stupide cattiverie e dimostrare con chi hanno a che fare!»

«Di cosa stai parlando? Sbattere cosa in faccia a chi?»

«Ai media, naturalmente. E a tutti quegli arroganti che mi hanno trattata come una sgualdrina senza nessun talento!»

Charlie la fissò incredulo. «Non ci credo. Vuoi davvero tornare là definitivamente?»

«Altroché. Come potrei rifiutare? Hai sentito cos'ha detto Erik.»

«E noi due? Che mi dici di tutti quei discorsi sulle scelte giuste?»

«Charlie...»

«No, rispondimi. Che ne sarà di noi?»

«Tesoro, so che può sembrare assurdo, ma credo che tu non abbia capito. Queste occasioni non si presentano molto spesso. Una chiamata inattesa con una proposta da favola... È ciò per cui ho sgobbato per tutta la vita.»

«Capisco benissimo, invece. Ma è il tuo comportamento a essere assurdo. Non ti rendi conto di cosa stanno facendo? Dov'era tutto questo interesse nei tuoi confronti prima che scoppiasse lo scandalo? Prima che tu iniziassi a dividere il letto con qualcuno di "interessante"?» sbottò Charlie sarcastico, e Ruth si girò dall'altra parte.

Non aveva voglia di ascoltarlo. Non era giusto che le parlasse in quel modo. Era una brava attrice, una professionista coscienziosa che aveva sempre lavorato sodo, e il suo successo non dipendeva certo dal fatto di essere andata a letto con qualcuno.

«Vedi» disse iniziando a piangere, «questo è esattamente ciò di cui avevo paura l'altra volta: che tu cercassi di fermarmi.»

«Un paio d'ore fa stavamo parlando di come crescere tuo figlio!» urlò lui.

Ruth provò una fitta di rimorso. «Lo so.»

«Vuoi davvero farmi questo per la seconda volta?» La delusione negli occhi di Charlie era insopportabile.

«Io... non so cosa fare. È quello che ho sempre sognato» mormorò abbracciandolo.

Lui la guardò gelido: «E questo è quello che ho sempre sognato io».

Quelle parole furono come una pugnalata al cuore. «Ma hai detto che in passato avresti affrontato tutto questo con me, che mi avresti seguita a Los Angeles, se te l'avessi chiesto.»

Charlie scosse la testa. «Voglio solo te e il bambino. Il nostro bambino. Anche se so di non poter avanzare pretese su nessuno dei due perché sono solo un emerito sconosciuto irlandese, no?» disse staccandosi da lei. «Ruth, non so se riuscirò a stare a guardare mentre speculi sulla gravidanza.»

«Non è di questo che si tratta, e ovviamente non è quello che voglio.»

«Lo so, ma l'unica persona che deve capirlo sei tu.»

Ruth ripensò agli ultimi mesi. Se fosse rientrata subito a Los Angeles, sarebbero arrivate altre proposte.

Certo, forse la pubblicità derivava dall'avventura con Troy, che aveva contribuito ad attirare l'attenzione di persone influenti, ma era così che andavano le cose a Hollywood.

E Peter Jackson... wow...

«Penso che dovrei almeno parlare con loro, ascoltare cos'hanno da dire. Non è ancora certo, e devo discutere dei dettagli con Erik. Potrei partire domani e tornare nel giro di qualche giorno.»

Charlie alzò le mani, in segno di resa: «Dài, Ruth!».

«Lascia almeno che li incontri» lo supplicò. «Tra noi non è cambiato nulla, te lo assicuro, e non cambierà mai. Ma, se non vado, lo rimpiangerò per sempre.»

Lui annuì, ma aveva gli occhi colmi di tristezza. Ruth si sentì mancare. Amava Charlie, e fino a poco tempo prima aveva amato solo la carriera. Ora doveva dimostrargli che poteva fare entrambe le cose. O che poteva averle entrambe? azzardò una vocina nella sua testa.

La ignorò. Era stata sciocca a pensare di stabilirsi a Lakeview e di gettare via anni di duro lavoro per via di uno stupido errore.

Un errore che, considerando gli ultimi sviluppi, avrebbe benissimo potuto trasformarsi nella chiave del suo successo.

28

Venerdì nel tardo pomeriggio, Jess stava giocando con Amy nel salotto di Emer. L'amica l'aveva invitata a fermarsi per la notte e lei aveva accettato, felice di avere qualcosa da fare. Non si sentiva pronta a confidare a Emer i suoi problemi con Brian, ma passare del tempo con lei era sicuramente meglio che stare a casa a fissare il muro. Suo marito era fuori città per l'ennesimo viaggio aziendale, e Jess aveva cominciato a chiedersi se non si offrisse addirittura di partire pur di non stare con lei. Era un pensiero terribile, ma conosceva bene Brian; o, almeno, aveva creduto di conoscerlo, prima che cominciasse quell'ossessione per i bambini.

In quel momento, Emer stava trafficando in cucina, e una volta tanto Dave era a casa. In teoria avrebbe dovuto lavorare fino a tardi, ma a quanto pareva aveva finito prima del previsto.

Un attimo dopo essere arrivata a casa dell'amica, più o meno intorno alle sei, Jess aveva desiderato subito andarsene, perché né Dave né Emer sembravano di ottimo umore. Se doveva essere sincera, non capiva perché l'amica non avesse annullato l'appuntamento: in fondo, non faceva altro che lamentarsi che Dave non fosse mai a casa, quindi sarebbe stato logico che volesse trascorrere una tranquilla serata in famiglia.

«Posso darti una mano, Emer?» gridò Jess in direzione della cucina.

«No, non ti preoccupare» rispose l'amica, in tono eccessivamente allegro. Jess sentiva un mormorio concitato provenire dall'altra stanza, come se marito e moglie stessero discutendo ma non volessero farsi sentire.

Ottimo lavoro, ragazzi, pensò Jess, chiedendosi se la gente credeva davvero di passare inosservata in situazioni del genere.

Un attimo dopo udì squillare un cellulare, appoggiato sulla poltrona alle sue spalle. Pensando che fosse quello di Emer, lo prese e lo portò in cucina. «Tieni» disse distrattamente porgendolo all'amica. «È una certa Trish.» Non aveva potuto evitare di dare un'occhiata al display ma, notando l'espressione sul viso di Emer, si pentì immediatamente di averlo fatto.

Emer le strappò il telefono di mano, fissando con uno sguardo furioso Dave, che era improvvisamente sbiancato. «Perché chiami mio marito?» urlò lei rispondendo alla chiamata.

Jess sussultò, rendendosi conto di aver combinato un disastro.

«Dammelo» sibilò Dave tra i denti, e Jess desiderò che il pavimento si aprisse e la ingoiasse.

«Ti ho chiesto perché stai chiamando mio marito» scandì lentamente Emer. «Oh, risparmiami queste stronzate. Perché mai il "Lakeview News" dovrebbe essere interessato al direttore vendite di uno stupido birrificio? Credi davvero che sia nata ieri?»

«Emer, ti giuro che...» Dave si allungò di nuovo verso il cellulare, ma la moglie lo schivò, sotto gli occhi di Jess, che se ne stava lì completamente atterrita.

Di colpo, Emer terminò la chiamata e scagliò il telefono all'altro capo della stanza. «Vuoi spiegarmi che diavolo sta succedendo, Dave? Perché quella stupida vacca ti chiama di venerdì sera? È questo il cambio di programmi di cui parlavi prima? Ti ha tirato il bidone e il vostro appuntamento segreto è saltato?» Ormai stava gridando, e Jess era mortificata. Aveva già sentito nominare questa Trish, e cercò di ricordare chi fosse; una delle amiche di Nina, forse? Oddio, Dave la stava tradendo?

«Emer, adesso stai davvero esagerando. Saranno gli ormoni.»

«Non ti azzardare a dare la colpa agli ormoni. Sono sicura che mi nascondi qualcosa. Lunedì ti ho cercato in ufficio e mi hanno detto che non avevi nessuna cena con un cliente. Mi hai presa per una stupida, eh, Dave? So benissimo che eri con qualcuno. E, grazie a Jess, ora so anche di chi si tratta.»

Nella stanza calò un silenzio pesante e carico di tensione e, non sapendo come comportarsi, Jess uscì lentamente dalla cucina e tornò in soggiorno a dare un'occhiata a Amy che, nonostante tutto il trambusto, si era addormentata profondamente nel box.

Jess era senza parole. Come aveva potuto essere così stupida e avventata? Avrebbe dovuto almeno assicurarsi che il telefono fosse di Emer, prima di portarglielo come una perfetta idiota. Ma, d'altra parte, perché mai avrebbe dovuto rendersi complice delle bugie di Dave, se lui stava davvero mentendo? Non c'era ombra di dubbio: tutto era contro di lui.

Jess prese la borsa e si diresse verso la porta d'ingresso in punta di piedi. Non poteva restare lì. Aveva già fatto abbastanza danni e sapeva che, se si fosse fermata, Emer l'avrebbe odiata per aver assistito a quello spettacolo.

Aprì la porta, e in quel momento sentì la voce di Dave che urlava: «Va bene, hai vinto, confesso! Mi sto vedendo con Trish, ma cosa te ne frega? Ti interessavo solo quando volevi rimanere incinta. Non ti preoccupi di quello che faccio, basta che paghi le bollette!».

Povera Emer, pensò Jess scuotendo la testa. Dimenticando ogni proposito di discrezione, si precipitò fuori dalla porta e la lasciò sbattere alle sue spalle.

Dave aveva una storia con un'altra. Non poteva crederci. Sì, negli ultimi tempi la tensione tra lui ed Emer era stata palpabile, ma non avrebbe mai pensato che ci fosse altro a parte qualche preoccupazione economica, il trasferimento dalla città, i normali cambiamenti dovuti all'arrivo di un nuovo bambino...

Di sicuro non si aspettava nulla di simile. Non riusciva ad accettare che Dave fosse tanto spietato da tradire Emer proprio mentre lei si stava facendo in quattro per crescere la loro bambina... senza contare che continuava ad andare a letto con lei, oltre che con la sua amante!

Per l'ennesima volta, la realtà degli ultimi mesi la investì con violenza. In tutto quel tempo aveva sempre pensato che la vita delle sue amiche fosse perfetta ma, ironia della sorte, più le frequentava, più si rendeva conto che non era affatto così.

Si sentiva profondamente dispiaciuta per l'amica. Nessuno meritava di essere tradito dal proprio compagno e ingannato a quel modo. E pensare che solo un paio di settimane prima Emer era stata così felice per quella nuova gravidanza...

Proprio come lo ero io per la mia, si disse Jess con un velo di angoscia.

In quel momento, ripensando alla distanza di Brian e al tradimento di Dave, iniziò a paragonare la sua situazione a quella dell'amica. Aveva desiderato così a lungo essere Emer, condividere la sua vita e le sue scelte...

Aveva forse commesso un errore ancora più grande di quanto avesse immaginato?

Il mattino seguente, Nina doveva andare a Dublino per l'ennesima commissione.

Quel giorno non sarebbe riuscita a evitare il padre: erano le otto, e lui era in cucina a preparare la solita colazione a base di uova e bacon.

«Buongiorno» azzardò timidamente.

«Buongiorno, Nina» mormorò lui in risposta.

Lei andò alla credenza per prendere il tostapane, indecisa se mangiare a casa o comprare qualcosa in centro da consumare durante il viaggio. «Ehm... Metto a scaldare il pane. Ne vuoi un po'?»

Patrick lanciò un'occhiata all'orologio. «Tra pochi minuti sì, quando sarà pronto anche il resto.»

Nina annuì con un'espressione distaccata. Avrebbe dovuto aspettarselo. «Be', io sono di fretta. Oggi vado a Dublino.»

«Definitivamente?» chiese lui, e Nina si sentì ferita, nonostante cercasse di nasconderlo. Era davvero così impaziente di liberarsi di lei? Sapeva che non gli piaceva quello che stava succedendo, ma doveva proprio farglielo pesare?

«Non per sempre. Torno in giornata.»

«Uhm» grugnì lui.

«Ti prometto che mi leverò dai piedi non appena la mamma sarà tornata. Spero non manchi molto... L'ultima volta che le ho parlato era in Russia, ma credo che ormai sia in Francia» disse, cercando di intavolare una conversazione amichevole.

Ma con Patrick era inutile sforzarsi. «Uhm.»

«Comunque, ti serve qualcosa da lì?»

«Da Dublino?»

No, da Marte, avrebbe voluto rispondere Nina, ma sapeva che sarebbe stato fiato sprecato. Non c'era motivo di discutere con suo padre, aveva già abbastanza problemi.

Immaginando che la conversazione fosse conclusa, fece colazione in silenzio e, poco dopo, uscì di casa.

Il tragitto fino alla capitale era piuttosto breve, solo un'ora, ma a Nina sembrarono dieci.

Riflettere su che cosa fare con il bambino la spossava, anche se sapeva bene di essere a corto di alternative. L'idea della responsabilità la terrorizzava. Era sicura che non ce l'avrebbe fatta ma, dato che la gravidanza era ormai a uno stadio avanzato, non poteva continuare a crogiolarsi nell'indecisione. Doveva pensare a un piano.

Per questo aveva fissato un appuntamento con un'agenzia di adozioni: voleva capire se fosse una possibilità da prendere in considerazione. Aveva scelto proprio quella perché i loro uffici erano aperti il sabato mattina.

Quando il bus si fermò nel centro di Dublino, Nina prese un taxi per raggiungere la zona sud della città. Il tassista fece un'espressione contrariata quando sentì il nome dell'agenzia, e lei gli lanciò uno sguardo di sfida. Quel vecchio bigotto probabilmente la riteneva una sprovveduta che si era fatta mettere incinta dal primo che passava.

Nina scrollò la testa, pensando alla realtà dei fatti: era una madre single senza un compagno, senza un lavoro fisso e una casa degna di quel nome. In un certo senso, era davvero una sprovveduta.

Arrivata a destinazione, salì lentamente i gradini dell'agenzia, schiacciata dal peso di ciò che stava per fare. Sarebbe stato facile voltarsi e andarsene, non pensarci più. Invece, fece un respiro profondo e spinse la porta; fu accolta da una graziosa sala d'attesa tinteggiata con colori neutri, rilassanti.

«Salve» disse avvicinandosi alla receptionist. «Sono Nina Hughes. Ho un appuntamento alle dieci.»

«Certo. Maura la raggiungerà subito. Vuole accomodarsi?»

Nina obbedì e prese una rivista dal mucchio sul tavolino accanto. Sfogliò pigramente le pagine senza leggerle davvero, nella speranza che l'attesa non fosse lunga e che questa Maura la chiamasse di lì a breve. Poi, di colpo, si fermò: aveva intravisto una foto di Ruth.

Tornò alla copertina e controllò la data: trattandosi di uno scatto che ritraeva l'amica insieme a Charlie, immaginò che fosse piuttosto recente. Lui le stava di fianco e sembrava allungare il braccio verso l'obiettivo, mentre lei cercava di coprirsi il viso con un sacchetto.

In basso, la didascalia recitava: «Notizia bomba: Ruth Seymour è incinta! Il padre sarà Troy Valentine?».

Oh, no, pensò Nina. Proprio ora che per Ruth le cose stavano cominciando a ingranare. Era davvero un peccato: solo poco tempo prima le aveva detto che ultimamente la sua vita era molto tranquilla e che si stava godendo quella pace. Quell'articolo doveva averla sconvolta.

Nina tirò fuori il cellulare dalla borsa e la chiamò, sperando che stesse bene, ma partì subito la segreteria.

Si chiese come avesse fatto il fotografo a scovare Ruth e Charlie proprio lì, all'uscita di un negozio di Lakeview. Il suo pensiero corse a Trish. Vista la sua reazione all'annuncio di Ruth, era possibile che avesse qualcosa a che fare con quella storia? No, non l'avrebbe mai fatto. O forse sì? Anche se era felice di essere amica di Trish, negli ultimi mesi aveva sospettato che la loro visione delle cose fosse piuttosto diversa. Lei era orgogliosa della propria etica e aveva un fortissimo senso di responsabilità: era proprio per quello che scoprire la verità su Steve l'aveva ferita così profondamente.

«Nina?»

Alzò lo sguardo sentendo una voce femminile che la chiamava. La donna, che indossava un completo elegante, sembrava sulla sessantina e aveva un viso gentile.

«Sì, eccomi.»

«Piacere, Maura Lowry. Entri pure.»

Nina fece qualche passo e le strinse la mano. «Piacere di conoscerla. La ringrazio di avermi fissato un appuntamento con così poco preavviso.»

«Si figuri, sappiamo bene che ogni tanto occorre essere flessibili.» La fece entrare nello studio e la invitò a sedersi. «Allora, lei sta valutando la possibilità dell'adozione.»

Nina le spiegò la situazione nel dettaglio, sforzandosi con tutta se stessa di non scoppiare in lacrime. Non voleva dare l'impressione di essere una donna instabile ed emotiva. Al contrario, sperava di apparire il più possibile efficiente e decisa.

«Le assicuro che le sue riflessioni sono assolutamente fondate» sorrise Maura. «La maggior parte delle madri che intraprende questa strada sceglie l'adozione chiusa.»

«Adozione chiusa?» ripeté Nina. «Di cosa si tratta?»

«In questi casi, il bambino viene dato in adozione alla nuova famiglia subito dopo la nascita.»

«Quindi non vedrei mai mio figlio... o mia figlia? Nemmeno per un attimo?»

«Esatto.»

«E il bambino non saprà mai nulla di me? Non saprà della mia esistenza?» Per qualche oscura ragione, quell'idea la turbava più di quanto avesse previsto.

«Proprio così. A meno che i genitori adottivi non decidano di parlarne con il loro figlio, prima o poi.»

«Il loro figlio?» sussurrò Nina, ferita al solo pensiero che il suo bambino, quello con cui in quel momento stava condividendo vita e nutrimento, non l'avrebbe mai conosciuta. Sentì un singhiozzo salirle in gola e cercò di soffocarlo.

«Sì. Qui da noi preferiamo usare questa terminologia per preparare le madri naturali e i genitori adottivi al momento di transizione. Molte madri cominciano a pensare al feto come al "loro figlio" non appena scoprono di essere incinte, quindi noi cerchiamo di aiutarle a mettersi nell'ordine di idee che il neonato appartiene a un'altra famiglia. Serve anche a stabilire un po' di distanza» spiegò sorridendo amabilmente.

Stabilire un po' di distanza, pensò Nina, mentre le parole di Maura le echeggiavano nella mente. Fece un sospiro incerto. «Non saprei... Non sono sicura di riuscire a fare una cosa del genere.»

«Nina, la sua reazione è assolutamente normale, ma mi ha elencato una serie di ottime ragioni per dare in adozione questo bambino.»

Lei si mordicchiò il labbro inferiore. «Immagino che abbia ragione.»

«A che mese è, cara?»

Nina si sistemò meglio sulla sedia. «Sto per entrare nell'ottavo.»

«Bene. L'ultima cosa che vogliamo è metterla sotto pressione, ma la verità è che non abbiamo molto tempo a disposizione e che una scelta simile richiede un'attenta riflessione, per il bene suo e del piccolo.»

«Lo so.» D'un tratto, Nina si alzò in piedi: andare lì era stato un terribile errore. Tese la mano a Maura. «Le sono estremamente grata per il tempo che mi ha dedicato e le informazioni che mi ha dato. Ho parecchio a cui pensare. Mi farò risentire io.»

«Spero che la nostra chiacchierata le sia stata d'aiuto.»

«Sì, molto.» Ma non nel modo che crede lei, aggiunse Nina tra sé. L'idea di lasciare il suo bambino in mano a perfetti sconosciuti e non poterlo vedere mai più sembrava assurda. Dopo averla ringraziata ancora una volta, uscì dall'agenzia, immersa nei suoi pensieri. Non capiva il perché ma, non appena Maura aveva cominciato a dirle che non avrebbe mai più visto suo figlio, lei non era riuscita ad ascoltare nient'altro. Non sapeva quali alternative avesse, ma...

L'agenzia si trovava in una via laterale, e per trovare un taxi Nina tornò sulla strada principale. Le rimanevano diverse ore prima di ripartire per Lakeview. Cosa poteva fare? Trascorrere il resto della giornata arrovellandosi sulla questione? Si guardò intorno in cerca di un bar, di un posto in cui sedersi per un po' e riordinare i pensieri. La cosa migliore sarebbe stata parlare con qualcuno, qualcuno con cui vagliare le informazioni ricevute durante l'incontro. L'avrebbe aiutata a vedere le cose con più chiarezza, in modo più lucido. Improvvisamente pensò a Jess: viveva da quelle parti, no? Frugò nella borsa alla ricerca del cellulare: l'avrebbe chiamata per sapere se aveva tempo per un caffè, quel mattino o nel primo pomeriggio.

Purtroppo, rispose la segreteria, e Nina provò una fitta di delusione. Oh, be'...

Si trascinò lungo la strada, facendo attenzione ai taxi di passaggio. Magari poteva fare un giro per negozi, anche se non aveva molti soldi da spendere...

Poco dopo, il suo telefono squillò.

«Nina! Ciao!» la salutò Jess. «Ho visto che mi hai chiamato. Scusa se non ti ho risposto, ero in palestra. Come va?»

In palestra? Era una buona idea per le donne incinte fare attività fisica?

«Tutto bene. Senti, probabilmente hai da fare, ma

sono a Dublino e mi chiedevo se avessi voglia di bere un caffè o qualcosa del genere. Ma se non puoi non...»

«Sei in città? Fantastico! Sì, mi farebbe piacere. Qui ho finito, dimmi dove sei e ti raggiungo subito.»

«Sarebbe perfetto. Guarda, mi trovo proprio dalle tue parti... Sono a Blackrock.»

«Davvero? E che ci fai qui?»

«Ero... Avevo un paio di commissioni da sbrigare» rispose Nina velocemente.

«Be', la mia palestra è vicinissima a dove ti trovi. Vediamoci al Village, che ne dici? C'è un bel bar all'angolo con vista mare. Non è carino come la caffetteria di Ella, certo, ma è l'ideale per una chiacchierata.»

«Ottima idea.» Nina era sollevata al pensiero di incontrare Jess: il suo entusiasmo e la sua gentilezza le avevano trasmesso subito un senso di tranquillità.

«Andata. Dammi un paio di minuti, sarò da te in un batter d'occhio, okay?»

Jess fu di parola e, anzi, arrivò al piccolo locale ancor prima di Nina.

«Allora, come stai?» le chiese quando si furono sedute di fronte a due tazze di caffè. «Non ci siamo più viste, dopo la festa a casa mia. Il pancione è cresciuto parecchio!»

«Lo so.» Gli occhi di Nina corsero automaticamente alla pancia dell'amica, ma era ancora troppo presto perché si vedesse qualcosa. «E tu come ti senti, invece? Nausee mattutine? Io ormai le ho superate, ma ho passato un periodo davvero terribile.»

Lei distolse lo sguardo. «No, calma piatta. Devo essere una delle fortunate.»

«Credo anch'io. Parlando di fortuna, come sta Brian? Mi è piaciuto molto, sai? Alla festa è stato davvero carino con me.»

«Sta bene.» Il tono di Jess cambiò parecchio all'accenno al marito, e Nina drizzò le antenne. «Sei riuscita a fare tutte le tue commissioni?» proseguì, cambiando abilmente argomento.

Nina annuì, in imbarazzo: era arrivato il suo turno di essere in difficoltà. «Sì, direi di sì.»

«Avevi un appuntamento dal medico o qualcosa del genere?»

«Ehm, no... Avevo... Ho fatto un po' di shopping.»

«Davvero?» chiese Jess, e Nina si rese conto di quanto fosse stupida quella scusa. Non aveva nessun sacchetto, e l'amica naturalmente se n'era accorta.

Le due donne rimasero in silenzio per un momento, finché Nina sospirò. «Non è vero, non ho fatto shopping.»

«Questo l'avevo capito» rispose Jess con un sorriso. «Però non ti preoccupare, stavo solo facendo conversazione, non volevo ficcare il naso o essere indiscreta.»

«No, non c'è problema. In realtà è il motivo per cui ti ho chiamata, non mi dispiacerebbe parlarne con qualcuno. Avevo un appuntamento, ma non dal medico.»

«Okay.»

Nina sospirò di nuovo. «Penserai che sono una persona orribile ma, credimi, non ero del tutto in me.»

«Figurati!» sbuffò Jess. «Tutti abbiamo fatto cose di cui ci siamo pentiti, sull'onda del momento» aggiunse sibillina.

Raccontando dell'appuntamento all'agenzia, Nina cominciò a rilassarsi, rincuorata dal fatto di potersi confidare con qualcuno. Forse anche quello era parte del problema: nell'ultimo periodo si era sobbarcata talmente tante cose che un po' di distacco avrebbe potuto essere un vero toccasana.

Ripensò a come si era sentita sollevata quando qualche tempo prima aveva confidato a Jess i suoi dubbi sulla gravidanza. Sapeva ascoltare, non giudicava e, a quanto pareva, sembrava che anche lei stesse attraversando un momento difficile.

Ora l'amica aveva un'espressione assorta. «Se ho capito bene, quello che ti preoccupa di più è che, se darai il tuo bambino in adozione, non lo potrai mai più vedere e non sarai parte della sua vita, giusto?» domandò alla fine.

Lei annuì. «Sì, questo è il succo.»

Jess prese un respiro profondo. «Forse sono la persona giusta con cui parlarne ma, prima di continuare...» Fece una pausa e le rivolse uno sguardo grave. «Devo confessarti anch'io qualcosa.»

29

Quando Ruth atterrò all'aeroporto di Los Angeles, era esausta. Si era arrovellata per tutto il volo sui problemi che la assillavano, e adesso non vedeva l'ora di scendere da quell'aereo e distrarsi.

Da una parte era felicissima di essere lì, di incontrare Erik e i produttori e scoprire tutte le favolose novità che la attendevano, ma dall'altra c'era qualcosa che la disturbava, una vocina interiore che la tormentava dicendole che forse stava facendo l'ennesima scelta sbagliata.

Decisa a zittire quella voce, si sforzò di concentrarsi su qualcos'altro. Non avrebbe commesso lo stesso errore di quando era arrivata a Dublino. Questa volta aveva portato con sé tutto il necessario – una trousse piena di trucchi e un cambio di vestiti – e, soprattutto, non beveva alcolici da un'eternità, quindi non avrebbe avuto mal di testa. Sì, quel giorno sarebbe stata una vera diva.

Sentì uno sfarfallio nella pancia, e istintivamente la coprì con le mani. Immaginò il giorno in cui suo figlio o sua figlia avrebbe visto le foto di quel momento, la madre che usciva trionfante dall'aeroporto per incontrare il suo agente e discutere di un ruolo che avrebbe cambiato per sempre la sua carriera. A quel pensiero,

Ruth sorrise e si accarezzò il ventre, da cui provenne un calcio più forte del solito.

«Oh!» esclamò ad alta voce, attirando gli sguardi degli altri passeggeri. «Credo proprio che a Junior non piaccia volare!» rise.

La sua mente corse immediatamente a Charlie. Sarebbe impazzito di gioia sapendo che cosa le era appena successo, che cosa aveva provato. Sperò con tutta se stessa di riuscire a convincerlo a raggiungerla.

«Ruth, devo occuparmi della concessionaria. Non posso saltare sul primo aereo e andare all'altro capo del mondo quando mi pare» aveva ribattuto lui.

Lei però sospettava che Charlie, anche se avesse potuto, non l'avrebbe seguita. Aveva assecondato la sua decisione di tornare a Los Angeles per capire cosa c'era in ballo, seppur con qualche resistenza, ma sarebbe stato più che felice se lei avesse rifiutato l'offerta e mandato Hollywood a quel paese. Ma Charlie non aveva mai dovuto lottare come lei; anzi, a dirla tutta, non aveva dovuto lottare affatto. Aveva ottenuto un lavoro nell'azienda di famiglia senza muovere un dito, e non aveva dovuto dimostrare niente a nessuno, nemmeno a se stesso.

Ruth, al contrario, aveva ancora parecchio da dimostrare.

Scese finalmente dall'aereo e recuperò il suo bagaglio, quindi si diresse verso l'uscita. Non appena varcò le porte scorrevoli, Chloe le corse incontro per salutarla.

«Oh mio Dio, sei enorme!»

Lei fece un sorriso tirato. Era l'ultima cosa che avrebbe voluto sentirsi dire. «Grazie. Grazie mille, davvero.»

«Ma no, sei assolutamente adorabile! Non volevo dire che sei una balena o che ti è venuto il doppio mento che ha Britney ogni volta che è incinta!»

Per un attimo, Ruth ebbe l'impressione che la sua assistente avesse alzato lo sguardo al cielo. Era molto strano: di solito Chloe la riempiva di complimenti entusiasti... All'improvviso si domandò se non si fosse sempre sbagliata sul suo conto.

«Allora, fuori è pieno di giornalisti che ti aspettano e poi... be', c'è un'altra sorpresa.»

«Che sorpresa?» Ruth non poté trattenersi dall'immaginare Peter Jackson che la attendeva con un calice di champagne in mano, pronto per rapirla nella sua limousine.

«Be'... Troy ne ha parlato con Erik, che ha pensato sarebbe stata un'ottima mossa pubblicitaria, quindi abbiamo fatto in modo che fosse presente al tuo arrivo» disse Chloe con un sorriso smagliante, come se le avesse appena rivelato l'idea migliore del mondo.

Ruth impallidì. «Cosa? Oh, no!»

«Pensavo che ti avrebbe fatto piacere» borbottò l'assistente mentre uscivano alla luce del sole di Los Angeles.

«No, non voglio avere assolutamente nulla a che fare con Troy, e di sicuro non voglio essere fotografata con lui!»

«Per questo potrebbe essere un po' tardi...»

In quel momento, Troy si materializzò davanti a loro, si avvicinò e prese Ruth tra le braccia, cogliendola alla sprovvista. Probabilmente aveva progettato un incontro romantico e appassionato per la gioia dei fotografi, che scattavano a ripetizione alle sue spalle. Lei lo scostò, lui si sciolse elegantemente dall'abbraccio e le cinse la vita accarezzandole la pancia, poi si inginocchiò per baciarla.

Che cavolo...? Ruth era troppo sconvolta per dire o fare qualsiasi cosa. Improvvisamente, Troy si drizzò in piedi, la attirò a sé e la baciò con trasporto. I flash dei paparazzi divennero accecanti. Per completare l'opera, lui spinse indietro Ruth, sorreggendola, in una sorta di casquè. Sembrava una scena tratta da un film... anzi, a pensarci bene, probabilmente quell'idiota l'aveva davvero visto fare in un film.

Ruth provò diverse emozioni: shock, sorpresa e furia omicida. Allontanò con decisione le labbra di Troy dalle sue e gli piantò le mani sul petto, spingendolo via. «Cosa diavolo stai facendo?» sibilò.

Lui la fissò, sorpreso. «Do il benvenuto alla madre di mio figlio, no? Tesoro, qualcosa non va? Pensavo che saresti stata felice di trovarmi qui.»

Lei riuscì finalmente a fare un passo indietro e, sistemandosi i vestiti, ordinò: «Chloe, portami immediatamente via da questo inferno. Subito!».

La sua assistente cominciò a farsi strada tra i fotografi. Ruth si augurò che Troy venisse inghiottito dalla folla ma, a quanto pareva, era determinato a proseguire quella sceneggiata: la prese sottobraccio, pronto a scortarla come un vero gentiluomo. Con l'altro braccio le circondò la pancia, come a proteggerla dai flash invadenti.

Di sicuro formavano un bel quadretto, e Ruth sapeva che in fondo si trattava solo di quello: pubblicità. Le parole di Charlie le echeggiavano nella mente – «Dov'era tutto questo interesse nei tuoi confronti prima che scoppiasse lo scandalo?» –, e Ruth capì perfettamente che l'uomo che aveva rifiutato lei e il suo bambino con tanta veemenza ora la voleva con sé solo perché era un astro nascente, che avrebbe aiutato anche la sua fama e la sua carriera.

Mentre Chloe e Troy la sospingevano rapidamente all'interno della limousine, Ruth si rese conto che Charlie aveva ragione, e che si trovava in una situazione del tutto fuori controllo.

Quando le portiere furono chiuse e l'auto cominciò ad allontanarsi, si voltò verso di lui. «Che cosa diavolo ci fai qui?»

«Come dici, tesoro? Ammettilo, è stato grandioso. So che ti è piaciuto. Domani saremo sulle copertine di tutti i giornali del mondo! Nostro figlio non è ancora nato ed è già una star, ti rendi conto?»

«Come ti permetti? Sei incredibile!» urlò lei. «Mio figlio non è un modo per farti pubblicità. Un paio di mesi fa non volevi neanche sentirne parlare e, adesso che hai capito che può tornarti utile, non puoi farne a meno!» Ruth sbuffava e ansimava, furiosa per quello che era appena successo.

«Eh sì, certo, come se non ti importasse» sogghignò Troy. «Tu sei come me. Anche tu vuoi essere una celebrità, anche tu vuoi fama e ricchezza, il pacchetto completo. Credi che non lo sappia? Non fare la santarellina, tesoro, perché non sono stupido. Se ben ricordo, proprio la notte in cui abbiamo concepito questo bambino, ti ho sentita gridare a squarciagola. "Siamo famosi! Possiamo fare tutto quello che ci pare!"» la imitò, con un sorriso sinistro stampato in faccia. Ruth si rannicchiò sul sedile. «Tu magari l'hai dimenticato, tesoro, ma io di sicuro no» concluse lui.

Ruth osservò con occhi nuovi le persone che aveva di fronte, il suo partner sul set e il suo cosiddetto «angelo custode». Forse per la prima volta, guardò davvero Chloe: era un'ochetta biondo platino, dalla pelle talmente abbronzata da sembrare cuoio. Il seno era il risultato della chirurgia plastica, sproporzionato rispetto alla corporatura esile, e i suoi occhi saltavano continuamente dallo schermo del suo BlackBerry al dramma che si stava consumando tra i due attori. Ruth pensò cupamente che probabilmente stava registrando tutto per venderlo alla prima occasione a una rivista di gossip da due soldi.

Troy, invece, appariva inspiegabilmente compiaciuto. Lei scrutò quel viso che aveva sempre ritenuto perfetto, ma che ora vedeva per quello che era: consumato, spossato, squallido. Si chiese con quante donne fosse stato, e quante di loro avesse usato, o persino messe incinte. Lei era la prima che aveva deciso di sfruttare per dare una spinta alla sua carriera?

Lui continuava a sfregarsi il naso, rosso e irritato. Ruth immaginò con disgusto che doveva aver sniffato cocaina tutta la notte, o forse addirittura durante il tragitto verso l'aeroporto.

Distolse lo sguardo e si concentrò sul panorama che scorreva al di là dei finestrini oscurati mentre si dirigevano verso gli uffici dei produttori a Santa Monica. La città, che fino a quel momento le era sembrata vivace e attraente, quel giorno era inquinata e tetra. Anziché essere catturata dalle locandine di *Glamazons* che coprivano i muri degli edifici, la sua attenzione fu attirata dai mendicanti che si trascinavano per strada; alcuni erano persino più giovani di lei. Proprio come Ruth, erano andati a Hollywood per inseguire un sogno, ma alla fine avevano scoperto che non valevano molto più dei bicchieri di caffè vuoti che usavano per chiedere l'elemosina.

Per un attimo, si domandò se essere tornata a Los Angeles dopo il periodo trascorso a Lakeview non le avesse in qualche modo aperto gli occhi. Scacciò quel pensiero: no, lei non era una sognatrice, non lo era mai stata. Aveva una carriera di successo in televisione, e oggi si trovava lì per discutere il suo ruolo in un film incredibile. Non si sarebbe mai ridotta a fare la carità; lei, Ruth Seymour, ce l'aveva fatta.

Quando arrivarono a Santa Monica, la limousine si fermò davanti agli uffici e scesero tutti.

«Dove pensi di andare?» domandò Ruth a Troy, che sembrava deciso a entrare con lei.

«Tesoro, Erik è anche il mio agente. Anzi, se ben ricordo, non sono stato io a fargli il tuo nome?»

«E con questo? Sono qui per un incontro privato con i produttori, e tu non sei invitato.»

«Ma, Ruth, noi siamo una squadra!»

«Nemmeno per sogno» ribatté lei voltandogli le spalle. Mentre varcava la soglia del palazzo, sentì Chloe borbottare di aspettarle in macchina. «Che gli è preso? È davvero una sanguisuga» le disse in ascensore.

La sua assistente si strinse nelle spalle. «Be', adesso siete strafichissimi. Te l'ho detto, i telefoni non hanno smesso di squillare da quando è stata annunciata la notizia della *Figlia del soldato*.»

Ruth sorrise, innegabilmente compiaciuta dal fatto che una star del calibro di Troy Valentine stesse cercando di diventare ancora più famoso grazie a lei. Ah, le cose erano decisamente cambiate!

Si guardò velocemente allo specchio per accertarsi di essere impeccabile. Aveva i capelli trattenuti dagli occhiali da sole D&G, e portava il maxiabito di seta Matthew Williamson che aveva indossato poco prima dell'atterraggio: le dava un tocco glamour e, soprattutto – pensò con un certo senso di colpa –, nascondeva efficacemente il pancione.

«Ruth, tesoro!» esordì Erik non appena lei entrò nella sala riunioni, accogliendola con abbracci e baci sulle guance.

I pezzi grossi non erano ancora arrivati; era il solito gioco di potere: cercavano sempre di far aumentare la tensione lasciando tutti in attesa. A lei non importava, e anzi era felice di poter scambiare due parole in privato con il suo agente.

«Allora, cosa c'è in ballo?» chiese dopo essersi accomodata e aver relegato Chloe nella sala d'attesa.

Gli occhi di Erik si illuminarono. «Non scherzo, tesoro... Roba grossa, davvero grossa.»

«Quanto grossa?» Il suo cuore accelerò. «Mi hanno dato la parte? Mi hai parlato di un provino.»

«Se vuoi la mia opinione, credo che si tratti solo di una formalità per i produttori. Jackson vuole te, e quelli come lui ottengono sempre quello che vogliono.»

Ruth avrebbe voluto fare i salti di gioia. «Quando cominciano le riprese? E che mi dici di *Glamazons*? Non sarà un problema per la tabella di marcia?»

«Ho già sentito la produzione, dicono che si incastrerà tutto alla perfezione. Avere una delle loro attrici in un film del genere non potrà che migliorare gli ascolti.»

Oddio, stava succedendo davvero! Ruth non riusciva a credere che Hollywood si stesse organizzando per andare incontro alle sue esigenze. Se Charlie fosse stato lì con lei, avrebbe capito di cosa parlava: era qualcosa di importante, a giudicare dalle cifre che l'agente stava snocciolando.

Erik le fissò la pancia. «Allora, tesoro, come funziona con questo bambino? Jackson ti vuole a dicembre, quindi immagino che dovrà uscire presto da lì, così avrai il tempo di tornare in forma per il film.»

«Come, scusa?»

«Sì, sai, la data del parto.»

«Erik, non nascerà prima di febbraio» ridacchiò lei. «Non siamo in televisione, queste cose non si possono programmare.»

Lui fece un'aria sprezzante. «Certo che si può» disse passandosi un pollice sulla pancia come fosse un coltello. «In ospedale lo fanno ogni giorno.»

Ruth lo fissò. Credeva sul serio che avrebbe dato alla luce un figlio prematuro con un cesareo? «Sei impazzito? È troppo presto, potrebbero esserci milioni di complicazioni.»

«Non tante quante ne avrai tu se farai slittare le riprese.»

«Erik, ti prego, dimmi che stai scherzando. Di sicuro Peter Jackson non si aspetta che io...»

«I produttori stabiliscono delle date, tesoro. A quanto pare, non hanno la più pallida idea che tu sia incinta.

L'importante è farlo nascere e averti sul set, che probabilmente sarà un buco sperduto nell'entroterra australiano.»

«Aspetta un secondo... Dovrei portare laggiù con me un bambino nato prematuro?»

Lui la guardò con gli occhi sgranati. «Ma sei matta? Ci sono persone che se ne occupano! No, tu dovrai solo posare per il servizio di "Vanity Fair" con Troy e poi venire sul set...»

«Come? Quale servizio di "Vanity Fair"?»

Erik fece un gran sorriso. «Quello che ho ottenuto ieri: un milione di dollari per le prime fotografie in esclusiva. Tesoro, non hai idea di quanto valga questo bambino... Il mondo intero muore dalla voglia di vedere il figlio di Troy Valentine!»

Ruth si alzò, con il volto paonazzo. «Tu hai organizzato un servizio fotografico per mio figlio, un figlio che vorresti nascesse prima del termine, facendogli correre chissà quali rischi per... per rispettare una maledetta tabella di marcia? E, come se non bastasse, pretendi anche che lo lasci nelle mani di una perfetta sconosciuta durante le riprese?»

«Be', sì. Che c'è di strano?» rispose Erik sconcertato.

Ruth sentì le tempie pulsare. Non riusciva a crederci e, anziché desiderare che Charlie fosse lì con lei, fu grata che si trovasse a migliaia di chilometri di distanza. Era una proposta disgustosa, immorale, terribile...

Improvvisamente, capì come stavano le cose: per ottenere ciò che voleva, ciò che aveva sempre sognato, avrebbe dovuto fare un patto col diavolo.

No. Nemmeno per sogno.

Che andassero tutti all'inferno... Erik, i produttori, Troy, Chloe non erano altro che degli schifosi senza scrupoli. Lei aveva sempre saputo che essere una celebrità comportava dei sacrifici, ma quella patina di successo, con tutti i suoi lustrini, le aveva impedito di vedere la verità. Quelle persone non erano sue amiche, a loro non importava nulla di lei. E di certo non avevano a cuore il bene di suo figlio.

Ruth si sentì sopraffatta dalla nausea ma, nonostante il duro colpo, provò anche un'ondata di sollievo. In quegli ultimi mesi aveva avuto la fortuna di capire come stavano davvero le cose, chi davvero teneva a lei e al suo bambino. I suoi genitori, che lei aveva escluso dalla propria vita troppo a lungo; le sue amiche, come Nina e Trish. E Charlie. Come sempre, Charlie. Non c'era mai stato nessuno che potesse prendere il suo posto, e Ruth non riusciva a spiegarsi perché avesse impiegato così tanto a rendersene conto.

Quello che sapeva, però, era che non doveva trascorrere nemmeno un altro minuto lontana da lui. Non voleva separare suo figlio dall'uomo che li avrebbe amati entrambi per il resto della loro vita.

Sorrise. Se Peter Jackson voleva davvero lavorare con lei, lui e la troupe si sarebbero accontentati di parlarle dall'Irlanda.

Senza dire una parola a Erik, si avviò a passo deciso verso la porta.

«Ehi, dove stai andando? Non è il momento di incipriarsi il naso. I produttori saranno qui tra poco e...»

«Non mi interessa.»

Lui la fissò sbalordito. «Non ti interessa?!»

«Me ne vado» ribatté lei uscendo dalla stanza e trovandosi faccia a faccia con Chloe.

«Ma sei appena arrivata» commentò la sua assistente, facendo scoppiare un palloncino di gomma da masticare. «Hai una riunione tipo... cioè, ora.»

«No. Non ci sarà nessuna riunione. Di' che ho avuto un imprevisto.»

La ragazza la guardò come se stesse parlando in un'altra lingua. «Ma... perché?»

«Perché ne ho abbastanza. Torno a Dublino con il primo volo.»

«Non credo proprio» tuonò una voce alle sue spalle.

Ruth si voltò e guardò il suo agente, che l'aveva raggiunta nella sala d'aspetto. «E invece sì, Erik.»

Lui e Chloe si scambiarono uno sguardo d'intesa.

«Okay. Richiamo subito l'autista» cinguettò Chloe, come se stesse parlando con un bambino piccolo, e annuì in direzione di Erik.

Ruth si sforzò di mantenere la calma ed entrò in ascensore con lei. «Grazie, Chloe. Ti devo un favore.»

«Non c'è di che» ribatté distrattamente mentre digitava qualcosa sul suo BlackBerry.

Una volta fuori, Ruth trovò l'auto ad aspettarla. Si infilò rapidamente dentro, sollevata di non essere più in quell'ufficio.

Poi alzò lo sguardo, e si ritrovò di fronte Troy. Stava bevendo del bourbon dal minibar della limousine.

«Di nuovo tu» gemette. «Dovrai farti dare un passaggio da qualcun altro. Scendi, muoviti.»

«Perché?» chiese con voce sorniona.

Lei lo ignorò e rivolta all'autista ordinò: «Torniamo

all'aeroporto, per cortesia. Troy, fuori da questa macchina, adesso».

«Non vado proprio da nessuna parte, tesoro, e nemmeno tu. Quello è mio figlio, e resta qui.»

«Non siamo diretti in aeroporto. La signora Seymour si è confusa» intervenne Chloe in tono deciso.

Ruth la fulminò con gli occhi, ma l'assistente non batté ciglio. «Incredibile! Voi due state cercando di *rapirmi*? Piccoli traditori del...» Incrociò lo sguardo dell'autista nello specchietto retrovisore. «Se potesse aiutarmi a uscire da questo inferno, le sarei eternamente grata. Per favore.»

«Come ho detto, tu non vai proprio da nessuna parte» ripeté Troy mentre la limousine si metteva in moto e prendeva rapidamente velocità.

«Che diavolo...» cominciò a strillare Chloe. «Dove stiamo andando?»

«All'aeroporto, come ha chiesto la signora.»

«Stupido idiota, ferma subito questa macchina o sei licenziato. Hai capito?» urlò di nuovo Chloe.

«Le darò mille dollari» supplicò Ruth, e l'autista le fece l'occhiolino.

«Questo è un rapimento in piena regola!» disse Troy con voce strozzata. «Se pensate di poter portare via il mio bambino...»

In quel momento Ruth ebbe un'idea. Se quel cretino credeva di potersela cavare fingendosi un padre premuroso, non aveva proprio capito che cosa lo aspettava. «Non è tuo figlio» lo interruppe in tono leggero, e attese la sua reazione.

Lui la guardò con malizia. «Oh, devi essere davvero

disperata se pensi che ci cascherò. Mi hai telefonato dopo aver fatto il test di gravidanza e mi hai detto che era mio, ricordi?»

«Mi sono sbagliata.»

«Ah, sì? E di chi sarebbe, allora?»

Ruth sorrise. «Di un emerito sconosciuto irlandese» rispose, ricordando le parole di Erik.

Troy si incupì, sforzandosi di riflettere.

«Dopotutto, *tesoro*» proseguì lei, «quando ti ho chiamato tu mi hai praticamente dato della sgualdrina, no? E hai detto anche qualcos'altro... qualcosa come: "Non voglio saperne niente".» Lo fissò, impassibile. «Allora, quando cercavi di convincermi a sbarazzarmene, non sembravi interessato a essere padre... Dimmi, cosa ti ha fatto cambiare idea?»

Lui scrollò le spalle. «E con questo? È la tua parola contro la mia e, se continuerai a sostenere che è figlio di un altro, richiederò un test del Dna.»

Ruth lisciò le pieghe del suo vestito. «Certo, potresti anche intraprendere quella strada... ma a quel punto la stampa potrebbe scoprire qualcosa su quella nostra chiacchierata, non credi?»

«Quale chiacchierata?» L'espressione del suo volto cambiò in un istante. «L'hai registrata?»

«Naturalmente» rispose cercando di rimanere seria, perché sapeva di aver calato l'asso. Quella era l'ultima cosa che Troy voleva: la sua immagine di padre modello sarebbe stata distrutta da una registrazione in cui la accusava di essere una sgualdrina e diceva di non voler avere niente a che fare con quel bambino. La registrazione ovviamente non esisteva, ma in ogni caso quella bugia aveva fatto centro. Sapevano entrambi come funzionavano le cose a Los Angeles.

Troy la guardò senza dire una parola.

«Come immaginavo.» Ruth sorrise, compiaciuta. «E adesso andiamo all'aeroporto.»

Il tragitto fu breve, ma a lei sembrò il viaggio più lungo della sua vita.

«Ti prego, non farlo» la implorò Chloe, ma Ruth sapeva che quella richiesta non era dettata dall'affetto, ma dal terrore di trovarsi senza lavoro. Essere l'assistente di un'attrice che poteva essere candidata all'Oscar era il massimo riconoscimento in quell'ambiente. Tuttavia, ripensò a tutte le volte in cui aveva avuto bisogno di Chloe.

«Mi dispiace, Chloe, ma ho deciso. È finita. Ho chiuso con questo mondo.»

«Stai facendo l'errore peggiore della tua vita» sibilò Troy guardandola con odio, mentre l'auto si avvicinava al terminal.

«A dire il vero, una volta tanto, sono assolutamente sicura della mia scelta. So che è quella giusta.» Ruth uscì dalla limousine, sorrise e scosse la testa. Poi, con enorme soddisfazione, sbatté la portiera in faccia a Troy e guardò l'autista, che sembrava divertito. Aprì la borsa e frugò all'interno, sperando che l'uomo avrebbe accettato un assegno, ma lui la fermò.

«La prego, non c'è bisogno.»

«Ma potrebbero licenziarla.»

Lui rise: «Signora, se avessi un dollaro per ogni volta in cui qualcuno in questa città ha minacciato di licenziarmi, non avrei bisogno di lavorare. Non sono affatto preoccupato».

«Be', se ne è così sicuro...»

«Ma certo.» L'autista le porse i bagagli. «Si prenda cura di sé. E in bocca al lupo a lei e al suo bambino.»

«Grazie di cuore. In bocca al lupo anche a lei» rispose grata. Entrò in aeroporto e si diresse verso il banco delle partenze. «Buongiorno, vorrei un biglietto per il primo volo diretto a New York.»

La donna spalancò gli occhi e si portò una mano alla bocca. «Oh mio Dio, Ruth Seymour! Guardo sempre *Glamazons*. La adoro, lei è l'unica ragione per cui lo seguo!»

Lei sorrise. «La ringrazio, ma temo che d'ora in poi dovrà accontentarsi delle repliche.» Notando lo sguardo confuso della ragazza, aggiunse, con un sorriso: «La serie è finita».

30

Dopo un delizioso pranzo a Blackrock, Jess riaccompagnò Nina in centro, dove si salutarono. Sentiva di avere un ottimo feeling con lei – più di quello che aveva avuto negli ultimi tempi con Deirdre ed Emer –, ed era felice che avesse deciso di confidarsi con lei. Aveva avuto la sensazione che, con la madre all'estero, Nina non avesse molte persone con cui parlare; quanto a suo padre, le era parso di capire che fosse un uomo vecchio stile, bigotto e non particolarmente affezionato alla figlia. Non c'era da stupirsi che la povera Nina avesse preso in considerazione la possibilità di dare in adozione il bambino. Jess sperava di essere riuscita a farla riflettere.

E poi Nina aveva ragione: la situazione in cui si trovavano lei e Brian era completamente diversa. Avevano una stabilità economica e un matrimonio piuttosto solido, ed erano abbastanza maturi da poter gestire le difficoltà che essere genitori comportava; lei, invece, era una madre single il cui figlio molto probabilmente non avrebbe mai conosciuto il padre. Era stata una chiacchierata illuminante e Jess si augurò che quello scambio potesse aiutarla a fare un po' di chiarezza, magari addirittura a trovare una soluzione.

Adesso, però, doveva parlare con Brian. Doveva parlare *davvero* con lui. La scoperta del tradimento di Dave l'aveva sconvolta e, se poteva capitare agli amici, non era da escludere che accadesse anche a loro. Jess sentiva che era arrivato il momento di essere sinceri.

Quella mattina aveva telefonato a Emer. L'amica era comprensibilmente sconvolta e Jess, dal canto suo, era preoccupata che la sua avventatezza avesse fatto precipitare la situazione.

«Sospettavo già qualcosa» aveva detto Emer tra i singhiozzi. «L'anno scorso è stato duro, con l'arrivo di Amy e tutto il resto, ma non mi aspettavo una cosa simile da Dave.»

«Sei assolutamente certa che sia andata così?» aveva chiesto Jess, facendo l'avvocato del diavolo. «Forse si trattava solo di una telefonata amichevole.»

In realtà, Dave aveva confessato tutto. «Ha detto che ero troppo concentrata su Amy per accorgermene, che gli sembra che io non abbia più bisogno di lui... Ha detto che la maggior parte delle volte non lo vedo neanche, che il suo ruolo è solo quello di provvedere a noi e pagare le bollette.»

«Non è una scusa valida, Emer, e non pensare nemmeno per un secondo che sia colpa tua!» Nonostante tutto, Jess si rese conto che le parole di Dave erano pericolosamente simili a quelle che Brian aveva usato poco tempo prima con lei: «Jess, cosa vuoi da me?».

In quel momento capì che rischiava di cadere nella stessa trappola: diventare madre e rendere i figli la priorità assoluta, a scapito del matrimonio. Non doveva lasciare che accadesse anche a lei.

Sapeva che i ritmi lavorativi di Brian si erano un po' calmati, e ora lui sembrava più ottimista circa il futuro dell'agenzia. Si mordicchiò un labbro. Avrebbe voluto che fosse altrettanto positivo sul loro futuro. Decise che avrebbe fatto del suo meglio per convincerlo.

Adesso che aveva smesso di sentirsi in colpa per le conseguenze del suo comportamento, era sicura che sarebbe riuscita a convincere Brian a pensarla come lei.

Dopo aver salutato Nina fece un paio di commissioni, e rientrò a casa nel tardo pomeriggio. Suo marito era già lì.

«Che bella sorpresa!» esclamò allegra entrando in cucina, dove Brian stava preparando la cena. «Credevo che atterrassi verso le sei.»

«Ho deciso di prendere il volo prima» disse lui, impassibile.

Lei gli si avvicinò e lo abbracciò, ma lui rispose a quel gesto senza alcun entusiasmo, come se avesse paura che potesse rompersi da un momento all'altro. Nell'ultimo periodo era stato molto cauto nei suoi confronti, e lei aveva pensato che fosse distante, ma... possibile che si preoccupasse soltanto per la sua salute? In fondo era normale che la gravidanza lo agitasse, anche lei era in ansia per via dell'età. Forse si era angosciata per nulla.

«Hai fatto benissimo» commentò, decisa a conservare un atteggiamento positivo. «Negli ultimi tempi hai lavorato così tanto... Non c'era bisogno di cucinare, ci avrei pensato io.»

«Non c'è problema.» Brian scrollò le spalle e si voltò verso i fornelli, dove stava cuocendo la pasta. «Ci siamo quasi. Vuoi apparecchiare, intanto?»

«Certo.» Jess aprì il cassetto, contenta che suo marito sembrasse sulla stessa lunghezza d'onda. A quanto pareva anche lui si era stancato di camminare sulle uova come avevano fatto nelle ultime settimane: era tornato a casa prima del previsto, era tranquillo, se non proprio di buon umore, e stava addirittura preparando la cena! «Apro una bottiglia di vino?» propose. «Per una volta... E poi è sabato, ci meritiamo entrambi un bel bicchiere!»

A quelle parole, lui si bloccò e la guardò con un'espressione contrariata. Jess impiegò un attimo a capire che cosa stesse pensando. «Oh, per un bicchiere non succede nulla» aggiunse in fretta, maledicendosi tra sé. «Deirdre beveva ogni tanto quando era incinta.»

«Okay» disse lui, gelido. «Se pensi che non sia un problema...»

Preoccupata di quello che avrebbe potuto pensare, lasciò perdere. «Forse hai ragione. Prenderò del succo di frutta.»

Brian servì la cena e si sedettero a tavola l'uno di fronte all'altra. Jess gli raccontò le ultime novità in ufficio e dell'incontro con Nina; non menzionò mai Dave – Emer le aveva fatto promettere di non dirlo a nessuno –, ma una parte di lei si chiedeva se Brian non lo sapesse già.

«Come sta Nina?»

«Bene. Oggi era in città e siamo andate a prendere un caffè insieme.»

«Fantastico» commentò distrattamente lui, giocherellando con gli spaghetti.

«Aveva qualche commissione da sbrigare che non poteva fare a Lakeview.»

«Be', immagino che siano parecchie le cose che non si possono fare a Lakeview.»

Jess non si arrese: voleva spostare la conversazione su di loro. «Sì, non offre grandi possibilità. Suo figlio sta per nascere e così...»

«Sta pensando di trasferirsi più vicino alla città?» domandò Brian. Lei notò che sembrava ancora un po' distante, ma almeno il discorso stava prendendo la piega che voleva.

«Forse.» Jess non voleva tradire la fiducia di Nina parlando dell'agenzia di adozioni, quindi tentò un altro approccio. «Mi dispiace per lei, dovrà crescere suo figlio da sola... Ti ho detto che si è lasciata con il padre del bambino?»

Lui fece un vago cenno di assenso.

«In confronto noi siamo davvero fortunati. Voglio dire, non dovremo affrontare gli stessi problemi... Non abbiamo preoccupazioni economiche, abbiamo una casa spaziosa e...»

«Jess» la interruppe Brian, con un sospiro. «Ci conosciamo da un sacco di tempo.»

Lei lo fissò, confusa. «Come...?»

«Tu e io ci conosciamo da moltissimo tempo, e mi piace pensare che ci conosciamo *davvero*.»

Lei apprezzò la nota leggermente provocatoria ma gentile nella sua voce. Era il modo in cui parlava il vecchio Brian. «Sì, certo. È così.»

«Sai bene che ho sempre amato la tua forza, la tua determinazione... È quello che ti permette di riuscire in tutto ciò che fai.»

«Sì.» Jess si chiese dove volesse andare a parare.

«E adoro la tua incredibile immaginazione. Ma sei anche assolutamente imprevedibile, e questo lato del tuo carattere spesso ti mette nei pasticci.» Sorrise. «Ricordi quella volta in cui hai cercato di evitare quella coppia che abbiamo conosciuto in Thailandia dicendo che saremmo andati allo zoo?»

Lei ricambiò il sorriso. «Certo.»

«E la volta in cui quegli attivisti politici hanno telefonato qui a casa e tu hai finto di essere francese e di non capirli?»

«Sì» disse Jess ridendo.

«Sappiamo entrambi che a volte ti lasci trasportare dall'entusiasmo del momento» proseguì Brian, e lei lo fissò, sempre più confusa. «Come dicevo prima, ci conosciamo bene e siamo sempre stati completamente sinceri l'uno con l'altra... non è così?»

«Sì» ripeté ancora Jess. Quindi?

«Ma allora... perché non mi dici semplicemente la verità?» chiese lui in tono gentile.

«La verità su cosa?»

«Sulla gravidanza.» Brian appoggiò la forchetta sul bordo del piatto. «So che cosa sta succedendo.»

«Cosa intendi?» Il battito di Jess accelerò.

Lui sospirò; sembrava deluso. «Ho capito che cosa stai facendo e perché la sera della festa ti sei comportata in quel modo. Non so come credi che andrà a finire, ma non pensi che sia giunto il momento di dirmi la verità?»

«Io non... non so di cosa stai parlando.»

«Jess, ho scoperto che hai detto a tutti che stavamo cercando di avere un bambino» tagliò corto Brian.

Lei ebbe un tuffo al cuore.

«Qualche giorno fa Kevin stava scherzando sul fatto che io e Dave probabilmente avevamo fatto a gara per diventare papà.» Fece una smorfia di disgusto. «All'inizio non capivo di cosa stesse parlando, ma poi ci sono arrivato.»

«Non ho detto che ci stavamo provando, Brian... Devono averlo intuito da soli.»

«E anche che hai smesso di prendere la pillola senza dirmelo?» ribatté lui, e Jess sentì le guance in fiamme. «Mi sembra una coincidenza un po' strana, non trovi? Andiamo, Jess.» Il suo tono adesso era frustrato e deluso, e lei chinò il capo per la vergogna.

«Mi dispiace, ma non avevo altra scelta» si giustificò. «Tu non volevi parlarne, e sapevo che ci sarebbero voluti mesi prima che il mio corpo tornasse alla normalità, e intanto il tempo passava e...»

«Okay, va bene. Non mi fa piacere che tu abbia mentito perché credevo che il nostro rapporto si fondasse sull'onestà reciproca, ma... che mi dici del resto?»

Lei alzò lo sguardo. «Il resto...?»

«Che cosa ti aspetti che faccia, Jess? Vuoi che assecondi tutte le tue follie?»

Follie? Stava parlando del bambino? «Certo che no. È una cosa che riguarda entrambi, condivisa...»

«Te lo chiedo per l'ultima volta. Dimmi la verità.»

Gli occhi le si riempirono di lacrime. «Ma che cosa vuoi sapere? Non capisco!»

Brian si alzò in piedi, e Jess vide nel suo sguardo un misto di dolore e rabbia. «Sei davvero fuori di testa, questa storia ti ha fatto perdere il lume della ragione. Devo ammettere che da te non me lo aspettavo.»

«Cosa non ti aspettavi?»

«Questo! Tutte le bugie, tutti i sotterfugi! Che diavolo ti è successo, Jess? Dov'è finita la donna che ho sposato, la donna allegra ed equilibrata che conoscevo?» Nella foga, allontanò la sedia dal tavolo. «Oggi sono tornato prima nella speranza di poter cenare con te e fare una bella chiacchierata. Speravo che ti saresti confidata con me, che avresti ammesso di essere stata una sciocca e che la cosa ti era sfuggita di mano. E invece tu vuoi proseguire con questa farsa! Cosa succederà tra qualche mese, Jess? Cosa succederà quando nascerà questo bambino?» Il disprezzo nella sua voce era quasi insopportabile.

«Io non... non lo so.» Jess non sapeva cosa dire, era paralizzata dalla paura. Stava per lasciarla, lo sentiva. Stava per gettare la spugna con il loro matrimonio, proprio come Dave aveva fatto con Emer.

Era troppo tardi e, nonostante avesse desiderato sistemare le cose tra loro, aveva mandato tutto a rotoli.

Avrebbe dovuto dirgli la verità e confessare di aver smesso di prendere la pillola ma, da quando aveva dato la notizia, la sera della festa, lui era stato così strano che Jess non aveva voluto rischiare di deluderlo ulteriormente.

In quel momento, però, lui le aveva offerto la possibilità di farsi perdonare e lei l'aveva sprecata.

Lo sguardo di Brian era colmo di tristezza. «Non so

più cosa fare con te, Jess, davvero. Mi sento escluso, un estraneo.»

«Ma non è vero! Non è affatto così! Questa cosa riguarda entrambi, e voglio che siamo felici. Credevo che... Pensavo che questo ci avrebbe resi felici.»

«Jess, prima lo eravamo. Ti è mai passato per la testa che avrei voluto fare dei figli con te, se solo tu non avessi preso questa decisione da sola? Ho sempre creduto che fossimo uniti.»

Al ricordo di quanto erano stati vicini in passato, Jess capì di non poterlo biasimare: aveva ragione a essere arrabbiato con lei per come si era comportata.

«Non so nemmeno più perché continuo a tornare a casa» aggiunse Brian in tono stanco.

«Come?»

«Hai sentito bene. Non so più cosa ci faccio, qui. Sono praticamente un soprammobile.»

«No» protestò lei, ormai terrorizzata. «Ho bisogno di te. Ti amo.»

«Mi hai fatto capire benissimo di avere più bisogno delle tue amiche mamme che di me. Ecco perché ci siamo ritrovati in questa situazione.»

«Brian...»

«No» la interruppe, rifiutandosi di ascoltarla. «Visto che il tuo piccolo progetto significa così tanto per te, credo proprio che dovresti portarlo a termine.»

Lei era sconvolta. Perché parlava a quel modo? Il *tuo* progetto? Quello era il *loro* progetto. «Intendi il bambino?» domandò, e lui annuì. Lo guardò, sollevata. «Sono così felice di sentirtelo dire... Insomma, io...»

«Non ho ancora finito.»

«Okay.» Avrebbe accettato qualsiasi compromesso, assecondato qualsiasi richiesta, se questo avesse sistemato il loro rapporto.

Brian fece un respiro profondo. «Come stavo dicendo, credo che tu debba portare a termine la... la gravidanza.»

L'idea lo disgusta al punto da non riuscire nemmeno a pronunciare quella parola ad alta voce?

«Sì, continua per la tua strada e fai tutti i folli progetti che vuoi» proseguì lui. «Ma non contare su di me. Non starò qui a subirne le conseguenze.»

E, dopo quelle parole, si voltò e uscì lentamente dalla cucina.

31

Dopo aver salutato Jess, Nina fece un giro per i negozi di Dublino. Il bus per Lakeview sarebbe partito alle cinque e mezzo, quindi aveva un po' di tempo a disposizione. Se la sarebbe presa comoda e avrebbe riflettuto sugli sviluppi della giornata.

Dopo la chiacchierata con Jess, aveva la sensazione di essersi tolta un'enorme peso dal petto. L'amica aveva ragione; in effetti, la questione poteva essere affrontata da diversi punti di vista, e lei doveva solo trovare il coraggio di farlo.

Le aveva promesso che avrebbe valutato le alternative, e così rimase immersa nei suoi pensieri per quasi tutto il pomeriggio, finché si ritrovò nell'affollatissima O'Connell Street. Dopo aver sgomitato nella calca del sabato, decise che era il momento di fare una pausa. Quel giorno si erano disputate le semifinali del campionato di hurling, e le strade cominciavano a riempirsi di tifosi che tornavano dalle partite di Croke Park. Nina non sapeva ancora chi avesse vinto, ma si augurò che fosse Galway: in fondo, quella città era stata la sua casa negli ultimi anni, e lei non provava lo stesso attaccamento per la rivale Tipperary.

Poco più avanti notò un bar d'angolo, il Kylemore Café, e pensò che fosse perfetto per rilassarsi con una tazza di tè e magari una fetta di torta. A quel pensiero il suo stomaco brontolò sonoramente e il bambino scalciò in segno di approvazione.

«Ho capito, ho capito. Stai tranquillo, adesso mettiamo qualcosa sotto i denti» disse Nina ridendo.

Una volta dentro, ordinò e cercò un posto tranquillo in cui accomodarsi. Vide che si era appena liberato un tavolino contro il muro in fondo e si sedette in fretta per evitare che qualcun altro lo occupasse. Il locale era gremito di tifosi delle diverse contee; mentre sorseggiava il tè, Nina osservò con attenzione gli altri tavoli, cercando di capire chi avesse vinto.

Improvvisamente, sentì una voce provenire da dietro di lei e le si gelò il sangue nelle vene.

«Te l'ho detto, John, se non mangi qualcosa adesso, tornerai a casa con una fame da lupi» stava dicendo un uomo con tono di rimprovero.

Come in trance, Nina si voltò. Seduta al tavolo, a pochi metri da lei, c'era una famiglia: madre, padre e tre bambini, la cui età andava all'incirca dai due ai sette anni. Indossavano tutti le magliette del Galway.

Nina era come paralizzata. Non riusciva a crederci né a dare un senso alla scena che aveva davanti. Cercò di distogliere lo sguardo ma, nonostante tutti i suoi sforzi, non poteva smettere di fissarli. Aveva l'impressione che una presenza invisibile avesse assunto il controllo del suo corpo, impedendole di muoversi.

«Papà, perché quella signora ci sta guardando?» chiese il bambino più piccolo.

Il padre seguì lo sguardo del figlio, e per un attimo i suoi occhi incontrarono quelli di Nina, prima di soffermarsi sul pancione.

Lei chiuse la bocca di scatto e sentì il calore affluirle alle guance. «Oddio...» sussurrò abbassando la testa, ancora incollata alla sedia. Dopo qualche istante si riscosse e si alzò in piedi; incerta sulle gambe, si affrettò verso l'uscita del locale.

Fuori, sentì gocce di sudore imperlarle la schiena e il cuore battere come se fosse sul punto di esplodere.

Aveva fatto solo qualche passo quando udì qualcuno chiamarla per nome: «Nina, aspetta, ti prego! Nina!».

Si girò e vide Steve che cercava di raggiungerla. «Lasciami in pace!» urlò, attirando l'attenzione dei passanti, ma non le importava. In quel momento, tutto quello che voleva era liberarsi di lui.

«Nina, fermati un secondo!» gridò lui. «Per favore.» La afferrò per un braccio e la costrinse a voltarsi.

«Non mi toccare!» protestò lei. «Hai già fatto abbastanza.»

«Ti prego, calmati. Hai... dimenticato la borsa.»

A quelle parole, Nina notò che Steve aveva qualcosa in mano. Nella fretta di andarsene aveva scordato di prenderla. Gliela strappò di mano e riprese a camminare.

«Nina, per favore, ascoltami.»

Sentì le lacrime salirle agli occhi. «Cosa vuoi, Steve?»

«Ti prego.» Il suo sguardo era fisso sul pancione, e lei capì che non poteva più nascondersi. «Cristo...» mormorò Steve, passandosi una mano tra i capelli.

«Be', almeno adesso lo sai» disse scrollando le spalle.

«Allora è per questo che... che hai reagito così male quando...»

«Quando ho scoperto che eri sposato?» lo interruppe con astio. «Sì.»

«Ma perché non mi hai detto nulla?»

«Che cosa diavolo avrei dovuto dirti, Steve? Che aspettavo un figlio da te dopo aver scoperto che avevi già una famiglia? Ma fammi il piacere.»

Lui scosse la testa. «Non credevo che...»

«Cosa? Che potessi rimanere incinta? Pensa, io non credevo che tu fossi sposato!»

«Lo so. Mi dispiace, Nina. Ho commesso un errore.»

«Puoi dirlo forte.»

Steve sembrava perplesso. «Senti... Posso fare qualcosa per te?»

«A parte sparire dalla mia vita? No.» La sua voce era dura, ma voleva ferirlo, farlo soffrire proprio come lui aveva fatto con lei.

Venire a sapere che l'uomo che amava non solo aveva una moglie, ma anche tre bambini, era stato devastante. Nina non aveva mai sospettato nulla, e ancora dopo tanti mesi faticava a capire come la persona di cui si era perdutamente e completamente innamorata avesse potuto vivere nella menzogna per tutto il tempo della loro relazione.

Anche se avevano lavorato nella stessa azienda, aveva conosciuto Steve solo quando era stata trasferita nel suo settore, quello informatico. Si era trattato del classico colpo di fulmine, e Nina si era presa una cotta da manuale per il tizio affascinante ma tranquillo che lavorava sul suo stesso piano. Non portava la fede e non le aveva mai parlato di una moglie o di una compagna. Erano usciti insieme un paio di volte ed erano andati talmente d'accordo che Nina non aveva mai pensato di fargli domande sulla sua vita privata. In fondo, perché avrebbe dovuto?

Era venuta a conoscenza della verità solo mesi dopo, quando aveva scoperto di essere incinta; non aveva avuto il coraggio di confessarlo subito a Steve, ma aveva cominciato a fare allusioni su una loro possibile convivenza.

«Amore, adesso non è davvero possibile. Non per il momento, almeno» le aveva risposto e, quando lei gli aveva rivolto uno sguardo confuso, lui l'aveva fatta sedere e le aveva preso le mani tra le sue. «Mi dispiace, Nina, non sono stato del tutto sincero con te» aveva cominciato, prima di spiegare con voce calma che non poteva andare a vivere con lei perché era già sposato. «Scusa, so che avrei dovuto parlartene prima, ma non ho mai trovato l'occasione giusta e alla fine ho capito di essere innamorato di te» aveva concluso imbarazzato, mentre Nina lo fissava con gli occhi fuori dalle orbite.

«Sei... sposato?»

«Sì, ma il mio matrimonio è finito. È finito da molto tempo, ed è giusto che tu lo sappia. Stiamo ancora insieme solo per i bambini. Altrimenti non sarei mai uscito con te. Avrei voluto dirtelo immediatamente, ma avevo paura che reagissi male.»

«Ci puoi scommettere! Ci frequentiamo dalla fine dell'anno scorso, Steve! Come hai potuto nascondermi una cosa del genere?»

E lei, come aveva fatto a non capirlo? In quel momento Nina si sentì profondamente stupida. Col senno di poi, gli indizi c'erano tutti: si erano sempre incontrati nell'appartamento di lei, e alcuni weekend non avevano potuto vedersi. All'epoca, però, Steve le aveva fornito spiegazioni che le erano sembrate plausibili: casa sua era fuori mano, o doveva fare visita alla madre anziana che viveva in campagna.

Gesù, era un cliché in piena regola, e lei era stata una perfetta idiota! E dire che stava per dargli quella che credeva una splendida notizia... In più, era atterrita dall'idea di essere stata una rovinafamiglie, seppur inconsapevolmente... All'improvviso, si era ritrovata in un incubo.

A differenza di Trish, quando aveva scoperto come stavano davvero le cose, lei non aveva più voluto saperne di Steve, anche se era incinta. Per quella ragione – senza far parola della gravidanza – aveva troncato la loro relazione la sera stessa e, appena le era stato possibile, aveva lasciato Galway.

Adesso, nel mezzo di O'Connell Street, cercò di risvegliare la rabbia e l'umiliazione che aveva provato e usarle come arma di difesa.

«Non sono affari tuoi, Steve. Nel modo più assoluto.»

«Be', certo che sono affari miei... Insomma, è anche mio figlio, no?»

Nina passò all'attacco. «Non hai nessun diritto, nessuno, di chiedere come sto io o come sta il bambino. Comunque, se hai paura di mandare a rotoli la tua bella famiglia felice, non ti preoccupare. Darò il bambino in adozione, in modo da non avere un costante ricordo della tua faccia. Sarà come se non fossi mai esistito. Mai.» Lui trasalì, e Nina capì di aver colto nel segno. «Spero solo che questa povera creatura non abbia preso troppo da te, così da grande non diventerà un bugiardo traditore.» Gettò un'occhiata alle sue spalle e vide la moglie e i suoi figli avvicinarsi lentamente. Vediamo come te la cavi con loro, pensò amareggiata, anche se sapeva di avergli fornito un'ottima scusa dimenticando la borsa al bar. «Torna da tua moglie, Steve. Ti sta aspettando.» Poi si girò e si allontanò. Non si voltò, non ne sentiva il bisogno: non rimpiangeva di avergli detto quelle cose, anzi lo sfogo l'aveva aiutata a prendere una decisione. Si augurò che in futuro il suo bambino potesse perdonarla, ma era stato necessario.

Incontrare Steve proprio quel giorno le sembrò un segno del destino: rivederlo le aveva dato una prospettiva nuova, diversa.

Adesso, Nina sapeva che la soluzione che Jess le aveva proposto era quella giusta, forse addirittura quella che stava cercando da mesi.

32

All'aeroporto di New York il tempo sembrava non passare mai.

Ruth aveva cercato più volte di telefonare a Charlie, ma aveva sempre trovato la segreteria. D'altra parte, pensò, in Irlanda era molto tardi. Decise di non preoccuparsi: sarebbe stato sicuramente felice di rivederla. Dal canto suo, lei voleva solo salire su un aereo e tornare a casa, da lui e dalla sua famiglia. Era sollevata: aveva finalmente fatto chiarezza nella propria vita, e sapeva che cosa le riservava il futuro.

Aveva preso il primo volo per New York per non doversi fermare troppo a Los Angeles, ma adesso l'attesa per la coincidenza la stava uccidendo.

Nell'istante in cui l'aereo per Dublino fu annunciato, Ruth si fiondò al gate; mentre aspettava che gli altri passeggeri si imbarcassero, era talmente ansiosa che continuava ad agitarsi sul sedile. Al momento del decollo, non riuscì a concentrarsi sul film che stavano proiettando né sul romanzo che aveva acquistato al duty free, e nemmeno a dormire. Si limitò a guardare fuori dal finestrino l'oscurità dell'oceano Atlantico, novemila metri più in basso.

Era consapevole che stava rinunciando a tutto quello per cui aveva lavorato e faticato tanto, per stare insieme all'uomo che avrebbe dovuto scegliere fin dall'inizio. E per il bene del bambino.

Forse la sua carriera non si sarebbe conclusa del tutto, pensò. Avrebbe potuto fare qualcosa più vicino a casa... Magari sarebbe potuta tornare a Hollywood per qualche ruolo degno di nota. Dopotutto, conosceva altre attrici che lavoravano in America pur vivendo in Europa. In fondo bastava essere flessibili, giusto? Comunque, le sue priorità erano cambiate, e tutto quello che le importava era una vita felice per lei e suo figlio.

Quando, diverse ore dopo, atterrò a Dublino, accese subito il cellulare, sicura che Charlie l'avesse cercata, le avesse lasciato un messaggio. Si alzava sempre presto, e probabilmente era in piedi già da un paio d'ore. Ruth si accigliò, stupita: nessuno dei suoi amici in Irlanda né i suoi genitori l'avevano cercata, né via mail né via sms. Nemmeno Charlie. Era turbata, ma non ci pensò troppo a lungo, perché altri messaggi si erano accumulati durante il volo.

Uno era di Erik: le comunicava che avrebbe cancellato il contratto con la rete televisiva se lei non avesse «riportato subito il culo in America».

Nella sua testa suonarono diversi campanelli d'allarme: aveva preso un impegno con la produzione di *Glamazons*, per quanto riguardava le riprese e la promozione della serie. Aveva immaginato che la sua decisione avrebbe avuto delle ripercussioni legali, ma a quanto pareva avrebbe dovuto affrontarle prima del previsto. L'idea di una denuncia la spaventò.

Il messaggio seguente era di Troy, che la accusava di essere una «stupida stronza». Scosse la testa di fronte alla sua idiozia. Quell'imbecille non imparava proprio mai: dopo averlo minacciato di diffondere la registrazione della loro telefonata, Ruth si aspettava che sarebbe stato più cauto, ma quel messaggio in segreteria non sembrava certo lasciato dal padre dell'anno. Sorrise tra sé e lo salvò nella memoria del cellulare. Non si sa mai, pensò.

Poi, scorse la rubrica fino al numero di Charlie e lo chiamò. Scattò subito la segreteria e lei avvertì un'angoscia sempre più assillante. Qualcosa non andava.

Appena si aprirono le porte corse fuori dall'aereo, senza nemmeno controllarsi allo specchio: voleva raggiungere Lakeview il più in fretta possibile. Uscita dal terminal noleggiò un'auto, quindi si lanciò sulla M50 in direzione della cittadina, con la mente proiettata sull'imminente incontro con Charlie. Era sicura che sarebbe stato più che felice della sua scelta.

Arrivò in fretta a destinazione, complimentandosi con se stessa per la guida sportiva e per non essere incappata in una multa per eccesso di velocità. Si inoltrò per le strade di Lakeview e finalmente imboccò la via dove abitava Charlie. Il suo cuore batteva a mille, e a quanto pareva aveva trasmesso la propria agitazione al bambino, che adesso scalciava senza sosta.

Ruth si massaggiò il ventre, parcheggiò e uscì dalla macchina. «Tranquillo, piccolo» sussurrò. «Lo so, lo so. Anch'io sono contenta di vederlo.»

Nervosa come una sposa che procede lungo l'altare, salì lentamente i gradini della porta d'ingresso. Per la prima volta, sentiva di avere la felicità a portata di mano e il resto della vita di fronte a sé. E non vedeva l'ora che cominciasse.

Avrebbe potuto usare il suo mazzo di chiavi, ma voleva che Charlie venisse ad aprirle. Voleva vedere che faccia avrebbe fatto, voleva che la abbracciasse. Bussò e aspettò di sentire il suono dei suoi passi.

Nulla.

Si voltò e osservò la macchina posteggiata nel vialetto. Era sicuramente in casa.

Ruth provò a suonare il campanello: forse non l'aveva sentita. D'un tratto, si rese conto che stava trattenendo il fiato nell'attesa spasmodica di cogliere un movimento all'interno.

Con un sospiro, frugò nella borsa finché trovò le chiavi. Entrò cautamente in casa e si inoltrò nel corridoio; chiamò Charlie, ma le rispose il silenzio. Poi si spostò in salotto; notò subito che c'era qualcosa di diverso.

Il suo sguardo fu attratto dal mucchio di articoli per neonati: una culla ancora nella sua scatola, in attesa di essere montata, e sacchetti di diversi negozi per bambini. Erano tutte cose che avevano comprato insieme nelle ultime settimane. Le avevano sistemate nella camera da letto degli ospiti al piano di sopra, che sarebbe stata adibita a nursery dopo la nascita del piccolo. Il cuore le martellava nel petto. Perché Charlie le aveva spostate in soggiorno?

Ruth sentì un nodo serrarle la gola. Tornò in corridoio e salì le scale. «Charlie? Amore, sei qui?» Arrivata sul pianerottolo, udì il primo rumore: sembrava che la tv fosse accesa a volume molto basso. Avvicinandosi alla camera da letto, vide una lama di luce filtrare da sotto la porta. «Charlie?» mormorò aprendola piano.

Lui era seduto a letto, circondato da diversi giornali, e guardava distrattamente lo schermo. Quando Ruth notò la sua espressione, spenta e vacua, ebbe la conferma che era successo qualcosa di grave. Bussò sullo stipite della porta per avvisarlo della propria presenza. «Ehi, sono tornata» disse abbozzando un sorriso, che si spense non appena lui alzò lo sguardo.

«E quindi?» replicò freddamente Charlie.

Ruth ebbe un tuffo al cuore. Forse è ancora arrabbiato perché sono partita in fretta e furia, ipotizzò. «Sono tornata davvero. Ho chiuso con Hollywood.»

«Sì, certo. Per quanto?»

«Per sempre.» Lei sorrise di nuovo: pronunciare quelle parole ad alta voce le aveva dato una bella sensazione. «Ho mandato tutti a quel paese: i produttori, il mio agente, persino Chloe. Probabilmente mi faranno causa tutti gli avvocati di Los Angeles, ma non mi importa.» Scosse la testa, cercando di alleggerire la tensione, ma si rese conto che il muro di indifferenza che aveva di fronte era invalicabile. Aveva bisogno che lui dicesse qualcosa di incoraggiante, qualcosa che dimostrasse che era contento che lei fosse lì. Ma la sua espressione rimase immutata. «Non sei felice di vedermi?»

«E come potrei essere felice?» grugnì lui. «Prima o poi cambierai idea, o sbaglio?»

«Cosa? No, non hai capito: questa volta resto qui. Ho detto a tutti che ho chiuso, che non ne voglio più sapere nulla, che...»

«Ma davvero? E allora come spieghi questo?» Afferrò uno dei giornali sul letto e lo scagliò nella sua direzione. Cadde a terra, e Ruth si chinò per raccoglierlo. Sentiva di essere per l'ennesima volta nei guai, anche se non sapeva perché.

Aprì la rivista e si ritrovò di fronte una fotografia a tutta pagina che ritraeva lei e Troy mentre si baciavano all'aeroporto. Il titolo, in caratteri cubitali, recitava: «La coppia del momento si è riunita! La gioia di Ruth e Troy per l'arrivo del loro bambino!».

Lei fece un profondo sospiro. «Oh, amore, non è nulla. Ormai sai bene come funzionano queste cose.»

«Come fai a dirlo?» urlò Charlie, con voce tremante. «Come fai a... liquidare così questa storia?»

Quella reazione la sconvolse: Charlie doveva sapere che erano le solite bugie messe in giro dai tabloid, e che quella era una foto creata ad arte per vendere più copie.

«Credimi, Charlie, mi ha praticamente teso un'imboscata» cercò di spiegare. «Stavo uscendo dall'aeroporto con Chloe e di colpo mi sono trovata davanti Troy. Mi stava aspettando e ha dato spettacolo per i paparazzi. Mi ha preso alla sprovvista, ero scioccata.»

«Sì, in effetti sembri davvero scioccata.»

Lei osservò di nuovo la foto, cercando di mettersi nei suoi panni. Troy la cingeva con un braccio e aveva una mano appoggiata sulla sua pancia. Si stavano baciando, e lei aveva gli occhi chiusi e la mano sul petto di lui. L'immagine trasmetteva passione, anche se Ruth sapeva che aveva chiuso gli occhi per il disgusto e che stava solo cercando di allontanarlo. Per quanto odiasse ammetterlo, Charlie aveva ragione: sembravano due amanti che si ricongiungevano dopo una lunga e dolorosa separazione.

Non riusciva a credere a quello che stava succedendo. «No, amore, non è come sembra. Se tu fossi stato lì...»

«Ah, è questo che vuoi che faccia? Seguirti in giro per il mondo come un cagnolino mentre ti diverti con quell'idiota? Certo, non vedo l'ora.»

«Charlie, ti prego. Lo stavo spingendo via. Non ho ricambiato il bacio. Per l'amor del cielo, non sapevo nemmeno che mi stesse aspettando! L'ha fatto solo per la pubblicità.»

«Ecco, questa è la differenza tra me e te, Ruth. Quello che fai per ottenere attenzione dai fotografi per me è inconcepibile.» Le fissò il pancione. «Sei libera di usare quello che vuoi per promuovere la tua carriera, ma non ti aspettare che io ne faccia parte.»

«No!» urlò Ruth, punta sul vivo da quell'insinuazione. «Non userei mai il bambino per questo! Senti, devi credermi. Ho capito che quella non è la vita che voglio, né per me né per mio figlio. Dopo qualche ora a Los Angeles ho chiesto all'autista di riportarmi in aeroporto. Volevo tornare da te. Credevo che saresti stato orgoglioso di me, che saresti stato felice che io stia rinunciando a tutto per noi, per il bambino. Non lo capisci?» Sentì un singhiozzo gonfiarsi nel petto, e le sembrò di soffocare.

Charlie le rivolse uno sguardo spento. «No, non ti credo.»

«Non mi credi? Vuoi che chiami un testimone che confermi la mia versione? Li ho mandati tutti a quel paese davanti all'autista. Lui te lo può dire.»

«Non mi interessa quello che hai fatto dopo la tua dannata epifania, o qualsiasi cosa ti sia successa» ribatté sgarbato. «Ti sto dicendo che non credo alla tua decisione. È solo una questione di tempo, lo so. Prima o poi cambierai idea e darai la colpa a me, al bambino... Sinceramente, Ruth, non me la sento. Te ne sei già andata due volte, non sopporterei una terza.»

«Questa volta non me ne sono andata! Ti avevo detto che sarei tornata, e infatti eccomi qui. Te l'avevo promesso.»

«Sì, ma dipende sempre tutto dai tuoi bisogni. Dipende sempre tutto da te, da quello che vuoi, da quello che ti passa per la testa! Non fai altro che calpestare chi ti sta vicino ogni volta che ne hai la possibilità, ma io non te lo permetterò, Ruth. Non più. Non posso essere il tuo passatempo finché non salta fuori qualcuno di più interessante.»

«No, Charlie, ascoltami! Io voglio questa vita. Voglio quello che abbiamo.» Ruth stava piangendo; si sarebbe gettata ai suoi piedi implorando perdono, se fosse servito a farsi ascoltare.

«Forse adesso pensi di volere questa vita, Ruth. Sei una persona incostante, e lo sai. Non appena ti annoi, non appena le cose ti sembrano troppo stabili, troppo normali, scappi. Un giorno mi sveglierei e scoprirei che te ne sei andata, di nuovo. Siamo troppo diversi, non può funzionare. Sto cercando di risparmiare un dolore a entrambi, non riesci a capirlo?» Il suo tono si era un po' addolcito, e lei intuì che era convinto di ciò che stava dicendo. «Vorrei solo che... oh, non so... Vorrei che l'altro giorno, quando ti ha telefonato la tua assistente, tu non avessi risposto. Che avessi visto oltre le apparenze, che avessi capito come ti stavano manipolando. Io lo sapevo e ti ho avvertito, ma tu sei partita lo stesso. Non hai nemmeno pensato a quello che ti ho detto perché t'importa solo di te stessa.»

«Sei ingiusto. Dovevo sbatterci la testa, e adesso so che ho fatto la scelta giusta.»

«Ormai è troppo tardi, Ruth. Te lo ripeto, non posso vivere così, non posso vivere nel terrore che cambierai idea.»

Lei non sapeva come rispondere a quelle accuse, né come convincerlo. Sembrava che avesse preso la sua decisione: non voleva più saperne di lei. «E il bambino?» chiese debolmente, con un filo di voce.

Charlie la guardò a lungo, poi le sue parole la ferirono come la lama di un coltello: «Ruth, non è nemmeno mio».

Quello stesso giorno, molte ore più tardi, Ruth stava guardando fuori dalla finestra della sua camera, con le guance rigate dalle lacrime. Non riusciva a dormire, e il panico aveva allertato ogni singolo nervo del suo corpo. Era finita. Charlie non voleva avere niente a che fare con lei. E nemmeno con suo figlio.

Aveva distrutto la sua carriera, distrutto in mille pezzi il suo mondo di Los Angeles, e tutto in nome di una vita in Irlanda che alla fine l'aveva rifiutata. Non aveva nulla e avrebbe dovuto ricominciare di nuovo da capo, e con la responsabilità di un figlio, per di più.

Era terribilmente egoista. Una persona volubile, che cambiava idea in continuazione.

Di colpo, l'amarezza suscitata dalle parole di Charlie

le riempì il cuore. Aveva pensato solo a lui e al suo bambino, aveva fatto tutto per loro, e cosa aveva ottenuto?

Strinse i denti. Charlie aveva ragione? Lei era come tutti gli altri? Passò mentalmente in rassegna alcune delle persone che aveva conosciuto a Los Angeles: Chloe, Troy, Erik. Il suo errore non era stato rinunciare a tutto per Charlie, ma credere di poter avere una vita normale, ed essere una persona normale quando aveva trascorso la maggior parte della propria esistenza fingendo di essere qualcun altro.

Era davvero ironico pensare che Ruth Seymour avesse vissuto cinque anni a Hollywood cercando di sfondare e ora fosse pronta a rinunciare a ogni cosa per diventare una mamma single come tante.

Sentì il battito del suo cuore accelerare. Che cavolo le era passato per la testa?

In quel momento, il BlackBerry vibrò; lo prese e vide che aveva ricevuto una mail dal suo agente.

Forse c'era ancora speranza, pensò, non tutto era perduto e, soprattutto, forse non era troppo tardi per rimediare agli errori. Sicura che fra lei e Charlie fosse ormai finita, avrebbe anche potuto tornare a Los Angeles per cercare di limitare i danni. Avrebbe potuto incontrare la produzione e capire se fosse possibile organizzare le riprese della *Figlia del soldato* rispettando i tempi della sua gravidanza.

Oh, il bambino...

Con il sostegno di Charlie, barcamenarsi tra tutti quegli impegni le era sembrato possibile, ma Ruth sapeva fin troppo bene che Los Angeles non era la città adatta a una madre single.

La mail di Erik era concisa e andava dritta al punto:

Non so che diavolo ti sia preso, ma per il bene di tutti spero che sia colpa degli ormoni. Tra quarantott'ore la rete ci farà causa, quindi ti consiglio di tornare qui. Ah, Peter Jackson ha appena chiamato. È ancora interessato. Per il momento.

Ruth abbassò lo sguardo sul pancione, consapevole di trovarsi di fronte a una scelta molto difficile.

La sua carriera di attrice o la maternità?

33

La data prevista per il parto di Nina si avvicinava sempre di più e lei sapeva di dover mettere a punto un piano prima che la situazione le sfuggisse di mano. Dopo l'incontro con Steve a Dublino, aveva capito che Jess aveva ragione: forse c'era una soluzione migliore, che avrebbe messo tutti d'accordo.

Seguì Trish nella stanza senza finestre in cui le sembrava di aver trascorso l'estate intera. L'amica stava per concludere il suo progetto e lei ne era davvero felice: aveva passato un'infinità di ore chiusa lì dentro, e non ne poteva più.

«Sono contenta di liberarmi di questa faccenda una volta per tutte» le disse alzando gli occhi al cielo. «Il problema è che... be', è un po' noiosa, ecco.»

Nina la guardò. «Be', quanto mai potrà essere interessante una storia fotografica di Lakeview?»

«Hai ragione, ma credevo che, tra gli aneddoti dei più anziani e i documenti recuperati in archivio, potesse saltar fuori qualcosa di divertente. Purtroppo è come leggere una vecchia brochure per turisti.»

«Sì, ma tutti compreranno il libro per beneficenza. Soprattutto se ci sono delle foto che li ritraggono.»

«Mmm, sono rimasti solo un sacco di scatti in bianco e nero. Mi servirebbe un filo conduttore, un tema, ma al momento l'unico possibile potrebbe essere: "Lakeview, un luogo in cui non succede quasi nulla".»

«Credevo che il filo conduttore fosse la storia» azzardò Nina, senza capire bene cosa si aspettasse Trish. In fondo, si trattava di un libro destinato ai cittadini del luogo, non al Pulitzer. «E la parte dedicata a Ruth? Quella dovrebbe essere interessante, no?» chiese poi pensando alla sezione sui personaggi famosi, di cui Ruth era l'unica esponente.

«Sì, ma speravo di riuscire a farle un'intervista come si deve. Però lei ormai è a Los Angeles.»

«No, è qui.»

Trish alzò la testa di scatto. «Come?»

«È tornata. Per Charlie, immagino. L'ho incrociata ieri. Qualcosa non va?» Nina si accigliò notando l'espressione turbata dell'amica.

«No, nulla. Hai visto le foto?»

«Sì, mi dispiace moltissimo per lei. La sua vita qui era così tranquilla... è un peccato che l'abbiano seguita fino a Lakeview.»

«Non parlo di quelle di lei e Charlie fuori dal negozio» chiarì Trish. Frugò nella borsa ed estrasse una rivista. «Parlavo di queste.»

Sfogliando le pagine, Nina osservò inorridita un'immagine di Ruth e Troy Valentine stretti in un abbraccio appassionato. «Ma che...? Quand'è successo?» domandò con gli occhi sgranati.

«Un paio di giorni fa, credo... Quand'era ancora a Los Angeles.»

«Ma perché mai dovrebbe flirtare con Troy Valentine? E Charlie?»

Trish scrollò le spalle. «Io sapevo solo che era tornata in America per discutere di una parte in un film importante. Quando ieri le hai parlato, ti ha accennato qualcosa?»

«Non ci siamo parlate. Stavo tornando a casa dalla caffetteria e l'ho vista passare. Stava guidando la macchina di suo padre. Di che film si tratta? Si trasferirà di nuovo in America? E come mai sei così informata?»

«Oh, voci di corridoio. Ma ti dirò una cosa: spero proprio che alla premiazione degli Oscar ci ringrazierà per aver ravvivato la sua fama a Hollywood.»

«Oddio, Trish... che cos'hai combinato?»

Lei sorrise. «Be', una vera giornalista non lascia che una bella storia vada sprecata, no?»

Nina la fissò. «Che cos'hai fatto?» chiese, anche se aveva già capito: Trish aveva informato i giornali della gravidanza di Ruth. «Come hai potuto? Lei si fida di te. Ce l'aveva confidato e tu l'hai tradita!»

«Oh, andiamo, è un'attrice di Hollywood, con lei non esistono "confidenze". E poi adora la pubblicità!»

Nina scosse la testa: non la capiva. Anche se era una giornalista e quel genere di cose rientrava tra i suoi doveri, le sembrava un comportamento senza scrupoli. «È stato un gesto davvero orribile da parte tua. Pensa a come deve essersi sentita quando si è vista assalire da quel fotografo a Lakeview... E pensa anche a come deve stare Charlie.»

«Dài, non farne un dramma! A Hollywood impazziranno per la sua storia con Valentine, e grazie al mio aiuto potrebbe ottenere un ruolo che magari le farà anche vincere un Oscar! Ne sarà felice.»

«Le telefono» disse Nina, cercando il cellulare nella borsa.

«Cosa? Perché?»

«Per sapere come sta, è ovvio. Quelle foto devono averla turbata. Di sicuro ormai odia Troy Valentine, e chissà cos'avrà pensato Charlie vedendole.»

«Nina, lascia perdere.»

«Perché? Diversamente da te, io la considero un'amica, e sono preoccupata per lei.»

«Non ci avevo pensato» commentò Trish, con un'espressione seria.

«Ruth? Ciao, sono io. Senti, ho appena visto le foto e mi chiedevo come... Cosa? Certo. Sono in biblioteca con Trish. Dove altro potrei essere?» Nina sorrise. «Sì, se ti va, sarebbe fantastico... Okay, ci vediamo tra poco.» Chiuse la comunicazione e si voltò verso l'amica. «Ci raggiunge qui.»

«Come? Adesso?» chiese lei, bianca in volto.

«Sì. Avevo ragione, al telefono sembrava davvero sconvolta.»

«Nina, forse... forse è il caso di non dirle che...»

«Che hai spiattellato la sua vita privata alle riviste scandalistiche?»

«Ti prego, Nina. Ho fatto quello che qualsiasi giornalista avrebbe fatto.»

«Non è vero. Hai tradito la fiducia di una persona, e credo che dovresti dirle la verità e scusarti.»

«Ma mi ucciderà!»

«Be', avresti dovuto pensarci prima, non credi?» Nina stava esagerando con i moralismi, lo sapeva, ma non riusciva a trattenersi. Sembrava che per Trish fosse diventata un'abitudine ferire il prossimo per il proprio tornaconto, e qualcuno doveva farle capire che le sue azioni avevano delle conseguenze. Purtroppo non poteva fare nulla per la moglie di Dave, ma almeno poteva assicurarsi che Trish si rendesse conto di cosa aveva fatto a Ruth.

Lavorarono in silenzio per un po'; Trish sfogliò pigramente alcuni vecchi giornali finché, mezz'ora più tardi, arrivò Ruth. Sembrava a pezzi, un vero straccio. Del suo fascino, quel giorno, non c'era alcuna traccia.

«Ciao» disse in tono cupo.

«Come stai?» le sorrise Nina, e il suo sguardo fu immediatamente attratto dal pancione. «Wow, è cresciuto ancora dall'ultima volta che ci siamo viste!»

«Già, purtroppo» sbuffò lei lasciandosi cadere su una sedia.

«Al telefono mi sei sembrata un po' giù. Va tutto bene?» le domandò Nina gentilmente.

L'amica scosse la testa e si mordicchiò il labbro inferiore. «No, per niente.»

«Cos'è successo? C'è stato qualche problema con Peter Jackson?» si lasciò sfuggire Trish.

Ruth la fissò. «Di cosa stai parlando? Come lo sai?»

Trish rimase in silenzio e si limitò a guardare nervosamente in giro per la stanza. Gli occhi di Ruth si posarono sulla rivista aperta sulla foto di lei e Troy. Nina capì che i nodi stavano venendo al pettine.

«Sei stata tu? Li hai portati tu qui a Lakeview?»

«Credevo che ti avrebbe fatto piacere, okay?» ribatté Trish con voce colpevole. «Insomma, la tua vita qui era fin troppo tranquilla, e adesso sei sotto i riflettori.»

«Ti sei mai chiesta se fossi interessata a questo genere di cose? Ti ha mai sfiorato l'idea che mi piacesse, quella vita tranquilla, e che volessi essere lasciata in pace?» urlò Ruth, strappando la pagina del tabloid.

«Ma perché?»

«Per Charlie, è ovvio! Ma anche con lui è andato tutto a rotoli.» Raccontò la reazione di Charlie alla foto con Troy, di come si rifiutasse di parlarle. «I miei complimenti, Trish! Mi hai rovinato la vita!»

Lei sembrava sotto shock. «Mi dispiace tantissimo... L'ho fatto senza riflettere, credevo davvero che ne saresti stata felice...»

«No, non sono affatto felice. Sono a pezzi. La mia vita è distrutta e sto pensando di tornare a Los Angeles. Voglio dimenticare questo stupido posto. Per sempre.»

Nina le strinse delicatamente una spalla, cercando di confortarla. «Ruth, andrà tutto bene. Vedrai che le cose con Charlie si sistemeranno, ne sono sicura... e anche con il bambino.»

«Ti sbagli. Non vuole saperne né di me né del bambino. Me l'ha detto chiaro e tondo.»

Trish fece un profondo sospiro. «Sono mortificata, Ruth.»

«Ho una proposta» esclamò Nina sperando di poter appianare la situazione. «Perché non andiamo da Ella e prendiamo un caffè? Mi aiuterebbe a superare questa giornata difficile... Non penso di reggere ancora a lungo qui dentro» concluse indicando le scatole zeppe di carte e giornali.

«Andate pure» rispose Trish con voce inespressiva. «Io ho ancora un paio di cose da finire.»

«Puoi venire, se ti va» mormorò Ruth in un'offerta di pace.

«No, davvero» insisté Trish, concentrata sul ritaglio di giornale che stringeva tra le mani. Si voltò verso Nina. «Prima ti ho detto che a Lakeview non succede mai nulla...» Puntò il dito sul titolo dell'articolo. «Be', dai un'occhiata a questo...»

34

Jess stava fissando la parte di armadio di Brian, e si sentiva persa. Dopo averle annunciato che se ne sarebbe andato, aveva portato quasi tutti i suoi vestiti nella stanza di un hotel lì vicino, dove attualmente viveva.

Anche di fronte alle grucce vuote, Jess non riusciva ad arrendersi all'evidenza dei fatti. Suo marito, la sua anima gemella, il suo migliore amico, l'aveva abbandonata. Non doveva finire in quel modo, non era così che lei aveva immaginato il futuro. Tutto ciò che era accaduto negli ultimi mesi aveva distrutto la loro felicità, e lei non sapeva da dove cominciare a raccogliere i cocci. Senza contare che era stata colpa sua.

Brian aveva ogni diritto di sentirsi tradito e ferito dalle sue azioni. Come le era saltato in mente di sospendere la pillola senza dirglielo, o di informare tutti che stavano cercando di avere un bambino? Che cosa le era successo? L'idea di perdere le sue amicizie l'aveva terrorizzata a tal punto da mettere a rischio il rapporto con suo marito?

In quei giorni aveva cercato di spiegargli le ragioni che l'avevano spinta a farlo, ma lui non aveva voluto ascoltarla. Quella volta aveva esagerato.

La cosa peggiore, però, era che non poteva parlarne con nessuno. Telefonare alle sue amiche per discutere della faccenda era fuori discussione; Emer stava attraversando un periodo difficile, e poi Jess non era pronta a confessarle che aveva tenuto Brian all'oscuro di quella decisione e fare l'ennesima figuraccia.

Era una situazione troppo complicata da spiegare, e lei sapeva che la maggior parte della gente l'avrebbe presa per una pazza. A dirla tutta, nemmeno lei riusciva a capacitarsi di quel comportamento. A Dublino era stata sul punto di confidarsi con Nina...

Nina, pensò Jess, speranzosa. Poteva fidarsi di lei, no? In fondo le aveva già raccontato tante cose quando si erano viste al bar.

Prese il cellulare e scorse la rubrica.

«Jess, ciao!» la salutò Nina rispondendo al telefono, ma lei capì subito che qualcosa non andava.

«Ciao! È un brutto momento?»

«No, no, figurati. Sono in biblioteca con Trish e Ruth. Ti avrei chiamata in questi giorni per ringraziarti della chiacchierata. I tuoi consigli sono stati preziosi.»

«Ecco, parlando di consigli...» Nonostante gli sforzi, Jess sentì la propria voce vacillare.

«Stai bene?» le chiese Nina. «Sembri un po'... triste.»

La gentilezza del suo tono fece scattare qualcosa in lei, che senza nemmeno accorgersene si ritrovò a piangere a dirotto. «Scusami» disse e, tra i singhiozzi, le fece un rapido riassunto di quello che era successo. «Non dovrei annoiarti con questi problemi, ma non so veramente dove sbattere la testa.»

«Oh, tesoro, non dirlo neanche per sogno. È normale che tu voglia sfogarti.» Abbassò la voce. «Aspetta un attimo, mi sposto nell'altra stanza.» Dopo un paio di secondi, durante i quali Jess cercò di ricomporsi, Nina riprese a parlare. «Sei sicura che non sia un semplice litigio?» domandò con dolcezza. «Magari Brian deve solo sbollire un po', e dopo tornerà tutto come prima.»

«Non credo, Nina. Questa volta ho davvero combinato un disastro. Continuava a ripetermi quanto era deluso e che mi stavo prendendo in giro da sola. Avresti dovuto vedere il suo sguardo.» A quel ricordo provò un dolore insostenibile, e si rese conto che in effetti aveva male: una fitta acuta e affilata al ventre. Senza fiato, si sedette sul letto, e in quel momento fu colpita da un'altra fitta, che la fece piegare in due. «Oddio.»

«Jess? Che succede? Qualcosa non va?» chiese Nina preoccupata.

«Sto bene» replicò a fatica. Al crampo successivo, capì che quella non era semplicemente una manifestazione fisica della propria sofferenza: era dolore puro. «Oddio» ripeté, stringendo i denti.

«Jess, mi stai spaventando. Dimmi cosa c'è!» la pregò l'amica, con la voce venata dall'ansia.

«Non lo so. Ho male alla pancia. Parecchio» riuscì a dire, affannata.

«Da quanto? Cerca di fare dei respiri profondi. Visto che sei incinta, credo sia il caso di chiamare un medico.»

Jess si sentì invadere dal panico. Quella settimana si stava rivelando la peggiore della sua vita. «Oh... Cristo!» gridò quando un'altra ondata di crampi la assalì. Il cellulare le scivolò tra le dita, cadendo a terra.

«Jess? Jess!» sentì la voce di Nina che la chiamava, ma non riusciva a muoversi.

Aspettò che il dolore scemasse, poi si chinò a raccogliere il telefono. «Ci sono» disse, cercando di rialzarsi. Si appoggiò alla cassettiera, e in quel momento si rese conto di essere in un bagno di sudore. «Sto bene.»

«Non mi pare proprio.»

Lei scosse la testa, decisa a convincere Nina che era tutto a posto. Poi si voltò verso il letto su cui era stata seduta fino a un attimo prima. «Oh, mio Dio» sussurrò, con il cuore che le martellava nel petto.

«Parlami, dimmi cosa sta succedendo, ti prego.»

«Sto sanguinando» le disse in un soffio, prima di arrancare verso il bagno. Abbassò lo sguardo sui pantaloni e vide che erano rosso scuro. «Nina, sto perdendo molto sangue. Cosa devo fare? Cosa faccio?»

«Oddio... Stai calma, okay?»

Nonostante cercasse di mantenere il controllo, Jess si ritrovò di nuovo piegata in due quando sopraggiunse un'altra fitta.

«Jess, chiama subito l'ospedale e fatti mandare un'ambulanza. Ma prima devi darmi il numero di Brian.»

«No, non voglio dirgli niente. Con me ha chiuso e...»

«È tuo marito e tu hai bisogno di aiuto. Io sono troppo lontana per darti una mano, quindi dammi subito il suo numero» le ordinò.

Ascoltando la sua voce calma e misurata, Jess capì di non avere scelta, e le dettò il numero.

«Okay, adesso metti giù e chiama subito l'ospedale. E cerca di stare tranquilla. Di sicuro non è nulla di grave, ma dobbiamo esserne sicure. Va bene, tesoro?»

«Va bene.» Jess annuì e fece come le aveva detto l'amica. Con una smorfia di dolore, si sforzò di placare il terrore che le montava dentro.

Jess aspettò per quelle che le sembrarono ore l'arrivo dell'ambulanza, sentendosi sempre più nervosa e stanca. Su consiglio del Pronto soccorso, aveva lasciato aperta la porta d'ingresso per i paramedici e si era spostata nel bagno al piano terra con le gambe alzate. Ormai aveva il fiato corto ed era madida di sudore, i capelli le si erano incollati alla testa, e le fitte erano sempre più forti.

Finalmente, udì dei rumori provenire dal corridoio.

Grazie al cielo...

«Sono qui!» urlò una voce.

Sentì uno scalpiccio affrettato che si avvicinava. Ma non erano i paramedici: era Brian, e sembrava spaventato quanto lei.

«Jess, amore, cos'è successo?» Si sfilò la giacca e la gettò a terra, poi le si inginocchiò di fianco.

Lei scoppiò a piangere: era sollevata di non essere più sola, ma soprattutto perché Brian era accorso in suo aiuto. «Non... non lo so. Ho avuto dei crampi e poi ho cominciato a perdere sangue, molto sangue, e...»

«Ssh, stai tranquilla. Adesso ti porto in ospedale.» Con mani tremanti, bagnò un asciugamano e la pulì delicatamente dal sangue. «Hai tanto male?»

Lei scosse la testa: la sua presenza l'aveva distratta dal dolore. «Ti ha chiamato Nina?»

«Sì, amore.»

Se Brian avesse agito per senso del dovere, lei non

avrebbe potuto sopportarlo. Se, una volta che tutto fosse finito, lui se ne fosse andato di nuovo... No, non avrebbe retto quel colpo. Jess notò che anche i suoi occhi erano velati di lacrime.

In quel momento udirono dei rumori provenire dall'esterno. Brian si alzò in fretta. «Dev'essere l'ambulanza.»

Jess non ricordava l'ultima volta in cui aveva visto il marito piangere, forse mai; quel pensiero riaccese la sua angoscia. «Oh, Brian, è tutta colpa mia! Non avrei mai dovuto...»

«Amore, andrà tutto bene. Adesso ti porteranno in ospedale, e presto sarà finita. Il bambino starà bene.»

«Ma tu non vuoi...»

«Certo che voglio. Te lo giuro» la rassicurò, con la voce ridotta a un sussurro. «Andrà tutto bene.»

Un'ora più tardi, quando il medico la lasciò sola nella stanza, Jess affondò il viso in un cuscino, persa tra i singhiozzi. Brian era seduto in un angolo del letto, cercando goffamente di abbracciarla senza staccare i tubi e la flebo.

«Non riesco a crederci» disse Jess tra le lacrime, voltandosi verso di lui mentre il sollievo inondava il suo corpo. «Non riesco a credere che sia tutto a posto.»

«Te l'avevo detto» ribatté Brian con un debole sorriso. Era ancora pallido e il suo sguardo aveva un che di inafferrabile. Forse era confuso e stava provando sensazioni contrastanti ma adesso Jess, grazie a quell'incredibile spavento, sapeva di desiderare il bambino che portava in grembo, di volerlo con tutto il suo cuore.

E se questo significava dover rinunciare a Brian, be', avrebbe trovato il modo di superarlo. «Non sei obbligato a rimanere, lo sai» mormorò timidamente. «Hai sentito cos'ha detto il dottore, posso tornare a casa. Starò bene, non ti preoccupare.»

«No, io rimango qui. Dove altro dovrei andare?»

«Dove sei stato negli ultimi giorni, immagino.»

«Jess, io...» Si passò una mano tra i capelli e lei si preparò: stava per dirle che non era pronto per diventare padre, che non era stata una sua scelta; stava per dirle tutto quello che pensava, ne era certa.

«Va tutto bene, davvero. So che non era quello che desideravi. Ho agito di testa mia e tu hai il diritto di essere arrabbiato con me.»

«Non è questo... Sì, ero furioso perché mi hai escluso, ma...»

«Ma...?»

«Jess, fino a oggi ho creduto che tu... Quel giorno alla festa... Insomma, credevo che stessi fingendo.»

«Fingendo cosa?» domandò lei, confusa.

Lui le fissò il ventre. «Il bambino... l'intera gravidanza, ecco.»

Jess lo guardò stupita. «Pensavi che stessi fingendo di essere incinta?»

Lui fece cenno di sì.

«Dio, Brian, che razza di psicopatica farebbe una cosa del genere? Non riesco a credere che tu...»

«Calmati... Lo so, lo so, è stato stupido da parte mia, ma ho immaginato che ti fossi fatta prendere la mano e non sapessi come fare marcia indietro.»

Brian sembrava dispiaciuto, ma lei era senza parole.

Suo marito era stato convinto per tutto quel tempo che lei gli avesse mentito? Adesso capiva quei discorsi sull'onestà, sull'essere sinceri.

«Ma perché mai avrei dovuto fare qualcosa di così...» Scosse la testa. «Ho una fervida fantasia, d'accordo, ma... come hai potuto pensare una cosa simile?»

«Non lo so. Mi dispiace, è stato un insieme di eventi. A dire la verità, ero arrabbiato. La tua testardaggine, questa tua fissazione... mi hai fatto davvero infuriare. E anche il modo in cui hai annunciato di essere incinta... Voglio dire, Jess, io non lo sapevo nemmeno! In quel momento non c'è stato nulla di privato o di speciale. Avremmo dovuto scoprirlo insieme.»

Lei annuì, in preda alla vergogna.

«Devi capire che ero ferito. Eri più interessata alle tue amiche e a cosa avrebbero pensato di te che al nostro matrimonio.»

Adesso era tutto più chiaro: ecco perché non aveva voluto discuterne con lei, ecco perché era stato così strano e distante.

Anche se non riusciva ancora a perdonarlo per aver supposto quelle cose, era almeno sollevata di aver ricevuto una spiegazione, qualunque fosse.

«Cosa credevi che avrei fatto al termine della presunta gravidanza? Che avrei rapito un neonato?»

Lui scrollò le spalle. «Non lo so. C'è stato un periodo in cui parlavi in continuazione di Nina, delle difficoltà che avrebbe dovuto affrontare quando suo figlio fosse nato, e mi sono chiesto se...»

Jess spalancò la bocca, intuendo dove Brian sarebbe andato a parare. «Hai davvero pensato che avrei potuto adottare il figlio di Nina? E poi sarei io, quella con la fervida immaginazione?»

Adesso era lui in imbarazzo. «Lo so, è stato stupido, e quando prima ti ho trovata in una pozza di sangue mi sono vergognato da morire» ribatté scuotendo il capo. «Ma adesso so la verità, tu stai bene e... Insomma, adesso posso cercare di abituarmi all'idea di diventare genitore.» Sorrise. «Mi ci vedi come papà?»

Il cuore di Jess si riempì di sollievo. «Sarai un papà straordinario» disse, stringendogli una mano. «Se vorrai esserlo, naturalmente.»

«Certo che lo voglio, e ti giuro che non ti lascerò mai più. Non permetterò che un altro malinteso ci allontani. Ho solo bisogno che tu mi prometta che, qualsiasi cosa accada, me ne parlerai, come facevi una volta.»

«Te lo prometto.»

Lui si allungò per baciarla e Jess capì quanto l'aveva desiderato, quanto aveva desiderato la sua presenza e il suo sostegno. Gli sfiorò il viso con la punta delle dita.

Rimasero abbracciati in silenzio per qualche istante, finché la calma venne interrotta dalla suoneria del cellulare di Brian, che lanciò uno sguardo al display.

«Oddio, è Nina. Le avevo detto che le avrei fatto sapere come stavi, ma me ne sono dimenticato.»

«Poverina, dev'essere preoccupata. È stata così buona con me... e non perché stiamo tramando alle tue spalle come pensavi» commentò sarcastica Jess. «Non so davvero come avrei fatto senza di lei.» Quindi prese il telefono dalle mani del marito e spiegò all'amica, sollevata e contenta, che andava tutto bene. «Per fortuna è stato solo un grosso spavento. Tornerò a casa nel pomeriggio.»

Quando la conversazione si concluse, Brian sorrise. «Ho sempre pensato che fosse una brava persona, un'ottima amica. La conosci da poco, eppure ti è stata più vicina di quanto Emer e Deirdre abbiano fatto nell'ultimo periodo... spero che tu lo sappia.»

Lei annuì tristemente. Non aveva idea di come si sarebbe evoluto il suo rapporto con le ragazze ma, qualsiasi cosa fosse successa, lei ci sarebbe sempre stata per Emer. Era quella la vera amicizia: stare vicino alle persone care nel momento del bisogno, e non farle sentire escluse o vulnerabili. Ma forse, da quel punto di vista, lei stessa era stata il suo peggior nemico, rifletté tra sé.

«Il nostro bambino e quello di Nina saranno quasi coetanei, cresceranno insieme. Sarà fantastico, non trovi?» riprese Brian, ancora sorridendo.

Lei non rispose. Perché, dopo la sua chiacchierata con Nina, sapeva che forse non sarebbe andata così.

35

«Jess sta bene» esclamò Nina dopo aver chiuso la telefonata. Era con Ruth e Trish da Ella; stavano discutendo dell'articolo che avevano trovato poco prima in biblioteca.

«Che bella notizia!» commentò Ruth mentre la sua mano correva istintivamente al pancione in un gesto protettivo. «Dev'essere morta di paura.»

«Sì, tutto è bene quel che finisce bene» disse Trish, impaziente. Guardò di sottecchi Ella, che stava servendo un altro tavolo. «Allora, chi glielo chiede?»

Ruth si appoggiò contro lo schienale della sedia. «Be', è il tuo progetto, quindi direi che l'onore spetta a te.»

La conversazione fu interrotta bruscamente dall'arrivo di Ella. «Buongiorno, ragazze. Come va?»

Ruth le sorrise. «Tutto bene, grazie. E tu?»

«Oh, di corsa come sempre» disse con il solito brio. «Nina, tesoro, non pensare nemmeno per un attimo di metterti il grembiule, okay?»

Lei rise. «A dire il vero» rispose lanciando un'occhiata a Trish, che fece un cenno d'assenso, «stavamo aiutando Trish a raccogliere il materiale per il suo libro e... abbiamo trovato qualcosa di cui ti vorremmo parlare.»

«Ma certo, contate pure sul mio aiuto» ribatté la donna. «Vivo qui da sempre, lo sapete. Allora, cosa vi posso portare? Caffè e pasticcini, magari? Anzi, no, ho appena sfornato dei muffin che...»

«In realtà vorremmo parlarti di una cosa successa proprio qui nel tuo locale.»

«Ah, sì?» fece lei, sorpresa. «Strano, non ricordo nulla di interessante accaduto qui...»

Trish estrasse dalla borsa la fotocopia dell'articolo. Non appena Ella lesse il titolo che campeggiava sull'immagine della caffetteria, la sua memoria si risvegliò. Impallidì e spalancò gli occhi.

«Ella, stai bene?» le domandò Ruth.

L'altra annuì. «Sì, certo.»

Trish si voltò verso di lei, assumendo subito un atteggiamento professionale. «Cosa puoi dirci su questo servizio? Cos'è successo? Chi è il colpevole?»

«È passato talmente tanto tempo che me n'ero quasi dimenticata» disse con un sorriso tirato, e Nina notò che si stava tormentando le mani. «Allora, vi porto un caffè?»

«Davvero? Sembra una cosa piuttosto difficile da dimenticare. Insomma, non capita tutti i giorni che...»

«Mi dispiace, tesoro, ma non ho davvero il tempo di chiacchierare. Magari più tardi, quando ci sarà meno da fare.»

«Ma...»

La donna si allontanò in fretta e, anche se il locale era piuttosto affollato, Nina non vide nulla di particolarmente urgente. Quindi, concluse, Ella aveva paura di parlare di quella storia.

Ma perché? Aveva forse fatto qualcosa di sbagliato? Nonostante tutti i loro sforzi, in biblioteca non erano riuscite a trovare nessun altro articolo che riguardasse la vicenda. Come aveva giustamente fatto notare Trish, sembrava quasi che non fosse mai successo.

Nina si chiese se fossero state troppo invadenti nell'affrontare la questione con Ella. Dopotutto, era stata coinvolta in prima persona...

«Che strano» commentò Trish. «Avete notato la sua faccia quando ha visto la fotocopia? C'è qualcosa sotto, ne sono sicura. Altrimenti, perché mai avrebbe dovuto scappare in quel modo?»

«Non saprei, Trish. Forse è una questione personale e non vuole raccontarla in giro» suggerì Ruth, dando voce ai pensieri di Nina.

«In ogni caso, se in biblioteca credevo che fosse una storia interessante, adesso ne ho la certezza. E non mi darò pace finché non avrò scoperto di che si tratta.»

«Ma non impari mai?» si spazientì Ruth, e l'altra arrossì all'istante. «Non sai con cosa hai a che fare e vuoi intrometterti nella vita di una persona, rischiando di riaprire vecchie ferite.»

«Ha ragione lei, Trish. Non sono affari tuoi, non ti riguarda, e da questa storia non può uscire nulla di buono.»

«Come fai a saperlo?» replicò lei fissandola. Lisciò la fotocopia sul tavolo. «Guarda la data.»

Ruth scrollò le spalle. «Appunto. È successo un sacco di tempo fa.»

«No, guarda meglio.»

«Non capisco dove vuoi andare a parare, Trish.»

«Ragazze, è successo trent'anni fa, cioè quando siamo nate. A parte Ruth che ne ha venticinque, certo» precisò ridendo.

Le altre due non si unirono alla sua risata. Continuarono a studiare l'articolo, cominciando a capire.

«Oddio» sussurrò Nina, rileggendo per l'ennesima volta il titolo: «Neonato abbandonato davanti alla caffetteria». «Quel bambino potrebbe essere qualcuno che conosciamo.»

«Non dite sciocchezze» obiettò Ella qualche minuto dopo, quando le tre amiche ripresero il discorso, ma era rossa in viso e i suoi occhi saettavano a destra e sinistra, come in cerca di una via di fuga. Le ragazze avevano ipotizzato che avesse preso con sé il piccolo, l'avesse cresciuto... O magari l'aveva tenuto solo per qualche tempo?

Qualsiasi cosa fosse successa, la donna era molto turbata da quell'articolo e dalle domande insistenti. «Ve l'ho detto, è successo una vita fa, me n'ero quasi dimenticata.»

«Sai dirci qualcosa della madre?» chiese Ruth pensando all'appello della polizia menzionato nell'articolo. «Si è mai fatta viva?»

«Sì, naturalmente. Non c'è stato nessun problema, si è risolto tutto nel giro di poche ore. Davvero non capisco perché questa faccenda vi interessi tanto. Non c'è niente da sapere, ecco tutto.»

«Niente da sapere?» ripeté Ruth ridacchiando.

«Ella, probabilmente questo è l'evento più sensazionale nella storia di Lakeview... Se escludiamo il successo di Ruth, ovviamente» aggiunse Trish in fretta, e l'amica sorrise. «Insomma, vogliamo solo capire di chi si tratta, giusto per fare chiarezza. Quel bambino dovrebbe essere più o meno nostro coetaneo, quindi ci sono ottime probabilità di conoscerlo.»

«Come pensate che si sentirebbero le persone coinvolte, se vi rivelassi tutti i dettagli?» sbottò Ella. «Trish, fatti gli affari tuoi, per una volta. Non verrà fuori nulla di buono dal ficcare il naso nella vita di qualcun altro. Piantala subito.»

Seguì un breve silenzio di fronte a quell'aspetto del carattere di Ella che nessuna di loro aveva mai visto. Doveva trattarsi di una faccenda molto personale.

«Non farne un dramma, Ella. Eravamo solamente curiose.»

«Trish, lascia stare» intervenne con delicatezza Nina, decisa a interrompere quell'interrogatorio. «Ha ragione lei, non sono affari nostri. Basta così.»

La giornalista stava per aggiungere qualcosa ma, notando lo sguardo esasperato di Nina, ci ripensò. «Oh, va bene» disse sospirando. «Pensavo solo che potesse essere uno spunto interessante per il libro.»

Era una scusa pietosa, e lo sapevano tutte.

«Tesoro, è meglio non rivangare certe cose. Fidati di me» ribatté Ella, visibilmente più rilassata. «E adesso torno al lavoro.»

«Vuoi che mi fermi e ti aiuti un po'?» chiese Nina, sentendosi in colpa. «La situazione ora sembra più tranquilla, ma...»

«Figurati, Alice e io ce la caveremo alla grande.» Si voltò verso la cucina. «Ci vediamo domattina?»

«Certo. Sai quanto mi piace il turno di mattina» scherzò Nina, pensando che quelle levatacce sarebbero diventate la normalità, quando fosse nato il bambino. Ormai mancavano solo poche settimane.

Le tre amiche uscirono dal locale e si diressero al lago.

«Da come ha reagito sembrava che a essere abbandonato fosse stato il principe William» sbuffò Trish.

«Sì, è stato strano» confermò Ruth pensierosa, mentre camminavano.

«Possiamo ancora scoprire di chi si tratta» proseguì Trish. «Basta chiedere a qualcun altro che in quel periodo viveva qui.»

Nina alzò gli occhi al cielo. «Insomma, Trish, ma non hai sentito una parola di quello che ha detto Ella?»

«Oh, andiamo! Non possiamo far finta di niente, e scommetto quello che vuoi che non sono l'unica curiosa.» Si rivolse a Ruth: «Tu che ne pensi?».

«Be'... ascoltando Ella mi è venuta in mente una cosa... E se non volesse parlarne perché riguarda una di noi?»

Trish spalancò gli occhi. «Oddio, non ci avevo pensato!»

«Non stai dicendo sul serio» intervenne Nina. «Nessuna delle nostre madri potrebbe fare una cosa del genere. Abbandonarci davanti a una caffetteria? Che assurdità!» Era certa che Cathy non avrebbe mai fatto nulla di simile, nemmeno tra un milione di anni.

Lo sguardo di Ruth era fisso a terra, sembrava abbattuta. «L'articolo è stato pubblicato solo pochi giorni dopo la mia nascita... Potrei essere io.»

«Ruth, non dire così.»

«Davvero, Nina, non mi sorprenderebbe più di tanto. So di essere stata un... incidente» spiegò con un'espressione desolata. «Credo sia per questo che sono figlia unica...»

E forse è il motivo per cui hai cercato di farti accettare per tutta la vita, rifletté Nina.

«Oh.» Per una volta, Trish pareva a corto di parole. «Se questa storia ti preoccupa tanto, la decisione spetta a te, Ruth. Lasciamo perdere. Come ha detto Ella, non può uscirne niente di buono.»

«No, credo di voler sapere. Cioè, se fosse vero sarebbe un trauma, ma almeno non sarò tormentata dal dubbio come adesso.»

Nina le circondò le spalle con un braccio. «Sei sicura? È successo molti anni fa, ed è una cosa che riguarda solo te e la tua famiglia.»

L'amica fece correre lo sguardo sull'ampia distesa d'acqua di fronte a sé, che alla luce del tramonto aveva il colore del fuoco. «Sì. Devo sapere.»

Le tre amiche rimasero in silenzio per qualche minuto mentre assorbivano la portata di ciò che avevano scoperto, e di ciò che avrebbero potuto ancora scoprire.

«Allora, cosa facciamo?» chiese alla fine Ruth.

«Continuiamo a fare domande» azzardò Nina. «Forse potremmo provare con gli anziani che Trish ha già intervistato, quelli nati e vissuti a Lakeview. Era poco più di un paese a quei tempi, di sicuro un evento del genere non è passato inosservato.»

Trish stava guardando lontano, in direzione della casa di Nina. Sembrava immersa nei suoi pensieri. «Che ne dici di tuo padre?» chiese, voltandosi verso di lei.

«Cosa potrebbe saperne?» Nina sembrava dubbiosa.

«Be', dici sempre che non ha mai messo piede fuori

da Lakeview, quindi probabilmente era qui quand'è successo.» Trish guardò le amiche. «Forse avremmo dovuto parlare subito con lui.»

«Pensi che sappia qualcosa?» chiese Ruth.

«Anche in quel caso, non è detto che ce lo dica» rispose Nina con voce strana, e le altre due le rivolsero uno sguardo interrogativo. «Negli ultimi tempi non siamo andati esattamente d'amore e d'accordo, soprattutto da quando ha capito che non stavo nascondendo un pallone da basket sotto la maglietta» spiegò asciutta. «Cerchiamo perlopiù di evitarci.»

Ruth fece un respiro profondo. «Forse non è una grande idea, allora. E, poi, io lo conosco appena.»

Nina rise sconsolata. «Non preoccuparti. Lo conosco tanto quanto te, e io sono sua figlia. Andrà tutto bene, vedrai.»

Arrivate alla casa, salirono i gradini che portavano alla porta d'ingresso, Nina in testa. Entrando, chiamò: «Papà? Ci sei?».

Una specie di grugnito risuonò dalla cucina, e loro si scambiarono un'occhiata. Nina si limitò a scrollare la testa e sorrise come a dire: «Visto?».

«Papà, sono io, sono con due amiche» annunciò.

A quel punto Patrick si affacciò in corridoio, incuriosito. «Oh, salve» borbottò, e la figlia vide il suo sguardo posarsi prima sul suo pancione e poi su quello di Ruth.

Se ne accorse anche lei, che fece un passo avanti e sfoderò il suo abbagliante sorriso da red carpet. «Buonasera, signor Hughes» cinguettò. «Probabilmente non si ricorda di me, ma negli anni ha fatto diversi lavoretti per i miei genitori. Sono Ruth, la figlia di Ollie Seymour.»

«Ah, sì» replicò lui, fissando la sua mano tesa come se fosse incerto sul da farsi. Nina fu sorpresa di notare un luccichio nei suoi occhi: l'aveva riconosciuta. Possibile che suo padre fosse un fan di *Glamazons*? Ma no, cosa andava a pensare? A Patrick non interessava la tv, se si escludevano il telegiornale e la sua ossessione per le componenti elettroniche.

Tornando invece al motivo della loro visita, poteva averla riconosciuta perché era proprio lei il neonato abbandonato? No, adesso stava saltando alle conclusioni. Di certo suo padre aveva già visto Ruth: se non sui giornali di gossip, almeno durante la sua adolescenza a Lakeview. In fondo, aveva detto lei stessa di aver lavorato per la sua famiglia.

«E ti ricordi di Trish» disse Nina riscuotendosi dai suoi pensieri, mentre l'amica faceva un cenno di saluto.

Di certo non si può dire che sia un padrone di casa impeccabile, pensò Nina, imbarazzata dalle cattive maniere del padre, che non aveva salutato né stretto la mano a nessuna delle ospiti. Si ricordò che erano lì per una ragione ben precisa, certo non per prendere un tè con lui.

«Stavo preparando la cena, ma non ho abbastanza cibo per tutti» le disse Patrick.

Lei gemette, mortificata. Non avrebbe potuto essere più scontroso nemmeno se si fosse impegnato. «Non ti preoccupare, non siamo qui per mangiare. Ci stavamo chiedendo se potessi aiutarci.»

«Uh?» Patrick guardò oltre le loro spalle, cercando d'istinto un televisore o qualche altro aggeggio.

«Non abbiamo nulla da far riparare. Ti ruberemo solo un minuto.»

Lui si accigliò, ma sembrava più confuso che irritato.

«Visto che ha sempre vissuto qui a Lakeview...» intervenne Trish. «Ricorda che le ho parlato del libro che sto scrivendo?»

Seguì un altro grugnito; Nina sarebbe stata pronta a scommettere che lui non aveva la più pallida idea di cosa stesse dicendo la sua amica, ma lui la sorprese: «Ti ho già detto che non ho nessuna fotografia».

«Non si tratta di quello. Nell'archivio della biblioteca abbiamo trovato un articolo che parla di un fatto accaduto qui molto tempo fa, e ci chiedevamo se lei ne sapesse qualcosa.»

Un altro grugnito.

Trish infilò una mano in borsa. «Le andrebbe di darci un'occhiata?»

«Mi piacerebbe di più andare a cena.»

«Si tratta di un piccolo favore, papà. Se l'articolo non ti dice niente, non c'è problema. Se lo potessi guardare un attimo...»

«Tua madre sarebbe più indicata. Sì, dovresti proprio chiedere a lei, è la persona adatta.»

«Ma la mamma non è qui, sbaglio?» replicò Nina tra i denti.

«Dovresti chiedere a lei» ripeté Patrick, ignorandola.

Lei guardò le amiche, come a dire che era stata una perdita di tempo. Era chiaro che suo padre non aveva la minima intenzione di aiutarle, e che era sempre il solito orso testardo e scostante. «Mi dispiace» sospirò, mentre lui tornava in cucina. «È inutile, faremmo meglio ad andarcene.»

«Oh, per l'amor del cielo» esclamò Trish, seguendolo nell'altra stanza. «Signor Hughes, per favore, dia uno sguardo all'articolo e la lasceremo in pace» disse porgendoglielo. «Vogliamo sapere che cos'è successo.»

Il padre di Nina scorse rapidamente il foglio, quindi abbassò gli occhi. «Perché siete venute da me?» chiese in tono piatto.

«Come le abbiamo detto, pensavamo che potesse dirci qualcosa di più» intervenne Ruth.

«Papà, ne sai qualcosa o no?»

«Sì.»

Ruth lo fissò, come se potesse spronarlo a parlare.

Benvenuta nel mio mondo, pensò mestamente Nina. D'un tratto, capì che doveva procedere per gradi. Non si poteva obbligare Patrick a fare qualcosa e, se avesse insistito troppo, lui si sarebbe chiuso a riccio. «Cosa sai, papà? Cos'è successo?»

«La prego, signor Hughes, siamo solo curiose. Fino a oggi non ne avevamo mai sentito parlare» supplicò Trish.

L'uomo sospirò, scuotendo la testa. I suoi occhi vagarono per la stanza, come se stesse cercando qualcosa. Nina lo notò e si stupì: sembrava combattuto.

«Signor Hughes, non è niente di importante, davvero.»

«E invece lo è eccome!» urlò lui, e le tre amiche fecero un passo indietro, spaventate dalla reazione violenta.

Il cuore di Nina prese a battere all'impazzata. Stava succedendo qualcosa, qualcosa di grosso, ma non riusciva a capire di cosa si trattasse. Forse suo padre era... coinvolto in qualche modo in quella faccenda?

«Faremo meglio a togliere il disturbo» suggerì pacatamente Ruth. Si rivolse a Patrick: «Mi dispiace se l'abbiamo turbata, volevamo solo scoprire qualcosa di più. Eravamo curiose. Le chiedo scusa».

Lei e Trish si voltarono e fissarono Nina, immobile, che stava guardando il padre.

Aveva l'impressione che la cucina si fosse rimpicciolita di colpo, che le pareti le si stessero stringendo intorno. E lei sapeva che doveva fare quella domanda, anche se conosceva già la risposta. «Il neonato» disse d'un fiato, «quello che è stato abbandonato davanti al locale di Ella tanti anni fa... Ero io, vero?»

Patrick incrociò il suo sguardo, con il volto come sempre inespressivo. «Sì, Nina» ribatté asciutto, «eri tu.»

36

Nina rimase dov'era, ferita nel profondo. Era incapace di parlare, di muoversi, riusciva a malapena a respirare. Trish era di fianco a Patrick e lo fissava con uno sguardo pieno di orrore. Anche Ruth era immobile, come se avesse paura di fare il minimo movimento.

Il padre di Nina, intanto, dopo aver sganciato quella bomba, si era voltato verso i fornelli ed era tornato a preparare la cena.

Era stata abbandonata subito dopo la nascita, rifiutata dai suoi genitori, da Cathy. Ma perché? Cos'aveva fatto di male? Cosa non andava in lei o, meglio, cosa non andava in suo padre? Come aveva potuto scaricarle addosso quel peso e poi riprendere a cucinare come se nulla fosse?

«Nina?» Dopo un po', sentì Ruth sfiorarle il braccio, e quel gesto la riportò alla realtà.

«Non ti credo!» gridò rivolta alle spalle del padre. «La mamma non avrebbe mai fatto una cosa del genere. Lei mi vuole bene! Si è sempre fatta in quattro per me. Sei tu quello che...» Un'improvvisa intuizione la bloccò. «Oddio» mormorò, quasi parlando tra sé. «Non è stata la mamma a lasciarmi lì, vero? Sei stato tu.»

Di colpo, Patrick si irrigidì; con la coda dell'occhio, Nina vide Ruth e Trish che lasciavano la stanza con discrezione per concedere loro un po' di privacy.

Nina non voleva restare da sola con il padre; tutto quello che desiderava era fuggire il più lontano possibile da lui ma, prima, doveva conoscere la verità. «È per questo che ti ha lasciato, vero? È per questo che mi ha portata via da qui. E ha fatto bene. Ora so perché non ti sei mai degnato di passare del tempo con me. Anche adesso mi guardi a malapena! Cosa ti ha spinto a odiarmi al punto tale da abbandonarmi? Cosa ti ho fatto?» La sua voce traboccava di rabbia. Si aspettava che Patrick si voltasse verso di lei, ma il padre aprì un cassetto e trafficò con qualcosa all'interno. Lei scoppiò in una risata amara. «Sei davvero un bastardo senza cuore. Non sei nemmeno in grado di darmi una spiegazione... Non pensi che me la meriti?»

«Mi dispiace, Nina» disse lui semplicemente, in un sussurro a malapena udibile.

«Tutto qui? È tutto qui quello che mi spetta? Mi abbandoni in una scatola di cartone e tutto quello che sai dire è che ti dispiace?»

In quel momento, Ruth rientrò in cucina. «Nina, forse dovresti uscire un attimo. L'aria fresca ti schiarirà le idee.»

«Sì, me ne vado» ribatté lei, dura, «ma per sempre. Non metterò mai più piede in questa casa, mai più!»

Patrick non mosse un muscolo e sua figlia, tremante, quasi non si accorse che Ruth la prendeva sottobraccio e la accompagnava fuori dalla cucina e poi oltre la porta d'ingresso.

«Mi ha abbandonata» mormorò scandendo le parole. «Mi ha abbandonata. Non mi voleva.»

«Va tutto bene» la consolò Trish, stringendola tra le braccia.

«Non so dove andare» disse Nina tra i singhiozzi.

«Non ti preoccupare, tesoro. Ci prenderemo cura di te. Puoi stare a casa mia» le propose l'amica in tono dolce e premuroso.

«Non voglio vederlo mai più.»

«E nessuno ti costringerà a farlo. Ora cerca di stare calma.»

Si allontanarono dalla casa, e tutte e tre si avviarono all'altro capo della cittadina.

«Devo parlare con mia mamma» gemette Nina, frugando nella borsa alla ricerca del cellulare, ma Ruth la fermò.

«È un'ottima idea, ma forse dovresti aspettare di essere più tranquilla. È all'estero e, se la chiami in questo stato, si preoccuperà da morire. Aspetta di aver superato lo shock.»

Nina sapeva che l'amica aveva ragione, ma come poteva non telefonare a sua madre? Era l'unica che potesse gettare un po' di luce su quanto era accaduto, visto che Patrick non le avrebbe detto nulla e non c'era nessun altro che...

«Ella!» esclamò fermandosi improvvisamente.

Trish la guardò. «Cosa c'entra lei?»

«Devo parlarle. Devo chiederle cos'è successo quella mattina, il giorno in cui mi ha... trovata.» Fissò le amiche. «Adesso ho capito perché è stata così schiva, prima.» Serrò le labbra. «Ma ora non ha più scuse.»

«Tesoro, sei sconvolta. Forse non è la cosa migliore da fare...»

Lei riprese a camminare. «Non m'importa. Devo sapere. Devo sapere tutto.»

Capendo di non avere voce in capitolo, Trish e Ruth la seguirono in silenzio.

Quando, pochi minuti più tardi, si trovarono davanti al locale, fissarono i gradini dell'ingresso, pensando tutte la stessa cosa.

Poi Nina, dopo aver annunciato alle amiche che doveva farlo da sola, salì lentamente gli scalini, proprio quelli su cui era stata lasciata trent'anni prima.

Cercò Ella con lo sguardo. Eccola: era a un'estremità del bancone e stava parlando con un uomo. Quando la notò, la sua espressione cambiò all'improvviso: nel volto di Nina si leggeva chiaramente che aveva scoperto la verità.

La donna congedò subito il suo cliente, poi le si avvicinò con fare timido ma gentile. Quando fu a pochi passi da lei, si fermò e scosse la testa, rassegnata: «Lo sai» disse con voce pacata.

Nina si sentì invadere dalla rabbia, una rabbia talmente intensa che avrebbe voluto prendere a pugni qualcosa per sfogare la frustrazione. «Sì, lo so. E anche tu. L'hai sempre saputo, in tutti questi anni sapevi che ero io e non mi hai mai detto niente!» Le lacrime le rigavano le guance e lei deglutì a fatica.

«Oh, tesoro.» Ella la strinse in un abbraccio. «Andiamo sul retro, lì potremo parlare con calma.» Fece un cenno a Alice e guidò rapidamente Nina in cucina e poi verso la dispensa.

«I miei stessi genitori non mi volevano. Non mi amavano.» Anche se faticava a credere che Cathy avesse avuto un ruolo in quella storia, non poteva esserne sicura. Dopo quello che aveva scoperto, non avrebbe mai più avuto nessuna certezza.

«I tuoi genitori ti amano moltissimo, Nina, di questo puoi star certa.»

«E allora perché hanno cercato di... di... di sbarazzarsi di me?»

«Ti sbagli, tesoro, non è andata così.»

«E invece sì! Mio padre... Patrick... me l'ha appena detto!»

Ella fece un respiro profondo. «Sì, è vero, l'ha fatto, ma c'è una spiegazione.» Accarezzò la schiena di Nina, cercando di confortarla.

«Sì, l'ha fatto perché voleva liberarsi di me... Non mi vuole bene, non me ne ha mai voluto. E quel che è peggio è che la mamma gliel'ha permesso.» Quel pensiero, appena affiorato nella sua mente, le spezzò il cuore; Nina riprese a piangere, e sentì il bambino agitarsi nella pancia.

«No, tesoro. Ti prego, Nina, ascoltami. Forse è meglio cominciare dal principio, così capirai esattamente cos'è successo.»

Lei singhiozzò, senza sapere se voleva davvero ascoltare il resto. «Va bene.»

Ella si schiarì la voce. «A dire la verità, all'inizio pensavo che fossero le ciambelle» raccontò, «oppure qualche altra consegna. Mi capita spesso di trovare il furgone dei rifornimenti di fronte alla caffetteria, la mattina presto...»

Nina rimase seduta in silenzio dopo che Ella le ebbe raccontato per filo e per segno cos'era successo quella mattina di trent'anni prima; da quando aveva trovato la scatola sui gradini e aveva creduto che qualcuno le avesse portato l'ennesimo randagio di cui prendersi cura, fino all'arrivo del medico e alle indagini di Frank, un cliente che ogni tanto passava al locale per un caffè e un toast. Nina lo conosceva, l'aveva servito diverse volte, ma lui non si era mai lasciato sfuggire una parola.

Scosse la testa guardando Ella, incapace di assorbire tutte quelle notizie. «Non riesco a credere che tu mi abbia presa per una scatola di ciambelle.»

L'altra la abbracciò. «Oh, mi hai fatto capire fin da subito che stavo sbagliando.»

«Pensare che il mio stesso padre mi abbia... gettata via, così» continuò, mentre nuove lacrime le velavano gli occhi.

«Come ti dicevo, è troppo facile saltare alle conclusioni senza conoscere tutta la storia» sottolineò. «C'è qualcosa che non sai.» Sospirò. «Allora... Patrick, tuo padre, non è come tutti gli altri, lo sai.»

Nina fece una smorfia. «Per usare un eufemismo.»

«No, so cosa stai pensando e ti sbagli. Vediamo, come posso spiegartelo...» Fece una breve pausa, poi riprese: «Prova a riflettere su quello che stai vivendo. Adesso sei ferita ed estremamente vulnerabile, stai soffrendo. Ecco, tuo padre... lui non prova sentimenti di questo tipo».

«Lo so. È un bastardo senza cuore.»

«Ti stai sbagliando di nuovo. Tuo padre ha un cuore, eccome, solo che non è molto bravo a dimostrare i propri sentimenti... o, meglio, è incapace di dimostrarli.» Nina rimase in silenzio, cercando di capire quel discorso sibillino. «Patrick vede le cose in un modo diverso dal nostro. Molto diverso.» Fece un'altra pausa, cercando di trovare le parole giuste. «Hai presente come lavora? Smonta i televisori e li rimonta, rendendoli perfettamente funzionanti.»

Nina annuì, confusa. «Sì, certo. È strano. Gli interessano di più quei maledetti aggeggi della sua stessa figlia. Sempre che sia davvero sua figlia» aggiunse, dando voce a un altro dubbio affiorato in quell'istante. «Si tratta di questo?» chiese a Ella. «È per questo che la mamma l'ha sposato? Perché era incinta di un altro uomo? È per questo che lui mi odia così tanto?»

«No, no, no. La tua immaginazione sta facendo gli straordinari. Nulla di tutto questo. Come ti ho detto prima, tuo padre amava davvero tua madre, e tu sei davvero sangue del suo sangue.»

«Che peccato.»

«Cerca di concentrarti su quello che ti sto dicendo. Patrick è tuo padre, ma non è come la maggior parte delle persone. Non ha la capacità di stringere forti legami o rapporti d'affetto con gli altri, come facciamo io e te. Quelli come lui di solito si concentrano su un rapporto alla volta... Prima con Cathy e poi con te, anche se c'è voluto del tempo.»

«Cosa intendi con "quelli come lui"?»

«Ci sto arrivando. Hai mai sentito parlare della Sindrome di Asperger?»

Nina si accigliò. «È una forma di autismo, giusto?»

«In un certo senso sì. Influenza soprattutto il comportamento. Non sono un medico, certo, ma credo ci siano buone probabilità che tuo padre ne sia affetto.»

Nina le rivolse uno sguardo sbalordito.

«Come dicevo, non sono certo un'esperta, ma mia figlia Carly lavora come insegnante di sostegno, forse te ne ho parlato. Insomma, mi ha raccontato che, qualche anno fa, quando stava studiando questo disturbo, continuava a pensare a tuo padre: la sua difficoltà a stare in mezzo agli altri, l'incapacità di comprendere le situazioni sociali, le sue abitudini ripetitive... Ne ho discusso con tua madre, che si è informata e ha concluso che in effetti era una spiegazione plausibile» proseguì Ella.

«Mio padre soffre di autismo e nessuno me l'ha mai detto?»

«Non è come pensi. Patrick è assolutamente in grado di condurre una vita normale, anche se con qualche differenza. Per esempio, è meno incline alle dimostrazioni d'affetto e a stabilire quel tipo di legami che molti di noi stringono in modo naturale. Probabilmente lo sai meglio di me, per esperienza: la sua mente vede tutto in bianco e nero, e di fronte a un problema lui cerca di risolverlo usando la logica.»

«Quindi io ero un problema?» disse Nina in tono gelido, non sapendo più cosa pensare. Come aveva potuto ignorare una cosa del genere per tutta la vita?

«Certo che no, non per qualcuno che sa già come sarà un neonato, e di sicuro non per qualcuno che capisce che la maternità ha effetti diversi su ogni neomamma.»

«Non ti seguo.»

«Come sai, a quei tempi Lakeview era poco più di un paese e non era un segreto che tua madre avesse... passato un momento difficile dopo la tua nascita. Te ne ha mai parlato?» Nina scosse il capo, ed Ella continuò: «Non è stato niente di che, come succede nella maggior parte dei casi... di solito queste situazioni si risolvono con il tempo o con i farmaci appropriati. Tuo padre, però, non riusciva a capirlo. Lui aveva sempre fatto le cose a modo suo, e la sua unica passione era tua madre. Da ragazzo l'ha amata moltissimo, e credo che la ami ancora. Quando sei nata tu, Cathy stava vivendo delle difficoltà inaspettate, e questo l'ha turbato moltissimo».

«Ha sofferto di depressione post-partum?»

Ella fece cenno di sì. «Esatto. È una cosa assolutamente normale e naturale, ma tuo padre non la vedeva così. L'unica cosa che vedeva era tua madre in lacrime e abbattuta, e sapeva che era cominciato tutto con il tuo arrivo. Quindi, guidato dalla solita razionalità, ha deciso di farsi carico del problema, di risolverlo. Il suo ragionamento deve essere stato più o meno questo: Siccome Cathy non riesce a gestire un bambino, darò questo neonato a qualcuno in grado di prendersene cura.»

«Ecco perché mi ha lasciata qui... da te.»

Ella sorrise tristemente. «Tutti sanno quanto io ami i bambini e gli animali, quindi tuo padre deve aver pensato che fossi la persona giusta. Se ci rifletti e provi a metterti nei suoi panni, vedrai che ha fatto la cosa migliore... per te e per Cathy.»

Nina distolse lo sguardo, ancora confusa. Da quella prospettiva sembrava meno doloroso, eppure...

«Non sono servite grandi indagini: la città era piccola e Frank ha impiegato poco a capire di chi fossi. E tua madre era distrutta.»

«Ma perché mio padre non è stato arrestato?»

«Perché sapevamo tutti che era un po'... diverso.» Sorrise di nuovo. «Frank è stato più rapido di noi ed è andato a parlare con lui. Era stato un grande amico di tuo nonno ed era a conoscenza delle... difficoltà di Patrick. All'epoca non c'era una definizione chiara per il suo comportamento, ma tutti sapevano che aveva un animo puro e che non avrebbe mai fatto del male a nessuno. Come potevamo farlo arrestare? Senza contare che tua madre non l'avrebbe mai permesso.»

«L'ha difeso?» domandò Nina, atterrita. «Perché?»

«Questo dovrai chiederlo a lei.»

Nina rimase in silenzio per un attimo. «Quindi tutta Lakeview sapeva della Sindrome di Asperger?»

«No, certo. Nemmeno adesso esistono diagnosi sicure. Questo disturbo è stato scoperto da poco, ed è difficile da diagnosticare. Allora era del tutto impossibile, perché nessuno ne aveva mai sentito parlare. Se non fosse stato per Carly, saremmo ancora all'oscuro.»

Nina annuì, e in quel momento trovò una spiegazione per il comportamento del padre: la precisione maniacale, le abitudini quasi ossessive e l'assenza pressoché totale di empatia. Era difficile da accettare, ma era sensato.

«Devi capire che tuo padre si sforza, ma fa fatica. Quando lo incontro per strada, vedo che cerca in tutti i modi di fare le domande giuste. È dura per lui.»

«Con me non ci ha mai provato.»

«Forse si sente in colpa e, quando è con te, si agita e non riesce a gestire la situazione.»

«Allora è per questo che si è arrabbiato quando ha saputo che ero incinta?»

«Ah, sì?» Ella fece un cenno d'assenso. «In effetti, credo che per lui i neonati significhino guai.»

Nina rise. «Be', potrebbe avere ragione.» Scosse la testa. «Come devo comportarmi con lui? Come posso affrontare tutto questo?»

«Tu sei una persona gentile, buona, capace di dimostrare gratitudine e affetto. Sei circondata da amici che ti vogliono bene. Tuo padre, anche se è guidato dalle migliori intenzioni, non avrà mai tutto questo, e devi imparare ad accettarlo. Cerca di essere delicata e, soprattutto, comprensiva. Mettila così: sai che si dice che le persone affette da autismo vivono nel proprio mondo?»

«Sì.»

«Be', chi soffre di Asperger vive nel nostro mondo, ma a modo suo.»

Nina rifletté per un istante. «Ho bisogno di pensarci, di metabolizzare tutte queste informazioni. E ho bisogno di parlare con mia madre.»

«So che farai la cosa giusta, Nina. Lo sento. E tua madre di sicuro riuscirà a spiegarti meglio di...»

Ella non poté finire la frase perché in quel momento Nina le afferrò saldamente un braccio. Le due donne abbassarono lo sguardo sulla chiazza che si allargava sui pantaloni di Nina.

«Oddio» disse lei, incredula. «Credo che mi si siano appena rotte le acque.»

37

«È assurdo» sussurrò Trish. «Perché diavolo stiamo aspettando qui fuori?» Lei e Ruth erano appoggiate contro il muro della caffetteria.

«Perché Nina deve fare questa cosa da sola. Poverina... Ti immagini che shock? Spero che Ella le dia una spiegazione.»

«La spiegazione è che Patrick è un pazzo furioso» borbottò Trish. «Oh, no.»

Ruth si voltò, seguendo lo sguardo dell'amica: vide una donna elegante che camminava lungo la strada nella loro direzione. «Che succede?» chiese, ma non ci fu tempo per una risposta. La donna era ormai di fronte a loro, con un'espressione di sdegno dipinta in volto.

«Tu!» disse rivolta a Trish. «Come hai potuto?»

«Emer, credo che non sia né il luogo né il momento adatto.»

«Però hai trovato il luogo e il momento adatto per andare a letto con mio marito, no?» urlò la donna, e Ruth sussultò.

Trish arrossì violentemente e l'amica notò che, per la seconda volta nello stesso giorno, sembrava essere rimasta senza parole.

«Mi... mi dispiace» balbettò alla fine. «Credimi, non avevo idea che...»

«Che venisse a letto anche con me? Oh, per favore, risparmiami la sceneggiata, e non venirmi a dire che hai creduto alla storia del "mia moglie non mi capisce"! Ti facevo più intelligente.»

«Davvero, Emer, non lo sapevo. Ma comunque non importa. Ho sbagliato e mi dispiace, però ormai è finita, gliel'ho detto.»

Sentendo quello scambio, Ruth la guardò con curiosità. Aveva immaginato che Trish avrebbe continuato a frequentare Dave anche dopo aver scoperto che Emer era incinta, senza preoccuparsi di averla ferita. Forse anche lei aveva un cuore.

«Ma che gentile!» sbottò Emer con voce stridula. «E come dovrei sistemare la situazione? Come faccio a dire a mia figlia e al bambino che porto in grembo che il loro padre è un bastardo che finge di lavorare per il loro bene e invece si diverte con la sgualdrina del paese?»

«Ehi, aspetta un attimo...» Per qualche ragione, Ruth si sentì in dovere di difendere Trish. Non l'aveva mai vista in quello stato, così vulnerabile e imbarazzata. Era chiaro che, nonostante gli errori, provava qualcosa per Dave, single o sposato che fosse. Scoprire che sua moglie era incinta doveva essere stato un colpo peggiore di quanto avesse lasciato a intendere.

«Non importa, Ruth» disse piano Trish, prima di rivolgersi di nuovo a Emer. «Hai ragione, e mi dispiace. Non mi sono mai fermata a pensare a... te, o a tua figlia. E davvero non sapevo che fossi incinta. Ti prego di credermi, sono mortificata.»

Emer sembrava stupita da quella reazione e anche per il fatto che Trish non le rispondesse per le rime. Probabilmente si sentiva sconfitta, ed era comprensibile, osservò Ruth. Doveva essere stata dura vedere la propria vita perfetta cadere a pezzi. Nina le aveva raccontato che Emer se ne era sempre vantata molto, e lei pensò per l'ennesima volta che non si poteva mai sapere cosa succedeva in privato.

Fino a poco tempo prima, Emer era sicura di avercela fatta, ma si sbagliava di grosso. A quel pensiero, Ruth si sentì vagamente sollevata: in fondo, poteva ancora tornare a Los Angeles e cercare di sistemare le cose. Non sarebbe stata una passeggiata, soprattutto con un neonato al seguito, ma ci avrebbe provato comunque. Non sapeva più se la recitazione fosse ancora la sua strada, ma cosa poteva fare? Era quello il suo mestiere.

In quel momento, nel locale ci fu un po' di confusione. Ruth si voltò e vide Alice che, trafelata, si affacciava sulla soglia. «Venite dentro, presto!» gridò a lei e Trish, che si scambiarono un'occhiata interrogativa.

Cosa diavolo stava succedendo adesso?

Trish si girò verso Emer. «Scusami, devo andare. Magari possiamo riprende il discorso in un'altra occasione.»

«Neanche per sogno» ribatté l'altra, allontanandosi con una smorfia. «Non c'è nulla di cui parlare.»

Le due amiche corsero all'interno della caffetteria e seguirono Alice fino alla dispensa, dove trovarono Nina, seduta su uno scatolone, che respirava affannosamente.

«Che succede?» chiese Ruth in un soffio.

Nina le rivolse uno sguardo impotente. «Mi si sono rotte le acque.»

«Stai scherzando!» esclamò Trish. «Credevo dovessi partorire tra un paio di settimane.»

«Lo credevo anch'io» disse con la voce carica di ansia, «ma a quanto pare ha deciso di nascere prima.» In quell'istante, una contrazione scosse il suo corpo, e lei gemette di dolore.

«Dobbiamo portarla subito in ospedale» dichiarò Ruth.

Ella la guardò, visibilmente agitata. «Lo so. In questo locale sono successe un sacco di cose strane, ma non sono pronta ad aprire un reparto maternità.»

Trish si diresse verso la porta. «Vado a vedere se c'è qualcuno che può darci un passaggio.»

Buona fortuna, pensò Ruth. Quale persona sana di mente avrebbe corso il rischio di accompagnare in ospedale una donna in travaglio?

La povera Nina si contorceva in preda alle contrazioni e ansimava; Ella le mise un asciugamano bagnato sulla fronte. Ruth voleva aiutarla ma, non sapendo come rendersi utile, si limitò a stringere la mano dell'amica.

«Ci è andata bene!» annunciò Trish esultante, rientrando seguita da...

«Charlie» disse Ruth senza fiato, quasi incespicando su quel nome.

Lui la guardò. «Fuori ne stavano parlando tutti. Ho pensato che... temevo che...»

Lei capì subito cosa stava cercando di dirle. «No, io sto bene» lo rassicurò. «Ho ancora un po' di tempo... a differenza di qualcun altro» aggiunse facendo un cenno verso l'amica. «Ti dispiace darci uno strappo?»

«Certo che no.»

«Nemmeno per idea» protestò Nina. «Non voglio rovinare la tua macchina.»

«Non è mia, è un modello da esposizione, e conosco un ottimo autolavaggio» ribatté lui facendole l'occhiolino. Ruth notò che era riuscito a metterla subito a suo agio.

«Sei sicuro?» chiese lei. «Perché non so quanto ancora... Oh!» Nina sbiancò alla contrazione successiva.

«Ella, prendi tutto quello che ci potrebbe servire, coperte, asciugamani...» Charlie assunse il controllo della situazione e Ruth lo osservò, colpita dalla sua sicurezza. «Sposto la macchina, così dovrà fare meno strada. C'è un accesso sul retro, vero?»

«Sì» rispose Ella, già in piena attività. Tutto quel movimento sembrava aver calmato Nina.

Pochi minuti dopo la caricarono sul sedile posteriore dell'auto.

«Tesoro, vuoi che avverta tuo padre?» chiese Ella.

Ruth trovò la proposta piuttosto ridicola, ma non disse nulla.

Quelle parole parvero intensificare il dolore di Nina. «No» rispose. «Non credo che sarebbe in grado di affrontare una situazione simile.»

«Come vuoi.»

«Venite con me?» supplicò Nina dall'abitacolo.

Anche se l'idea non la entusiasmava, Ruth non poteva ignorare lo sguardo terrorizzato dell'amica. «Ma certamente.»

«Mi sembra un buon piano» intervenne Trish, «ma devo rifiutare. Ruth è la persona più adatta. Io terrò d'occhio le tue cose, però!»

Maledicendola tra sé, Ruth si infilò in macchina di fianco a Nina, e un attimo dopo Charlie mise in moto, diretto in ospedale.

«Così, Nina, bravissima» disse Ruth, stringendo forte la mano dell'amica in sala parto. In realtà l'amica gliela stava stritolando, probabilmente fratturandole diverse ossa.

Quand'erano arrivate, l'ostetrica aveva confermato che mancava pochissimo al parto, e Nina aveva supplicato Ruth di restare. «Non ho nessun altro» aveva detto in lacrime. Come poteva rifiutarsi? Mi servirà per quando toccherà a me, si era consolata.

«Così, continua a respirare, brava» la rassicurava adesso, tamponandole la fronte con una salvietta fresca.

«Merda!» gridò Nina.

L'ostetrica era ai piedi del letto. «Ci siamo quasi, Nina. Manca poco. Solo qualche altra spinta.»

«Aaaahh» urlò lei, paonazza.

«Ecco! Vedo la testa!» la spronò la donna, e Nina spalancò gli occhi. «Bravissima. La testa è fuori, adesso tocca alle spalle, d'accordo?»

Nina scosse il capo e poi, ansimando, spinse con tutte le sue forze. Il neonato uscì completamente e cominciò subito a piangere.

«Ce l'hai fatta! Ce l'hai fatta, Nina!»

«Ce l'ho fatta» ripeté lei in un soffio, mentre le lacrime le rigavano le guance.

«Congratulazioni, tesoro» le sorrise l'ostetrica. «È un maschietto.»

Nina si abbandonò sui cuscini, incredula. «È un maschietto.»

Ruth si sporse in avanti per dare un'occhiata al piccolo quando, dopo gli accertamenti di rito, l'ostetrica lo depose tra le braccia di Nina. Aveva un ciuffo di capelli scuri e, nonostante fosse nato leggermente prematuro, sembrava forte e sano.

«Ti assomiglia tantissimo. È meraviglioso, Nina. Sei stata così brava» le sorrise l'amica.

«Grazie» sussurrò lei, ammirando suo figlio.

Pochi minuti dopo, quando la mamma e il bambino furono tranquilli, Ruth lasciò la sala parto. Fu sorpresa nel vedere Charlie che la aspettava in corridoio.

«Va tutto bene?» chiese, alzandosi.

«È andato tutto bene» precisò lei prima di raccontargli quello che era successo nell'ultima ora. «Un bellissimo maschietto» concluse.

«Che splendida notizia! Sono felice che siamo arrivati in tempo.»

«Sì, sei un ottimo pilota, Schumacher» scherzò lei.

Calò un breve silenzio, finché Charlie sospirò e la guardò negli occhi. «Sei ancora qui.»

«E dove altro dovrei essere?»

«Pensavo che saresti saltata sul primo volo per Los Angeles.»

«Te l'ho detto, ho chiuso con quella vita.» O meglio: avrebbe chiuso con quella vita se ci fosse stata anche una sola chance di essere felice lì a Lakeview. Ripensò a quando Charlie era entrato nella dispensa di Ella, alla sua espressione, e si chiese se fosse un segno. Decise che era giunto il momento di giocare a carte scoperte. «Andiamo, Charlie, credi che l'Irlanda e Hollywood siano le mie uniche opzioni? Se davvero odiassi questo posto, potrei sempre andare a Parigi o Londra e fare qualcos'altro, no? Sai, siccome sono così superficiale...» disse, provocandolo. «Certo, il bambino complicherebbe un po' le cose, ma sono sicura che me la caverei benissimo. Come sempre.»

«Quindi sei in partenza?»

«Non lo so» ammise lei con sincerità. «Devo risolvere un po' di questioni.»

Charlie scosse la testa. «Quando ho visto quelle foto di te e quell'idiota mi è venuta voglia di prendere a pugni il muro.»

«Immagino come devi esserti sentito, ma ormai avrai capito che si trattava solo di una mossa pubblicitaria. Le riviste di gossip distorcono i fatti, li alterano, li stravolgono. Era tutto programmato, Charlie. Forse non mi credi, ma ti sto dicendo la verità: Troy Valentine è un completo deficiente che non avrà mai nessun ruolo nella vita di mio figlio.»

«Lo pensi davvero?»

«Certo! Dài, mi conosci. Perché hai dato per scontato che sarei tornata a Los Angeles per stare con lui? Mi offendi.»

«Lo so, ma si tratta della Magica Hollywood. Quel posto ti affascina moltissimo.»

«Parla pure al passato. Te l'ho detto, ho chiuso con quella vita. Punto.»

Di fronte a quel piglio deciso, scoppiarono entrambi a ridere. Poi, con enorme sorpresa di Ruth, lui la prese per mano. Lei lo fissò, trattenendo il fiato.

«E che mi dici di Peter Jackson e del tuo Oscar?» chiese, accarezzandole dolcemente il palmo.

«Possono darlo a Scarlett Johansson, ne ha più bisogno di me» ribatté altezzosa, e lui scoppiò di nuovo a ridere.

«Vuoi davvero rinunciare a una vita sotto i riflettori per una noiosa esistenza in campagna?»

Il cuore di Ruth saltò un battito. «Una vita con te non potrebbe mai essere noiosa.»

Charlie si chinò verso di lei e la baciò con passione. Lei gli gettò le braccia al collo mentre lui continuava ad accarezzarla, sugli occhi, sulle labbra, sul collo.

«Ti amo. Non farlo mai più» disse lui tra un bacio e l'altro.

«Mai più, te lo giuro. Ti prometto che...»

«Oh, per l'amor del cielo!»

A quelle parole, Ruth e Charlie sciolsero l'abbraccio. Voltandosi, videro Trish che avanzava a grandi passi lungo il corridoio, stringendo un mazzo di fiori. «Basta con questo melodramma! Sembrate Rossella e Rhett... Dateci un taglio!»

38

La mattina seguente, dopo una notte di sonno sorprendentemente riposante nella sua stanza d'ospedale, Nina accolse i primi visitatori. Era seduta a letto e indossava una camicia da notte rosa pallido; aveva i capelli scuri raccolti in una coda. Si sentiva euforica, e non riusciva a smettere di sorridere.

Ancora non le sembrava vero che la piccola creatura nella culla di fianco a lei fosse davvero sua, e soprattutto non capiva come avesse anche solo potuto pensare di darlo in adozione. Come avrebbe fatto a rinunciare a un esserino così perfetto?

Le tornò in mente la chiacchierata fatta con Jess a Dublino, quando l'amica le aveva confidato di essere stata adottata e di aver conosciuto la madre naturale solo pochi anni prima.

«Dare in adozione tuo figlio non significa non vederlo mai più» le aveva detto in tono gentile. «E farlo non significa essere una persona orribile. La mia madre naturale aveva le sue ragioni, e se fossi stata in lei probabilmente avrei fatto lo stesso.» Aveva sorriso, ma senza aggiungere altro, e Nina non aveva osato indagare. «La mia famiglia adottiva è meravigliosa e mi ha dato una vita splendida, quella che mia madre aveva desiderato per me. Non mi è mancato nulla e, anche se mi sarebbe piaciuto avere un fratello o una sorella, per loro non era possibile. Quindi, parlando per esperienza, se davvero senti di non poter dare a questo bambino la vita che merita, ti consiglio di pensare seriamente all'adozione. D'altro canto, però, sei sicura di non essere in grado di crescerlo da sola?»

In quel momento, Nina ebbe la conferma che Jess aveva ragione: nei secoli, milioni di donne avevano allevato i propri figli senza un compagno, ed era convinta di poterci riuscire anche lei, che era circondata da molte persone disposte ad aiutarla. Sì, sarebbe stata dura, ma ce l'avrebbe fatta.

Jess si avvicinò timidamente alla culla. «Così piccolo e così impegnativo, eh?» commentò.

Nina incrociò lo sguardo di Brian e scoppiò a ridere. Sospettava che il recente spavento li avesse spinti a concentrare le energie su ciò che davvero contava: il loro amore.

«È bellissimo, ma non ti invidio» intervenne Trish. «Ci vorrà un bel po' prima che mi unisca al vostro club.» Anche se il suo tono era come sempre venato d'ironia, Nina sapeva che stava ancora soffrendo per Dave. Un paio di minuti prima, quando Jess era arrivata, era sbiancata: probabilmente aveva paura che l'amica di Emer l'avrebbe guardata dall'alto in basso, ma naturalmente lei non aveva fatto nulla di simile. Nina si chiese come andassero le cose tra Jess ed Emer.

«Trish, sarà uno spasso vederti alle prese con un neonato» scherzò Nina.

Gli occhi dell'amica si spalancarono. «Questo vuol dire che resterai qui?»

«Sì, resto qui» rispose lei in tono dolce, guardando suo figlio.

«*Toc toc!*» disse allegramente Ruth, entrando nella stanza seguita da Charlie.

«Congratulazioni, Nina» disse lui con un sorriso.

«Grazie. Se non fosse stato per te, non sarei mai arrivata in ospedale in tempo.»

«È stato un piacere.»

«Piacere?» ripeté Trish, incredula, e tutti scoppiarono a ridere.

«A parte gli scherzi, ti ringrazio moltissimo. E adesso vieni a conoscere mio figlio» disse a Charlie, che fissava a occhi sgranati il bambino che dormiva.

«Come lo chiamerai?»

«Non ho ancora deciso.»

«Hai in mente qualche nome?»

«In realtà, no.»

Jess cercò il suo sguardo: sapeva che non ci aveva pensato perché voleva mantenere le distanze nel caso avesse deciso di procedere con l'adozione.

Ruth fissò con tenerezza Charlie, che sembrava rapito.

«Vuoi tenerlo in braccio?» gli propose Nina.

«No, no, è così piccolo che avrei paura di fargli male.»

«Dovrai imparare in fretta, tesoro!» scherzò Ruth, suscitando una nuova risata. Sorrise a Nina. «Pensa che meraviglia, i nostri figli cresceranno insieme!»

«Quindi anche tu resti qui?» domandò Trish, e Ruth annuì, sempre guardando Charlie.

«Se posso dare un consiglio a voi mamme...» intervenne Jess con un sorrisetto, «forse la povera Trish apprezzerebbe che non si parlasse sempre e solo di bambini.»

«Grazie! Finalmente qualcuno ha il coraggio di dirlo» commentò Trish, senza pensare al fatto che anche lei stava per diventare madre. «E come farai con *Glamazons* e il film di Peter Jackson?» chiese poi a Ruth. «Non starai rinunciando a un Oscar per una triste vita da casalinga, vero?»

Charlie e Ruth si scambiarono un sorriso. «In realtà Charlie crede che una statuetta sarebbe l'ideale per la stanza del bambino, quindi farò comunque il film.» Il suo sorriso si fece ancora più ampio e Nina fu felice di sentire che i due erano arrivati a un compromesso.

In quel momento, qualcun altro fece capolino nella stanza e Nina alzò lo sguardo, aspettandosi di vedere Ella, che non era ancora andata a farle visita. Con grande stupore, invece, scorse sua madre.

Cathy rimase sulla soglia osservando la stanza, poi il suo sguardo venne catturato dal neonato.

«Mamma» sussurrò Nina. «Che ci fai qui? Come facevi a...?»

«Ciao, tesoro.»

Charlie circondò le spalle di Ruth con un braccio e fece un cenno a Nina, poi i due uscirono in corridoio, seguiti da Brian e Jess, che rivolse un breve sorriso a Cathy.

Trish si alzò dalla sedia accanto al letto e si avviò verso la porta. «Salve, signora Hughes» salutò, guardando di sottecchi Nina, che si rese conto che l'amica non conosceva il nuovo cognome da sposata di sua madre.

«Salve... Trish, giusto?» replicò la donna. «Perdonami, sto ancora cercando di mettermi al passo con tutte queste novità.»

«Benvenuta nel club» rispose Trish prima di lasciare la stanza.

Calò il silenzio e Cathy, i cui capelli scuri e la figura esile ricordavano quelli di Nina, si avvicinò alla figlia. «Avresti potuto parlarmene» disse dolcemente.

«Che strano, stavo per dirti la stessa cosa.»

La madre respirò a fondo. «Non essere arrabbiata.»

«Che strano, stavo per dirti la stessa cosa» ripeté Nina. Si voltò verso il bambino. «Mi hai mentito... per tutti questi anni.»

«Non ho mai mentito. Al massimo ho tralasciato qualche dettaglio, come d'altronde hai fatto tu» replicò, guardando anche lei il piccolo. «Ho appena incontrato Ella» aggiunse con voce ferma, «e direi che hai colmato qualche lacuna.»

Nina la fissò. «Come hai potuto permettere che facesse una cosa del genere? Lasciare sua figlia per strada, sui gradini di un locale? Come hai potuto?»

«Tesoro, mi dispiace, ma sai che non è andata così.» Sospirò. «Ho sempre cercato di essere una buona madre ma, purtroppo, non ho accolto la maternità come mi sembra stia facendo tu. Ero un disastro. Riuscivo a malapena a guardarti, figuriamoci tenerti in braccio. Tuo padre credeva di aiutarmi, di farmi un favore.»

«Un favore? E quando hai scoperto quello che aveva fatto, come hai potuto perdonarlo?»

Cathy aveva un'aria afflitta. «In mia difesa posso dirti che ho pensato di impazzire quando ho visto che non eri più nella culla. Da quel giorno non ti ho mai più persa di vista e ti ho sempre tenuta con me, lo sai.»

Nina dovette ammettere con se stessa che aveva ragione: Cathy stravedeva per lei, la adorava. «È per questo che vi siete lasciati? È per questo che non hai mai voluto spiegarmi perché?»

Sua madre annuì. «Non avevo scelta. Amavo Patrick ma, dopo tutto quello che era successo, ho capito che ti amavo più di ogni altra cosa e che una vita con lui sarebbe stata davvero difficile. Stava faticando troppo, e non sarebbe stato giusto per nessuno di voi due. In fondo, il pianto di un bambino è solo l'inizio della confusione che comporta la sua nascita. Sapevo che Patrick non ce l'avrebbe fatta e ho preferito non rischiare.»

«Perché non mi hai detto che era... diverso?»

Cathy sospirò di nuovo. «Come potevo spiegarti una cosa del genere? All'epoca non sapevo nemmeno io di cosa si trattasse, e anche adesso non ci sono certezze.» Si sedette sul bordo del letto. «All'inizio, quando abbiamo cominciato a uscire insieme, ho notato che era diverso dagli altri ragazzi, così gentile e tranquillo... maturo, in un certo senso. Aveva qualcosa di cupo e misterioso, e io ne ero affascinata. Per non parlare della sua grande intelligenza e del suo modo curioso di vedere le cose.» Scosse la testa. «Quando abbiamo scoperto che ero incinta, ci è sembrato naturale ufficializzare il nostro rapporto e sposarci. Purtroppo, con la convivenza sono sorti i primi problemi. Patrick è... estremamente abitudinario.»

Nina annuì. «Me ne sono accorta.»

«Però, come ti ho sempre detto, tuo padre è proprio un brav'uomo, e con noi è sempre stato meraviglioso.»

«Continuo a non capire come possa avermi abbandonata in quel modo.»

«Non devi vederla così. Ti voleva bene, te ne ha sempre voluto, ma non è come me o te. Immagina come sarebbe se tu non provassi nulla per tuo figlio, mentre lo stringi tra le braccia.»

Nina osservò il visino del bimbo addormentato e sentì una stretta al cuore. «Non riesco nemmeno a pensarci.»

«Allora immagina come si sente tuo padre tutti i giorni della sua vita. Vedere te, vedere le persone che conosce bene, e sforzarsi di provare qualcosa, di sentirsi vicino. Immagina di non provare niente quando sei in compagnia degli amici che sono appena usciti da questa stanza.»

«Impossibile.» Nina tacque per un istante, riflettendo sulle parole della madre. «Ma lui... davvero mi vuole bene?»

Cathy annuì. «Ma certo che ti vuole bene, non ho dubbi. Chi pensi mi abbia telefonato, chiedendomi di tornare qui?»

Nina spalancò gli occhi. «Lui?»

«Sì. Probabilmente, dopo quello che è successo ieri, ha capito che avevi bisogno di me. E così...»

Nina cercò di assorbire tutte quelle informazioni. Non riusciva a credere che avesse capito che qualcosa non andava, e le sembrava surreale che avesse contattato sua madre perché aveva bisogno di lei. «Tony dev'esserne stato felicissimo» scherzò. «Dove eravate?»

«A Parigi, e Tony non ha avuto niente da ridire, anzi... Diciamo che Parigi non è la sua città preferita» aggiunse in tono sarcastico.

«Immagino» sorrise Nina.

«Poi mi ha chiamata anche Ella e mi ha fornito la sua versione dei fatti. Ti ho sempre detto che tuo padre non ci ha fatto mai mancare niente, anche dopo la separazione» riprese Cathy. «Capiva che non potevamo stare insieme e ha sempre fatto di tutto per darti quello di cui avevi bisogno. Era il suo modo di dimostrare che teneva a te. Non riuscendo a essere affettuoso, l'ha fatto così. Io provo un enorme rispetto per lui, e vorrei che per te fosse lo stesso. So che ne sei capace, e per lui significherebbe moltissimo.»

Nina fece un cenno d'assenso e, vedendo suo figlio agitarsi nella culla, si allungò per sollevarlo. «Vorrei che me l'avessi detto prima.»

«Che eri stata abbandonata davanti a una caffetteria? Non ne vedevo il motivo. In fondo, saperlo non ti avrebbe aiutata, e poi tutto si era risolto nel giro di qualche ora. Per quanto riguarda tuo padre, invece, negli anni ho pensato tante volte di parlartene, ma avevo paura che potesse peggiorare l'opinione che hai di lui, e non volevo che accadesse.»

«Ho sempre pensato che fosse... strano.»

«Lo so, e non volevo turbarti. Non avrebbe giovato a nessuno dei due. Adesso che lo sai, però, come ti senti? Rispetto a quello che è accaduto, intendo.»

Nina baciò il piccolo sulla fronte. «Be', è successo molto tempo fa. Non l'ha fatto per cattiveria e, dopo tutto quello che mi hai detto, credo di poterlo perdonare.»

Cathy fece un profondo respiro. «Mi sento meglio. E, parlando di segreti, tesoro» continuò, «quando pensavi di dirmi che eri incinta?»

Nina sorrise imbarazzata. «Be', adesso lo sai.»

«Direi di sì... Allora, posso abbracciare il mio nipotino?»

«Certo.» Le porse il bambino, e lei lo cullò con dolcezza.

«È perfetto, e ti assomiglia moltissimo.» Cathy fece una pausa. «Immagino che il padre sia Steve.»

«Sì, ma non lo crescerà.» Si strinse nelle spalle. «Peggio per lui.»

Sua madre annuì, capendo che non era il momento di indagare oltre. «Se c'è qualcuno in grado di crescere questo bambino da sola, quella sei tu. E sai che farò tutto il possibile per aiutarti. Quando ti dimettono? Posso far spedire i tuoi vestiti e tutte le tue cose a Dublino.»

Nina scosse la testa. «Non tornerò a vivere a Dublino, mamma. Ho deciso di rimanere qui a Lakeview.»

«Come? Ma tu odi questo posto e pensavo che, vista la situazione...»

«Qui ho degli amici e una specie di lavoro. Mi troverò un posto tutto per me, magari un appartamentino su Main Street. E poi tu hai già fatto moltissimo per me negli anni e meriti di goderti un po' la vita, non di fare la baby-sitter.»

Era quello che le aveva detto Jess, e aveva ragione. «E cosa ti impedisce di rimanere a Lakeview?» le aveva chiesto l'amica quando, nel corso della chiacchierata, Nina aveva capito di non voler ricorrere all'adozione, ma al contempo non era sicura di potersela cavare da sola. «Hai detto tu stessa che lì sei felice. E poi hai un lavoro e un sacco di amici che di certo sarebbero contenti di darti una mano.»

«Vuoi davvero rimanere qui?» le chiese Cathy in quel momento. «Anche dopo tutto quello che è successo?»

Nina annuì, sempre più convinta. «Credo che sia un ottimo posto per crescere un bambino, migliore di una grande città.» Sorrise tenera a suo figlio. «E poi il piccolo Patrick avrà presto un compagno di giochi, non appena Ruth avrà partorito.»

«Il piccolo Patrick?» ripeté Cathy, con la voce leggermente tremante.

Nina annuì, sorridendo. «Sì, Patrick. Credo sia perfetto per lui.»

Cathy aveva gli occhi velati di lacrime. «È meraviglioso.» In quell'istante udirono un debole colpo alla porta.

«Avanti» disse Nina.

La porta si aprì e comparve suo padre, visibilmente nervoso. Teneva tra le mani un mazzo di rose. Come sempre il suo sguardo esplorava ogni angolo della stanza, diffidente e insicuro.

«Papà!» esclamò Nina, colta alla sprovvista. «Entra pure» lo invitò calorosamente.

Lui fece un passo avanti, osservando la camera d'ospedale, Nina, Cathy e infine il fagotto che teneva tra le braccia.

«Siamo diventati nonni, Patrick.» L'ex moglie gli sorrise felice, come invitandolo a partecipare a quella gioia.

«Oh.» Fece una pausa. «Direi di sì.» I suoi occhi si posarono su Nina; sembrava che stesse aspettando una sua reazione, forse temendo che soffrisse della stessa depressione che aveva avuto sua moglie dopo il parto.

«Papà, va tutto bene. Sto bene, davvero.»

Lui annuì, ma appariva ancora molto titubante.

«Be', non vuoi conoscere il tuo nipotino?» gli chiese Cathy, raggiante.

«Sì. Grazie.» Fissò il bambino e poi tese improvvisamente le braccia. Nina notò che stavano tremando.

«Non ti preoccupare, papà. Non si rompe.»

Patrick accolse dolcemente il piccolo tra le braccia, poi guardò di nuovo sua figlia. «Ti assomiglia moltissimo, Nina.»

Lei sorrise. «Si chiama Patrick anche lui. In tuo onore.»

Calò un lungo silenzio.

Suo padre si mordicchiò un labbro e la guardò negli occhi. «Oh. Ottimo. Spero che gli piaccia aggiustare le cose.»

Mentre i suoi genitori si stringevano attorno al neonato, il sorriso di Nina si allargò: in quel momento capì che suo figlio aveva già aggiustato ogni cosa.

Ringraziamenti

Tutto il mio affetto e la mia riconoscenza vanno a Kevin, alla mia famiglia e ai miei amici per il loro sostegno incrollabile.

Tutta la mia gratitudine a Sheila Crowley, che non è solo un'agente straordinaria, ma anche un'ottima amica.

Mille grazie a Lucy, Auriol, Carolyn e a tutto lo staff della Hodder UK per l'entusiasmo, la gentilezza e l'impegno instancabile dimostrati nei miei confronti. E alla mia editor Isobel: collaborare con lei è un piacere, e i suoi consigli illuminanti si sono rivelati preziosi per migliorare questo romanzo.

Grazie a Breda, Jim, Ruth, Margaret e a tutto lo staff della Hachette Books Ireland, che si fanno sempre in quattro per me.

Grazie anche a tutti i librai in Irlanda, nel Regno Unito e altrove, che promuovono magnificamente i miei romanzi e che mi accolgono sempre a braccia aperte.

Infine, un ringraziamento speciale ai lettori di tutto il mondo che acquistano e leggono i miei libri. Grazie anche per i messaggi d'incoraggiamento che ricevo sul sito *www.melissahill.info*. È splendido tenersi in contatto con voi.

Finito di stampare nel mese di giugno 2013 presso
Grafica Veneta S.p.A. – via Malcanton, 2 – Trebaseleghe (PD)

Printed in Italy